AF273452

PATRICIA CORNWELL publicó su primera novela, *Post Mortem*, en 1990, mientras trabajaba en la oficina del jefe médico forense en Richmond, Virginia, convirtiéndose en la única novela que ha recibido en el mismo año los premios Edgar, Creasey, Anthony y Macavity, así como el francés Prix du Roman d'Aventure. La serie de la doctora Scarpetta se ha convertido en un fenómeno internacional que ha obtenido múltiples galardones.

Patricia Cornwell nació en Miami, se crio en Montreal y en Carolina del Norte, y vive y trabaja en Boston.

Papel certificado por el Forest Stewardship Council®

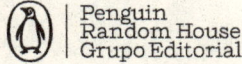

Título original: *Flesh and Blood*

Primera edición en este formato: marzo de 2026

Printed in Spain – Impreso en España

ISBN: 979-13-88147-15-9
Depósito legal: B-4.345-2026

Impreso en ServicePoint F. M. I., S. A

BB 4 7 1 5 9

La marca de la sangre

PATRICIA CORNWELL

Traducción de Carlos Abreu

Para Staci

La sabiduría no cala en una mente maliciosa, y la ciencia sin conciencia no es sino la ruina del alma.

FRANÇOIS RABELAIS, 1532

Para Kay Scarpetta
De Copperhead
Domingo 11 de mayo
(23.43 h, para ser exactos)

Te mando unos versitos que acabo de escribir solo para ti.
¡¡Feliz Día de la Madre, Kay!!

(pasa la página, si eres tan amable...)

La luz ya viene,
y las sombras
que causaste
(y crees que viste)
se desvanecen.
Fragmentos de oro molido,
y el Verdugo se va sin dejar rastro.
La lujuria busca su nivel, doctora Muerte.
Ojo por ojo,
robo por robo.
Sueño erótico de tu estertor.
Daría un centavo por saber qué piensas.
Quédate con el cambio.
Controla el reloj.
Tic tac.
Tic tac, Doc.

12 de junio de 2014
Cambridge, Massachusetts

El cobre reluce como fragmentos de cristal de venturina desde lo alto del viejo muro de ladrillo que se alza detrás de nuestra casa. Me vienen a la mente imágenes de hornos ardientes y cañas en los antiguos talleres de estuco de tonalidades pastel que bordean el canal Rio dei Vetrai, donde los maestros sopladores dan forma al vidrio fundido sobre superficies de acero. Con cuidado de no derramar una gota, llevo dos expresos endulzados con néctar de agave.

Sujeto las asas delicadamente curvadas de las tazas de *cristallo* artesanal, sencillas y transparentes como el cristal de roca, mientras me recreo en el recuerdo del momento en que las descubrimos en la isla veneciana de Murano. Los aromas a ajo y pimientos asados me siguen al exterior, y la puerta mosquitera se cierra detrás de mí con un golpecito sordo. Percibo la deliciosa fragancia de las hojas de albahaca fresca que he desmenuzado con las manos. Es la mañana perfecta. No podría ser mejor.

He preparado mi ensalada especial, he saturado con zumos, hierbas y especias trozos del *mantovana* que horneé sobre una piedra hace días. Es recomendable dejar que este pan con aceite de oliva se ponga un poco duro antes de utilizarlo en la *panzanella* que, al igual que la pizza, fue en otro tiempo un alimento de los pobres, cuyo ingenio e inventiva transformaban las sobras de *focaccia* y verduras en *un'abbondanza*. Los platos suculentos e imaginativos estimulan y recompensan la improvisación, de modo que esta mañana he añadido un bulbo de hinojo, sal kosher y pimienta molida gruesa. He usado cebolla dulce en vez de roja y un toque de menta que he cogido en la galería acristalada donde cultivo hierbas aromáticas en unas grandes tinajas de barro para aceitunas que encontré hace años en Francia.

Me detengo unos instantes en el patio para echar un vistazo a la barbacoa. El calor que asciende de ella ondula el aire, y hay una bolsa de briquetas colocada a una distancia prudente. Mi esposo Benton, que trabaja para el FBI, no destaca por sus dotes culinarias, pero sabe encender un buen fuego y es meticuloso con la seguridad. Una capa de ceniza blanca recubre la ordenada pila de brasas humeantes y anaranjadas. Pronto podrán ponerse a asar los filetes de pez espada. Mis preocupaciones hedonistas se ven repentinamente interrumpidas cuando el muro capta de nuevo mi atención.

Caigo en la cuenta de que lo que veo son monedas de un centavo. Intento recordar si ya estaban allí al amanecer, cuando he sacado a pasear a *Sock*, nuestro galgo. Se mostraba remiso e inseguro, y yo estaba más distraída de lo habitual. Mis pensamientos volaban en direcciones distintas, impulsados por la euforia que me provocaba la perspectiva de disfrutar de un *brunch* toscano, y la bruma de sensualidad empezaba a disiparse tras un despertar indulgente y despreocupado en una cama donde lo único que importaba era el placer. Apenas me acuerdo de haber sacado al perro. Apenas recuerdo detalles de mi paseo con él en la penumbra, por el jardín trasero cubierto de rocío.

Así pues, es muy posible que no me haya fijado en las monedas de cobre ni en ningún otro indicio de que un intruso haya entrado en nuestra propiedad. Percibo helor en un rincón de mi mente, una sombra oscura e inquietante. Me trae a la memoria aquello en lo que no quiero pensar.

«Te has ido ya de vacaciones, aunque en realidad sigues aquí. Es un error impropio de ti.»

Mis pensamientos vuelven a la cocina, a la Rohrbaugh nueve milímetros de acero azul en su funda que descansa sobre la encimera, junto a los fogones. Siempre llevo conmigo la pistola, liviana y con mira láser, incluso cuando Benton está en casa. Pero esta mañana no he pensado ni por un momento en armas o en la seguridad. He liberado mi mente del control obsesivo sobre los paquetes que han llegado a mi oficina central a lo largo de la noche, discretamente metidos en bolsas negras y transportados en mis furgonetas blancas sin ventanas: cinco pacientes muertos que aguardan en silencio la visita de los últimos médicos que los tocarán en este mundo.

He evitado afrontar las realidades peligrosas, trágicas y malsanas de costumbre. Un error impropio de mí.

«Mierda.»

Busco una explicación para olvidarme de ello. Alguien está jugando con moneditas. Eso es todo.

2

Nuestra casa del siglo XIX en Cambridge se encuentra en el extremo norte del campus de Harvard, a la vuelta de la esquina de Divinity School y enfrente de la Academia de Artes y Ciencias. No son pocas las personas que utilizan nuestro jardín como atajo. No está cercado, y el muro, más que una barrera, constituye una ruina decorativa. A los niños les encanta trepar por él y esconderse detrás.

«Seguramente se trata de uno que dispone de mucho tiempo libre ahora que se han acabado las clases.»

—¿Te has fijado en lo que hay encima del muro? —Camino por el césped moteado de sol y llego al banco de piedra que rodea la magnolia y en el que Benton se ha sentado a leer el periódico mientras yo preparaba el *brunch*.

—¿Y qué es lo que hay? —pregunta.

Sock, tendido a sus pies, me lanza una mirada acusadora. Sabe perfectamente lo que le espera. En el instante en que saqué las bolsas de viaje anoche y comencé a realizar un inventario del material de tenis y el equipo de buceo, se sumió en un estado melancólico, uno de aquellos agujeros emocionales que excava para sí mismo, pero más profundo de lo habitual. Por más que lo intento, no consigo animarlo.

—Monedas. —Le paso a Benton un expreso preparado con granos recién molidos, un estimulante edulcorado e intenso que despierta en ambos toda clase de apetitos de la carne.

Lo cata cuidadosamente con la punta de la lengua.

—¿Has visto a alguien dejarlas allí? —pregunto—. ¿Cuando estabas encendiendo la barbacoa, ya estaban allí las monedas?

Dirige la vista hacia los relucientes centavos alineados sobre el muro, tocándose entre sí.

—No me había fijado ni he visto a nadie. No las han puesto allí mientras yo estaba aquí fuera, eso seguro —afirma—. ¿Cuánto falta para que las brasas estén listas? —Es su manera de preguntar si las ha encendido bien. Le gustan los halagos, como a todo el mundo.

—Están perfectas, gracias. Démosles un cuarto de hora más —respondo mientras él reanuda la lectura de un artículo sobre el aumento espectacular del fraude con tarjetas de crédito.

Los oblicuos rayos de sol de media mañana le tiñen de plata brillante el cabello, que lleva un poco más largo que de costumbre, le cae sobre la frente y se ondula por detrás.

Observo las arrugas finas en su anguloso y apuesto rostro, agradables patas de gallo que le han salido por sonreír, y el hoyuelo del recio mentón. Sus manos ahusadas, elegantes y hermosas me recuerdan las manos de un músico, tanto si sujetan un periódico como un libro, una pluma o una pistola. Cuando me inclino sobre él para echar un vistazo al artículo, percibo el sutil y terroso aroma de su loción para después del afeitado.

—No sé qué harán esas empresas si la situación empeora. —Tomo un sorbo de mi café, turbada por recuerdos desagradables de mis recientes roces con ciberdelincuentes—. El mundo se irá a la quiebra por culpa de maleantes a los que no podemos ver ni apresar.

—No me extraña que el uso de programas espía de teclado se haya disparado y se haya vuelto cada vez más difícil de detectar. —Pasa la página con un crujido del papel—. Así consiguen el número de tu tarjeta y lo utilizan para comprar mediante cuentas tipo PayPal, a menudo en el extranjero, para no dejar rastros. Y eso por no hablar del *software* malicioso.

—Que yo recuerde, no he comprado nada por eBay recientemente. No soy usuaria de Craigslist ni otras webs de anuncios clasificados. —Ya hemos mantenido esta conversación varias veces en los últimos tiempos.

—Sé que es muy irritante. Pero les ha pasado a otras personas cuidadosas.

—A ti no te ha pasado. —Deslizo los dedos por su cabellera abundante y suave, que ya había adquirido un color platino antes de que lo conociera, cuando él era muy joven.

—Tú compras más que yo —señala.

—No mucho. Tú te pones trajes finos, corbatas de seda y zapatos caros. Ya has visto mi ropa de diario. Pantalones estilo cargo. Bata. Zuecos sanitarios de goma. Botas. Excepto cuando voy a los juzgados.

—Te estoy imaginando vestida para ir a los juzgados. ¿Llevas falda, aquella de raya fina con la raja por detrás?

—Y zapatos con un tacón razonable.

—La palabra «razonable» es incompatible con las fantasías que estoy teniendo ahora mismo. —Alza la vista hacia mí. Me encanta la musculosa esbeltez de su cuello.

Deslizo los dedos por las vértebras cervicales hasta localizar la C7, hundo despacio y con delicadeza las yemas en el músculo largo del cuello y noto que se relaja, que se adueña de él un estado de ánimo lánguido, flotando en una sensación de placer físico. Dice que soy su kriptonita, y es cierto. Lo percibo en su voz.

—A lo que voy —dice— es a que resulta imposible estar siempre protegido contra todos los programas maliciosos que registran las pulsaciones de teclas que realiza el usuario y transmiten la información a piratas informáticos. Para caer víctima de ellos, basta con abrir un archivo infectado adjunto a un mensaje de correo electrónico. Estás consiguiendo que me resulte difícil pensar.

—¿A pesar del *software* antiespía, las contraseñas de un solo uso y los cortafuegos que implementa Lucy para proteger nuestro servidor y nuestras cuentas de correo electrónico? ¿Cómo podría alguien descargar un programa espía de teclado? Mi intención es hacer que te resulte difícil pensar. Lo más difícil posible.

La cafeína y el néctar de agave están surtiendo efecto. Recuerdo el tacto de su piel, de su nervuda delgadez, mientras me aplicaba champú en la ducha, masajeándome el cuero cabelludo y el cuello, tocándome hasta que yo no podía resistirlo más. Nunca me he cansado de él. Es imposible.

—El *software* no puede eliminar los programas maliciosos que no reconoce.

—No creo que esa sea la explicación.

Lucy, mi sobrina, un genio de los ordenadores, jamás permitiría semejante violación del sistema informático que ella programa y mantiene en nuestra sede, el Centro Forense de Cambridge, el CFC. Por más que me incomode admitirlo, es mucho más probable que ella sea perpetradora de programas maliciosos y ciberataques que víctima de ellos.

—Como ya te he dicho, lo que seguramente ocurrió fue que alguien te clonó la tarjeta en un restaurante o una tienda. —Benton pasa otra página y yo le acaricio el recto tabique nasal y la curva de la oreja—. Es lo que Lucy cree.

—¿Cuatro veces desde marzo? —Pero estoy pensando en nuestra ducha, los brillantes azulejos blancos y apaisados, el sonido del agua al caer y salpicar con intensidades y ritmos distintos mientras nos movíamos.

—También dejas que Bryce la use cuando hace compras por teléfono para ti. No digo que lo vea capaz de cometer alguna imprudencia, y mucho menos a propósito. Aun así, preferiría que no se la dejaras. Su comprensión de la realidad es diferente de la nuestra.

—Piensa en las peores atrocidades imaginables todos los días —replico.

—Eso no significa que comprenda las cosas. Bryce es más ingenuo y confiado que nosotros.

La última vez que le pedí a mi jefe de personal que comprara algo con mi tarjeta de crédito fue hace un mes, cuando le mandó unas gardenias a mi progenitora por el Día de la Madre. El aviso más reciente de fraude lo recibí ayer. Dudo mucho que tenga algo que ver con Bryce o mi madre, aunque encajaría de maravilla con el historial de mi familia disfuncional que mi buena acción fuera castigada más allá de las quejas habituales de mi madre y las comparaciones con mi hermana Dorothy, que estaría en la cárcel si ser una narcisista egocéntrica se considerara delito.

Regalarle un arbusto de gardenias podado artísticamente había sido una desconsideración imperdonable, pues ella cultiva esas flores en el jardín. «Ha sido como mandarle hielo a un esquimal. En cambio, Dorothy me mandó unas rosas rojas preciosas con Gypsophila», fueron las palabras textuales de mi madre. Daba igual que me hubiera tomado la molestia de mandarle su planta ornamental favorita y que, a diferencia del ramo de rosas, el arbusto estuviera vivo.

—Pues es frustrante, y, como no puede ser de otra manera, mi tarjeta nueva llegará cuando estemos en Florida —le comento a Benton—. Habré salido sin ella, y eso es empezar las vacaciones con mal pie.

—No la necesitas. Te invito yo.

Es lo que suele hacer, de todos modos. Me gano bien la vida, pero Benton es hijo único y posee un patrimonio ingente. Su padre, Parker Wesley, invirtió audazmente su cuantiosa herencia en negocios como la compraventa de objetos de arte. Obras maestras de Miró, Whistler, Pissarro, Modigliani y Renoir, entre otros, habían pasado una temporada colgados en las paredes de la residencia de los Wesley, que también adquiría y vendía coches clásicos y manuscritos únicos con los que nunca se quedaba de forma permanente. Su secreto consistía en saber cuándo renunciar a ellos. Benton heredó una mentalidad y un temperamento similares. Sus raíces de Nueva Inglaterra lo dotaron también de una lógica infalible y una férrea determinación yanqui que no flaquea ante el trabajo duro o las incomodidades.

Lo que no significa que no sepa vivir bien o que le importe un rábano lo que piensen los demás. No le gustan la ostentación ni el despilfarro, pero hace lo que le da la gana. Contemplo nuestro jardín bellamente diseñado y cuidado, la parte posterior de nuestra antigua casa de madera, con el revestimiento repintado hace poco de un color azul ahumado y los postigos de gris granito. Del tejado de pizarra oscura sobresalen dos chimeneas de ladrillo rojo parduzco, y algunas ventanas conservan el vidrio ondulado original. Llevaríamos una existencia de ensueño y deliciosamente privilegiada de no ser por nuestras profesiones. Centro de nuevo mi atención en las pequeñas monedas de cobre que relucen bajo el sol a pocos metros de nosotros.

Sock permanece del todo inmóvil sobre la hierba, con los ojos bien abiertos, y observa todos mis movimientos mientras me acerco al muro y aspiro el perfume de las rosas de color albaricoque y rosado con cálidos tonos amarillos. Los frondosos arbustos han crecido hasta media altura de la antigua tapia de ladrillo, y me complace comprobar que las rosas de té también se están dando bien esta primavera.

Las siete monedas, todas ellas con la efigie de Lincoln hacia arriba, son de 1981, lo que me resulta curioso. Pese a tener más de treinta años de antigüedad, parecen recién acuñadas. Tal vez sean falsas. Pienso en el año. Es el de Lucy. El año en que nació. Y hoy es mi cumpleaños.

Examino el viejo muro, de unos quince metros de largo y uno y medio de alto que para mí representa poéticamente una arruga en el tiempo, un agujero de gusano que nos conecta con otras dimensiones, un portal entre «nosotros» y «ellos», entre nuestras vidas pasadas y presentes. Lo que queda de la tapia se ha convertido en una metáfora de nuestros intentos de atrincherarnos contra cualquiera que desee hacernos daño. Lo cierto es que no es posible si alguien tiene auténtico empeño en ello, y una sensación se agita en lo más profundo de mi mente, fuera de mi alcance. Un recuerdo, enterrado o apenas formado.

—¿Por qué iba alguien a dejar allí siete monedas de un centavo, todas con la cara hacia arriba y del mismo año?

El campo de visión de nuestras cámaras de seguridad no abarca las esquinas del extremo más alejado del muro, que está ligeramente inclinado y termina en unas columnas de piedra caliza recubiertas por completo de hiedra.

A principios del siglo XIX, cuando un acaudalado trascendentalista construyó la casa, la finca ocupaba una manzana entera y estaba cercada por una tapia serpenteante. Lo único que queda de ella es un tramo de ladrillo medio en ruinas y dos mil metros cuadrados de terreno con un angosto camino de acceso adoquinado y una cochera independiente que originalmente era para carruajes.

—Están muy lustrosas —añado—. Es evidente que les han sacado brillo, a menos que no sean auténticas.

—Chicos del barrio —dice Benton.

Sus ojos ambarinos me observan por encima del *Boston Globe* mientras una sonrisa le juguetea en los labios. Lleva vaqueros, mocasines y una cazadora de los Red Sox. Tras dejar a un lado el expreso y el periódico, se levanta y camina hacia mí. Me abraza por la cintura desde atrás y me da un beso en la oreja, apoyando la barbilla en mi cabeza.

—Si la vida fuera siempre tan agradable —dice—, a lo mejor me jubilaría y mandaría al diablo este juego de policías y ladrones.

—No serías capaz. Y ojalá ese fuera tu juego de verdad. Deberíamos empezar a comer pronto y prepararnos para irnos al aeropuerto.

Echa una ojeada a su teléfono y teclea a toda prisa lo que parece una respuesta de una o dos palabras.

—¿Va todo bien? —Sujeto con fuerza los brazos que me rodean—. ¿A quién le escribes?

—Todo bien. Me muero de hambre. Cántame el menú.

—Filetes asados de pez espada al *salmoriglio*, dorados y untados con aceite de oliva, zumo de limón y orégano. —Cuando me inclino hacia él, percibo su calor, el frescor del aire y el ardor del sol—. Tu *panzanella* favorita. Tomates de variedad tradicional, albahaca, cebolla dulce, pepino... —Oigo el susurro de las hojas que se mueven y huelo la delicada fragancia de las magnolias en flor— y ese vinagre añejo de vino tinto que tanto te gusta.

—Delicioso y con mucho cuerpo, como tú. Se me hace la boca agua.

—Bloody Marys. Rábano picante, limas recién exprimidas y chiles habaneros, para irnos ambientando antes del vuelo a Miami.

—Y luego nos damos una ducha. —Esta vez me besa en los labios, sin importarle que alguien pueda vernos.

—Ya nos hemos dado una.

—Y tenemos que darnos otra. Me siento supersucio. A lo mejor sí que tengo otro regalo para ti. Si estás en condiciones.

—La pregunta es si lo estás tú.

—Nos quedan dos horas largas antes de que tengamos que salir para el aeropuerto. —Me da otro beso, más largo y profundo, en el instante en que percibo el tableteo rápido y lejano de un helicóptero de gran potencia—. Te quiero, Kay Scarpetta. Más y más con cada minuto, cada día, cada año que pasa. ¿Qué sortilegio ejerces sobre mí?

—La comida. Se me da bien la cocina.

—Qué día tan maravilloso, aquel en que naciste.

—Mi madre no opina lo mismo.

De pronto, se aparta de mí de forma casi imperceptible, como si hubiera visto algo. Con los ojos entornados a causa del sol, vuelve la vista hacia la Academia de Artes y Ciencias, que se encuentra una manzana al norte, separada de nuestra propiedad por una hilera de casas y una calle.

—¿Qué pasa? —Miro en la misma dirección que él mientras el ruido del helicóptero se intensifica.

Desde el jardín de atrás vislumbramos el tejado de metal corrugado con una pátina de cobre que asoma por encima del terreno densamente arbolado. Algunas de las figuras más relevantes del mundo empresarial, político, académico y científico pronuncian conferencias y celebran reuniones en ese edificio, conocido por algunos como la Casa de la Mente.

—¿Qué pasa? —Sigo la atenta mirada de Benton, y el rugido del aparato que vuela bajo suena aún más cerca.

—No lo sé —dice—. Me ha parecido ver un destello ahí, como el flash de una cámara, pero menos brillante.

Oteo la fronda de los viejos árboles y las múltiples vertientes del tejado de metal verde, pero no descubro nada fuera de lo normal. No veo a nadie.

—Tal vez era el sol reflejado en la ventanilla de un coche —aventuro, y me percato de que Benton vuelve a teclear en su móvil un mensaje breve para alguien.

—Ha surgido entre los árboles. Antes me ha parecido captar

algo con el rabillo del ojo. Un resplandor fugaz. Un reflejo, tal vez. Pero no estaba seguro... —Dirige de nuevo la vista hacia allí, y el ruido del helicóptero resulta casi ensordecedor—. Espero que no sea un puto reportero con un teleobjetivo.

Los dos alzamos la mirada a la vez cuando aparece el Augusta azul intenso, de líneas elegantes, con una raya de color amarillo vivo, la parte inferior plana y plateada y el tren de aterrizaje replegado. Noto la vibración en los huesos, y *Sock* está encogido de miedo sobre la hierba, apretado contra mis piernas.

—Lucy —digo en voz muy alta mientras observo, paralizada. No es la primera vez que hace algo así, pero nunca a una altitud tan baja—. Madre mía. ¿Qué está haciendo?

Las aspas de materiales compuestos aporrean el aire con un ritmo sordo y agitan las copas de los árboles mientras mi sobrina sobrevuela nuestra casa a menos de ciento cincuenta metros de altura. El helicóptero describe un círculo con un bramido estruendoso y se queda suspendido, con el morro inclinado hacia abajo. Alcanzo a vislumbrar el casco y la visera ahumada de Lucy, que acto seguido se aleja, desciende aún más sobre la Academia de Artes y Ciencias y da una vuelta despacio en torno al terreno antes de marcharse.

—Creo que Lucy acaba de desearte un feliz cumpleaños —dice Benton.

—Espero por su bien que los vecinos no la denuncien a la Administración Federal de Aviación por infringir la normativa de reducción de ruido. —A pesar de todo, no puedo evitar sentirme emocionada y conmovida.

—Eso no supondrá un problema. —Mira otra vez su teléfono—. Puede echarle la culpa al FBI. Le he pedido que, mientras estaba por la zona, llevara a cabo un vuelo de reconocimiento. Por eso volaba tan bajo.

—¿Sabías que iba a realizar un vuelo rasante sobre la casa? —pregunto, aunque sé que se ha compinchado con ella y en qué momento. Por eso me ha entretenido en el jardín de atrás, para asegurarse de que no estuviéramos dentro de casa cuando ella llegara.

—No había ningún fotógrafo ni nadie con una cámara o un

telescopio. —Benton tiende la vista en dirección al terreno boscoso y el verde tejado voladizo.

—Acabas de pedirle que eche un vistazo.

—Así es. Y su respuesta es *«no joy»*. —Me muestra el mensaje de texto de dos palabras enviado por Janet, la compañera de Lucy, que en la jerga aeronáutica significa que no han avistado nada.

Están volando juntas, y me pregunto si su ostentosa y espectacular felicitación de cumpleaños es el único motivo. Entonces se me ocurre otra posibilidad. El helicóptero bimotor italiano de Lucy tiene aspecto de vehículo policial, por lo que los vecinos deben de creer que su presencia se debe a que el presidente Obama llegará a Cambridge esta tarde. Se hospedará en un hotel cerca de la Escuela de gobierno John F. Kennedy, a poco más de un kilómetro de aquí.

—Nada fuera de lo normal —dice Benton—. De modo que si había alguien encaramado a un árbol o algo así, ya se ha ido. ¿Te he comentado ya que estoy muerto de hambre?

—Comeremos en cuanto haya sacado a nuestro pobre y alterado perro para que haga sus cosas —contesto mientras mi atención se desvía de nuevo hacia las monedas en el muro—. Tú ponte cómodo mientras tanto. Ya se me resistía esta mañana, y ahora seguro que estará peor.

Me acuclillo en el césped y acaricio a *Sock*, esforzándome por tranquilizarlo.

—La máquina voladora ruidosa ya se ha ido, y yo estoy aquí contigo —le digo con dulzura—. Solo era Lucy, que revoloteaba por aquí, y no hay por qué tener miedo.

3

Es jueves 12 de junio, día de mi cumpleaños, y me niego a obsesionarme con mi edad o con lo rápido que pasa el tiempo a medida que me hago mayor. Tengo muchos motivos para estar contenta y agradecida.

Pasaremos una semana en Miami leyendo, comiendo y bebiendo cuanto queramos, tal vez jugando al tenis, haciendo un poco de submarinismo y dando largos paseos por la playa. Me gustaría ir al cine, compartir un gran cubo de palomitas, quedarnos en la cama por la mañana hasta la hora que nos apetezca. Descansar, jugar, mandarlo todo al diablo. El regalo de Benton para mí es un apartamento que ha alquilado junto al mar.

Hemos llegado a una etapa de la vida en que nos conviene disfrutar de un poco de tiempo libre. Pero es algo que él lleva diciendo desde hace años. Y yo también. Desde esta mañana, estamos oficialmente de permiso, al menos en teoría. En realidad, no tenemos derecho a nada parecido. Benton es analista de inteligencia, lo que algunos aún llaman «experto en perfiles criminológicos». El FBI no le deja desconectar ni un momento, y el tópico de que la muerte nunca se toma vacaciones es cierto. Yo tampoco consigo desconectar nunca.

Las monedas brillan bajo el fulgor de la mañana, tan relucientes y perfectas que no me atrevo a tocarlas. No recuerdo haber notado antes que estuvieran dispuestas en una hilera tan ordenada, orientadas en la misma dirección. Pero el jardín trasero se encontraba sumido en sombras cuando he salido por primera vez. Además, estaba distraída, por la renuencia de mi malhumorado perro a hacer sus necesidades y por las tareas de jardinería pendientes. Las rosas necesitan fertilizante y que las rocíen. Hay que cortar el césped antes de que se desate una tormenta que marque el inicio de una ola de calor, como la que han pronosticado para esta noche.

Le he dejado a Bryce unas instrucciones por escrito. Deberá ocuparse de que todo marche bien no solo en el CFC, sino también en casa. Lucy y Janet cuidarán del perro durante nuestra ausencia, y recurriremos a la artimaña habitual, que tiene sus inconvenientes, pero es mejor que la alternativa de dejar a *Sock* solo en una casa vacía aunque solo sea durante diez minutos.

Cuando llegue mi sobrina, saldré con él por la puerta como si fuera a llevármelo conmigo. Luego, lo guiaré con mimos hacia el coche en el que ella haya venido, que espero que no sea uno de sus armatostes monstruosos sin asiento de atrás. Le pedí de forma encarecida que trajera su todoterreno, aunque tampoco se trata precisamente de un vehículo normal. Ninguno de los coches que posee mi sobrina, genio de la informática, adicta al poder y ex agente de la ley, es apto para la plebe; ni el todoterreno blindado que más bien parece un bombardero negro mate, ni el agresivo 599 GTO cuyo motor suena como el del transbordador espacial. *Sock* detesta los cochazos, y tampoco le gusta el helicóptero de Lucy. Se sobresalta con facilidad. Se asusta.

—Vamos. —Exhorto a mi silencioso y cuadrúpedo amigo, que finge dormitar sobre la hierba con los ojos bien abiertos, lo que yo llamo hacer el muerto—. Tienes que descargar el vientre. —Se queda inmóvil, con los iris castaños fijos en mí—. Vamos. Te lo estoy pidiendo por las buenas. Por favor, *Sock*. ¡Arriba!

Lleva toda la mañana comportándose de un modo extraño, olisqueando por ahí, inquieto, para luego tumbarse, ocultando el rabo bajo el cuerpo y el morro alargado y estrecho bajo las patas delanteras, con aspecto totalmente abatido y ansioso. Siempre que vamos a dejarlo, *Sock* se da cuenta y se deprime, lo que me hace sentir fatal, como una mala madre. Me agacho para acariciarle el pelaje corto y manchado, y le toco con delicadeza las orejas deformes y con cicatrices a causa de los malos tratos que sufrió en el canódromo. Se pone de pie y se me apoya contra las piernas como un barco escorado.

—Todo irá bien —le aseguro para tranquilizarlo—. Tendrás hectáreas de terreno donde correr y podrás jugar con *Jet Ranger*. Sabes cuánto te gusta eso.

—No lo sabe. —Benton se sienta de nuevo en el banco y recoge el periódico bajo las alargadas ramas de hojas verde oscuro cargadas de céreas flores blancas grandes como moldes para tartas—. Resulta adecuado que tengas una mascota que no te escucha y te manipula de forma descarada.

—Vamos. —Lo conduzco hasta su zona favorita, sombreada por bojes y árboles perennes, cubierta por una gruesa capa de mantillo que desprende un aroma a pino. No muestra el menor interés—. ¿En serio? Está muy raro.

Miro alrededor, buscando alguna otra señal de que algo va mal, y mi atención se desvía hacia las monedas. Noto un escalofrío en el cogote. No veo a nadie. Tampoco oigo nada, salvo la brisa que susurra entre el follaje y el rumor lejano de un soplador de hojas de gasolina. Tomo conciencia poco a poco de lo que he pasado por alto en un principio. Ato cabos. El tuit con el archivo adjunto que recibí hace unas semanas. Por lo que recuerdo, un mensaje extraño y unos versos dirigidos a mí.

El nombre de usuario de Twitter era Cara de Cobre, y solo me vienen a la memoria fragmentos de lo que decía el poema. Algo sobre una luz que viene y un verdugo; me parecieron desvaríos de un demente. Los mensajes delirantes, por escrito o en el buzón de voz, no son infrecuentes. Mi dirección de correo electrónico y número de teléfono del Centro Forense de Cambridge son datos de libre acceso para el público. Lucy siempre rastrea el origen de las comunicaciones electrónicas no deseadas y me avisa si descubre algo por lo que deba preocuparme. Guardo el recuerdo vago de que me dijo que el tuit había sido enviado desde el centro de negocios de un hotel en Morristown, Nueva Jersey.

Tengo que consultarla al respecto. De hecho, decido hacerlo en este mismo momento. Tiene Internet inalámbrico en la cabina y Bluetooth en el casco de piloto. Por otro lado, es probable que ya haya aterrizado, así que saco el teléfono de un bolsillo de mi chaqueta. Pero antes de que pueda comunicarme con ella, alguien me llama. El tono de llamada suena como el timbre de un teléfono antiguo. Es el agente Pete Marino, y reconozco en la pantalla el número de su móvil, no el personal, sino el que usa para el trabajo.

Si su intención fuera desearme un feliz cumpleaños o un buen viaje, no me telefonearía desde su BlackBerry del Departamento de Policía de Cambridge. Se guarda mucho de hacer un uso remotamente personal de cualquier tipo de material, vehículo, dirección de correo electrónico o medio de comunicación que pertenezca al cuerpo. Es una de las numerosas ironías y contradicciones que forman parte de la vida de Marino. Desde luego nunca fue tan escrupuloso durante los años que trabajó para mí.

—¡Cielo santo! —farfullo—. Espero que no sea lo que me imagino.

—Siento hacerte esto, Doc. —La voz grave de Marino suena en mi auricular—. Sé que tienes que coger un avión. Pero debo informarte de lo que pasa. Eres la primera persona a la que llamo.

—¿Qué ocurre? —Empiezo a caminar despacio de un lado a otro del jardín.

—Tenemos uno en la calle Farrar —dice—. En pleno día, gente por todas partes, pero nadie ha visto ni oído nada. Como en los otros casos. Y la selección de víctimas me da una mala espina que te cagas, sobre todo porque coincide con la visita de Obama.

—¿Qué otros casos?

—¿Dónde estás? —pregunta.

—Benton y yo estamos en el jardín de atrás.

Noto los ojos de mi esposo clavados en mí.

—Tal vez sería mejor que entrarais en casa. Es así como pasa —asevera Marino—. Personas al aire libre, ocupándose de sus asuntos...

Sock está sentado, con las orejas dobladas hacia atrás. Benton se levanta del banco, observándome. Aunque la mañana sigue pareciendo hermosa y apacible, es solo un espejismo. Todo acaba de ponerse feo.

—En Nueva Jersey, después de Navidad, y luego otra vez, en abril. El mismo *modus operandi* —explica Marino, y lo interrumpo de nuevo.

—Para el carro. Rebobinemos. ¿Qué ha pasado exactamente? Y no comparemos el *modus operandi* con el de otros casos antes de contar con toda la información.

—Un homicidio a menos de cinco minutos de tu casa. Hemos recibido la llamada hace una hora más o menos...

—¿Y has esperado hasta ahora para notificarlo a mi oficina? ¿O, más concretamente, para notificármelo a mí?

Sabe perfectamente que cuanto antes se examine el cadáver *in situ* y se transporte a la sede del CFC, mejor. Nos deberían haber avisado al instante.

—Machado quería acordonar la escena antes. —Sil Machado es un detective del Departamento de Policía de Cambridge. Además, es un buen amigo de Marino—. Quería cerciorarse de que no hubiera un tirador activo esperando por ahí para abatir a alguien más. Es lo que ha dicho. —Detecto algo extraño en el tono de Marino. Hostilidad—. Lo que sabemos por el momento es que la víctima tenía la sensación de que alguien lo seguía. Estaba algo nervioso últimamente, al igual que las dos víctimas de Nueva Jersey —prosigue—. Se sentían observados, como si alguien estuviera jugando con ellos, y de pronto aparecieron muertos. Hay mucho que explicar y ahora mismo no tenemos tiempo. El tirador podría estar en la zona en estos momentos. Deberíais quedaros dentro hasta que yo pase a buscarte. Tardaré unos diez minutos.

—Dame la dirección exacta y ya iré yo para allá.

—Ni hablar. De eso nada. Y ponte un chaleco.

Advierto que Benton pliega el periódico y coge su café, con la alegría empañada por lo que intuye. Algo está a punto de cambiarnos la vida. Ya tengo esa certeza. Lo miro con expresión sombría mientras detengo mis pasos y vierto mi expreso sobre el mantillo, sin pensarlo siquiera. Ha sido un acto reflejo. Lo que se presentaba como un día relajante y feliz ha cambiado con la brusquedad con que un avión se estrella contra una montaña envuelta en la niebla.

—¿No crees que Luke o algún otro médico puedan encargarse del caso? —le pregunto a Marino, aunque ya conozco la respuesta. —No le interesa tratar con Luke Zenner, mi jefe adjunto, y tampoco está dispuesto a conformarse con ningún otro de los forenses que trabajan para mí—. Otra posibilidad sería enviar a uno de nuestros investigadores. Sin duda Jen Garate podría ocuparse de ello, y Luke podría realizar el examen *post mortem* de inmediato. —Lo intento de todos modos—. Debe de estar en la sala de autopsias. Tenemos cinco casos esta mañana.

—Pues ahora tenéis seis. Jamal Nari —dice Marino, como si yo tuviera que saber a quién se refiere.

—Le han disparado cuando estaba en el camino de entrada de su casa, sacando las bolsas de compra de su coche, entre las nueve cuarenta y cinco y las diez —dice Marino—. Un vecino lo ha visto tirado en el suelo y ha llamado a la policía hace exactamente una hora y ocho minutos.

—¿Cómo sabes que le han disparado si no has inspeccionado aún la escena? —Echo una ojeada a mi reloj. Pasan ocho minutos de las once.

—Tiene un bonito agujero en el cuello y otro donde antes estaba el ojo izquierdo. Machado está allí y ha conseguido hablar por teléfono con la esposa. Ella le ha dicho que en el último mes habían sucedido cosas raras de cojones, y que Nari estaba tan preocupado que había empezado a cambiar su rutina, incluso su coche. Al menos es lo que Machado me ha transmitido. —Percibo el mismo tono de antes.

Esa hostilidad no tiene sentido. Los dos van juntos a partidos de béisbol y hockey. Montan en Harleys, y Machado es el principal responsable de haber convencido a Marino de que renunciara a su puesto de investigador forense jefe y reingresara en el cuerpo de policía. Eso ocurrió el año pasado. Yo aún intento acostumbrarme a su despacho vacío en el CFC y a su nueva costumbre de decirme lo que debo hacer. O su creencia de que puede decírmelo. Como en este momento. Reclama mi presencia en una escena del crimen, como si yo no tuviera voz ni voto en el asunto.

—He recibido algunas fotos por correo electrónico —declara Marino—. Como te digo, me recuerda el caso de la mujer asesinada en Nueva Jersey hace dos meses, cuya madre fue compañera mía de instituto. Le dispararon mientras esperaba el ferri de Edgewater. Estaba rodeada de gente, y nadie vio ni oyó un carajo. Un tiro en la parte posterior del cuello, otro en la boca.

—Recuerdo haber oído hablar del suceso y la sospecha original de que había sido un crimen por encargo, quizá relacionado con conflictos familiares—. En diciembre la víctima fue un tipo que bajaba de su coche frente a su restaurante, en Morristown —continúa, y el singular poema me salta de nuevo a la mente. El tuit había sido enviado desde un hotel en Morristown. «Cara de Cobre.» Mi atención vaga otra vez hacia los siete centavos dispuestos sobre el muro—. Y en esa ocasión yo andaba por allí, de vacaciones con un colega policía, así que acudí a la escena. Un disparo en la parte de atrás del cuello, otro en la tripa. Balas de cobre macizo, de alta velocidad y con tan poca fragmentación que el análisis balístico no encontró coincidencia alguna. Pero no cabe duda de que hay un elemento en común en ambos casos. Estamos casi seguros de que se utilizó el mismo rifle, uno muy poco común.

«Estamos.» En algún momento, Marino se ha subido al carro de una investigación que escapa a su jurisdicción. Al parecer, está insinuando que nos encontramos ante unos asesinatos en serie, posiblemente cometidos por francotiradores, y no hay nada peor que una investigación basada en suposiciones. Si uno cree conocer ya la respuesta, lo retuerce todo para que encaje en su hipótesis.

—Vayamos paso a paso hasta saber exactamente a qué nos enfrentamos —le aconsejo mientras miro a Benton, que me observa y echa un vistazo a su móvil.

Sospecho que está revisando los portales de noticias y correos electrónicos, intentando averiguar por su cuenta qué está sucediendo. Sigue lanzando miradas a la Academia de Artes y

Ciencias, donde ha visto un destello como de flash, pero más débil. «Un resplandor fugaz, un reflejo», ha dicho. Me asalta la imagen de una mira telescópica. Pienso en las lentes de baja dispersión y antirreflejantes que utilizan los francotiradores y aficionados al tiro de competición.

Miro a Benton a los ojos y le hago una señal para indicarle que debemos entrar en casa despacio, con tranquilidad, como si tal cosa. Me detengo unos instantes en el patio para echar una ojeada a la barbacoa. La cubro con la tapa, fingiendo serenidad y despreocupación. Si alguien nos espía o nos enfoca con una mira telescópica, no hay nada que podamos hacer al respecto.

Un movimiento brusco o un gesto de pánico solo empeorarían la situación. Lucy y Janet no han avistado a nadie durante su vuelo de reconocimiento, pero eso no despeja mis temores. La persona podría estar camuflada. Quizá se ha escondido al oír que el helicóptero se aproximaba. Tal vez ha vuelto.

—¿Sabes quién es Jack Kuster? —pregunta Marino.

Le respondo que no mientras Benton y yo subimos los escalones de la puerta trasera, con *Sock* a la zaga.

—Morristown —dice Marino—. Es el investigador jefe y el principal instructor de balística forense del lugar. Cree que podríamos estar hablando de un 5R como los que usan los francotiradores y tiradores de precisión que construyen sus propios rifles. Los compis de allí me han puesto al tanto. Además, tengo un interés personal en el asunto. —Marino se crio en Bayonne, Nueva Jersey, y le encanta asistir a conciertos y acontecimientos deportivos en el estadio MetLife. En febrero de este año, la Super Bowl se celebró allí. Sus amigos del Departamento del Sheriff del Condado de Morris se las arreglaron para conseguir entradas—. Hay fragmentos de cobre en la escena, el mismo tipo de partículas brillantes encontradas allí donde la bala salió del cuerpo e impactó contra el asfalto.

—¿Alguien ha movido el cuerpo? —Espero que no sea eso lo que me está dando a entender.

—Por lo visto algunos fragmentos están en la sangre que le ha manado por debajo de la cabeza. Tranquila, nadie ha tocado nada que no debiera.

Benton cierra la mosquitera y luego la pesada puerta de madera antes de correr el cerrojo de seguridad. Me quedo de pie en el recibidor, con el teléfono, y él se aleja hacia la cocina. Corto la comunicación porque me está llamando otra persona. Miro la pantalla para ver quién es.

«Bryce Clark.»

Acto seguido, oigo su voz por el auricular.

—¿Te acuerdas del profe de música de instituto que armó un escándalo porque se sentía perseguido por el gobierno y luego acabó tomándose una cerveza y una barbacoa con Obama? —dice sin preámbulos, y de pronto entiendo por dónde va—. Se portó como un auténtico capullo contigo, ¿recuerdas? Te humilló delante del presidente. Vino a decir que eras una profanadora de tumbas nazi que vendía piel, huesos, ojos, hígados y pulmones al mejor postor. ¿Te acuerdas? —Jamal Nari. Mi estado de ánimo se agria aún más—. ¿Te he dicho ya que se ha liado parda? Todo el mundo se ha hecho eco ya de la noticia. No me preguntes por qué han revelado su identidad tan pronto. ¿Qué han esperado? ¿Una hora? ¿Se lo has preguntado a Marino?

—¿De qué hablas?

—O sea, la dirección donde Nari vive, o mejor dicho, donde vivía, no es ningún secreto, obviamente, pues varios equipos de reporteros, de medios como CNN, Reuters, y mis favoritos, *Good Morning America*, acamparon allí cuando ese desastroso fallo de relaciones públicas le valió una invitación a la Casa Blanca durante la hora feliz. Pero aseguran que se trata de él. ¿Cómo es posible que lo hayan divulgado al mundo entero? —No tengo respuesta—. ¿Acudirás a la escena, o le digo a Luke que salga para allá? Antes de que me contestes, ¿quieres saber mi opinión? Deberías ir tú —añade mi verborreico jefe de personal—. En Twitter ya están circulando toda clase de teorías conspiranoicas. Y no te lo pierdas: un tuit sobre un vecino de Cambridge «presuntamente asesinado en la calle Farrar». Lo han retuiteado un millón de veces desde las nueve de la mañana.

No entiendo cómo ha podido ocurrir algo así. Recuerdo que, según Marino, a Nari lo habían matado entre las nueve cuarenta y cinco y las diez. Le pido a Bryce que envíe un vehículo a la escena cuanto antes y que se asegure de que nuestra gente coloque paneles para aislar el lugar. No quiero que haya curiosos mirando ni tomando fotos con sus teléfonos.

—No revelaremos nada a nadie —le indico—. Ni una palabra. Avisa al servicio de limpieza, y en cuanto hayamos documentado la escena, quiero que eliminen todos los rastros de sangre y otros materiales biológicos, como si nunca hubieran estado allí.

—Me pongo a ello ahora mismo —dice—. ¡Ah, se me olvidaba! ¡Feliz cumpleaños, doctora Scarpetta! Iba a cantártelo, pero tal vez sea mejor que lo deje para más tarde, ¿no?

4

Fue un error informático, una metedura de pata terrible. Confundieron a Jamal Nari con alguien que tenía vínculos con terroristas y de pronto se descubrió que figuraba en la lista de exclusión aérea y estaba bajo vigilancia.

Congelaron sus cuentas bancarias. Agentes del FBI se presentaron en su casa con una orden de registro. Él se resistió, terminó esposado y poco después fue apartado de la docencia. Esto ocurrió hace cerca de un año. La noticia tuvo mucha difusión y se volvió viral en Internet. Se desató una oleada de indignación y él recibió una invitación a la Casa Blanca, lo que solo sirvió para ofender aún más a la gente. Su nombre se me había olvidado por completo. Tal vez lo había bloqueado de mi mente. Me había tratado de forma muy desconsiderada, como un cerdo arrogante.

Sucedió en el sótano de la Casa Blanca, donde hay varias salas pequeñas conocidas en conjunto como la Cantina, engalanadas con manteles elegantes y porcelana fina, flores recién cortadas y paneles de madera noble de los que colgaban cuadros con motivos marítimos. Yo estaba reunida con el director del Instituto Nacional de Normas y Tecnología para hablar de la precariedad de las disciplinas forenses, la insuficiencia de recursos y la necesidad de apoyo por parte de todas las administraciones del país. Llegó la hora feliz, y el presidente apareció para invitar a una cerveza a Jamal Nari, que no desaprovechó la ocasión para insultarme.

Marino llama de nuevo, para comunicarme que está delante de casa.

—Dame quince minutos para que coja mi equipo —le pido.

Sock me da empujoncitos con el morro en las corvas mientras avanzo por el pasillo revestido de paneles y adornado con grabados victorianos de escenas dublinesas y londinenses, y entro en la cocina con electrodomésticos de acero inoxidable de alta calidad y antiguas arañas de luces de alabastro. Benton, de pie frente a una encimera, examina imágenes grabadas por las cámaras de seguridad en uno de los numerosos MacBooks instalados por toda la casa.

—¿Te ha dicho algo tu gente? —Me pregunto si la división de Boston del FBI se habrá puesto ya en contacto con él para informarle sobre el caso de Jamal Nari.

—En esta fase no podemos tomar cartas en el asunto sin una invitación de Cambridge. Y Marino no nos invitará. Además, por el momento no hace falta.

—¿Estás diciendo que el FBI no tiene motivos para creer que el tiroteo guarda relación con el hecho de que Obama llegará hoy?

—Por ahora, no, pero se reforzará la seguridad. Es posible que el asesino intentara lanzar un mensaje islamófobo, teniendo en cuenta que el presidente ofrecerá una rueda de prensa mañana en Boston —me recuerda Benton—. Hablará sobre la escalada de odio y amenazas conforme se acerca la fecha del juicio por el atentado con bomba.

—Jamal Nari no era un terrorista. Que yo recuerde, ni siquiera era musulmán.

—Es una cuestión de percepción.

—Y la percepción que tiene Marino no obedece a motivos políticos o religiosos. Cree que el suceso está relacionado con unos casos de Nueva Jersey. Si está en lo cierto —reitero—, hay razones de sobra para que el FBI se interese por el asunto.

—No sabemos a qué nos enfrentamos, Kay. Las heridas de bala podrían deberse a un suicidio. O a un accidente. Podrían deberse a cualquier cosa. A lo mejor ni siquiera se trata de heridas de bala. No me fiaré de lo que dice nadie hasta que tú misma examines el cuerpo.

—¿No quieres acompañarme? —Cubro la *panzanella* con plástico adherente.

—No resultaría apropiado que me presentara allí.

La forma en que lo dice despierta mis sospechas. Sé distinguir cuando Benton me dice lo que debo oír y no necesariamente lo que es cierto.

—¿Has visto algo? —le pregunto, refiriéndome a las grabaciones de vídeo.

—Por el momento, no, pero eso no me tranquiliza. No cabe duda de que alguien se ha acercado a nuestro muro. Si las cámaras no lo han captado es porque esa persona sabe muy bien cómo ir y venir sin ser detectado.

—O a lo mejor ha sido algo sin importancia y quien lo ha hecho simplemente ha esquivado las cámaras que ni siquiera sabía que existían —sugiero.

—¿Una casualidad? —No cree que lo sea, y yo tampoco.

Guardo la ensalada toscana en el frigorífico, de donde no saldrán el pez espada ni la jarra de Bloody Mary picante que he preparado. Tal vez esta noche podamos disfrutar de una cena que se suponía que iba a ser un *brunch*. Pero lo dudo. Sé cómo solemos acabar en días como este. Ajetreados, sin dormir, y habiendo comido una pizza para llevar, en el mejor de los casos.

—Nuestros agentes se las hicieron pasar moradas a Nari. Da igual quién haya empezado. —Benton vuelve a centrarse en ese tema.

—No me extraña. No me pareció una persona amable o de trato fácil, desde luego.

—Si nos metemos donde no nos llaman, daremos mala imagen. Los medios se aprovecharían de ello. Hay manifestaciones convocadas para mañana en Boston y Cambridge, y una marcha en la calle Boylston. Por no hablar de las protestas contra el FBI y el gobierno, o incluso de los policías locales descontentos con cómo manejamos el asunto del atentado.

—Porque no compartisteis información que habría podido evitar que el agente Collier del MIT fuera asesinado. —No es una pregunta, sino un recordatorio. Soy muy crítica al respecto.

—Puedo intentar conseguir billetes para el vuelo de las siete de la tarde a Fort Lauderdale.

—Necesito que me hagas un favor. —Abro un armario cerca del fregadero, donde guardo la comida y las medicinas de *Sock*, así como una caja de guantes de examen, porque le doy de comer con las manos. Saco un par y se los paso a Benton. A continuación, le doy una bolsa de congelación. Saco de un cajón un rotulador permanente y una cinta métrica—. Las monedas —aclaro—. Quiero que les saques fotos a escala y las recojas. Tal vez no tengan la menor importancia, pero quiero conservarlas como es debido, por si acaso.

Abre un cajón y extrae de él su Glock calibre .40.

—Si Jamal Nari ha sido asesinado, el responsable andaba cerca de aquí esta mañana. A menos de un kilómetro —explico—. Por otro lado, no me gusta que hayas visto un destello entre los árboles. Para colmo, el mes pasado me llegó un mensaje extraño en el que se mencionaba un centavo. También decía algo sobre quedarse con el cambio.

—¿Iba dirigido a ti?

—Sí.

—¿Y me lo dices ahora?

—Recibo muchas comunicaciones absurdas. No es nada nuevo, y este mensaje no parecía muy distinto de los demás. Al menos, no me lo pareció en su momento. Pero hay que tener cuidado. Antes de que vuelvas a salir al jardín, creo que sería muy buena idea que el helicóptero de la policía del estado realizara un vuelo de reconocimiento sobre el bosque y la Academia para asegurarse de que no haya nadie en el tejado, en un árbol o merodeando por ahí.

—Lucy ya lo ha comprobado.

—Comprobémoslo de nuevo. También puedo pedirle a Marino que mande a algunos agentes de uniforme.

—Ya me ocupo yo.

—Tal vez deberías reservar un vuelo para mañana —decido—. No creo que hoy podamos ir a ningún sitio.

Subo las escaleras. El sol entra a raudales por los vitrales franceses situados sobre los rellanos, iluminando las escenas de la vida silvestre como si fueran joyas. Los rojos y azules intensos, lejos de inspirarme alegría en este momento, me recuerdan luces de emergencia.

En la primera planta, dentro del dormitorio principal, me quito la chaqueta y la dejo caer sobre la cama, que sigue sin hacer. Albergaba la esperanza de que la volviéramos a usar.

Por las ventanas que dan al jardín delantero veo a Marino apoyado en su coche camuflado, un Ford Explorer azul oscuro. La cabeza rapada le brilla bajo el sol esplendoroso como si se lustrara la gran calva redonda, y lleva unas Ray-Ban de montura metálica tan anticuadas como su visión del mundo. Aguarda en medio de nuestro camino de entrada, como si no le preocupara mucho que un tirador activo ande suelto por ahí.

Se nota que no estaba de servicio cuando ha recibido la llamada. El voluminoso pantalón de chándal gris y las zapatillas altas de piel son su atuendo habitual cuando entrena con el saco en el club de boxeo, y sospecho que lleva un chaleco bajo la chaqueta Harley-Davidson abrochada hasta arriba. No veo a *Quincy*, el pastor alemán adoptado al que Marino se empeña en considerar un perro policía. Últimamente lo lleva casi siempre consigo a las escenas del crimen, donde olisquea un poco y acaba por orinarse o revolcarse sobre algo asqueroso.

Me lavo la cara y los dientes en el baño. Cuando me despojo de los pantalones con cordón ajustable y el jersey, me encuentro frente a mi imagen reflejada en el espejo de cuerpo completo que ocupa la cara interior de la puerta. Guapa, de una belleza recia, según los periodistas, y estoy convencida de que realmente se refieren a mi personalidad cuando hacen esa clase de comentarios. Soy imponente, curvilínea, menuda, de altura mediana, demasiado delgada o robusta, según quién opine. Pero lo cierto es que la mayoría de los periodistas ignora por completo qué aspecto tengo, y rara vez aciertan mi edad o entienden nada de lo que hago.

Examino las tenues arrugas que me han salido en las comisuras de los ojos a fuerza de sonreír, y la sombra de un surco en el entrecejo que es consecuencia de fruncir el ceño, gesto que intento evitar porque no sirve de nada. Me alboroto la cabellera rubia corta con un poco de gel y me doy un toque de pintalabios, lo que mejora ligeramente mi imagen. Me aplico protector solar mineral en la cara y en el dorso de las manos.

Acto seguido, me pongo una camiseta y, encima, un chaleco antibalas suave nivel IIIA de color pardo verdoso con forro de malla. En un cajón encuentro un pantalón estilo cargo y una camisa de botones y manga larga azul marino con el logo del CFC, mi uniforme de invierno para cuando acudo a escenas de asesinatos o lugares relacionados. Aún no he cambiado este atuendo por prendas ligeras de color caqui. Pensaba hacerlo cuando regresáramos de Florida.

Tras volver a la planta baja, extraigo mi maletín de campo de plástico negro del armario que está junto a la puerta principal. Me siento en la alfombra para ponerme unas botas tobilleras que descontaminé con detergente después de la última vez que las usé. Recuerdo que fue un domingo, a finales de abril. La temperatura por las noches aún descendía a cerca de cinco grados cuando un profesor de la Facultad de Medicina de Tufts se perdió en un sendero del bosque de Estabrook y no lo encontraron hasta el día siguiente. Recuerdo su nombre, el doctor Johnny Angiers. Su esposa cobrará el seguro de vida gracias a mí. No puedo remediar la muerte, pero sí conseguir que sea menos injusta.

Maletín en mano, bajo los escalones de ladrillo de la entrada. Al avanzar, entro y salgo de las sombras proyectadas por los cerezos silvestres y las cormieras con racimos blancos en la punta de las ramas. Debajo crecen jengibres silvestres y helechos, y más adelante están los adoquines rojo oscuro de nuestro angosto camino de acceso, obstruido por el todoterreno de Marino.

—¿Dónde está *Quincy*? —Dirijo la mirada a la jaula vacía en el asiento trasero.

—Estaba en el gimnasio cuando he recibido la llamada —explica Marino—. Me he ido a casa en moto a toda velocidad para coger el coche, pero no he tenido tiempo de cambiarme ni encargarme de él.

—Dudo que eso lo haya hecho muy feliz. —Pienso en el pobre infeliz de mi perro.

Marino da unos golpecitos a un paquete de cigarrillos para sacar uno.

—No hay nada como un buen pitillo después del ejercicio —comento con sarcasmo al ver la llama que brota del encendedor y percibir el olor a tostado del tabaco.

Le da una larga calada, inclinándose contra el vehículo.

—No me sueltes un sermón por fumar. Sé buena conmigo hoy.

—En este momento yo misma me fumaría uno. —Subo al todoterreno y sigo hablando con él a través de la puerta abierta.

—Tus deseos son órdenes. —Aspira de nuevo, y la punta del cigarrillo arde con más fuerza, como un ascua cuando se la sopla.

Agita la cajetilla, y por la abertura asoma un filtro marrón, saludándome como un viejo amigo. Como en los viejos tiempos. Me siento tentada. Me ciño el arnés del hombro, y de pronto Benton sale de casa y se dirige hacia nosotros con paso veloz y decidido.

5

Las brillantes monedas de cobre relucen en el interior de la bolsa de congelación que lleva Benton. La ha cerrado con una cinta en la que ha escrito sus iniciales e información sobre el contenido.

—¿Qué cojones...? —Las palabras de Marino brotan en medio de una nube de humo—. ¿Para qué me das esto?

—O te encargas de ello o acabará en los laboratorios del FBI en Quantico. —Le entrega la bolsa y un rotulador—. Lo que no tendría ningún sentido. Te he enviado las fotografías por correo electrónico.

—¿Qué? ¿Estás haciendo una prueba para un puesto de técnico forense? ¿Ya no te basta con leer tu bola de cristal? Bueno, puedo preguntar, pero estoy casi seguro de que no hay plazas vacantes en la policía de Cambridge.

—No son falsas y no me cabe la menor duda de que están bruñidas —me informa Benton—. Si las examinas con lupa, verás que todas presentan una corrosión muy sutil. Es posible que las hayan abrillantado con tambor. Los entusiastas de las armas que recargan la munición a mano suelen usar tambores para pulir las vainas. Hay que enviar las monedas al laboratorio cuanto antes.

Marino sujeta la bolsa en alto.

—No lo pillo.

—Nos las han dejado encima del muro —explico—. Esto habría podido esperar a que estuviéramos seguros de que no hay nadie por aquí —le digo a Benton.

—No hay nadie. Así es como actúa este tipo de delincuente.

—¿Qué tipo de delincuente? —pregunta Marino—. Me siento como si me hubiera perdido la primera parte de la película.

—He de irme. —Benton me sostiene la mirada. Desplaza la vista alrededor y vuelve a posarla en mí antes de entrar de nuevo en casa, donde estoy convencida de que ha estado planeando algo que no piensa compartir conmigo.

Marino garabatea sus iniciales, la hora y la fecha en la bolsa, guiñando el ojo cerrado tras las Ray-Ban a causa del humo que le sube a la cara. Le da una última calada al cigarrillo, se agacha para restregarlo contra un adoquín hasta apagarlo y se guarda la colilla en el bolsillo. Es una vieja costumbre que le viene de trabajar en escenas del crimen, donde está mal visto dejar desechos que alguien podría tomar por pruebas. No soy ajena a esta práctica. Hubo una época en que hacía lo mismo. Cuando olvidaba vaciarme los bolsillos antes de que el pantalón o la chaqueta acabaran dentro de la lavadora, el resultado no era agradable.

Marino sube al todoterreno y mete con impaciencia la bolsa de congelación en la guantera.

—Hay que someter las monedas a un análisis de huellas dactilares, de ADN y luego de rastros —le indico mientras cerramos las puertas del coche—. Trátalas bien. No quiero que introduzcas nuevas alteraciones como arañazos en el metal por ir dándoles golpes contra las cosas.

—¿O sea que debo tomármelas en serio, tratarlas como pruebas de verdad? ¿Te importaría explicarme qué narices está pasando?

Le cuento lo que recuerdo del correo electrónico anónimo que recibí el mes pasado.

—¿Logró averiguar Lucy quién lo mandó?

—No.

—Es coña, ¿no?

—No lo consiguió.

—¿Sus habilidades de pirata informática no le sirvieron para averiguarlo? —Da marcha atrás para salir del camino de entrada—. Lucy debe de estar perdiendo facultades.

—Por lo visto, el autor fue lo bastante listo para enviarlo

desde un ordenador de uso público en un centro de negocios de un hotel —aclaro—. Ella te dirá cuál. Si no recuerdo mal, dijo que estaba en Morristown.

—Morristown —repite—. ¡Joder! La misma zona donde dispararon a las dos víctimas de Jersey.

Enfilamos la calle y me llama la atención lo tranquila que parece ahora, cerca del mediodía, en uno de esos días de mediados de junio en que cuesta imaginar a alguien tramando una fechoría. La mayoría de los estudiantes de grado se han ido ya de vacaciones, mucha gente está en el trabajo y otros están en casa, ocupándose de las tareas que habían aparcado durante el año académico.

El profesor de economía, nuestro vecino de enfrente, está cortando su césped. Alza la vista y agita la mano para saludarnos, como si todo fuera bien en el mundo. La esposa de un banquero que vive a dos casas de la nuestra está podando un seto, y frente a la residencia contigua hay aparcada una camioneta con el rótulo CUIDADOS DEL JARDÍN SONNY. No muy lejos veo a un hombre delgado con gafas de sol, unos vaqueros que le vienen grandes, una sudadera y una gorra de béisbol. Hace un ruido infernal con el soplador de hojas de gasolina con el que está despejando la acera, y cuando pasamos por delante, no se digna mirarnos ni interrumpir el trabajo hasta que nos alejemos, como dictan las normas de cortesía. Las briznas de hierba y la arenilla golpean el todoterreno con una rápida sucesión de chasquidos.

—¡Gilipollas! —Marino enciende las luces de emergencia y la sirena.

El joven no le presta la menor atención. Ni siquiera parece darse cuenta.

Marino frena con violencia, deja la palanca de cambio automático en «aparcar» y se apea, hecho una furia. El motor del soplador es tan ruidoso como el de una lancha fuera borda. De pronto, se hace el silencio cuando el chico apaga el aparato. Se queda mirando a Marino a través de sus gafas oscuras, con la boca expresiva. Intento situarlo. Tal vez solo lo haya visto por el barrio llevando a cabo labores de jardinería.

—¿Te gustaría que le hiciera eso a tu coche? —le grita Marino.

—No tengo coche.

—¿Cómo te llamas?

—No tengo por qué decírtelo —replica en el mismo tono de indiferencia, y yo reparo en que tiene el cabello largo y color zanahoria.

—¿Ah, sí? Eso ya lo veremos.

Marino camina con paso airado alrededor de la camioneta, inspeccionándola. Saca una libreta y, con ademanes exagerados, anota el número de matrícula. A continuación, le hace unas fotos con su BlackBerry.

—Si descubro algo, te pondré una multa por dañar material municipal —lo amenaza, con las venas del cuello hinchadas.

El joven se encoge de hombros. No está asustado. Le importa un carajo. Incluso esboza una media sonrisa.

Marino sube de nuevo al coche y arranca.

—Gilipollas de mierda.

—Bueno, has dejado claro tu punto de vista —comento con sequedad.

—¿Qué coño les pasa a los chavales de hoy en día? Los educan fatal. Si fuera mío, lo inflaría a hostias.

Me abstengo de recordarle que Rocco, su único hijo, que está muerto, era un delincuente profesional. Marino solía inflarlo a hostias, pero no le sirvió de mucho.

—Te veo muy alterado hoy —señalo.

—¿Sabes por qué? Porque creo que nos enfrentamos a un puto terrorista en nuestro propio patio trasero. Eso me dice el instinto, aunque te juro que preferiría estar equivocado, y tengo una bronca con Machado por ello.

—¿Y desde cuándo lo crees exactamente?

—Después del segundo caso de Nueva Jersey. Tengo la desagradable sensación de que Jamal Nari es el tercero.

—Por lo general los terroristas reivindican sus acciones —le recuerdo—. No permanecen en el anonimato.

—No siempre.

—¿No tenía enemigos? —Redirijo la conversación hacia la causa de que mis vacaciones se retrasen o quizás incluso se vayan al traste. Por encima de todo, necesito que Marino se concentre en el problema que tenemos entre manos y no en especulaciones sobre vínculos con Nueva Jersey, el terrorismo u otros temas—. Cabe suponer que después del revuelo que se levantó, a Jamal Nari debieron de salirle algunos detractores.

—Hasta donde sabemos, ninguno con motivos para llegar a este extremo. —Marino gira por la calle Irving.

Una ligera brisa agita los árboles de madera dura, cuyas sombras oscilan en el asfalto soleado. El tráfico es intermitente: un par de coches, un ciclomotor y un camión de obra grande y pesado al que Marino se arrima por detrás dando bocinazos porque va demasiado lento. El vehículo se aparta para dejarlo pasar, y Marino acelera a fondo.

No cabe duda de que está de mal humor, y dudo que sea solo por su supuesta «bronca» con Machado. Hay algo más. Tal vez tenga miedo y esté haciendo todo lo posible por disimularlo.

—¿Y el problema sonado con el FBI lo tuvo más o menos por estas fechas el año pasado? —le pregunto—. ¿Por qué esperar hasta ahora para atacarlo? Mucha gente se había olvidado ya del asunto. Incluida yo.

—No entiendo cómo puedes haberlo olvidado después del modo en que te trató en la Casa Blanca, acusándote de vender órganos, de practicar autopsias para forrarte y todas esas chorradas. Resulta un poco irónico que vayan a someterlo justo a aquello por lo que te criticaba.

—¿Vivía solo? —pregunto.

—Con Joanna Cather, su segunda esposa. Fue alumna suya en el instituto, donde ahora trabaja como psicóloga. —La ira de Marino se ha mitigado—. Empezaron a salir juntos hace un par de años, por la época en que él se divorció. Huelga decir que ella es mucho más joven. Cuando se casaron, conservó su apellido de soltera por razones obvias.

—¿Qué razones obvias?

—El apellido Nari es musulmán.

—No necesariamente. Podría ser italiano. ¿Era musulmán él?

—Supongo que los federales supusieron que lo era y por eso fueron a por él.

—Fueron a por él debido a un error informático, Marino.

—Lo que importa es la impresión que tiene la gente y las suposiciones que hace. Si creían que era musulmán, tal vez eso tenga que ver con su asesinato, sobre todo considerando la visita inminente de Obama y su encuentro con Nari en la Casa Blanca el año pasado. Desde el atentado del maratón, hay una sensibilidad a flor de piel respecto a los yihadistas y los extremistas frustrados. A lo mejor nos las vemos con un justiciero que se dedica a despachar a personas que cree que lo merecen.

—¿Jamal Nari era musulmán y ahora de pronto lo convertimos también en yihadista o en un islamista radical cabreado por las guerras de Iraq y Afganistán? —Noto que cierra la boca, tensando los músculos de las mandíbulas—. ¿Qué te pasa, Marino?

—No soy objetivo al respecto, ¿vale? —estalla de nuevo—. El asunto Nari me altera mucho. No puedo evitarlo. ¡Siendo él quien era, encima lo recompensan con un puto viaje a la Casa Blanca! ¿Qué será lo siguiente? ¿Aparecerá en la portada de *Rolling Stone*?

—No es por él, sino por las bombas. La muerte de un policía del MIT que estaba ocupándose de lo suyo, sentado en su coche patrulla una noche que estabas de servicio. Podría haberte pasado a ti.

—Terroristas de mierda. ¿No podía el FBI haberse tomado la molestia de avisarnos que estaban en la zona de Cambridge...? Ese detalle habría bastado para que ningún poli se quedara sentado en su coche, ofreciendo un blanco fácil. No hacía ni seis meses que había vuelto a patrullar cuando sucedió aquello. Gente asesinada a sangre fría, con las piernas hechas pedazos. Así es el mundo en que vivimos. No entiendo cómo habéis podido superar algo así.

—No lo hemos superado. Solo te pido que dejes eso a un lado en estos momentos. Hablemos del lugar donde vivía Jamal Nari.

—Un apartamento de una habitación. —Las Ray-Ban de Marino miran fijamente al frente—. Se mudaron allí después de casarse.

—Esta zona de Cambridge es cara —comento.

—El alquiler cuesta tres de los grandes. Por algún motivo, no suponía un problema para ellos. Tal vez porque cuando lo apartaron de la enseñanza demandó al centro por discriminación. Lógico, ¿no? No sé a qué acuerdo llegaron, pero lo averiguaremos. Por ahora, todo apunta a que su situación económica era un poco mejor que la de un profesor de instituto promedio.

—¿Lo sabes por Machado?

—Tengo muchas fuentes.

—¿Y dónde estaba Joanna Cather esta mañana, mientras mataban a su marido?

—En Nuevo Hampshire, camino de un centro comercial de saldos, según ha declarado ella. Ya viene hacia aquí. —Vuelve a ponerse taciturno y se niega a mirarme.

—¿Sabes que a las nueve de la mañana ya circulaba por Internet el rumor de que habían matado a un hombre en Cambridge, en la calle Farrar? Ya lo estaban retuiteando incluso antes de que se produjera el presunto tiroteo.

—La gente siempre la caga al calcular la hora en la que ha pasado algo.

—Al margen de cómo la caga la gente —repongo—, deberías saber exactamente a qué hora se ha realizado la llamada a la policía.

—Exactamente a las diez y dos minutos —dice—. La mujer que descubrió su cuerpo tirado en el suelo asegura que lo vio aparcar y empezar a sacar las bolsas de la compra de su coche hacia las nueve cuarenta y cinco. Quince minutos después, se percató de que yacía sobre el pavimento, detrás de su coche. Supuso que le había dado un infarto.

—¿Cómo pudo alguien enterarse antes incluso que la policía? —insisto.

—¿Quién te lo ha dicho?

—Bryce.

—A lo mejor se ha hecho un lío. No sería la primera vez.

—Por desgracia, en estos tiempos hay que tener cuidado con los alumnos —alego mientras reducimos la velocidad al acercarnos a un cruce de cuatro vías—. Si eres profesor o trabajas en un centro de enseñanza, puedes sufrir una agresión por parte de un adolescente o incluso alguien más joven. Es algo cada vez más frecuente.

—Este caso es distinto. Lo tengo muy claro —asevera.

Un corredor pasa por el cruce y se dispone a enfilar la calle Farrar, pero al parecer se fija en los vehículos de emergencia y las unidades móviles de televisión. Alza la vista hacia los helicópteros que permanecen suspendidos en el aire a unos trescientos metros de altura. Cambia de idea y se dirige hacia la calle Scott, lanzando miradas nerviosas hacia atrás y en torno a sí mientras acelera el paso.

—Evidentemente, debemos investigar a sus alumnos y a aquellos con los que su mujer tuviera contacto —añado—. ¿Has hablado tú con ella?

—Aún no. Solo sé lo que me ha contado Machado. Según él, parecía alterada y en estado de *shock*. —Por fin se aviene a mirarme—. Hablando en plata, se puso histérica perdida, y no parecía estar fingiendo. Mencionó a un chaval al que ha estado ayudando y dijo que no hay razón para suponer que quiere hacerle daño a nadie, pero cree que está algo obsesionado con ella. O tal vez el que disparó a Nari pretendía robarle. Esa es la otra posibilidad que se le ocurrió.

—¿Dijo que le habían disparado?

—Creo que se enteró por boca de Machado. No me dio la impresión de que lo supiera desde antes.

—Deberíamos confirmarlo.

—Gracias por ayudarme a hacer mi trabajo. Está claro que de no ser por ti no sabría atar cabos.

—¿Estás enfadado conmigo o con los terroristas en general? ¿Qué problema tienes con Machado? —Se queda callado. Lo dejo correr por el momento—. O sea que Jamal Nari había ido a hacer la compra. —Desbloqueo mi iPhone y realizo una búsqueda en Internet—. ¿Formaba eso parte de su rutina de los jueves de verano por la mañana?

—Según Joanna, no —contesta—. Estaba aprovisionándose porque en teoría iban a pasar un fin de semana largo en Stowe, Vermont.

Jamal Nari aparece en la Wikipedia. Hay decenas de artículos de medios distintos sobre su roce con el FBI y su visita a la Casa Blanca. De cincuenta y tres años, nacido en Massachusetts, hijo de un hombre cuya familia procedía de Egipto y una mujer de Chicago. Dotado para la guitarra, estudió en la prestigiosa Berklee School of Music en Boston y tocó en teatros musicales y en grupos hasta que decidió sentar cabeza e impartir clases. Su coro del instituto figura todos los años entre los tres mejores de Nueva Inglaterra.

—Pero si ya se ha montado un circo aquí —observo cuando llegamos a la escena del crimen.

Reconozco los dos helicópteros que tenemos justo encima, el del canal Doce y el del canal Cinco. Hay por lo menos una docena de vehículos de la policía, entre coches patrulla y camuflados, además de varias unidades móviles y otros vehículos que podrían pertenecer a periodistas. Los medios han acudido sin demora, como suele ocurrir en la actualidad. La información es instantánea. No es raro que los reporteros lleguen a la escena antes que yo.

Aparcamos detrás de una furgoneta blanca y sin ventanas del CFC que runrunea en el arcén. A pesar de que el caduceo y la balanza de la justicia pintados en azul en las puertas componen una imagen sutil y de buen gusto, nada suaviza el impacto que produce la siniestra presencia de uno de mis vehículos forenses. No es una visión grata para nadie. Solo puede significar una cosa.

—De pronto, el tío va y se compra un todoterreno Honda rojo nuevecito. —Marino señala el vehículo aparcado delante de la casa—. Debió de salirle por un pico.

—¿Y crees que se cambió el coche porque se sentía acosado? —No me parece lógico—. Si alguien iba a por él, dudo que esa medida le sirviera de mucho. El acosador no tardaría en darse cuenta.

—Tal vez no tenga importancia lo que yo crea. Tal vez el Guerrero Portugués esté al cargo de esta investigación. Al menos durante cinco minutos.

—Tenéis que llevaros bien. Creía que erais buenos amigos.

—Ya. Pues te equivocabas.

Nos apeamos mientras mi equipo de transporte, Rusty y Harold, abren la puerta de atrás de la furgoneta para sacar una camilla y paquetes de sábanas desechables.

—Hemos colocado los paneles —me informa Harold.

—Ya lo veo —respondo—. Bien hecho.

Las cuatro grandes telas de nailon negro, sujetas por medio de tiras de velcro a unos bastidores de PVC, forman un refugio lo bastante espacioso para que yo pueda trabajar en su interior sin que los curiosos alcancen a ver el cadáver. Sin embargo, al igual que las barreras temporales que resguardan de miradas indiscretas a las víctimas de accidentes de tráfico mortales, indican que ahí se ha producido una carnicería y no impiden que se graben imágenes desde los helicópteros. Por más que nos esforcemos, no lograremos evitar que el cuerpo sin vida de Jamal Nari aparezca en las noticias.

—Y hemos reforzado la base con sacos de arena para que nadie tumbe un panel sin querer —agrega Harold, ex director de una funeraria que no se quita el traje y la corbata ni para dormir.

—O por si un helicóptero se acerca demasiado. —Rusty, como siempre, lleva vaqueros y sudadera, y la larga cabellera cana recogida en una cola de caballo.

—Esperad un momento —les pido.

Deben quedarse donde están, aguardando a mi señal. No me hace falta darles más explicaciones. Ya conocen la rutina. Necesito un rato para trabajar y pensar. Cuento a seis policías de paisano sentados en sus coches patrulla y apostados en el perímetro. Se encargan de que nadie acceda sin autorización a la escena del crimen mientras permanecen atentos por si algún sospechoso ronda por aquí. Reconozco a dos técnicos forenses de Cambridge que no podrán hacer gran cosa hasta que yo acabe, y localizo el todoterreno de Sil Machado, un Ford Explorer azul oscuro, como el de Marino, pero menos encerado y abrillantado.

Machado —el apuesto y moreno Guerrero Portugués— está hablando con una joven corpulenta de cabello negro con chándal. Están los dos solos, a la sombra de un arce, frente a una suntuosa casa de estilo victoriano con tejado piramidal de pizarra acondicionada como edificio de apartamentos. Marino me comunica que la unidad de Nari está detrás, en la planta baja.

Recojo mi maletín de campo, pero no me muevo de detrás del todoterreno de Marino. Permanezco totalmente inmóvil, reconociendo el terreno.

6

La cinta de color amarillo chillón con las palabras POLICÍA - NO PASAR está enrollada en torno a gruesos troncos de robles y farolas de hierro. Rodea la finca, entrecruzada con las barras de la verja, e impide el paso a la entrada principal, cubierta por un tejadillo de dos aguas.

Reparo en las matrículas provisionales del Honda rojo, la puerta trasera abierta, los cartones de leche y zumo, las manzanas, las uvas, los plátanos y las cajas y bolsas de cereales, galletas saladas y patatas fritas esparcidas por el suelo. Unas latas de atún que han rodado hasta el bordillo se encuentran no muy lejos de donde tengo los pies, y unos melones verdes con la cáscara partida rezuman un jugo que desprende un olor dulce. Hay un tarro de salsa hecho añicos, y percibo el aroma a tomate y especias. Los alimentos derramados bajo el sol han captado la atención de las moscas, que se posan sobre ellos.

Lo que antes era el jardín delantero es ahora una zona de aparcamiento con varias plazas. Hay un escúter encadenado a una farola, y dos bicicletas sujetas por cables gruesos y candados a pilares del porche perimetral, construido alrededor de una ventana en saliente. Concluyo que en este lugar seguramente viven estudiantes, además de un profesor de música de instituto de cincuenta y tres años casado en segundas nupcias con una mujer llamada Joanna que en teoría se hallaba en un centro comercial de saldos en Nuevo Hampshire cuando la policía le comunicó la terrible noticia.

Continúo dando vueltas a este detalle cuando me agacho para entrar por debajo de la cinta. Si Nari y su mujer habían planeado pasar un fin de semana largo en Vermont, ¿por qué se había ido ella a un centro comercial situado a una hora de viaje? ¿O más bien se había asegurado de no estar siquiera en Massachusetts a las nueve cuarenta y cinco de la mañana? Llego ante los paneles de ocultación. El velcro hace un ruido como de desgarro cuando abro la tela más cercana a la parte de atrás del todoterreno rojo. Quiero estar segura de que los coches que pasan por la calle y los espectadores que miran desde las aceras o desde sus jardines no alcancen a ver lo que no les concierne.

Sin atravesar aún la barricada cuadrada y negra, reflexiono sobre lo que, según Marino, Joanna le dijo a Machado: que no tiene idea de por qué alguien querría matar a su marido. Sin embargo, mencionó a un alumno del instituto al que ella intentaba ayudar. También sugirió la posibilidad de que fuera un atraco fortuito que había tenido el peor resultado posible, pero no fue eso lo que ocurrió.

Dejo mi maletín de campo al lado de la barrera de ocultación. El sol, que está casi en el cénit, ilumina el interior. Noto el olor acre y metálico de la sangre que empieza a descomponerse. Las moscardas revolotean zumbando en torno a heridas y orificios para depositar sus huevos en ellos.

El cuerpo yace boca arriba en el pavimento, con la pierna derecha extendida y la izquierda ligeramente doblada. Los brazos descansan a sus costados, laxos. No tropezó. No intentó amortiguar la caída ni se movió cuando ya estaba en el suelo. No podía.

El suero se separa del resto de los componentes de la sangre, que en los bordes se encuentra en la fase inicial de la coagulación, lo que parece indicar que le dispararon en las últimas dos horas. Han comenzado a producirse alteraciones *post mortem*, pero a un ritmo muy reducido porque el aire está seco, a unos veinte grados, sopla una brisa fresca y él lleva varias capas de ropa. Calculo que su temperatura corporal será de unos treinta y cuatro grados; ha empezado a ponerse rígido. La sangre atrae de nuevo mi atención.

Procede de la herida del cuello. Tras descender por la leve pendiente del asfalto, ha empapado la parte de arriba y posterior de la camisa blanca y formado un charco que se extiende aproximadamente hasta un metro del cuerpo. De la herida en el ojo apenas parece haber manado sangre; solo un hilillo que desciende por el costado del rostro y que le ha manchado el cuello de la camisa. Es una hemorragia muy escasa para tratarse de heridas tan profundas en zonas vasculares. El corazón ha tardado muy poco en dejar de latir. Es posible que se le parara al instante.

Me fijo en las llaves del coche, que están cerca, en las dos bolsas de papel marrón de Whole Foods cuyo contenido se ha desparramado. Nari llevaba la llave y las dos bolsas en las manos en el momento en que se ha desplomado como un edificio. Quedan ocho bolsas más en el compartimento del todoterreno, cuya luz interior está encendida, y me quedo perpleja ante la cantidad de cosas que ha comprado para un viaje de tres días.

Alcanzo a ver rollos de papel de cocina y de papel higiénico, paquetes de papel de aluminio y bolsas de basura, y una caja de vodka Smirnoff con botellas de vino y licores en los compartimentos. Si hay aún más bolsas dentro del apartamento, Nari debe de haberse marchado de casa muy temprano para poder hacer una compra tan abundante en más de un establecimiento. Whole Foods, un supermercado de productos naturales, no vende bebidas alcohólicas.

Su aspecto me resulta familiar, y no solo por el breve encuentro que tuve con él. Lo he visto en las noticias. Es posible que me haya cruzado con él alguna vez en el barrio, pero no lo recuerdo. Observo el cuerpo con detenimiento antes de tocarlo, para formarme una visión general e impresiones inmediatas. Hago un esfuerzo por apartar de mi mente aquel desagradable episodio en Washington, las cejas arqueadas y la sonrisa desconcertada del presidente cuando Nari se me tiró al cuello.

Tiene el cabello corto, cano y con entradas, facciones duras y una mandíbula cuadrada y prominente con un pequeño grado de prognatismo. Bien afeitado, es de estatura media y figura esbelta, con poca grasa corporal, aunque su barriga hinchada me llama la atención. Quizá beba mucha cerveza. Le echo un metro setenta y dos de altura, y setenta y dos kilos de peso. Aparenta menos edad de la que tiene.

—¿Puedo ayudar en algo, jefa? —La voz con acento hispano pertenece a la investigadora del CFC Jen Garate, de larga cabellera negra, ojos azules, piel aceitunada. En mitad de la treintena, irradia una belleza exótica y algo pretenciosa.

Le gusta llevar prendas ajustadas que realzan sus voluptuosas curvas, y sorprendo a Machado mirándola. Sigue hablando con la joven del chándal, que parece agitada y nerviosa. Al verme, él se disculpa y echa a andar hacia mí.

—Ya he acabado aquí —le digo a Jen.

—Has elegido el mejor día posible para irte de vacaciones —comenta con ironía—. Habría llegado antes de no ser por la niña ahogada, ¿sabes? —Ignoro a quién se refiere y no pienso preguntárselo en este momento—. Estúpida cría —dice de todos modos—. El agua está helada y a ella no se le ocurre nada mejor que saltar sobre la lona de la piscina. Menos mal que llevamos trajes de neopreno en la parte de atrás de las furgonetas. Pero me entraba agua por la junta del cuello, así que he tenido que lavarme.

—Gracias por tu ayuda —respondo en un tono que no la invita a proseguir con su parloteo.

—Me pregunto si Lucy sigue ahí arriba. —Alza la vista hacia un helicóptero lejano, bimotor pero con patines. La observación sobre Lucy me causa extrañeza. ¿Cómo sabe Jen que ella estaba volando hoy? No son amigas; ni siquiera mantienen una relación cordial. Reconozco la forma del fuselaje de un Eurocopter, posiblemente del servicio de emergencias médicas—. Solo por curiosidad: si Obama llega hoy ¿cómo ha conseguido permiso para volar en espacio aéreo restringido? Supongo que tus contactos en el Departamento de Defensa habrán ayudado, por no hablar de tu marido.

—Para obtener un permiso necesitas que la Administración de Seguridad en el Transporte investigue tus antecedentes y haber solicitado una autorización por adelantado. —Interrumpo mi tarea y le sostengo la mirada—. No tengo enchufe con la Administración Federal de Aviación y no estoy segura de qué insinúas.

—Solo digo que mola ser piloto, eso es todo.

—Nos vemos en la oficina. —Es mi forma de zafarme de ella.

Tras titubear por unos instantes con su pantalón estilo cargo y su camiseta de manga larga que parece llevar pintada en la piel, le sonríe a Machado, que devora con los ojos los encantos que ella nunca hace el menor intento de ocultar.

A Jen le da igual quién la mire, ya sea hombre o mujer. Tengo la mala suerte de que mi nueva investigadora jefe sea una narcisista frívola, y la contraté porque necesitaba a alguien que sustituyera a Marino tras su renuncia. Cualificada para el puesto y formada en Nueva York, es lista y competente, pero he descubierto que ficharla fue un error. No puedo despedirla solo porque tenga una conducta inapropiada y caiga mal a algunas personas. No puedo decirle cómo debe vestir o comportarse porque, sin duda, me demandaría por ello. La miro mientras se aleja hacia la calle, contoneándose, moviendo las redondas nalgas de un lado a otro.

—¿Doc? —me saluda Machado con los ojos ocultos tras unas Oakley modelo Half Jacket, muy popular entre policías y militares.

Va impecable, como de costumbre, con unos pantalones caquis bien planchados, camisa blanca, corbata azul de rayas y una cazadora azul marino con las palabras POLICÍA DE CAMBRIDGE bordadas en letras amarillas en la espalda. La chaqueta le viene grande y la lleva abrochada hasta arriba para disimular el chaleco antibalas. Resulta evidente que estaba de servicio cuando la policía ha recibido la llamada, y no se me escapa el detalle de que Marino ha cruzado los brazos con expresión severa y vuelve a tener los músculos de las mandíbulas apretados.

—Me cuentan que te hemos fastidiado el día —dice Machado.

—Más se lo han fastidiado a él.

—Siento lo de tus vacaciones.

—Ahora mismo no parece muy importante, dadas las circunstancias. —Levanto los robustos cierres de plástico de mi maletín de campo y extraigo un traje de protección de Tyvek en un envoltorio de celofán—. ¿Qué habéis hecho hasta ahora?

—Tenemos fotografías y he echado un vistazo al apartamento, solo una ojeada rápida para comprobar que no hubiera nadie que no debía estar allí. La puerta estaba entornada. Al parecer, él ya había entrado con tres bolsas y estaba sacando otras del coche cuando alguien se lo cargó. —Hojea una libreta mientras yo me enfundo el traje de protección por encima de la ropa. En el fondo del maletín encuentro unos cubrezapatos y me los calzo, sosteniéndome primero sobre un pie, luego sobre el otro. Vestirse para la escena del crimen es todo un arte. He visto a investigadores experimentados ponerse el traje del revés o perder el equilibrio—. ¿Ves a esa mujer? —Machado vuelve los ojos hacia la joven con la que hablaba—. Vive en el apartamento de la planta de arriba. Estudia un posgrado en Harvard y dice que estaba trabajando frente a su mesa cuando ha visto llegar a Nari en coche. Cuando ha vuelto a mirar, él ya estaba tumbado en el mismo sitio en que está ahora.

—¿Ha oído disparos o algún ruido similar? —Embuto las manos en unos guantes.

—Según ella, no, y nadie ha denunciado haber oído tiros en la zona. Ya estamos entrevistando a los vecinos. Por el momento, no hemos sacado nada en limpio, pero la estudiante de posgrado... —Dirige de nuevo la vista hacia la chica, que está de pie en la acera con aspecto aturdido—. Angelina Brown, veinticuatro años, cursa el doctorado en pedagogía. —Marino anota la información, con la boca torcida como si acabara de comer algo que le ha sentado mal—. Ha hecho un comentario interesante. Ya lo investigaremos. Al parecer, su mesa está situada frente a la ventana que da a la calle, desde donde alcanza a ver quién entra o sale de la casa. Dice que se ha fijado en un chico del barrio. Va calle arriba y calle abajo en bicicleta. No hace mucho, Joanna Cather estaba fuera, charlando con él, y rodearon el edificio, tal vez para ir al apartamento de ella. Angelina está casi segura de que el coche de Nari no estaba aquí en ese momento. Le pareció raro que Joanna invitara a un hombre al apartamento cuando su esposo no estaba en casa.

—¿Sabemos cómo se llama el chico o qué aspecto tiene? —Marino no deja de tomar notas.

—Es bajo, delgado, va siempre con gorra.

—Solo hay un par de personas que encajarían en esa descripción —tercia Marino con sorna, pero Machado lo ignora.

—Dice que el chaval cuenta unos dieciséis —continúa—, año más, año menos. Lleva los pantalones con la cintura muy baja, ya sabes, la típica ropa holgada de chico malo.

—Ajá. Deja que lo adivine. Es el mismo al que Joanna afirma estar ayudando —dice Marino—. Ya, bueno, a lo mejor ha estado dándole algo más que consejos.

—Si tu testigo está en lo cierto y la persona de la bici es el mismo estudiante al que en teoría Joanna está echando una mano, no debe de vivir lejos de aquí —señalo, y el Tyvek cruje como un papel cuando me pongo en cuclillas junto a la abertura de la barrera—. De lo contrario, no vendría en bici, supongo.

—Hablaré con ella —asegura Marino con sequedad, y al volver la vista atrás, veo sus zapatillas de bota, enormes como las de un jugador de la NBA.

—Tú mismo —contesta Machado.

—Sí, tranquilo, yo mismo. —Marino se aleja mientras examino las manos del profesor de música fallecido.

Le doblo los dedos y noto que el *rigor mortis* empieza a manifestarse en los pequeños músculos. El cuerpo aún está tibio. Desabrocho los primeros botones de la camisa y descubro unos tatuajes. Árboles con cuervos volando en la parte izquierda del pecho, y una especie de logotipo en el hombro derecho, la palabra *RainSong* en letras estilizadas. Machado se acuclilla a mi lado.

—Me imagino que la testigo, Angelina Brown, no ha mencionado haber visto al mismo chico en la zona esta mañana, ¿verdad? —Coloco un termómetro largo bajo el brazo derecho y dejo otro en el compartimento superior de mi maletín.

—Se lo he preguntado. Dice que no. —Machado observa lo que hago—. Pero tampoco es que se pase el día mirando por la ventana. Puede que él entrara por el jardín de atrás sin que ella se diera cuenta.

—¿Hay alguna posibilidad de que, en realidad, no estuviera en Nuevo Hampshire cuando os pusisteis en contacto con ella?

—Eso nos lo confirmarán las torres de telefonía que captaron la señal de su móvil cuando la llamé.

Tiro del cuerpo hacia mí y noto el peso laxo contra mis rodillas mientras busco señales de lividez cadavérica, que es lo que ocurre cuando la sangre ya no circula y se asienta debido a la gravedad. Empieza a formarse en la espalda; una zona de color rosa oscuro que palidece cuando la aprieto.

—Me pregunto —prosigo— si cabe la posibilidad de que ella estuviera en el apartamento. Si recibió una visita mientras el marido estaba comprando y luego se marchó en un momento estratégico, expresamente o por casualidad, justo antes de que él regresara.

—Exacto. Las torres de telefonía nos revelarán si ella miente. Pero me pregunto por qué te preguntas eso. —Clava la vista en mí.

—Porque ya me he encontrado con situaciones semejantes. Y aún hay mucha gente que no es consciente de la cantidad de información que sus teléfonos móviles proporcionan a quienes están interesados en obtenerla. Mienten porque no tienen idea de la facilidad con que los pillarán.

—Pero no creo que ella fuera tan ingenua después del mal trago que pasaron con el FBI —alega Machado, y no le falta razón.

—Supongo que tu testigo no se habrá fijado en si el coche de Joanna estaba aquí por la mañana —añado.

—Pues te daré un dato interesante. Resulta que hoy llevaba un coche de alquiler.

—¿Por qué?

—No lo sé, pero diría que todas las posibilidades están abiertas —responde Machado—. Y esa es una de las razones por las que no queremos a nadie dentro del apartamento hasta que hayamos peinado hasta el último rincón. Solo estamos esperando la orden judicial.

Se huele que la esposa ha tenido algo que ver con el asesinato del marido, y no es de extrañar que haya concebido esta sospecha de entrada. Pero a juzgar por lo que la testigo Angelina Brown ha dicho y por lo que yo misma estoy viendo, a Jamal Nari no lo ha dejado tieso un chaval de instituto celoso armado con una pistola. Tampoco lo ha liquidado un asesino a sueldo que se le ha acercado, le ha descerrajado un tiro y ha seguido su camino.

Si alguien hubiera disparado un arma de fuego desde la casa o el jardín, alguien lo habría oído. Tengo el firme presentimiento de que lo abatió desde lejos un tirador experto que pretendía lanzar un mensaje. Extraigo una lupa de mano para inspeccionar con mayor detalle el orificio tangencial en la parte posterior del cuello, junto al nacimiento del pelo. Tomo fotografías. Ladeo la cabeza ligeramente a la derecha, y brota sangre del agujero; una herida de entrada. Alumbro la cabeza con una linterna mientras continúo moviéndola. Fragmentos de cobre brillan como el oro en un amasijo de sangre coagulada, pelo y tejido cerebral.

7

La herida en el ojo también es de entrada. La bala hizo añicos las gafas de sol que Nari llevaba puestas. Las fotografío sobre el asfalto; la lente izquierda está destrozada, la montura de concha, intacta.

Hay fragmentos de plástico polarizado esparcidos sobre su camisa blanca de botones y en el pavimento, junto a su rostro. Ya estaba en el suelo cuando le dispararon en el ojo, justo en la misma posición en que está ahora. Salgo de la intimidad y la fresca sombra de mi refugio. Alzo la vista y la desplazo por las ventanas de las viviendas y casas adosadas que hay alrededor. Miro los bloques de apartamentos que se alzan al final de la calle a una manzana de aquí, en filas, como barracones de tres plantas con azotea.

Tras coger una regla de quince centímetros y una cinta métrica, me agacho para entrar de nuevo en mi gran caja negra y saco fotografías del cadáver desde todos los ángulos. Tomo nota de que, cuando la bala impactó en las gafas de sol, la fuerza y la trayectoria ocasionaron que estas se le cayeran y fueran a parar exactamente a un metro y dos centímetros a la derecha de su cabeza. Le palpo el cabello cano ensangrentado.

Mis dedos enguantados encuentran lo que busco: fracturas en el hueso occipital y laceraciones allí por donde salió al menos una bala. Pero no se aprecia infiltración en los tejidos. Apenas se produjeron reacciones vitales. El hombre ya estaba muerto en el momento en que cayó al suelo. De nuevo me viene a la memoria el poema anónimo, con su referencia a un verdugo.

La muerte instantánea es un fenómeno poco común. Puede ocasionarla la luxación de la vértebra C2. Según mi experiencia, esto se da en casos de ahorcamientos con caídas bruscas desde lugares elevados como un puente o un árbol, y en víctimas de accidentes de tráfico o de saltos de trampolín que han sufrido una lesión por hiperflexión tras golpearse la cabeza contra un salpicadero o el fondo de una piscina. Si la médula espinal se secciona, el cerebro queda incomunicado del cuerpo. El corazón y los pulmones dejan de funcionar al instante.

—Creo que podemos descartar la hipótesis de que le dispararon desde un coche en marcha, la del atraco frustrado o cualquier otra que tenga que ver con una pistola —informo a Machado.

—¿Crees que no hay ninguna posibilidad de que alguien se le acercara por detrás, le pegara un tiro en el cuello y luego, cuando yacía en el suelo, otro en la cara?

—¿En pleno día, habiendo vecinos cerca?

—Es sorprendente lo que la gente no oye o confunde con el petardeo de un coche.

—No hay salpicaduras ni otros indicios de que los disparos se realizaran a bocajarro. —Examino con atención la herida en el nacimiento del pelo—. Y si el arma homicida fuera una pistola, habríamos encontrado casquillos.

—El asesino puede haberlos recogido.

—Eso sería demasiada actividad para un lugar tan visible a media mañana.

—No te estoy llevando la contraria —asegura Machado—. Solo quiero tener en cuenta todas las posibilidades. Por ejemplo, ¿podría ser que la bala que entró por la parte de atrás del cuello saliera por el ojo? ¿Estamos hablando de un solo disparo?

—No. La herida en el ojo es de entrada, y no habría fragmentos debajo y alrededor de la cabeza si le hubieran pegado un único tiro estando él de pie.

—O sea que esa bala, la primera, podría estar en cualquier parte.

—Averiguaremos más detalles cuando lo llevemos a mi oficina. Pero, por lo que he visto hasta ahora, hay rastros de dos trayectorias que indican que recibió un disparo cuando estaba de pie y otro cuando estaba tumbado. La segunda bala salió por la parte posterior del cráneo, que está prácticamente pulverizada y solo se sostiene por el cuero cabelludo. Los fragmentos están aquí. —Señalo la sangre que hay debajo y alrededor de la cabeza—. El proyectil se desintegró al salir e impactar contra el asfalto. En otras palabras, le pegaron un tiro en el ojo cuando se hallaba en esta misma posición.

—Cuestión de suerte —argumenta Machado—. El tipo hizo diana.

—No sé si fue un golpe de suerte para el asesino, pero desde luego no lo fue para la víctima, salvo porque no sufrió. En mi opinión, fue como si lo fulminara un rayo salido de ninguna parte, porque le disparó desde lejos alguien que lo tenía todo planeado.

—¿Desde qué distancia?

—Imposible saberlo sin llevar a cabo reconstrucciones detalladas del tiroteo. Y las haremos. Te sugiero que te fijes en los edificios donde pueda haberse instalado alguien con un rifle. Los fragmentos parecen de cobre macizo, y si se tratara de una bala de pistola, como por ejemplo una nueve milímetros de cobre con la punta hueca, no habría alcanzado una velocidad de salida suficiente para fragmentarse de este modo. Creo que fueron disparos efectuados a distancia con un rifle de alta potencia por un tirador muy preciso y meticuloso —reitero.

—Justo lo que yo te decía. —Marino ha vuelto. Noto sus zapatos detrás de mí otra vez—. Tal vez el mismo francotirador que se cargó a dos personas en Nueva Jersey.

—¡Madre mía! —Las gafas oscuras de Machado contemplan los edificios de apartamentos. Pasea la mirada por las casas cercanas y la posa en la casa multifamiliar de ladrillo estilo federal que se alza al otro lado de la calle, justo enfrente—. Ya estamos otra vez.

—Has dicho que esas dos víctimas presentaban una herida de bala en la parte posterior del cuello, ¿no? —le pregunto a Marino.

—En la parte alta —concreta—. En la base del cráneo.

—¿Y les dispararon de nuevo cuando estaban en el suelo?

—Exacto —responde—. Como si el autor fuera un terrorista que quiere que cunda la sensación de que nadie está a salvo cuando coge el ferri o saca las bolsas de la compra de su coche.

—Alguien con motivaciones terroristas o tal vez alguien que se divierte practicando el tiro al blanco con seres humanos. —Rasgo el envoltorio de un paquete y saco unas pinzas de plástico—. En cualquiera de los dos casos, tienes razón. Lanza el mensaje de que nadie está a salvo.

—Pues yo mantengo la mente abierta —replica Machado con retintín—. Quiero encontrar al chaval de la bicicleta antes de empezar a imaginar asesinatos cometidos por algún ex militar descontrolado.

—¿La mente abierta? —vocifera Marino—. Qué risa. Tu mente está tan abierta como la Reserva Federal.

—Cuidado —dice Machado con un deje metálico de advertencia en la voz—. No te pases, o me encargaré de que te retiren del caso.

—Que yo sepa, no eres mi superior. Además, el comisario y yo somos uña y carne. Echamos unos tragos en Paddy's la otra noche, con el fiscal del distrito.

Sus rifirrafes y pullas de mal gusto me deprimen, pues no sirven para nada. Es como si se hubieran olvidado del hombre que estaba ocupándose de sus asuntos cuando alguien le arrebató la vida de forma violenta y puso patas arriba el mundo de quienes lo rodeaban. Acabaré con la discusión de la única manera posible: separándolos. Encuentro un rotulador permanente en un compartimento de mi maletín.

Etiqueto una pequeña caja de cartón para pruebas y, con las pinzas, empiezo a desprender una por una todas las motas y esquirlas de cobre reluciente del cabello, el tejido cerebral y la sangre. El fragmento más grande es del tamaño del diente de un bebé, curvo y afilado como una navaja de afeitar. Lo deposito sobre la punta de mi dedo índice. Lo examino a través de la lupa y veo un campo parcial y un surco grabado en el metal por el estriado del cañón del arma. De pronto me percato de que Marino está a mi lado, en cuclillas, con las manos embutidas en guantes negros. Noto el calor que desprende. Huelo el olor a sudor seco, producto de su sesión de ejercicios en el gimnasio.

—Pondremos al laboratorio de balística a trabajar en ello de inmediato —le digo—. ¿Puedes pedirles a los investigadores de Nueva Jersey que nos manden fotografías de los dos casos por correo electrónico?

—Y tanto. Jack Kuster es nuestro hombre.

—¿Quién? —inquiere Machado con brusquedad.

—Nadie, solo el principal experto en reconstrucciones de tiroteos que, además, resulta que entiende de armas de fuego más que nadie que tú conozcas. —Marino está exaltado y se respira la rabia entre ellos.

—Consígueme lo que puedas cuanto antes —le indico a Marino—. Los informes de autopsia, los resultados de los análisis de laboratorio.

—¿Y si las pruebas balísticas revelan que no se trata de la misma arma? —contraataca Machado.

—Lo que me importa en estos momentos —repongo— es que el *modus operandi* y el patrón de lesiones son muy similares. Un disparo letal en la parte posterior del cuello seguido por un segundo disparo que parece gratuito y posiblemente simbólico. Un tiro en la boca, un tiro en el vientre, un tiro en el ojo. Otros elementos en común son la distancia y el uso de balas de cobre macizo. Aunque las pruebas de balística no coincidan, sugiero que intercambiemos impresiones con Morristown. No es del todo descabellado que un tirador no utilice siempre la misma arma.

—No es probable —replica Machado—. Si de verdad nos las habemos con un francotirador, sin duda utiliza solo aquello que conoce y en lo que confía.

—Ya estás otra vez con tus suposiciones —protesta Marino.

—¡Joder! —mascula Machado, sacudiendo la cabeza.

—Alguien tiene que abordar esto de un modo inteligente antes de que el cabrón ataque de nuevo.

—Ya vale, tío —le espeta Machado.

—Voy a llamar a Kuster ahora mismo. —Marino se arranca

los guantes y se hurga en un bolsillo de la chaqueta en busca del móvil.

Deposito el fragmento de cobre ensangrentado en la caja de cartón. Cierro bien la tapa con cinta adhesiva y entrego la prueba a Machado. De este modo, le asigno la responsabilidad de hacerla llegar al CFC y de paso lo separo de Marino. Le recuerdo a Machado que hay que procesar cuanto antes los datos sobre los fragmentos de bala por medio del IBIS, el Sistema Integrado de Identificación Balística.

—Hay un problema con eso. Ella no está en... —empieza a decir. Sé a quién se refiere, y me extraña.

Liz Wrighton, mi principal especialista en armas de fuego, lleva varios días de baja por gripe. No sé muy bien cómo se ha enterado Machado de ello.

—La llamaré a su casa —contesto.

Necesito que utilice el *software* del IBIS para digitalizar las marcas que presenta el fragmento e introducirlas en la NIBIN, la Red Nacional Integrada de Información Balística. Si el arma en cuestión ha sido utilizada en otros crímenes, podríamos obtener una coincidencia en cuestión de horas. Me quito los guantes.

—¿Diga? —responde con voz pastosa.

—¿Liz? Soy la doctora Scarpetta.

—He visto la noticia del tiroteo.

—Como todo el mundo, por lo que parece. —Echo un vistazo alrededor mientras hablo. Varios vecinos han salido de sus casas y deambulan por las calles y las aceras, y todos los coches que pasan por aquí reducen la velocidad hasta avanzar a vuelta de rueda, mientras sus ocupantes miran embobados. El zumbido de los helicópteros de los medios es constante, y descubro un tercero a lo lejos—. El caso tiene apenas unas dos horas de vida. Los periodistas llegaron aquí antes que yo —le digo a Liz.

—Me he enterado en Twitter —comenta—. Un momento, estoy leyendo. Según *Boston.com*, se ha cometido un homicidio con arma de fuego en Cambridge y la víctima se llama Jamal Nari. Y otro tuit nos recuerda quién es, ya sabes, lo de «su quedada con Obama para comer cerdo deshilachado». Es una cita literal. No pretendo faltarle al respeto a nadie.

—¿Podrías acercarte a la oficina? Lo siento mucho, pero es importante. ¿Cómo te encuentras?

—Con una congestión de órdago, pero no es contagioso. De hecho, estoy en la farmacia comprando más medicamentos. —Tose varias veces—. En tres cuartos de hora llego.

Me vuelvo hacia Machado, le indico con la cabeza que puede irse al CFC, y él se encamina a toda prisa hacia su todoterreno. A continuación, telefoneo a Anne, mi experta en radiología, y le aviso que pronto recibirá un cuerpo al que quiero que haga un escáner de inmediato.

—Lo que más me interesa es comprobar si presenta una fractura del ahorcado —le explico.

Se queda callada unos instantes.

—Vale. Estoy confundida. Creía que se trataba de un tiroteo.

—Por la posición de la herida en la parte posterior del cuello y la ausencia de reacciones vitales después del disparo, tengo el presentimiento de que encontraremos una fractura de ambas *pars interarticularis* de C2. Una tomografía computarizada nos mostrará el alcance de la lesión de la médula cervical. Apostaría a que la tiene seccionada.

—Así lo haré en cuanto llegue el cuerpo.

—Tardará una media hora. Si terminas antes de que yo vuelva, dile a Luke que empiece con la autopsia, si puede.

—Supongo que no habrá viaje a Florida —dice Anne.

—Hoy no —declaro, cuelgo el teléfono y me agacho para refugiarme de nuevo en la barrera de ocultación.

Tapo las manos del cadáver con bolsas de papel pequeñas y la cabeza con una más grande, y las aseguro con cinta para proteger las posibles pruebas físicas. Pero dudo que se descubra nada significativo aparte de fragmentos de cobre. No creo que el asesino haya llegado a acercarse mínimamente a la víctima. Cuando me enderezo, veo a Rusty y Harold esperando junto a la furgoneta de la CFC. Les hago señas.

Echan a andar hacia mí mientras guardo mi equipo en el maletín de campo. Oigo el traqueteo de las ruedas de la camilla que empujan. Encima hay apiladas unas sábanas blancas y una bolsa para cadáveres negra cuidadosamente plegada.

—¿Quieres echar una ojeada al interior del apartamento? —me pregunta Marino—. Porque yo voy a entrar ahora. Lo digo por si quieres fisgonear en el botiquín, la nevera, los armarios, la basura, como haces siempre.

Quiere contar con mi compañía. Es lo habitual.

—Claro. Veamos qué clase de fármacos tomaba —respondo mientras un agente uniformado se le aproxima con un papel que reconozco como una orden judicial.

8

Pasan unos minutos de la una cuando Marino me guía hacia la entrada trasera de la casa victoriana.

Las paredes de la planta baja están revestidas de listones; las de los pisos superiores y los gabletes, de tablillas. Al acercarme advierto que la pintura verde oscuro está descascarillada. Lo que queda del jardín está suturado con una fea valla de madera junto a la que se arraciman los troncos de árboles viejos, como un solo ser enorme y pesado que intenta escapar. Me imagino cómo debía de ser esta finca en otra época. Lo que queda del terreno subdividido no es más que una parcela abarrotada de casas adosadas de ladrillo construidas recientemente en tres de los lados.

La esquina del apartamento de la planta baja tiene ventanas pequeñas. Las cortinas están cerradas, y la puerta por la que ellos accedían a su vivienda no está provista de patio ni tejadillo. Debía de resultarles desagradable tener que entrar a toda prisa cuando hacía mal tiempo, sobre todo si iban cargados con la compra. En medio del hielo y la nieve debía de ser terrible. Peligroso incluso.

—Así que este es justo el camino que recorrió después de salir del coche —dice Marino mientras andamos bajo la sombra ininterrumpida que proyecta la fronda, en el aire frío y estático, mientras percibo el olor acre de la tierra y su tacto mullido bajo las botas—. Llevaba tres bolsas, rodeó la casa hasta la parte de atrás y abrió con las llaves que están en la encimera de la cocina. Hay un pomo con cerradura y un cerrojo de seguridad.

—¿Hay sistema de alarma?

—Seguramente él la desactivó al entrar, a menos que no estuviera conectada. He llamado a la empresa de seguridad para pedirles el historial de esta mañana. —Echa un vistazo a su teléfono—. Con un poco de suerte, me lo enviarán en cualquier momento.

—Veo que Machado te ha confiado muchos detalles a pesar de lo mal que os lleváis en estos momentos. —Quiero forzarlo a hablar de ello—. En una investigación por homicidio los problemas personales no tienen cabida.

—Estoy concentrado al cien por cien.

—Si lo estuvieras, no me habría percatado de que algo va mal. Creía que erais amigos.

Su mano enguantada hace girar el moderno pomo de cromo satinado, que es un insulto para la puerta antigua de roble.

—Ahora está cerrada del todo, pero cuando llegaron los primeros agentes, estaba entornada. —Continúa haciendo oídos sordos a mis preguntas.

Lo sigo y me detengo justo al cruzar el umbral para cerrar la puerta. Abro mi maletín de campo y extraigo cubrezapatos para los dos mientras miro alrededor antes de adentrarme más en la vivienda. Es un apartamento diminuto, con la cocina y el salón en un solo ambiente, y paneles de roble pintados de color marrón chocolate. Hay varias alfombras pequeñas de colores vivos desperdigadas sobre la gruesa capa de barniz del parqué de lama ancha. Un dormitorio, un baño, dos ventanas frente a mí y otras dos a mi izquierda, con las persianas bajadas. Permanezco junto a la puerta. Aún no he acabado con Marino.

Está peleado con Machado. Me pregunto si es por una mujer, y Liz Wrighton me viene a la mente. Me sorprende un poco, aunque seguramente no debería. Es soltera, atractiva, y recuerdo que, cuando Marino era mi investigador jefe, a veces iba con ella a la galería de tiro o a tomar unas copas después del trabajo. Ella está de baja por enfermedad desde el lunes, y, por alguna razón, Machado está al tanto.

—¿Le habías comentado a Machado que Liz estaba enferma? —pregunto.

—Yo no lo sabía.

—¿Eso es un sí?

—No.

Alzo la vista hacia un par de apliques de bronce pulido en forma de tulipanes invertidos. Una horterada. Lo que algunos llaman «de inspiración antigua». Las bombillas brillan con fuerza, pues los reguladores de intensidad situados cerca de la puerta están al máximo. Dudo que Jamal Nari los haya puesto así cuando entró con las bolsas de la compra antes de salir de nuevo, dejando la puerta entreabierta. Tengo la sensación de que Machado tomó nota hasta del último detalle durante su inspección inicial del apartamento, y así se lo comunico a Marino. Le pregunto si las luces estaban encendidas cuando llegó la policía o si tal vez las encendió Machado.

—Seguro que las encendió para no pasar por alto nada que estuviera a la vista antes de obtener la orden de registro. —Ojea con una expresión de enfado en la boca—. Y ¿sabes qué? No veo ningún rifle de francotirador. ¿Y si encontramos uno en el armario o debajo de la cama? No será porque no se lo advertí.

—No lo entiendo. ¿Insinúas que Joanna Cather disparó a su marido con un rifle que guardaban en el apartamento?

—Insinúo que Machado se ha cerrado en banda y está jugando conmigo. No quiere admitir que seguramente buscamos un tipo de arma especial, que no podía conseguirse con facilidad hasta hace poco. Así que pasa de todo lo que le digo. —Sus manos enguantadas cogen las llaves que están en la encimera de la cocina junto a tres bolsas de papel de Whole Foods—. Un 5R. Como el rifle que se utilizó en Nueva Jersey.

Se refiere a las marcas que el estriado en el ánima del arma dejó en la bala.

—Cinco campos y surcos con los bordes de ataque redondeados —dice—. ¿En qué clase de tiroteos has visto algo así?

—No estoy segura de haberlo visto nunca.

—Por lo que a mí respecta, jamás me he topado con un solo homicidio en que el tirador haya usado un rifle con cañón 5R aparte de los dos casos de Nueva Jersey —asevera Marino—. Incluso hoy en día se ven muy pocos ejemplares de este modelo, salvo los fabricados por encargo, y la mayoría de la gente no sabe una mierda de cañones ni les da la menor importancia. Pero este tirador sí, porque es un puto lince. Un fanático de las armas.

—O tal vez ese rifle cayó en sus manos por alguna otra razón...

—Tenemos que buscar cualquier objeto que pueda estar relacionado, incluirlo todo en la orden judicial: balas de cobre macizo, casquillos, un tambor de pulido. Cualquier cosa que se te ocurra que podamos encontrar en los sitios que registremos, incluidos los vehículos como el coche de alquiler de la esposa. Pero Machado me lleva la contraria. Más que nada me está dando por saco porque, si resulta que tengo razón, será un caso muy gordo y me competerá a mí y no a él.

—En circunstancias normales os competería a los dos.

—Pues no se trata de circunstancias normales, y me corresponde a mí ser el investigador jefe. Ya ha dado varios pasos en la dirección equivocada.

—Esperas que sea a Machado a quien retiren del caso.

—Tal vez lo hagan. Tal vez deberían retirarlo antes de que surja un problema peor.

—¿Qué problema peor? —Hay algo más que Marino no me está diciendo.

—Que culpe del asesinato a un chico que a lo mejor estaba tonteando con la mujer del muerto, por ejemplo. Esto no es obra de un chaval —afirma Marino, pero no es eso lo que le preocupa. Hay otra cosa.

Deja su maletín de campo en el suelo y lo abre mientras yo examino la sala de estar.

Un sofá Chesterfield de piel marrón y dos sillas de respaldo recto. Una mesa de centro. Un televisor de pantalla plana, descolgado de la pared, al igual que los pósteres enmarcados de Jimi Hendrix, Santana y Led Zeppelin. En un rincón, tres guitarras negras de fibra de carbono descansan sobre sus soportes, iridiscentes como un ala de mariposa cuando le da la luz desde un ángulo determinado. Me acerco para observarlas.

RainSong.

—Debía de tenerles mucho cariño a sus guitarras para tatuarse el nombre —comento, ahora desde la cocina. Cuatro armarios de pared, una cocina de tres quemadores, un horno, una nevera. Sobre la encimera veo un microondas, las llaves y las bolsas de la compra que Nari dejó allí antes de regresar junto a su coche y morir tiroteado. Me enfundo un par de guantes nuevos antes de inspeccionar el contenido—. Queso en lonchas, café, tarros de salsa marinara, pasta, mantequilla, especias, pan de centeno, detergente y toallitas para secadora. —Hago inventario en voz alta—. Ibuprofeno, ranitidina, valeriana. Recetas para zolmitriptán, desloratadina y clonazepam extendidas a las nueve de la mañana de hoy, posiblemente después de que él hiciera la compra y justo antes de que volviera a casa. —Miro a Marino, que desliza el cubo de basura para sacarlo de debajo del fregadero—. ¿Quién compra tantas cosas para un fin de semana largo? —Abro la nevera.

Dentro no hay más que unas botellas de agua y una caja de bicarbonato de sodio abierta.

—Estoy pensando lo mismo que tú. Aquí hay algo que no encaja. —Marino extrae la bolsa de basura del cubo—. No contiene más que unos trozos de papel de cocina. Húmedos, como si los hubieran utilizado para secar algo. ¿Te dicen algo los medicamentos?

—Por lo visto uno de los dos sufre dolores de cabeza, migrañas quizás, además de alergias y problemas estomacales —respondo—. Y la valeriana es un remedio homeopático contra los espasmos musculares y el estrés. Hay quienes lo toman para dormir. El clonazepam es una benzodiazepina que sirve para calmar la ansiedad. El nombre que aparece en todas las recetas es el de Nari. Lo que no significa necesariamente que no compartiera fármacos con su esposa.

Marino se dirige hacia el dormitorio, y yo lo sigo. Otra joya de antaño que ahora ofrece un aspecto lastimoso: el suelo de roble que se instaló originalmente en la casa, recubierto de pintura marrón. Las molduras del techo, al igual que los paneles de las paredes, están pintados de un color amarillo insulso. Sobre la cama de matrimonio hay dos fundas de guitarra de plástico duro forradas de felpa roja, que tienen enrolladas en torno al asa unas gomas elásticas de etiquetas para equipaje. Hay unas mesitas de noche con lámparas, y, cerca de la puerta abierta del armario, maletas y unas cajas para mudanzas apiladas y aseguradas con cinta adhesiva.

Sobre el tocador veo dos ordenadores portátiles enchufados a la corriente, cargándose. Cuando los dedos cubiertos de látex de Marino dan unos golpecitos al ratón táctil de cada uno, el protector de pantalla le pide la contraseña. Se va al salón y al cabo de un momento reaparece con cinta adhesiva para huellas y unas bolsas de plástico.

—No pensaban pasar solo un fin de semana fuera. Es evidente que iban a mudarse.

Entro en el baño. No es mucho más grande que un armario. La bañera retro de patas está equipada con una ducha y una cortina de plástico amarillo colgada de una barra circular. Hay un retrete y un lavabo blancos, y una única ventana de cristal esmerilado.

—¿No me habías comentado que habían alquilado este apartamento hace pocos años? —inquiero—. ¿Y ahora iban a mudarse otra vez?

—Pues tiene toda la pinta —responde desde el dormitorio.

—Las guitarras no están guardadas en las fundas. —Dirijo la voz hacia la puerta abierta para que me oiga—. Me parece significativo, dado lo importantes que eran para él. Casi todo lo demás está metido en cajas o maletas.

—No veo una tercera funda por ninguna parte. Solo las dos que están en la cama —dice Marino, y oigo que abre una puerta y desliza unas perchas por una barra.

—Debería haber tres. Una para cada guitarra.

—Pues no. En el armario tampoco hay nada.

Abro el espejo viejo y desconchado del botiquín. Está vacío. En el armario de debajo del lavabo hay condones sin lubricante y loperamida; cajas y cajas, lo que no deja de resultar extraño. Me pregunto por qué no han dejado nada aquí excepto eso. Las cajas están cuidadosamente dispuestas, verticales como rebanadas de pan, con la etiqueta hacia fuera. No hay una sola abierta.

Detecto un olor a cloro, tal vez de un producto de limpieza para el baño que guardaban aquí antes de empaquetarlo o tirarlo.

—Me pregunto dónde depositan la basura los vecinos del edificio —digo.

—Hay un contenedor.

—Alguien debería registrarlo para averiguar qué han tirado. —Regreso al dormitorio.

Me fijo en la caja de cartón que está en lo alto de la pila. La cinta adhesiva está cortada. Alguien la ha abierto. En la tapa está escrita la palabra BAÑO. Echo un vistazo al interior. Está medio vacía; solo contiene algunos artículos de tocador desordenados, como si alguien hubiera rebuscado entre ellos. Miro el resto de las cajas; son once, y todas están cerradas con cinta. Parecen del todo intactas, y me asalta la misma sensación extraña que al descubrir los condones y la loperamida en el armario.

—Tienes que ver esto. —Marino está revisando los cajones de la cómoda—. Más de lo mismo. Es acojonante. Aquí estaba pasando algo muy raro, eso seguro. Es como si quisieran huir.

—Pues él no llegó muy lejos que digamos —respondo, y en ese momento oigo unas voces fuera.

—Tal vez por eso mismo. Alguien decidió detenerlo. —Abre otro cajón. Alguien lo ha vaciado por completo e intentado limpiarlo.

Veo las marcas y la pelusa que ha dejado el papel de cocina húmedo, tal vez los trozos que hemos encontrado en el cubo de basura de la cocina. Le sugiero que los guarde en una bolsa para pruebas.

—Asegurémonos de que era solo polvo y mugre —añado mientras se acercan las voces, una masculina y otra femenina, hablando en un tono acalorado. Ella parece sumamente alterada.

—No hay lugar a dudas. —Marino echa una ojeada a los cajones de las mesitas de noche. También están vacíos y recién limpiados—. Querían largarse cagando leches. Y supongo que había un entendido en rifles a quien eso no le hacía ninguna gracia.

Volvemos al salón mientras el volumen de la discusión aumenta.

—Señora, tiene que esperar aquí —dice la voz masculina al

otro lado de la puerta principal—. No puede pasar hasta que yo hable con el investigador jefe...

—¡Es nuestra casa! ¡Déjeme entrar! —chilla una mujer.

—Tiene que esperar aquí, señora. —La puerta se abre, y un agente uniformado da un paso hacia el interior para obstaculizar la entrada de la mujer.

—¡Jamal! ¡Jamal! ¡No!

Los gritos de la mujer rompen el silencio del apartamento mientras intenta apartar de su camino al agente, un hombre robusto, canoso, de cincuenta y pico años y un aire impasible que relaciono con los polis que llevan demasiado tiempo en el cuerpo e intento imaginar qué tareas suele realizar. Poner multas a coches aparcados. Recoger efectos personales en la sala de autopsias.

—¡Déjeme entrar! ¿Por qué no me dice nada? ¡Déjeme entrar! ¿Qué pasa aquí? ¿Qué pasa aquí?

Destila una angustia y un terror que nadie debería tener que experimentar jamás; una desesperación desgarradora. No es verdad que Dios aprieta pero no ahoga. Sucede, sin más.

—Está bien. No hay problema —le dice Marino al agente—. Déjala entrar.

9

Joanna Cather no es como yo me esperaba.

No tengo claro qué me había imaginado, pero no es una mujer aniñada, llorosa, con la mirada vidriosa por la angustia y el terror. Posee una belleza delicada y frágil, como una muñeca de porcelana que podría partirse por la mitad si alguien la tirara sin querer. Va vestida con mallas negras, botas y una sudadera rosa de COLDPLAY que le llega hasta las rodillas. Lleva múltiples anillos y pulseras, las uñas pintadas de color turquesa y una cabellera rubio pajizo tan lacia que parece que se la ha planchado.

—¿Fuiste a verlos en Boston? —Señalo la sudadera y ella se queda mirándola, como si no recordara lo que lleva puesto—. Soy la doctora Kay Scarpetta. Intento recordar cuándo fue. El verano de hace dos años, tal vez.

Mi referencia como de pasada al grupo de rock británico y mi consulta respecto a cuándo dio un concierto en la zona la sacan del aturdimiento causado por su estado de *shock*, una táctica que aprendí a utilizar hace mucho tiempo con las personas embargadas por la histeria que no están en condiciones de proporcionarme la información que necesito. Hago algún comentario banal sobre el tiempo, su ropa o cualquier cosa que podamos tener en común. Casi siempre da resultado. He conseguido captar la atención de Joanna.

—¿Eres doctora? —Clava los ojos en mí, y cobro conciencia del chaleco rígido que llevo bajo la camisa, de los guantes de nitrilo morado que aún me cubren las manos, de las botas envueltas en protectores azules en forma de barca.

—Llevo el caso de Jamal, desde el punto de vista médico —le digo con delicadeza pero con seguridad, y percibo que empieza a confiar en mí.

Se queda callada, contemplándome con un atisbo de alivio.

—En julio de hace dos años. Teníamos pases VIP con acceso a zonas restringidas. Nunca nos perdemos sus actuaciones.

Entre las escalas de la gira del grupo se encontraba Boston, donde tocaron varias noches, y Lucy consiguió asientos de segunda fila en la zona central. Quizás asistimos al mismo concierto que Joanna y su marido músico; tal vez estábamos cerca de ellos, todos con un subidón de rock and roll.

«Ocurre en un abrir y cerrar de ojos. Te fulmina un rayo. Te da un infarto. Mueres por estar en el lugar y el momento equivocados.»

—Has... has visto a Jamal —titubea—. ¿Qué le ha pasado? ¿Le han disparado?

—La observación preliminar así parece indicarlo. Lo siento mucho.

—¿Parece? ¿No estás segura?

—Hay que examinarlo. Entonces tendré respuestas más claras. —Me coloco a su lado, como si estuviera a su cuidado, y agrego que lamento no disponer de más datos por el momento.

Le reitero mis condolencias por su terrible pérdida. Le digo todas las frases de rigor hasta que rompe a llorar de nuevo, tal como desea Marino. Llevamos practicando esta danza desde que nos conocemos. Yo soy la doctora que no está aquí para acusar a nadie ni hurgar en la herida. Cuanto más la presione él, más se estrecharán los lazos entre ella y yo, pues tendrá la sensación de que estoy de su parte. Sé exactamente cómo ganarme su confianza sin extralimitarme con las respuestas o preguntas. También sé cómo ser útil sin pronunciar una palabra.

—Ya nos encargamos nosotros —le dice Marino al agente que aguarda en el umbral—. Tú asegúrate de que ningún periodista se acerque a la casa.

—¿Y los vecinos? —El agente cuya placa plateada indica

que se llama T. J. Hardy me mira mientras me quito los cubrezapatos y los guantes y los meto en una bolsa roja para residuos
biosanitarios que está sobre la encimera.

Ya no llevo prendas de protección, solo la ropa de trabajo de
campo con sus múltiples bolsillos y el logotipo del CFC. Pero
así no presento un aspecto amenazador. Me sitúo de nuevo al
lado de Joanna mientras T. J. Hardy explica que hay vecinos
que intentan volver a sus apartamentos.

—Dos de ellos acaban de llegar en sus coches y están ahora
mismo delante de la casa. Empiezan a enfadarse porque no les
dejamos entrar. —Habla con un acento de Massachusetts fuerte
y elástico. Muchas de sus erres suenan como úes.

Su voz me trae a la memoria sus visitas a la sala de autopsias
en varias ocasiones en que teníamos a víctimas de accidentes de
tráfico, y siempre me dio la impresión inequívoca de que habría
preferido estar en cualquier otro sitio. Recogía los efectos personales, procurando mantenerse alejado en todo momento de
las mesas de acero. Desviaba la mirada y respiraba por la boca
debido a la pestilencia.

—Pídeles una identificación y escóltalos hasta sus viviendas
—le ordena Marino—. Quiero sus nombres y datos de contacto. Mándame la información lo antes posible. Que nadie se
acerque al todoterreno rojo ni a la zona que lo rodea. ¿Queda
claro?

—Entendido.

—¿Ha aparcado allí fuera? —le pregunta Marino a Joanna,
que asiente con la cabeza sin mirarlo a la cara—. ¿Qué vehículo es?

—Un Suburban. De alquiler. Estamos de mudanza... Teníamos que transportar varias cosas y necesitábamos un coche
grande. —Dirige la vista a un punto situado detrás de él con los
ojos desorbitados.

—¿No tienen coche? —inquiere Marino.

—Cambiamos los dos que teníamos por un Honda —responde con voz trémula—. El rojo que está aparcado fuera.

—El servicio de limpieza quiere empezar a recoger los comestibles desparramados y... —T. J. Hardy lanza una mirada a

Joanna, intentando elegir con cuidado las palabras—. Y, en fin, empezar a limpiar un poco.

Marino se vuelve hacia mí.

—Ya hemos terminado, ¿verdad?

Han llevado el cuerpo al CFC, pero me abstengo de mencionarlo. Aunque es evidente que hay que eliminar los rastros de sangre, tampoco pienso decirlo. Le indico a Marino que pueden proceder a la limpieza, y Joanna llora en silencio, con movimientos convulsivos. El agente Hardy sale del apartamento. El golpe de la puerta de roble macizo al cerrarse la sobresalta, y por un instante le fallan las rodillas.

—Siéntese, si quiere, para que hablemos —la invita Marino y se presenta antes de añadir—: La doctora Scarpetta es la jefa de medicina forense de Massachusetts y también trabaja para el Pentágono.

—¿El Pentágono? —Joanna parece más asustada que impresionada.

—Eso solo significa que tengo jurisdicción federal sobre algunos casos —puntualizo para restar importancia al asunto.

—¿Qué? Trabajas para el puto FBI. —Su expresión cambia de golpe.

Marino no ha podido evitar fanfarronear, y ahora tengo que arreglar el desaguisado. Le explico a Joanna que soy reservista especial de las Fuerzas Aéreas afiliada al cuerpo forense del ejército. Ella quiere saber qué significa eso. Le digo que asesoro al gobierno federal en materia de inteligencia médica y colaboro en cuestiones militares, pero que también trabajo para el estado y tengo la oficina aquí, en Cambridge. Cuantos más detalles le cuento, más vidriosa se le pone la mirada. Se restriega los ojos. No me escucha. No le interesa mi currículum. No se siente amenazada por él, y eso es justo lo que quiero.

—En resumen: no podría estar usted en mejores manos —agrega Marino—. Es posible que quiera hacerle algunas preguntas acerca de la medicación y la salud general de su marido.

Lo dice como si yo fuera su médica de cabecera. Es una técnica de manipulación de eficacia contrastada que me resulta muy familiar y que desearía que no fuera necesaria. Ni los fármacos que le recetaban a Nari ni su historial médico ocasionaron su muerte. Fue un arma de fuego. Pero Marino quiere que yo esté presente, y si Joanna cree que intentamos engañarla, no da muestras de ello. En cambio, parece haberse quedado sin fuerzas, como si hubiera concluido que es inútil luchar contra aquello que no tiene remedio. No hay protesta ni argumento que refute esa conclusión.

—¿Dónde está? ¿Dónde está Jamal? —pregunta en un tono apagado—. ¿Por qué hay una gran caja negra instalada frente a la casa? No lo entiendo. ¿Es ahí donde lo han puesto? No me han dejado mirar dentro. ¿Él está allí? ¿Dónde está?

—Lo han llevado a mi oficina para examinarlo. —Le repito lo que ya le he dicho—. El recinto negro era para garantizar la intimidad y el respeto. Ven, siéntate. —Le toco el codo y la guío hasta el sofá. Se sienta en el borde, rígida, enjugándose las lágrimas.

—¿Quién ha hecho esto? ¿Quién querría hacer algo así? —La voz le tiembla y se le entrecorta.

—Bueno, por eso estamos aquí, Joanna. Para averiguarlo. —Marino coloca una silla justo delante de ella y toma asiento—. Lo siento mucho. Sé lo duro que es esto, pero tengo un montón de preguntas que necesito que responda si quiere ayudarnos a esclarecer lo que le ha ocurrido a Jamal, ¿de acuerdo?

Ella asiente. Me acomodo cerca de ella, a un lado.

—Empecemos por la hora en que se marchó usted de aquí esta mañana, el lugar al que se dirigía y el motivo. —Marino ha extraído su libreta.

—Eso ya se lo he explicado al otro. Dice que han tiroteado a Jamal mientras sacaba la compra del coche. Que alguien le ha disparado. —Se vuelve hacia mí—. Pero tú has dicho que no sabías si le habían disparado.

—Hace falta examinarlo para saber qué ha sucedido exactamente. —Evito pronunciar la palabra «autopsia».

Sus ojos se desplazan veloces por el salón hasta posarse en las tres guitarras.

—¿Quién ha hecho eso? —Su voz suena ligeramente más aguda y fuerte mientras ella nos mira con aire acusador—. Jamal las había guardado en sus fundas. Siempre trata sus guitarras con mucho cuidado. ¿Quién las ha vuelto a poner en los soportes?

—Qué interesante —dice Marino—. Hay dos fundas sobre la cama. ¿Dónde está la tercera?

—¡No tenían derecho! ¡No tenían ningún derecho a tocar sus cosas!

—No hemos tocado sus guitarras —asegura Marino, y pienso en Machado.

Pero no sería capaz. Contemplo las guitarras desde el otro lado de la habitación. Son de formas distintas, de fibra de carbono negra; una tiene un acabado mate, las otras dos brillante, con incrustaciones de nácar. Descansan verticales sobre sus soportes, con las cuerdas aprisionadas por una abrazadera ajustable de goma. Orientadas hacia fuera. Dispuestas de forma impecable y precisa. Me levanto de la silla. Camino hacia ellas y detecto un vago olor a lejía, como el que percibí en el baño. Alguien que no debía ha estado en el apartamento. Inspecciono de nuevo la cocina.

Los trozos de papel de cocina en la basura no huelen a nada. La lejía destruye el ADN. Para limpiar los cajones se utilizó otra cosa. Dos tipos diferentes de pruebas, dos formas distintas de borrarlas. Vuelvo a sentarme. Le dirijo a Marino una mirada que entiende de inmediato. Es posible que el asesino de Jamal Nari haya entrado aquí en algún momento. Machado me viene a la mente otra vez en el mismo instante en que Marino le menciona su nombre a Joanna.

—Sé que ha hablado con usted. —Intenta disimular la irritación en su voz, y no hay el menor asomo de ella en su rostro.

Sin embargo, sé lo que piensa. Machado no debería haberle proporcionado tantos detalles a Joanna. No debería haberle revelado que habían disparado a su esposo. Si ella lo hubiera dicho primero, habría sido significativo.

—Según le ha informado al detective Machado, ha ido a Tilton, Nuevo Hampshire. ¿En el centro comercial Tanger Outlets? —le pregunta Marino.

—¿Lo han tiroteado en pleno día, junto al coche? —Tiembla como una hoja, quizás esta vez por una razón distinta—. ¿Alguien ha visto al asesino o ha intentado intervenir? —Marino hojea su bloc sin responder, por lo que la ansiedad de Joanna aumenta y se tiñe de ira—. ¿Ha llamado alguien a una ambulancia? ¿Nadie ha intentado ayudarlo? —insiste, dirigiéndose ahora a mí.

—Ha sufrido una herida mortal —digo, midiendo mis palabras.

—¿Me estás diciendo que no se habría podido hacer nada? ¿Nada en absoluto?

—Tu marido murió casi en el acto.

—Confiamos en que sepa usted algo que nos ayude —tercia Marino.

Ella lo fulmina con la mirada.

—No tengo idea de quién ha hecho esto.

—El detective Machado la ha localizado en el móvil cuando se dirigía usted hacia Nuevo Hampshire. —Marino lanza el anzuelo.

—Yo ya estaba allí, en la tienda de maletas.

—¿En Tanger o Merrimack? —Marino pasa páginas con el ceño fruncido—. ¿La tienda que está en Tanger o la del centro comercial más grande, que está como a una hora de aquí?

—La del grande. Estaba devolviendo una bolsa con la cremallera estropeada cuando he recibido la llamada. Le he preguntado cómo había conseguido mi número porque creía que la policía volvía a acosarnos.

—Si no recuerdo mal, era el FBI el que estaba investigando a su marido, no la policía. Dada la mala experiencia que vivieron, es muy importante que haga esa distinción, Joanna. —Marino se inclina hacia delante, con las robustas manos enguantadas sobre las robustas rodillas—. Nosotros no somos el FBI. No somos quienes les hicieron pasar por todo aquello.

—Las cosas nunca han vuelto a ser como antes. —Hace trizas el pañuelo desechable que tiene sobre el regazo—. ¿Ese es el motivo? ¿Por eso han ido a por Jamal? Recibíamos montones de mensajes llenos de odio. Por Internet. Por correo. La gente nos dejaba cosas junto al coche, aquí y en el instituto.

—¿Eso es lo que piensa usted? —Marino vuelve a echar el anzuelo.

Tiene bien presente lo que Joanna le contó a Machado en cuanto se enteró de lo ocurrido. Lo del estudiante al que ella estaba ayudando. Su teoría sobre el atraco que había salido mal.

—¡No sé qué pensar! —Las lágrimas le empañan los ojos y le resbalan por las mejillas, corriéndole el maquillaje, dejándole una mancha de rímel en torno a los párpados.

Marino se levanta despacio de su asiento. Va a la cocina, se fija en las bolsas de comestibles. Echa una ojeada por la puerta del dormitorio, observa el equipaje, las pilas de cajas de mudanzas cerradas con cinta. Teclea algo en su BlackBerry con los pulgares enfundados en sus guantes negros.

—¿Cómo ha dicho que se llamaba la tienda de maletas? —pregunta desde la cocina, con la ancha espalda vuelta hacia nosotras.

—¿Qué? —Parece aturdida.

—La tienda de maletas a la que llevó la bolsa con la cremallera estropeada.

—No era más que una tienda de maletas. No... no recuerdo el nombre.

—¿«Tommy Bahama»? ¿«Nautica»? —Nombra los establecimientos que ha localizado en el centro comercial de saldos en el que ella afirma haber estado.

—Sí.

—¿Sí? —Marino se nos acerca con pasos pesados, y oigo el ruido de los cubrezapatos de papel plastificado al deslizarse sobre la madera noble. Sus pies parecen tan grandes como los del monstruo de Frankenstein.

—Puede haber sido uno de esos —dice ella con tiento.

—Señora Cather, ¿no recuerda la marca de su equipaje? Las maletas en el dormitorio son Rockland. Tienen un estampado de piel de leopardo y ribetes rosas, así que me imagino que son suyas. Las otras son American Tourister, negras, y supongo que eran las de su marido.

—¿Cómo quiere que piense en eso en un momento como este? —Sabe que la han pillado.

—Tal vez el tique de compra le refrescará la memoria, si lo encuentra. —Marino vuelve a sentarse, con los ojos clavados en Joanna, que baja la vista hacia sus manos, ruborizada.

—De acuerdo, creo que lo tengo —dice, y da la impresión de que tiene la boca seca—. Está en mi cartera. Allí debe de estar. —Con la lengua pastosa, continúa contestando con evasivas que sabe que no resultan convincentes.

Me acerco a la nevera para llevarle una botella de agua mientras Joanna permanece sentada y Marino espera a que reaccione. Finalmente, ella coge su bolso, que está a su lado en el sofá, y comienza a hurgar en él, pero no es más que una pantomima que no engaña a nadie. El tique de compra no existe. Es inútil fingir lo contrario.

10

—¿Sabe algo de torres de telefonía, señora Cather? —Marino, que está revisando sus mensajes de texto en el móvil, ya no la llama por su nombre de pila.

Ahora que ha obtenido información, se distancia de ella. Su tono se ha vuelto más seco. Interpreta el papel que ya tenía preparado y que se ha visto validado por las cosas poco favorecedoras que ha averiguado sobre ella.

—¿Torres de telefonía? —Toma un trago de agua, mirándome, aunque está hablando con él—. Sé para qué sirven, pero no sé nada acerca de ellas.

—Me sorprende. ¿No había intervenido el FBI sus teléfonos? ¿No rastrearon sus movimientos o, más concretamente, los de su marido? ¿No accedieron a sus cuentas de correo electrónico cuando creían que Jamal era un terrorista? —inquiere él.

—¿Cómo voy a saber lo que hicieron? No van contándolo por ahí.

—Sin duda habrán informado a su abogado.

—Jamal sabía más del tema que yo. Era a él a quien acosaban. El abogado era suyo, no mío. —Está llorando de nuevo, pero percibo ira en su actitud y, a un nivel más profundo, rabia. Por debajo de todo, se adivina una aflicción tan intensa que se traduce en dolor físico. Y miedo. Aquello a lo que teme la impulsa a mentir.

—Necesito que me diga la verdad, sea cual sea —asevera

Marino—. Pero antes de nada, voy a recordarle sus derechos. Siempre prefiero quitarme eso de encima primero...

—¿Mis derechos? —Apabullada, mantiene los ojos fijos en mí, como pidiéndome que la salve—. ¿Cree que yo he hecho esto? ¿Me está deteniendo?

—Es solo una medida preventiva —responde Marino con naturalidad—. Debo asegurarme de que sepa que no tiene que hablar con nosotros si no quiere. Nadie la obliga. Si prefiere contar con la presencia de un abogado, le conseguiremos uno. ¿Le parece bien el que había contratado su marido? ¿Quiere llamarlo, sea quien sea? Podemos quedarnos aquí sentados, esperando a que llegue, o reunirnos con él en comisaría.

Continúa tirándose faroles e informándola innecesariamente de sus derechos mientras ella lo contempla sin pestañear, con una mirada severa y furiosa a la que asoman pensamientos fugaces como interferencias en un televisor antiguo. Pasó por lo mismo cuando el FBI tomó su hogar por asalto y se llevó a su marido esposado.

—No quiero un abogado —replica, y una serenidad fría se apodera de ella—. Yo jamás habría hecho nada que dañara físicamente a Jamal.

Me llama la atención que emplee la palabra «físicamente». Me parece importante que distinga entre causarle un daño físico a su esposo e infligirle un daño de otro tipo. Pienso en el chico de la bicicleta con el que la han visto charlar.

—No tenemos ningún arma, así que no sé qué le hace suponer... Pero es lo más fácil, ¿verdad? —Posa unos ojos encolerizados y llenos de rencor en Marino, que lee un mensaje que acaba de recibir—. Son ustedes todos iguales.

—Usted no ha ido hoy a Nuevo Hampshire —afirma él como de pasada mientras teclea una respuesta a la persona con quien se está escribiendo—. Hablemos de dónde ha estado en realidad.

Antes de que ella pueda rechistar, Marino le comunica que tiene pruebas de dónde ha estado desde las siete y cuarto de la mañana. Sabe exactamente cuántos kilómetros ha recorrido en coche y qué llamadas ha realizado desde el móvil, incluidas tres a una empresa de mudanzas.

—Pero preferiría que me contara los pormenores usted misma —añade—. Quiero ofrecerle la oportunidad de ser sincera para ver si así se suaviza la mala impresión que me está dando ahora mismo.

—Me han acusado en falso. —Me dirige estas palabras a mí y no se refiere al homicidio de su esposo.

Me percato de que está hablando de algo distinto.

—Cuando el detective Machado contactó con usted en el móvil, ¿qué le dijo exactamente?

—Se identificó. Me notificó lo sucedido. —Fija la vista en sus manos, entrelazadas con fuerza sobre su regazo.

—Y usted le dijo que estaba en Nuevo Hampshire, aunque no era cierto.

Ella asiente con la cabeza.

—Mintió.

Ella vuelve a asentir.

—¿Por qué?

—Me han acusado en falso —repite, dirigiéndose de nuevo a mí—. Creía que me había llamado por eso, porque la policía iba a por mí. Quería ganar tiempo para decidir qué hacer. Me dejé llevar por el pánico.

—Y no cambió su versión sobre dónde estaba ni siquiera cuando el detective Machado le reveló el auténtico motivo de su llamada —señala Marino.

—Era demasiado tarde. Ya lo había dicho... Tenía miedo. Tanto que cometí una estupidez. —La voz le tiembla de mala manera, las lágrimas le corren por la cara—. Después, no podía pensar más que en Jamal. Me había olvidado de la mentira y de por qué la había dicho. Lo siento. No soy mala persona. Lo juro por Dios. —Rebusca en su bolso y saca una toallita húmeda. Tras rasgar el envoltorio, se limpia el maquillaje corrido de los ojos y el resto de la cara, y percibo un fresco aroma a pepino. De pronto parece mucho más joven; podría pasar por una mujer de veinte años, aunque seguramente está más cerca de los treinta. Para trabajar como psicóloga de un instituto tuvo que cursar una licenciatura y un máster. Lleva tres años casada. Calculo que contará unos veintisiete o veintiocho—. Esto es una pesadilla. Por favor, dejen que despierte de ella. —Clava la vista en mí.

Acto seguido, se fija en los artículos que he sacado de las bolsas que trajo su esposo; los alimentos, los fármacos. Centra su atención en estos últimos.

—Tu marido ha ido a una farmacia esta mañana con varias recetas —le explico—, incluida una de clonazepam.

—Es para el estrés —dice.

—¿El estresado era él?

—Sí, y últimamente yo también. Los dos.

—¿Podrías contarme qué problemas ha tenido él? —Elijo con sumo cuidado el tiempo verbal que uso—. Si ha estado nervioso o estresado, me resultaría útil conocer los motivos. Un análisis de drogas nos dirá con toda exactitud qué contiene su organismo. Pero si puedes darme información adicional, te lo agradecería.

La alusión a un análisis de drogas la descoloca. Por lo visto, no se le había ocurrido.

—Clonazepam —dice—. Lo vi tomar uno esta mañana, cuando nos levantamos, y me dijo que estaba a punto de marcharse. Pensaba pasar por una farmacia entre un recado y otro.

—¿Es posible que se tomara algo más? —pregunto.

—No... no lo sé. No estuve con él todo el rato. Me marché hacia las siete.

Me vienen a la memoria los trozos húmedos de papel de cocina en la basura, los cajones que alguien había limpiado por dentro. No pasa una semana sin que me encuentre a una víctima de la heroína en el depósito de cadáveres.

—¿Y drogas de la calle? —inquiero.

—Un perro detector de estupefacientes detectaría hasta el residuo más pequeño —interviene Marino—. Tengo un agente canino. Tal vez debería ir a buscarlo.

Si la situación no fuera tan trágica, me reiría. *Quincy* no sabría distinguir la heroína del talco para bebés. Le envío un mensaje de texto a Anne para pedirle que busque con cuidado marcas de pinchazos y daños en el tabique nasal en el cadáver de Jamal Nari, y que lo haga cuanto antes.

—¿Le han recetado alguna vez analgésicos a tu esposo? —le pregunto a Joanna.

—Sufría dolores de espalda —contesta—. Se accidentó yendo en bicicleta a los veintitantos años. Tiene un par de hernias discales.

—¿Oxicodona?

Ella mueve la cabeza afirmativamente, lo que incrementa mis sospechas. No es raro que personas que abusan de la oxicodona se pasen a un opioide más barato. En la calle, una pastilla de ochenta miligramos llega a costar ochenta dólares, mientras que una bolsita de heroína puede comprarse por una fracción de esa suma.

—Lleva más de diez años sin consumir drogas ni alcohol —me asegura Joanna.

—Pero ha estado estresado, ¿no? ¿Sabes por qué?

—Se había distanciado bastante de mí. Desaparecía sin decirme adónde iba o dónde había estado.

—¿Fue usted quien limpió el interior de los cajones? —pregunta Marino, pero ella no responde—. ¿Lo hizo Jamal o lo hizo usted?

—No lo sé. A lo mejor fue él. Ya les he dicho que ha estado paranoico, preocupado de que alguien quiera perjudicarlo.

—¿Coca? ¿Heroína? ¿Qué se metía?

—Nada. Ya se lo he dicho. Nada.

—¿Nada? —Marino deja caer su libreta y el bolígrafo sobre la mesa de centro—. Entonces ¿quién temía usted que pudiera encontrar algo?

—La policía. Llevamos días preocupados por ese tema. Por eso estaba tan segura de que sabía el motivo de la llamada. Creía que tenía que ver con eso.

Oigo que me llega un mensaje al móvil y echo un vistazo a la pantalla.

—¿Con qué exactamente?

«Cicatrices viejas en las piernas tapadas con tatuajes.» Es todo lo que Anne puede revelarme por el momento, pero me basta.

Nari se inyectaba drogas e intentaba disimular las marcas de la jeringuilla con tatuajes. A primera vista, nada parece indicar que consumiera drogas recientemente, lo que no significa que hubiera dejado atrás esa etapa de su vida.

«¿Le has hecho un escáner?», le escribo a mi vez.

«Estoy a punto.»

—No acabo de entender lo que dice sobre la policía —presiona Marino.

—¡Ya nos habían acosado antes sin motivo! ¡Estaban deseando encontrar algo que nos incriminara esta vez! ¿Tiene idea de lo que es pasar por algo así?

—Fue el FBI —recalca Marino de nuevo—. No nosotros.

Se pasa la toallita por el rostro y percibo de nuevo el aroma a pepino. Esto me recuerda el olor a lejía. Le pregunto si su esposo o ella utilizaron alguna sustancia que contuviera cloro para limpiar los cajones, y ella responde que no. Cuando le comunico que los trozos de papel de cocina en la basura serán analizados en mis laboratorios, ella parece desalentada, pero no se desdice. Es alérgica a la lejía. Le provoca urticaria. Nunca la tienen en casa.

—Jamal creía que alguien lo seguía, que lo acechaban —murmura—. Un tipo con una gorra y gafas de sol conducía muy pegado a su coche. Temía que el FBI hubiera vuelto a las andadas. Una noche, se levantó para ir al baño y vio una cara mirando por la ventana. Después de eso, esmerilamos el cristal y nos acostumbramos a cerrar todas las cortinas.

—¿Desde cuándo tenía esa sensación? —Marino coge su bloc y se pone a tomar notas de nuevo.

—Desde hace un par de meses.

—¿Por eso decidieron mudarse?

—No. —Nos dice que el chico con quien la han visto hablar es Leo Gantz.

Tiene quince años y es estudiante de primer año en la academia Emerson, donde Nari daba clases de música y Joanna trabaja como psicóloga. Leo, un tenista clasificado a nivel nacional, tiene una beca y un padre maltratador. En enero lo enviaron al despacho de Joanna por su mala conducta. Había empezado a beber alcohol a escondidas. Había rayado un coche con una llave y se «ponía gallito» con sus profesores. A principios de mayo, lo habían expulsado temporalmente del equipo de tenis porque se había presentado borracho a un entrenamiento y había lanzado una pelota contra el entrenador con tal fuerza que le había hecho sangrar la nariz.

—De pronto disponía de mucho tiempo libre porque ya no entrenaba, y entonces se terminaron las clases —explica Joanna—. Se sentía solo, aburrido. Empezó a pasearse en bici por delante de casa a todas horas. Angie...

—Angelina Brown —concreta Marino—. Su vecina de arriba.

—Sí —asiente Joanna—. Lo veía desde la ventana. Tiene el escritorio justo enfrente, así que lo observaba ir y venir por delante de la casa.

—¿Podría ser él quien acechaba a su marido? ¿Se había planteado usted esta posibilidad?

—Leo no tiene carné de conducir ni acceso a un coche.

—¿Ha estado alguna vez en este apartamento?

Bajo la vista hacia el mensaje de texto de Liz Wrighton, la especialista en armas de fuego, mientras Joanna me asegura que siempre ha hablado con Leo fuera. Que él nunca ha entrado aquí.

—Yo traté de ayudarlo —afirma en un tono glacial, y yo intento que no se note que estoy leyendo algo asombroso, una noticia estupenda y terrible a la vez.

Tenemos «un candidato firme». Es la forma prudente de Liz de comunicarme que hemos encontrado una coincidencia en la NIBIN, la Red Nacional Integrada de Información Balística. El cotejo entre imágenes digitales de Nueva Jersey y el fragmento que Machado ha llevado al laboratorio demuestran que las medidas, los campos y los surcos coinciden.

«Un francotirador. Tres víctimas que no parecen tener nada en común.»

—Y no hay ningún motivo. Nunca hice nada más que interesarme por él. —A Joanna le relampaguean los ojos—. ¡Lo trato bien, le echo una mano, y así me lo agradece!

11

El río Charles, de un azul profundo, reluce bajo el sol de media tarde, con la superficie apenas rizada por una ligera brisa. Al observar los sicómoros, sauces llorones y perales de Callery que han perdido las flores, recuerdo cuando estas caían como copos de nieve, recubriendo las aceras y flotando en el aire sobre las calles. Durante unos días, los trayectos en coche entre mi casa y la oficina bajo una ventisca de pétalos me levantaban el ánimo.

Contemplo por la ventanilla a unos remeros que inclinan la espalda para impulsar unos remos largos y finos que cortan el agua con palas similares a cuchillas. El edificio DeWolfe, sede del equipo universitario de remo, está a nuestra derecha, y a la izquierda, el hotel Hyatt, en forma de escalera. Más adelante se encuentra el extenso campus del Instituto Tecnológico de Massachusetts. Vamos otra vez en el todoterreno de Marino, de camino hacia el CFC, y hablamos sobre las señales de teléfono móvil captadas esta mañana, cuando Joanna Cather afirmó estar en Nuevo Hampshire.

Era totalmente falso. Ella no estuvo allí en ningún momento. Nos ha contado la verdad acerca de su mentira. Poco después de las siete horas, salió de su zona de cobertura en Cambridge, y las señales de su teléfono fueron detectadas por estaciones base registradas en la Comisión Federal de Comunicaciones a lo largo de la I-90 Este, la avenida Massachusetts, y luego la I-93 Sur. Su destino final fue el bulevar Gallivan, en el barrio bostoniano de Dorchester, adonde ella y su esposo planeaban mudarse hoy.

Habían alquilado una casa de estilo colonial de dos plantas, con revestimiento de tablillas, sótano de piedra, galería acristalada y sistema de seguridad. Marino me ha mostrado fotografías del anuncio publicado en Internet: una casa bonita y con personalidad construida en los años veinte. El precio de partida es de cuatro mil dólares al mes, gastos no incluidos. Es mucho dinero para una pareja de profesores de instituto. La agente inmobiliaria se llama Mary Sapp, y Marino le ha dejado un mensaje pidiéndole que lo telefonee lo antes posible.

—Tengo una corazonada sobre eso. —Ha desviado la conversación hacia el tema de por qué el asesino eligió justo este momento para actuar—. Creo que su repentina decisión de mudarse precipitó las cosas. Y que el motivo que los impulsó a marcharse es el mismo que llevó a Nari a limpiar los cajones. Creo que la acusación de Leo Gantz abrió la caja de los truenos en más de un sentido. —La historia del chico no acabará bien, sea cual sea su desenlace. Si se trata de un caso de sexo consentido, será la palabra de Joanna contra la suya. Mientras ella nos contaba lo que ella misma calificó de «mentira descarada», me dio la impresión de que siente algo por él. Y no solo odio—. A Nari le preocupaba que la policía pudiera presentarse con una orden de registro en cualquier momento —prosigue Marino— y que de paso lo empapelaran por tenencia de drogas.

—Su esposa asegura que estaba limpio —le recuerdo—. Las marcas de pinchazos son viejas.

—Tal vez esnifaba o fumaba.

—El análisis de tóxicos nos lo dirá.

—Está claro que había algo de lo que no quería que la poli encontrara el menor rastro, y apuesto a que ese algo era heroína. Y esa poli es la de Cambridge; en otras palabras, tu seguro servidor —agrega—. Si se produce una denuncia de sexo con un menor, nos llamarán.

Pero el Departamento de Policía de Cambridge no ha recibido esa llamada. El padre desempleado de Leo empezó a amenazar a Nari y a su esposa, pero no lo notificó a la policía.

—Espera y verás. Todo esto es por dinero —replico—. Seguramente el padre de Leo cree que alcanzaron un acuerdo sustancioso después de presentar una demanda contra el instituto. Lo irónico es que no han conseguido un centavo.

Le he pedido a Lucy que investigue. Continúan añadiéndose peticiones a la demanda por discriminación interpuesta por Jamal Nari contra la academia Emerson. Se han fijado fechas para las declaraciones y el juicio, el consabido juego de la gallina en el que los únicos que ganan son los abogados. La información está disponible en bases de datos legales, pero no ha aparecido en la prensa. Si el padre de Leo Gantz ha estado pendiente del asunto, no sería raro que llegara a la conclusión de que Nari y su esposa se han forrado. El Honda por sí solo habría bastado para despertar sospechas.

—Si me hubieran enviado a mí a indagar si Leo y ella habían mantenido relaciones sexuales en el apartamento, habría hecho lo mismo que he hecho ahora. —De pronto, Marino empieza a fijarse en los retrovisores—. Ya me conoces. No dejo piedra sin mover.

Tampoco hemos dejado cojines sin mover. Antes de salir del apartamento lo hemos registrado de nuevo, hemos mirado bajo el colchón, los muebles y las alfombras, hemos revisado las almohadas, todo aquello en lo que pudiera haber algo oculto. Además de examinar a fondo el todoterreno Honda y el Suburban de alquiler, ha escudriñado todo aquello que no se movía en busca de huellas dactilares u otras pruebas físicas.

Ha frotado las superficies de varios objetos con hisopos para obtener muestras de ADN, y cuando ha rociado las guitarras con un reactivo químico, se ha producido una luminiscencia tenue y de corta duración. Hemos observado el mismo efecto en las dos fundas de guitarra vacías que estaban sobre la cama y la caja para mudanzas que parecía revuelta, así como en los condones y la loperamida que he encontrado debajo del lavabo. Todo ello ha emitido un brillo azul blanquecino, reacción producida por la lejía que suele confundirse con una señal de la presencia de sangre.

Lanza miradas a los espejos del coche con expresión de rabia. Reduce la velocidad.

—¿Qué pasa? —le pregunto.

—No me lo puedo creer. —Desacelera aún más, hasta que avanzamos casi a vuelta de rueda—. El mismo gilipollas de antes.

Echo un vistazo al retrovisor de mi lado y reconozco la camioneta descubierta que hemos visto anteriormente cuando Marino se ha encarado con el joven del soplador de hojas. Gris con un montón de embellecedores cromados, es una Super Duty de un modelo viejo pero en perfecto estado.

Cuando nos adelanta por el carril derecho, reparo en el logotipo de TALLER MECÁNICO HANDS ON y el número de teléfono que lleva pintados en la puerta. El conductor, de tez clara, tiene el pelo negro corto. No veo a ningún acompañante ni rastros de herramientas de jardinería.

—No es el mismo chaval con el soplador de hojas con el que nos hemos topado antes —señalo, desconcertada—. ¿La matrícula coincide?

—¡Joder, ya lo creo!

—El rótulo en la camioneta que estaba en mi calle decía CUIDADOS DEL JARDÍN SONNY.

Marino levanta su BlackBerry para mostrarme la fotografía que ha tomado esta mañana. La matrícula es idéntica a la de la camioneta gris que acaba de adelantarnos. El número de teléfono también es el mismo. El vehículo, que ya nos lleva mucha ventaja, avanza por el carril de la derecha, con el intermitente del mismo lado encendido.

—Un rótulo magnético —decide Marino—. De quita y pon. Tiene que serlo. No hay duda de que el de esta mañana decía CUIDADOS DEL JARDÍN SONNY y tenía el número de teléfono debajo. A lo mejor el tipo tiene dos negocios que comparten línea telefónica.

—Entonces ¿por qué no los anuncia en el mismo rótulo?

—Tal vez el crío imbécil no tiene nada que ver —admite Marino—. Tal vez solo estaba limpiando la acera al lado de la camioneta aparcada. —Eso explicaría por qué no pareció inquietarle que Marino se pusiera a dar vueltas en torno al vehículo como un demente, fotografiando la matrícula y amenazándo-lo. Lo pienso, pero me abstengo de expresarlo en voz alta—. ¿Habías visto la camioneta en tu barrio antes?

—Que yo recuerde, no, pero eso no significa nada. Rara vez estoy en casa durante el día.

Marino ve que la camioneta gris gira a la derecha por el puente de Harvard, y me doy cuenta de que está planteándose la posibilidad de seguirla. En vez de ello, torcemos a la derecha por la calle Audrey y entramos en el aparcamiento de un bloque de pisos del MIT, donde nos detenemos.

—Seguramente no es nada, pero no quiero correr riesgos —dice—. Tampoco quiero que el tipo que va al volante se huela que nos hemos fijado en él.

—Has reducido la velocidad para dejar que nos adelantara —le recuerdo.

—No sabe que ha sido por él.

Esto no me convence. Acordarse del incidente de esta maña-na ha reavivado su indignación. Si el conductor de la camioneta hubiera sido observador y capaz de leer los labios, sin duda ha-bría advertido que Marino lo fulminaba con la mirada y soltaba palabrotas. Pero también me abstengo de decirlo. Paseo la vista alrededor, por las pistas de atletismo del MIT y el estadio de fútbol americano que tenemos justo delante. Al otro lado del río, se alzan los antiguos edificios de Back Bay, de ladrillo rojo oscuro y tejado gris.

A lo lejos, la torre Prudential domina el paisaje de Boston con su antena de radio enhiesta como la lanza de un caballero, aunque el edificio Hancock, cuyos cristales reflejan las formas de las nubes, es ligeramente más alto. Más allá, la luz cambia co-mo suele hacerlo sobre grandes superficies de agua, y el Charles fluye hacia el noreste hasta el puerto, para luego formar una cur-va en torno al aeropuerto Logan y las restingas antes de desem-bocar en las bahías que finalmente dan al mar abierto. El pano-rama me recuerda que hace un día precioso, que el cielo es de un azul intenso, y los árboles y la hierba de un verde vibrante.

Ahora mismo Benton y yo tendríamos que estar a bordo de un avión con destino a Fort Lauderdale, y pienso en el apartamento junto al mar que ha alquilado como sorpresa de cumpleaños para mí. Como conozco su buen gusto, estoy segura de que es un lugar de lo más agradable, y me esfuerzo por expulsar estas ideas de mi mente, pues imaginar lo que no va a suceder no trae nada bueno. Soy consciente de que tendremos que aplazar nuestra semana de vacaciones, lo que para nosotros equivale a cancelarla. Que podamos tomarnos un descanso no depende de los días libres que acumulemos, sino de que dejen de ocurrir cosas malas durante el tiempo suficiente para que no tengamos de qué preocuparnos.

Le envío un mensaje de texto. «¿Estás bien? Voy de camino a la oficina. Tenemos que hablar.»

—El instinto me dice que algo no va bien. —Marino sigue dando vueltas al tema de la camioneta—. Estaba a pocas calles del lugar donde dispararon a Nari, y además cerca de tu casa, donde alguien había dejado sobre el muro unos centavos que tal vez estaban pulidos con un tambor como los que se usan para dar brillo a las vainas de cartuchos. —Contacta con la operadora por el radioteléfono portátil y le pide que realice una comprobación de la matrícula—. A ver qué pasa. —Echa otra ojeada a las fotografías en su BlackBerry—. ¿Me marcas el número, por favor? —Me lee en voz alta el número de teléfono que figuraba en la camioneta.

—No es buena idea utilizar mi móvil para esto.

—Hace las llamadas con número oculto.

—Da igual. No quiero que conste en los registros que he llamado a un número que no guarda relación con los casos de que me ocupo. Si surge algún problema, me resultará complicado dar explicaciones. Y los abogados son muy hábiles para detectar problemas.

Y, lo que es más importante, no soy la ayudante de Marino. No respondo ante él, y tampoco soy su compañera. Pero, al parecer, no es capaz de grabarse eso en la cabeza. Le recito el número que acaba de darme y él lo marca. Unos segundos después, se oyen dos tonos de llamada.

—¿Sí? —contesta una voz femenina por el altavoz del manos libres.

—¿Jardinería Sonny?

—¿Perdón? ¿Con quién quería hablar?

Marino repite la pregunta y la mujer le dice que se ha equivocado de número. Él se identifica.

—¿La policía? Oh, no. ¿Ha ocurrido algo? —Su tono denota extrañeza y preocupación—. ¿Es por Johnny? ¿Por qué me llama la policía de Cambridge? Vivimos en Carlisle... Es decir, yo no vivo en Cambridge. Vivo en Carlisle.

—Lamento molestarla, señora. Quería saber si la habían llamado otras personas preguntando por la jardinería Sonny o tal vez por el taller mecánico Hands On. Su número aparece en el costado de una de sus camionetas.

—Debe de haberlo apuntado mal.

—No. Es este número. —Se lo lee en voz alta.

—No sé qué pensar. Hace más de veinte años que tenemos este número. Es el de nuestra casa... el de mi casa. Bueno, si lo busca en la guía telefónica, verá que figura bajo el nombre de mi difunto marido, el doctor John L. Angiers.

Tardo un momento en comprenderlo. Entonces caigo en la cuenta.

12

La viuda del doctor Johnny Angiers asegura que ya nunca contesta el teléfono a menos que sepa quién llama.

—Acaba de contestar —le recuerda Marino con delicadeza, sin el menor asomo de agresividad—. Y a mí no me conoce, ¿verdad?

—No sé muy bien por qué. Lo he hecho sin pensar. Me habían dejado unos mensajes muy raros en el buzón de voz, y tal vez lo que usted dice lo explique. De vez en cuando recibo llamadas de gente que quiere que le poden los árboles o les planten césped. Hoy mismo ha llamado alguien para pedir que le arreglaran el coche. Siempre que me salen con cosas así, les cuelgo directamente. —Parece molesta—. Al final no me quedará otro remedio que cambiar el número de teléfono, pero no quiero. No quiero cambiar el número que hemos tenido durante veinte años.

—¿Cuándo empezó a recibir estas llamadas? —inquiere Marino.

—Es algo muy reciente. Hace algunas semanas.

—¿Cómo se llama, señora?

—Sarah Angiers.

Consulto el calendario de mi teléfono. El 28 de abril cayó en lunes. Intento hacer memoria, refrescar mis recuerdos sobre el caso. No es un suceso fácil de olvidar. Me pareció especialmente trágico y desgarrador, y dejé que Sarah Angiers se tomara todo el tiempo del mundo cuando acudió a mi oficina a hablar de la muerte de su esposo. Alta y delgada, se había tomado la molestia de arreglarse como si fuera a la iglesia o a un concierto de música clásica, con un traje elegante y la cabellera blanca bien peinada. La recuerdo como una mujer lúcida, comunicativa y totalmente desconsolada.

Me dijo que siempre se ponía nerviosa cuando su marido se iba solo de excursión al bosque de Estabrook, más de cuatrocientas hectáreas de terreno no urbanizado con árboles, colinas y caminos de caballos. Me contó que él no atendía a razones cuando había tomado una decisión y que le encantaba caminar por lo que ella llamaba «el sendero» desde su jardín trasero en Carlisle hasta la laguna de Hutchins, en Concord.

Cuando examiné el cuerpo del hombre en la densa zona forestal donde murió, me encontraba muy cerca de la ciénaga de Fox Castle y a una distancia considerable de la laguna de Hutchins. Había muy poca cobertura, por no decir nula, y él había intentado telefonear a su mujer y a la policía decenas de veces sin conseguirlo. Constaban en el registro de llamadas de su móvil cuando lo encontraron, junto con un mensaje de texto que escribió a su esposa pero que ella no recibió. En él decía que, como tenía frío y estaba agotado, había buscado un sitio donde sentarse. Se había perdido y estaba oscureciendo. Siempre la amaría. La policía no tenía pistas sobre su paradero, salvo la ruta habitual de sus excursiones, que discurría unos tres kilómetros al sur de donde él había ido a parar.

Sospecho que empezó a encontrarse mal al principio de la caminata, se desorientó y dirigió sus pasos hacia Lowell Road en vez de hacia la calle Monument. Se percató de que no sabía dónde estaba y, al no poder comunicarse con nadie, se sentó sobre el árbol caído, cada vez más nervioso y angustiado conforme caía la noche. Tal vez entró en pánico y experimentó dificultad para respirar, mareo, náusea y dolores de pecho. La ansiedad aguda puede confundirse con un ataque al corazón y viceversa.

Cuando el dolor empezó a extenderse del pecho a los hombros, el cuello y la mandíbula, Johnny Angiers, profesor de medicina en Tufts, sin duda comprendió que la situación era grave.

Quizá cobró conciencia de que se moría. Nunca se lo habían diagnosticado, pero padecía una enfermedad arterial coronaria avanzada, y mientras se lo explico todo a Marino, no salgo de mi incredulidad. Tengo la sensación de que el suelo se mueve bajo mis pies, como si hubiera perdido el equilibrio. No tengo idea de lo que está ocurriendo, pero todo se me antoja muy próximo, como las monedas en mi jardín trasero y la camioneta en mi calle.

—Es un caso en el que trabajé, y no hace mucho tiempo —declaro—. ¿Y ahora resulta que su número de teléfono figura en el lateral de una camioneta que estaba aparcada en mi calle esta mañana? ¿Qué demonios está pasando?

—Nada bueno —dice Marino.

Busco la jardinería Sonny en Google. No existe una empresa con ese nombre en Massachusetts. Pruebo con el taller mecánico Hands On y tampoco aparece.

—La cosa se pone cada vez más inquietante —comento, y justo en ese momento suena la voz de la operadora por la radio.

Le comunica a Marino que el número de matrícula corresponde a una camioneta Ford F-150 gris de 1990. Está registrada a nombre de Clayton Phillip Schmidt, varón blanco de ochenta y tres años con domicilio en Springfield, unos ciento cincuenta kilómetros al oeste de aquí, en la frontera con Connecticut.

—¿Hay alguna denuncia por el robo de la matrícula o el vehículo? —pregunta Marino.

—Negativo.

Él solicita que todas las unidades en la zona estén alerta por si ven una camioneta Ford gris con esa matrícula.

—Me la he encontrado hace unos diez minutos. Iba por Memorial Drive, en dirección este. —Marino se sujeta el micrófono de la radio cerca de la boca—. Ha girado a la derecha por el puente de Harvard. El mismo vehículo ha sido avistado hacia las doce en la zona del incidente de la calle Farrar. Tenía en la puerta un rótulo que decía CUIDADOS DEL JARDÍN SONNY. Ahora dice TALLER MECÁNICO HANDS ON. Posiblemente utiliza letreros magnéticos.

—Trece a treinta y tres —llama otra unidad.

—Aquí treinta y tres —responde Marino.

—He visto el vehículo hacia las doce, en la esquina de Kirkland con Irving —informa la agente de la unidad trece—. El rótulo decía CUIDADOS DEL JARDÍN SONNY.

—¿Aparcado o en marcha?

—Parado en el arcén.

—¿Ha visto a alguien?

—Negativo.

Abro el mensaje de texto que Benton acaba de mandarme.

«Suceso inesperado. Cuando nos veamos, te cuento», leo.

Me vienen a la mente imágenes de él en el jardín trasero esta mañana, de las monedas en el muro y me acuerdo del destello que él vio. Pienso en «Copperhead», en el extraño poema que alguien me escribió en un tuit desde un hotel en Morristown. Y ahora aparece una camioneta misteriosa con un número de teléfono relacionado con una muerte que he investigado recientemente... y que preferiría que no se aireara mucho.

Aunque no falseé los datos médicos sobre el caso de Johnny Angiers, los interpreté de forma bastante libre al dictaminar que se trataba de un fallecimiento accidental debido a la hipotermia. Cuando su compañía de seguros contactó conmigo para preguntarme por qué constaba en mi informe de la autopsia que había encontrado una rotura de placa causada por una enfermedad arterial coronaria, me mantuve firme. Johnny Angiers no era diabético, pero tenía alto el nivel de glucosa en el humor vítreo, algo muy frecuente en las muertes por hipotermia. Presentaba alteraciones en la piel, lesiones gástricas y daños en los órganos que encajaban con la exposición a bajas temperaturas.

La hipotermia pudo precipitar el paro cardiaco, o tal vez lo primero fue consecuencia de lo segundo. Era imposible determinarlo a ciencia cierta, así que decidí inclinarme por la opción más compasiva. El seguro de accidente no cubría el fallecimiento por ataque al corazón, aunque este ocasionara un accidente como una caída, un choque o la exposición al frío. No me parecía justo ni correcto. La aseguradora TBP es una compañía enorme, famosa por sus triquiñuelas para evitar indemnizar a personas traumatizadas por la pérdida reciente e inesperada de un ser querido.

Si yo no hubiera redactado así el informe de la autopsia y el certificado de defunción, la viuda de Johnny Angiers se habría visto obligada a vender la casa y a dejar de prestar apoyo económico a sus nietos que estudiaban la carrera y el posgrado. Tenía justificación de sobra para asegurarme de que eso no sucediera, aparte del profundo desprecio que siento hacia las compañías de seguros codiciosas y poco éticas. Veo constantemente cómo destruyen la vida de las personas a las que roban, y por desgracia no se trata de mi primer roce con TBP.

—Espero que lo que está pasando no la ponga en una situación comprometida —comento mientras Marino marca un número. Le salta el buzón de voz—. Deberíamos reanudar el camino hacia mi oficina —agrego, pues aún estamos sentados dentro del coche en el aparcamiento.

—¿A la señora Angiers? ¿Por qué habría de ponerla en una situación comprometida el letrero de una camioneta? No es culpa suya.

—La compañía de seguros. Cualquier cosa que llame su atención sobre ella o el caso de su esposo podría causarle problemas. —Me alegro de no haber usado mi móvil para llamar a un número que ha resultado ser el suyo. TBP encontraría la forma de aprovecharse de ello—. Cumple los requisitos para cobrar el dinero del seguro, pero es evidente que aún no lo ha recibido.

—¿Cómo sabes qué ha recibido o dejado de recibir?

—Un investigador de la compañía llamó el otro día a Bryce porque quería hablar del caso conmigo, esta vez en persona. No harían una cosa así si el pago no estuviera aún en el aire.

—¿Piensas reunirte con ellos?

—Todavía no se ha concertado una cita porque se supone que estaré fuera de la ciudad unos días. Bryce les sugirió unas fechas y ellos no han contestado. Es su *modus operandi* habitual. Cuanto más largas den al asunto, mejor para ellos. La única persona con prisa es la que necesita el dinero.

—Hijos de puta. —Marino marca otro número en su teléfono.

—Así que ahora lo tenéis en vuestro patio trasero, colega —responde un hombre de inmediato—. Hay que ver.

—Eso parece. Tenemos un tiroteo relacionado con los dos vuestros, por no hablar de otras cosas raras de cojones que están sucediendo por aquí —dice Marino, y caigo en la cuenta de que está hablando con Jack Kuster, investigador del condado de Morris—. ¿Sabes si en tu zona alguien vio una camioneta descubierta gris, tal vez con el logotipo de una empresa pintado en las puertas?

—Gris no, pero es curioso que lo preguntes. Se detectó la presencia de un vehículo blanco, tipo camión de alquiler o de mudanzas, pero sin remolque y sin nombre. No era muy grande, medía unos tres metros. Creía que te había hablado de eso la noche que pillaste un pedo descomunal en el Sona. Ah, claro. Por eso no te acuerdas. —Jack Kuster habla con una despreocupada voz de barítono y un marcado acento de Nueva Jersey—. Me parece que estuviste bebiendo cerveza Blithering Idiot.*

—Skull Splitter,** más bien —replica Marino en tono inexpresivo—. ¿Qué hay de la furgoneta blanca?

—El día antes de que dispararan a Julie Eastman mientras esperaba el ferri de Edgewater, esa furgoneta fue vista cerca de una obra clausurada. Desde allí, avanzó un poco por la calle hasta el aparcamiento de la estación del ferri.

—Supongo que es la única furgoneta blanca que hay en todo Nueva Jersey —comenta Marino.

—La razón por la que este vehículo en particular atrajo la atención fue porque, después de chocar con un coche que salía marcha atrás, se largó cagando leches. Dos detalles sobre ella despertaron mi interés después del homicidio. Una muestra de la pintura que se había desprendido demostró que la camioneta

---

* «Idiota rematado». (*N. del T.*)

** Literalmente, «rompecráneos». Al igual que la anterior, se trata de una marca de cerveza real. (*N. del T.*)

había sido repintada varias veces, y el número de matrícula estaba registrado a nombre de una persona ya fallecida. Y de Massachusetts, para ser exactos.

—¡Joder! —murmura Marino—. Era una matrícula comercial, supongo.

—Qué va. Una matrícula normal y corriente. Obviamente, se la habían robado a un vehículo no comercial, un Pontiac de más de treinta años que había quedado totalmente destrozado en noviembre, lo que explica que el propietario hubiera muerto.

—¿Alguien le sacó una foto a la furgoneta?

—Nadie que la haya publicado, al menos. —La voz de Kuster suena fuerte por el altavoz, y Marino mete la marcha atrás en el todoterreno—. El dueño del coche contra el que chocó la furgoneta anotó el número de matrícula, como ya te dije, y la describió como «un camión de mudanzas blanco», pero no alcanzó a ver bien al conductor, solo que llevaba una gorra y gafas.

—No parece que estemos hablando de lo mismo —dice Marino—. Seguramente estamos buscando una aguja en un pajar.

—Si no fuera por las agujas en los pajares, tendría que buscarme un trabajo.

—¿Podemos pasar a verte mañana Doc y yo? —Como de costumbre, Marino no se toma la molestia de consultarme primero—. Tenemos que comparar impresiones y ver si podemos calcular la distancia desde la que dispara el psicópata este.

—Qué curioso que menciones eso también. Tengo una teoría y una forma de ponerla a prueba. Sobre todo ahora que disponéis de una bala sólida relativamente intacta.

—Es la primera noticia que tengo. Pero no hemos ido aún a la oficina de Doc. En realidad, no hemos tenido tiempo ni de hacer un pis.

—Liz Wrighton me ha mandado una foto —dice Kuster—. Estriado de 5R a la derecha con una tasa de torsión de una vuelta cada doscientos cincuenta y cuatro milímetros, doce gramos de peso, de cobre macizo y punta de plástico. Cinco campos y surcos con bordes de ataque redondeados. Creo que se trata de un .308 con un cañón de altísima precisión, como un Krieger

Match. No es el tipo de rifle que uno suele llevar cuando va de cacería. Cuesta disparar con él si no está apoyado en algún sitio. Lo normal sería utilizar un bípode o sacos rellenos de arena, arroz, palomitas o lo que sea.

—Te refieres a una cacería humana. —Marino frena en el cruce de la calle Audrey con Memorial Drive, esperando un hueco en el tráfico.

—Un típico rifle táctico Magnum, aunque lo que tengo en mente no es nada típico. Puedo reservar la galería de tiro y pedir prestado a los SWAT lo que necesito. El otoño del año pasado, adquirieron lo último y lo mejor en armamento para la Super Bowl y se apostaron en lo alto del estadio, por si acaso. A lo mejor tampoco te acuerdas de eso, porque estabas demasiado ocupado pimplando cerveza y tequila y contando batallitas sobre Scarpetta, tu época de instituto y tus broncas con Machado. A todo esto, ¿qué anda haciendo ahora?

—Estorbando —dice Marino—. Doc va conmigo en el coche y tenemos puesto el manos libres. Nos dirigimos hacia el depósito de cadáveres, así que a lo mejor podrías dejar de hablar de ella.

—Mucho gusto, doctora Scarpetta. Me estoy refiriendo a una PGF, un arma de precisión guiada que puede convertir a un tirador novato en un francotirador de elite capaz de acertar en el centro de la diana a más de mil metros de distancia. Por desgracia, la policía y el ejército no son los únicos que pueden comprarla. Eso es lo que me produce pesadillas. Solo es cuestión de tiempo.

Marino cuelga y mira alrededor, nervioso, mientras permanecemos sentados, casi sin mover un músculo, frente a la densa circulación de vehículos por Memorial Drive. Dirige la vista a los retrovisores, las ventanas, los tejados, y de pronto acelera, cruza tres carriles y se incorpora entre una cacofonía de bocinazos al tráfico que discurre en dirección este.

—Te agradecería que no acabaras matándonos por conducir como un piloto kamikaze. —Empiezo a recoger los objetos que se me han caído del bolso.

—Prefiero que no nos convirtamos en un blanco fácil.

—Continúa desplazando los ojos de un lado a otro, con el rostro enrojecido—. Tenemos que ir a ver a Kuster mañana mismo. No hay tiempo que perder.

—Sería todo un detalle que me consultaras antes de incluirme en tus planes.

—Puede ayudarnos con la reconstrucción de los tiroteos. —Se quita las Ray-Ban—. Es el mejor en eso. ¿Te importaría limpiármelas? —Tira sus gafas de sol sobre mi regazo.

Me saco un pañuelo desechable del bolsillo de la chaqueta.

—¿Qué hay de los roces con las fuerzas del orden? ¿Tenían las otras víctimas algún motivo para temer a la policía? ¿Consumían drogas?

—Que yo sepa, no. —Baja la visera, y un fajo de servilletas le cae revoloteando sobre las rodillas—. Pero tiene sentido que Nari y su esposa estuvieran cagados de miedo. Imagínate que te acusaran de acostarte con un menor de edad que está como una puta cabra. Cuando Machado la llamó, ella seguramente creyó que iba a detenerla.

—Dudo que las cosas puedan irle mucho peor. —Continúo frotando las Ray-Ban—. Habría que lavarlas con agua y jabón. Además, están rayadas. ¿Hace cuánto que las tienes?

—Debería comprarme unas nuevas, pero me fastidia gastar tanta pasta. —Agarra las gafas de entre mis manos y se las pone de nuevo—. Ciento cincuenta pavos, nada menos.

Ya sé qué regalarle por su cumpleaños el mes que viene. Meto las servilletas en la guantera, y alcanzo a ver fugazmente la bolsa que contiene las monedas. Me imagino a un tirador de elite armado con una PGF y una munición muy concreta, cuyo origen resulta difícil de rastrear porque, de momento, solo contamos con fragmentos. Estoy desconcertada por un detalle que desconocía, lo que Kuster ha dicho sobre la bala intacta. Luke Zenner debe de haberla extraído del cuerpo de Nari, lo que me sorprende mucho. Cuesta creerlo.

Marino está mascando chicle, con los músculos de la mandíbula tensos. Mastica con tanta furia porque se muere de ganas de fumar, y no deja de palparse el bolsillo de la chaqueta en el que lleva el paquete de cigarrillos. No tardará en sacar uno, sin encenderlo. De hecho, se dispone a hacerlo cuando le suena el móvil a través del altavoz del manos libres.

—Sí —contesta en tono áspero.

—Soy Mary Sapp —dice una mujer—. Estoy devolviéndole la llamada desde la casa en Gallivan. Hay una camioneta aparcada enfrente, y no sé si debería irme.

13

Firmó el contrato de arrendamiento este lunes, accediendo a pagar el precio inicial y tres meses de alquiler por adelantado. Jamal Nari desembolsó doce mil dólares para poder instalarse de inmediato con su esposa.

Por lo general, el futuro inquilino le pide a su abogado que dé el visto bueno al contrato, sobre todo si se trata de alguien con experiencia en litigios y sin un motivo especial para ser confiado. Pero tenía mucha prisa, según la agente inmobiliaria Mary Sapp, que acaba de desviarnos por completo de nuestra ruta. Hemos cruzado el puente de Harvard y Marino conduce a toda prisa por la avenida Massachusetts. Estamos volando. Cada vez que encontramos un coche que no se aparta de nuestro camino, enciende las luces de emergencia y hace ulular la sirena.

Le da igual que hayamos entrado en Boston y él haya abandonado su jurisdicción sin informar a un operador de Cambridge. Ha pedido refuerzos a la policía de Boston y no se ha tomado la molestia de notificar lo que ocurre a Machado ni a nadie más. Tampoco le preocupa que yo tenga casos que supervisar y otros problemas que atender en mi oficina. No me ha preguntado si quería acompañarlo en este trayecto. Le mando un mensaje a Bryce Clark para avisar que tardaré en llegar porque me están entreteniendo.

«¡Madre del amor hermoso! ¿Estás en una fiesta?», responde, y no sé si intenta hacerse el gracioso.

«Estoy con Marino. ¿Cómo le va a Luke?»

«Ha terminado la autopsia, pero no quieres entregarlo aún, ¿verdad? Me refiero al cuerpo de la calle Farrar, no a Luke.»

«No lo entreguéis —escribo mientras oigo lo que Marino le pregunta a Mary Sapp—. Necesito echarle un vistazo.»

Marino le asegura a la agente inmobiliaria que estará a salvo mientras permanezca dentro de la casa. Pero ella no parece preocupada por su seguridad. Su tono no refleja miedo. Por el contrario, Sapp mantiene una actitud dramática, exageradamente encantadora y servicial. Me da la impresión de que lo está pasando bien.

«De todos modos, aún no se ha elegido una funeraria.» Otro mensaje de Bryce que aparece encerrado en un bocadillo gris.

«Entonces no me preguntes si hay que entregarlo ya», pienso, aunque no lo pongo por escrito.

«He hablado con la esposa. Está en un estado de fuga, no tiene idea de qué hacer, por más que yo se lo diga», me informa Bryce, aunque no debería dar su opinión personal.

«Ya te avisaré cuando vaya de camino hacia allí.» Pongo fin a nuestro diálogo.

—... Probablemente no le habría dado mayor importancia de no ser porque las noticias hablan de ello a todas horas. —La voz de Mary Sapp inunda el coche, una voz demasiado alegre, dadas las circunstancias.

Ya me he formado una opinión sobre ella, y no es muy halagüeña.

—Me alegra que haya pensado usted en eso y que sea lo bastante lista para quedarse dentro de la casa. —Marino la anima a seguir sus recomendaciones—. ¿Está segura de que coincide con la descripción?

—Y tanto. Ayer, hacia las dos o tres de la tarde, yo estaba revisando la casa, haciendo más fotos, tomando notas, asegurándome de que no hubieran dañado nada cuando se pasaron por aquí.

—¿Se pasaron por allí? ¿Para qué?

—Ella ha estado llevando cajas con sus pertenencias. A veces la gente deja marcas de golpes o rayones y luego asegura que ya estaban allí antes.

—Si la he entendido bien, está diciendo que no se pasaban los dos, sino solo Joanna.

—Exacto. A él solo lo vi en una ocasión, la primera vez que les enseñé la casa, hace como una semana. Por lo demás, he tratado únicamente con ella.

—Y ayer, hacia las dos o tres de la tarde, vio la camioneta.

—Cuando miré por la ventana por casualidad, la vi pasar por delante.

—¿Se fijó en ella por alguna razón en especial? —pregunta Marino.

—Iba tan despacio que creía que iba a parar frente a la casa. Era de alguna empresa de jardinería. Esta mañana ha aparecido otra vez, cuando yo estaba aquí con Joanna.

—¿Ella se ha presentado sin más, o habían quedado?

Se hace un silencio.

—Habíamos quedado —responde ella al fin.

—A lo mejor quería llevar más cajas —aventura Marino, y Mary Sapp vuelve a quedarse callada unos instantes.

—Como he dicho, ya las había traído casi todas. Le he sugerido que espere un poco antes de traer más o empezar a desembalar nada. De eso quería hablar con ella.

—Así que concertó la cita de esta mañana. Fue idea suya —señala Marino, y ya sé qué está pensando.

Si fue la agente inmobiliaria quien solicitó la reunión, el argumento de que Joanna se inventó un pretexto para estar fuera de casa a la hora en que asesinaron a su marido no se sostiene. Pero eso no impedirá que otras partes interesadas sigan defendiendo esta teoría, y sospecho que sé quién la defenderá con más empeño. Joanna le mintió a Machado y, al margen de sus motivos, las cosas entre ellos empezaron mal, tal vez de la peor manera posible, a causa de esta mentira. La relación entre Machado y Marino complica aún más las cosas. Están enfrascados en una competición. Y luego está el asunto de la lejía.

Es posible que alguien haya intentado borrar todo rastro de ADN de objetos que parecen formar parte de una escena manipulada. Guitarras fuera de sus fundas y colocadas sobre soportes, artículos de baño devueltos al armario, una caja de mudanzas con el contenido revuelto. Estoy casi convencida de que todo ello es obra del asesino. Machado no se dio mucha prisa en informar a Marino o a mi oficina del homicidio. Fue el primero en llegar y entró en el apartamento. Quizás encendió las luces y echó una ojeada. No debería haberlo hecho solo. Tal vez habría esperado a Marino si no anduvieran a la greña.

—Le pregunté si podía pasarse por la casa —dice Mary Sapp— y acordamos vernos temprano porque, según ella, les esperaba un día ajetreado, con muchos recados por hacer. Y la mudanza que aún entraba en sus planes, claro. —Entraba en los planes de ellos dos. Pero, al parecer, no en los de ella—. Quedamos a las ocho y ella llegó a esa hora. Debo decir en su favor que es una mujer puntual —comenta, dando a entender que por alguna razón no tiene buen concepto de Joanna Cather.

—¿Por qué le sugirió que esperara un poco antes de trasladar el resto de sus pertenencias? —pregunta Marino mientras mis sospechas sobre la agente inmobiliaria se acrecientan.

—Detalles. Por desgracia, había que abordar ciertos detalles problemáticos. Me pareció conveniente que habláramos de ello en persona en vez de por escrito —dice—. Pero cuando estaba a punto de explicárselo, vi la camioneta de nuevo.

—¿Qué hora era? —inquiere Marino, mientras circulamos por la I-93 Sur, a lo largo de la costa.

—Alrededor de las ocho y cuarto, ocho y media. Reparé en ella e incluso le dije: «Creo que esa camioneta está buscando trabajo por aquí, pero no conseguirá nada.» Mi inmobiliaria promueve varias viviendas en esta zona, y, por supuesto, tenemos empresas de confianza que recomendamos a los clientes.

—¿Tiene idea de quién ocupaba la camioneta cuando la vio ayer y esta mañana? ¿El conductor le resultaba conocido?

—No lo había visto en la vida. Un hombre poco agraciado con gafas de sol. No sé quién es.

—¿Y Joanna? ¿Dijo algo al respecto? —Marino vuelve a encender las luces, arrimándose al coche de delante, que cambia de carril para dejarnos pasar—. ¿Le comentó si se había fijado en la camioneta antes?

—No parecía muy contenta de verla —dice—. Entonces se apartó un momento para llamar a alguien. Me dio la impresión de que hablaba con el marido.

«El marido.» Reflexiono sobre sus palabras. Se ha distanciado de Jamal Nari; lo ha despersonalizado. Mary Sapp posee información que quiere ocultarle a Marino, y no me fío de ella en absoluto.

—¿De qué humor estaba Joanna esta mañana? —pregunta Marino mientras pasamos junto a hectáreas de paneles solares y el depósito de gas de National Grid pintado con los colores del arco iris, una construcción emblemática de Dorchester y una parada habitual en la ruta que Lucy suele seguir en helicóptero cuando despega o aterriza en Logan.

—Algo agitada e irritable, pero eso no es raro cuando la gente está de mudanza. Después, al olerse que había surgido una dificultad, un problema, se puso un poco desagradable. —Otra pausa—. ¿Cree que la camioneta gris tiene algo que ver con lo que le ha pasado al marido? ¿Que el conductor andaba mezclado en asuntos turbios con él? —pregunta Sapp, y me vienen de nuevo a la mente las drogas.

Los delitos relacionados con la heroína proliferan en esta zona de Boston.

—Señora Sapp —dice Marino—, ¿le pareció que Joanna tenía miedo cuando la vio esta mañana?

Titubea un momento antes de responder.

—No estoy segura. En realidad, creo que no.

—Me preguntaba si tal vez ella o su marido insinuaron que estuvieran metidos en algún apuro.

—El tema de la privacidad surgió varias veces. No querían que la gente siguiera molestándolos.

—¿«Siguiera»?

—Sí. —Asegura que no tiene muy claro por qué la pareja tenía una necesidad tan urgente de mudarse. Solo sabe lo que dijo Nari la semana pasada: que querían una casa más grande y que preferían no vivir en la ciudad en que él trabajaba—. Sé que la privacidad era un tema prioritario para ellos —repite, y describe a Nari como un músico y profesor popular, cuyo nombre había saltado a la palestra el año pasado y a quien «sus alumnos no paraban de incordiar» porque vivía demasiado cerca del instituto. De haber albergado la menor sospecha de que andaban metidos en líos, no les habría alquilado la casa «y nos habríamos ahorrado todo este mal trago». Recalca que creía que Joanna había renunciado recientemente a su empleo de psicóloga escolar para «quedarse en casa y fundar una familia». Añade que el matrimonio no había hecho referencia alguna a que tal vez «sus circunstancias» habían cambiado mucho desde la primera vez que les había enseñado la casa del bulevar Gallivan. Cuando Joanna finalizó la conversación telefónica, posiblemente con su esposo, se enzarzó en «una discusión» con la agente inmobiliaria. No fue algo agradable—. Intenté explicarle de la forma más amable posible que ya no me parecía que la vivienda fuera adecuada para ellos —prosigue—, y ella replicó que ya habíamos cerrado el trato. Esas fueron sus palabras textuales. Comenzó a sacar cosas de las cajas a pesar de mis objeciones y me amenazó con ponerme una demanda por incumplimiento de contrato.

—¿Seguía usted en la casa con ella cuando recibió la llamada notificándole la muerte de su marido? —pregunta Marino.

—No. Me había marchado ya. El tipo simplemente está ahí sentado —dice ella—. Me parece que me está esperando, pero no acierto a imaginar por qué.

Recuerdo que Joanna nos comentó que estaba previsto que el camión de mudanzas pasara a recoger sus muebles hoy a las tres de la tarde para llevarlos a la casa en Dorchester. Si aún está dispuesta a seguir adelante con el traslado, no debe de tardar en llegar, pero estoy casi convencida de que no lo hará. Ni siquiera ha elegido todavía una funeraria, y, según Bryce, se encuentra en «estado de fuga». Si no es capaz de decidir qué hacer con el cuerpo de su esposo, se me antoja poco probable que haya tomado otras decisiones importantes. Está conmocionada. Espero que tenga familiares. Y amigos.

—Llego en dos minutos —le asegura Marino a la agente inmobiliaria—. Usted quédese donde está, ¿de acuerdo?

—Sigue aparcado en el mismo sitio, justo detrás de mi coche. Está ahí, sentado dentro de la camioneta. Dice TALLER MECÁNICO HANDS ON en la puerta, y no entiendo por qué hay un mecánico esperando aquí, si es eso lo que está haciendo. Cuando avisté la camioneta ayer, pensé que era de un jardinero, como ya le he comentado. Puede que esté comiendo algo. No lo alcanzo a ver bien desde aquí.

—Voy a colgar ahora —anuncia Marino con suma calma—. No se mueva de donde está. ¿Tiene las puertas cerradas con llave y la alarma activada? —Ya se lo ha preguntado antes. Ella responde que sí, que lo ha comprobado, y él finaliza la comunicación—. Tiene que haber una explicación —me dice—. Si el tipo acaba de cargarse a Jamal Nari, no tiene ningún sentido que haya conducido hasta allí para quedarse sentado delante de la casa.

—Lo cierto es que no sabemos a qué nos enfrentamos —replico—. Y eso va también por Mary Sapp. No me inspira confianza.

Tras enfilar la avenida Granite, circulamos por encima del agua. Por un momento nos vemos rodeados de ella y siento que flotamos en el aire. A la derecha tenemos la bahía de Dorchester, y a la izquierda, el río Neponset, donde hay varias embarcaciones pequeñas amarradas.

Marino cruza a toda velocidad una intersección de pasos de peatones pintados de un blanco radiante, donde no hay peatones a la vista, efectúa un viraje brusco a la izquierda al llegar al bulevar Gallivan y pisa a fondo. Reconozco la pequeña casa revestida de tablillas por las fotos que he visto en Internet. Justo enfrente está aparcado un Mercedes blanco e, inmediatamente detrás, la camioneta Ford gris.

Al conductor de la camioneta no parece preocuparle en absoluto que un vehículo policial camuflado se detenga detrás de él. No da muestra alguna de que lo desconcierten o sorprendan siquiera las luces estroboscópicas azules y rojas de la rejilla. Al parecer, está tomándose un vaso grande de café con las gafas de sol fijas en nosotros a través del retrovisor. Pero no hace ademán de apearse, ni siquiera cuando un coche patrulla de la policía de Boston dobla veloz la esquina y se detiene en medio de la calle, a nuestro lado.

—Quédate aquí. Voy a ver qué narices pasa. —Marino abre su portezuela al mismo tiempo que el agente de uniforme abre la suya.

Al menos Marino ha dejado el motor encendido. Desbloqueo las ventanas y bajo la mía para ahorrarme más sorpresas y no sentirme atrapada. Lo veo acercarse a la vieja camioneta gris mientras aparta la chaqueta Harley para dejar al descubierto la SIG calibre .40 que lleva al cinto, en la cadera derecha. Da unos golpecitos con los nudillos en la ventanilla del conductor al tiempo que el policía de uniforme se lleva la mano a la pistola y rodea a Marino para observar al ocupante del vehículo desde otro ángulo.

—¿En qué puedo ayudarles? —inquiere una voz masculina con hosquedad cuando el cristal desciende.

—Necesito su carné de conducir, la documentación del vehículo y que baje de la camioneta, por favor —dice Marino.

—¿Acaso he hecho algo malo?

—Tal vez debería preguntárselo yo a usted.

—Supondré que me lo está preguntando y la respuesta es no. No he hecho nada malo —afirma, y me asalta la inquietante sensación de que ya he oído antes esa voz tan agresiva y desagradable.

—Señor, debe bajar del vehículo —dice el agente uniformado en un tono imperioso. Es un joven de tez morena con el torso en forma de V y unos bíceps muy abultados bajo las mangas cortas de su camisa azul.

La puerta del conductor se abre.

—Tranquilos. No vayan a cometer una tontería. La cartera y los papeles están en la guantera. Es lo que voy a sacar ahora.

—¿Lleva un arma en el vehículo, señor? —pregunta el policía de uniforme, casi a gritos.

—Claro que no. Por lo que más quieran, no me disparen.

14

Marino y el agente uniformado mantienen la mano cerca de sus armas y la atención puesta en todos los movimientos del conductor.

Lo veo inclinado hacia el asiento del acompañante, con el brazo derecho extendido, y un pensamiento me da vueltas a la cabeza una y otra vez, en un bucle. Si ocurre lo peor, no puedo hacer otra cosa que llamar a la policía. Hoy en día, no todos los vehículos policiales llevan radio incorporada. El de Marino no tiene. En vez de eso, él utiliza su radioteléfono portátil. Ahora mismo lo lleva en la mano, por lo que me ha dejado sola con un iPhone, el chaleco bajo la camisa y mi sentido común.

Hoy no me he molestado en coger mi .380 y me arrepiento de ello cuando veo al conductor apearse de la camioneta. Es el mismo hombre de piel clara que nos ha adelantado en Memorial Drive. Tiene el cabello negro rizado y corto, facciones toscas, complexión delgada y estatura media, y va vestido con tejanos y una camisa de tela vaquera ancha con los faldones por fuera. Lleva un pequeño pendiente de diamante en el lóbulo izquierdo, y en la muñeca un reloj de aspecto militar, con la esfera negra, corona giratoria y correa de silicio también negra. Luce una barba de pocos días. Se nota que no tiene miedo. Su actitud es burlona y desafiante.

—Fuera esas gafas —exige Marino en voz muy alta.

—¿Cómo...?

—Que te las quites.

El hombre se apoya las gafas de sol en la frente y parpadea, deslumbrado. Tiene algo raro en los ojos; son de tamaños distintos, o uno está más bajo que el otro. Llamo al móvil de Benton y él contesta.

—¡Los brazos a los lados! —Marino da unos pasos hacia la camioneta y echa un vistazo por la ventanilla abierta—. Bonito escáner portátil. ¿Sueles escuchar las comunicaciones de la policía con esto? ¿A qué frecuencia lo tienes sintonizado? Espera, no me lo digas. Ciento treinta y uno punto ocho.

Tras decirle a Benton dónde estoy, le hablo de Machado. Menciono la lejía mientras observo a Marino agacharse hacia el interior de la camioneta para coger el escáner. Benton recuerda que Machado se encontraba en la escena del crimen cerca de una hora antes de que avisaran a Marino o a mí.

—Sí —le confirmo—. Así es.

—Una decisión desacertada, por lo menos —comenta.

—Como mínimo.

—Me alegra que me lo hayas contado.

—Marino no está en condiciones de ser objetivo al respecto. No digo que se trate de algo...

—Entiendo por dónde vas, y es un problema, lo mires por donde lo mires —asevera Benton—. Las relaciones se enrarecen y no siempre se pueden arreglar.

Al colgar el teléfono, veo que Marino tira el escáner portátil sobre el asiento.

—La emisora de radio de la policía de Boston —espeta—. Así puedes seguir nuestras conversaciones, persecuciones y descripciones de gilipollas como tú.

La red de radio de emergencia de la zona de Boston es interurbana. Su frecuencia de 131.8 abarca la mayor parte de las comisarías del área metropolitana. Me pregunto quién será el tipo. Tal vez un periodista o un poli, pero ni una cosa ni la otra tienen sentido a menos que esté en una misión extraña que lo obligue a exhibir letreros magnéticos y números de teléfono equivocados en una camioneta registrada a nombre de un vecino de Springfield de ochenta y tres años.

—No me busca la policía —alega.

—En este momento, sí.

—Y no tenéis una orden judicial para registrarme la camioneta. —Señala a Marino.

—¡Abre los brazos!

—No voy armado. —Extiende los brazos y agita los documentos de la camioneta y la cartera que sostiene en las manos.

—Saca el carné de la cartera.

Él obedece.

—¡Los brazos a los lados! ¡No me obligues a repetirlo!

—¡No me pegues un tiro! ¡No me dispares con una pistola eléctrica!

—Date la vuelta y apoya las manos sobre el vehículo —le ordena Marino.

—No hace falta que te pongas borde.

La voz me resulta familiar. Intento recordar dónde la he oído antes, pero no lo consigo. Miro cómo Marino lo cachea y, tras comprobar que no lleva armas, coge el carné y la documentación. Les echa una ojeada y comunica los datos a la operadora. Rand Bloom, treinta y dos años, con domicilio en el sur de Boston. Oigo con claridad cada palabra que sale del radioteléfono que sujeta Marino y del escáner en el interior de la camioneta.

—¿Es tuya la camioneta?

—De mi abuelo. —Rand Bloom se reclina contra ella, cruzando los brazos—. Clay Schmidt. Vive en una urbanización para jubilados en Springfield, aunque me imagino que eso ya lo sabes. ¿Qué queréis de mí?

—Aquí el que hace las preguntas soy yo.

—¿Has oído hablar alguna vez de la primera enmienda, de la libertad de expresión? Yo diría que no, ya que no pareces saber qué son los registros ilegales.

—¿Quieres contarme qué hacías en Cambridge esta mañana y por qué llevabas un letrero distinto en la camioneta?

—No. No quiero contártelo. —No parece intimidado en absoluto. Por el contrario, sonríe divertido, como si supiera que la policía está a punto de descubrir que ha hecho el ridículo.

—Treinta y tres. —Suena la voz de la operadora de Cambridge.

Marino responde sin apartar la vista de Bloom, que no tiene antecedentes destacables. Detenido el pasado marzo por allanamiento de propiedad, pesa sobre él una orden de alejamiento y define su profesión como «investigaciones especializadas». Ahora entiendo por qué me resultaba familiar su voz desabrida y condescendiente. Abro la puerta y bajo del todoterreno.

Marino me observa mientras me acerco. Rand Bloom clava la vista en mí. Despliega una sonrisa, como si fuéramos amigos.

—Qué gusto verla en persona, doctora Scarpetta. —No despega de mí los asimétricos ojos, de un color castaño amarillento, como los de una serpiente o un gato—. Hemos hablado por teléfono. Mantuvimos varias conversaciones muy agradables, de hecho.

—Sé quién es usted —replico—. Y nuestras conversaciones no han sido agradables.

—¿Os conocéis? —Marino queda descolocado unos instantes antes de recuperar el aplomo—. ¿De qué?

—El señor Bloom trabaja como detective para la compañía de seguros TBP.

—Vaya, vaya —le dice Marino—. Ya me imaginaba que eras una sanguijuela.

—Por lo visto está investigando otro caso desafortunado, aunque dudo que encuentre muchos casos afortunados en su línea de trabajo —me dice Bloom. Sostengo su penetrante mirada sin responder—. Ha tenido un día pésimo, muy duro, y ahora tiene que cancelar sus vacaciones. Qué pena. Pero que conste —añade, y yo escucho sin abrir la boca— que no estoy aquí por el asesinato de ese hombre.

—¿Ah, no? —dice Marino—. ¿Y por qué das por sentado que creemos que estás aquí por un asesinato? ¿De qué asesinato hablas? ¿Del asesinato «de ese hombre»? ¿El asesinato de quién?

—La noticia ha salido en todos los medios. Como si no lo supieras. —Bloom me mira con fijeza, como una cobra, decido, meneándose al ritmo de su propia música antes de escupirme veneno en los ojos—. Tristemente, su muerte no está cubierta por nuestra compañía y, aunque resulta de lo más deprimente, la vida sigue. Al menos para la mayoría de nosotros. Tal vez para usted no, doctora Scarpetta.

—¿Cómo que su muerte no está cubierta? —Marino se le acerca hasta quedar casi nariz con nariz—. ¿De qué coño hablas?

Bloom se queda callado, y yo estudio las cicatrices de su rostro, la deformidad del ojo derecho, debida a heridas antiguas y fracturas de la órbita. En vez de incisivos superiores, tiene un puente muy poco discreto y de calidad dudosa. No alcanzo a verle los inferiores. No cabe duda de que un suceso violento le desfiguró la cara y la boca hace tiempo. Un accidente de tráfico o una caída grave. Tal vez le pegaron una paliza.

—Su vida se interrumpe cuando alguien muere, ¿verdad? Por cierto, en Fort Lauderdale están a unos perfectos veintiséis grados y luce el sol. En realidad, es North Miami Beach, ¿no? —Me mira de arriba abajo, entreteniéndose en las partes en que no debería, y percibo la rabia que empieza a apoderarse de Marino—. ¿Ha visto el edificio, Haulover Towers? Se lo pregunto porque está justo enfrente de la entrada del parque Haulover. De ahí el nombre. Es un parque público donde la gente organiza a todas horas barbacoas y fiestas con música y furgonetas de helados. Puede llegar a ser muy ruidoso. Lo mismo pasa con la carretera elevada, siempre llena de coches.

—¿Por qué no cierras el pico de una vez? —Marino desplaza la vista entre los mensajes que le llegan al móvil y yo, con expresión amenazadora.

—El caso es que Joanna Cather y yo tenemos asuntos pendientes relacionados con la demanda frívola presentada por su marido contra la academia Emerson, cliente de mi empresa. —Bloom continúa haciendo caso omiso de Marino y dirigiéndome sus comentarios a mí mientras intento que no se me note la rabia.

Que no se note que estoy conmocionada.

15

Sabe lo del apartamento en Bal Harbour. ¿Cómo es posible? Benton jamás alquilaría o compraría una finca a nombre de ninguno de los dos. Siempre recurre para ello a sociedades de responsabilidad limitada. Trabaja para el FBI, fue agente infiltrado y testigo protegido, y, como experto en perfiles criminológicos, ha visto toda clase de cosas. Para él la discreción es fundamental, y protege con uñas y dientes nuestra vida personal.

—Por desgracia, el trágico fallecimiento de Jamal Nari no cambia el hecho de que su esposa y él son gente codiciosa y poco razonable —declara Bloom—. Iba a intentar hacerla entrar en razón, no he tenido otro remedio que quedarme ahí fuera, esperando.

—¿Hacerla entrar en razón? —pregunta Marino—. ¿Has decidido tener una charla con ella en cuanto te has enterado de que su marido había muerto?

—Joanna no me devuelve las llamadas. Si lo hiciera, no me obligaría a recurrir a medidas como estas.

—El caso es que ayer se te vio por el barrio —continúa presionándolo Marino—. Antes de que muriera el marido. Y esta mañana temprano te han visto pasar por delante de la casa cuando Joanna estaba dentro. Más tarde me he encontrado con tu camioneta en Cambridge, hacia las once, una hora después de la muerte. ¿Puedes explicar eso?

—Me gusta tomarme las cosas con calma. Detesto que la gente me acorrale y me obligue a dejar de ser amable.

—¿Dejar de ser amable significa matar a alguien, en caso necesario?

—No he dicho nada remotamente parecido.

—Tienes que dejar en paz a Joanna Cather de una puta vez —lo amenaza Marino mientras yo me percato de que hay una persona asomada a una ventana de la casa. Al cabo de unos instantes, se abre la puerta principal.

La mujer que sale debe de ser Mary Sapp, que ofrece una imagen algo hortera con su vestido corto verde, su larga y llamativa cabellera rubia y pintalabios rojo chillón. Se coloca la mano a modo de visera para protegerse del sol bajo y nos observa. Acto seguido, vuelve a entrar para conectar la alarma. Oigo los pitidos de aviso cuando ella reaparece y cierra la puerta tras de sí. Asegura al pomo exterior una pequeña caja con cerradura de combinación, lo que despierta mi curiosidad.

No es lo que suelen hacer los agentes inmobiliarios cuando una vivienda ya no está disponible. Además, es una práctica peligrosa. Las cajas-candado se usan para guardar llaves y a veces códigos de las alarmas, lo que permite a otros empleados de la inmobiliaria enseñar una casa sin que el agente encargado esté presente. Con las herramientas adecuadas, se puede cortar el asa y reventar la portezuela blindada, como ocurrió en Nantucket el pasado Día de Acción de Gracias, un caso espeluznante que sigue sin resolver.

Una agente llegó a una finca a pie de playa para comprobar los daños que había sufrido después de una fuerte tormenta y descubrió que la caja de seguridad ya no estaba. Sin darle mayor importancia, regresó a su oficina a buscar otra llave y la clave de la alarma, y cuando entró en la casa alguien la esperaba allí. Fue brutalmente golpeada y apuñalada en el transcurso de una reyerta que comenzó en el recibidor y terminó en el sótano inundado, donde el asesino la ahogó y la colgó de una tubería. Fue un crimen tan sonado que la mayoría de las inmobiliarias de Massachusetts dejaron de usar cajas-candado. No entiendo por qué Mary Sapp continúa usándolas, a menos que sea por descuido.

Patty Marsico. Pienso en la víctima y me viene a la mente la imagen de su rostro magullado y sanguinolento, con los huesos destrozados, la mandíbula y los dientes rotos, un ojo arrancado de su órbita. Era como si alguien hubiera rociado sangre con un aerosol por toda la casa. Entonces recuerdo otra cosa. Otra coincidencia inquietante. Cuando se acumulan unas cuantas, la probabilidad de que sean fruto del azar o la casualidad se reduce mucho. Le envío un mensaje de texto a Bryce: «Patty Marsico, noviembre pasado. ¿No estuvo implicada la aseguradora TBP?»

—No podéis impedir que hable con ella. —Bloom se encara con Marino—. Solo hago mi trabajo, y no tenéis ningún derecho a darme órdenes a menos que haya cometido un delito, cosa que desde luego no he hecho. —Despliega una sonrisa descarada, exhibiendo el puente dental blanquísimo y caballuno—. Y además lo sabéis, claro. Porque si fuera culpable de algo, ya me habríais puesto unas esposas apretadas y me habríais subido al asiento de atrás de uno de esos mugrientos coches patrulla que tienen una jaula.

—Te diré de qué eres culpable —señala Marino—: de ser un capullo. Aún no he acabado contigo, pero ¿sabes qué? Lo dejaremos para cuando estés en comisaría. Tienes mucho que explicar.

—Consultaré mi agenda y llamaré a mi abogado.

—Puedes ponerte tan chulito como quieras. No te servirá de nada. —Marino está que trina, y el hecho de que deje que Bloom se vaya me revela unas cuantas cosas.

No quiere que la policía de Boston se involucre aún más en este caso, y la información que recibe por mensajes de texto y de correo electrónico, sea cual sea, no le brinda una justificación suficiente para detener a Bloom ahora mismo por asesinato o bajo cualquier otro cargo. Hay algo más que está sacando de quicio a Marino; su mal humor no se debe solo a su roce con un investigador de seguros listillo.

Me pregunto qué estará desenterrando Machado en sus indagaciones sobre el caso Nari mientras contemplo a Mary Sapp, que se toma su tiempo caminando por la acera hacia la calle, deteniéndose cada dos pasos con sus tacones altos, hablando por el móvil, como corresponde a una agente inmobiliaria de éxito que conduce un coche de cien mil dólares. Se detiene de nuevo, dice algo acerca de una visita a una vivienda y echa un vistazo a su reloj de oro engastado de diamantes. Guarda el teléfono en su caro bolso de diseño.

Leo el mensaje de Bryce. «Afirmativo. Seguros TBP. El mismo gilitonto, Rand Bloom, que me ha llamado al menos cincuenta veces tratando de localizarte. No tengo idea de por qué a veces le devuelves las llamadas. El marido de la víctima demandó a su inmobiliaria por negligencia o algo así. Prestaste declaración, ¿recuerdas? ¿Por qué lo preguntas? Ah, deja que lo adivine. ¿Otra muerte, otra reclamación de pago? ¿Un día más, un dólar más?»

«¡Demasiada información! Maldita sea», pienso. A mi personal no le entra en la cabeza que todo lo que escriben queda registrado y puede acabar en los tribunales, ya sea un mensaje de texto o una nota autoadhesiva, y Bryce es el que más desoye mis recomendaciones. Uno de estos días me meterá en un lío.

—¿Todo bien por aquí? —inquiere Mary Sapp cuando llega junto a nosotros—. ¿Quería usted hablar conmigo? —le pregunta a Bloom—. ¿Nos conocemos?

Él se presenta, y la reacción de ella deja traslucir la verdad. Parece ligeramente aturullada, pero enseguida borra toda expresión de su rostro profusamente maquillado. Aparenta ignorancia e indiferencia. Se muestra distraída, como si tuviera prisa por llegar a otro sitio para reunirse con otras personas, y no me lo creo. Tal vez no le cueste ningún esfuerzo exagerar las cualidades de una finca o aprovecharse de un cliente, pero no es buena actriz. Sospecho que nunca había visto a Bloom y que no tenía idea de quién era el conductor de la camioneta gris.

—No, señora. No he venido a hablar con usted. No es a usted a quien buscaba —dice con una afabilidad y una cortesía excesivas—. He intentado hablar con su arrendataria. Pero, ahora que cuento con su atención, he de preguntarle si es plenamente consciente de que debería estar preocupada. A menos que no le importe alquilar una vivienda preciosa como esta a una persona de conducta cuestionable, claro.

—Esta vivienda ya no está disponible —replica ella, y su tono me confirma que sabe algo.

Por supuesto que lo sabe. Seguramente él se lo ha comunicado por teléfono. Rand Bloom tiene demasiado mundo para hacer el trabajo sucio por correo electrónico o cualquier otro medio que deje un rastro.

—¡Joder! —exclama Marino—. Has hablado con ella, ¿verdad? —Los fulmina a ambos con la mirada, y ella vuelve la vista hacia su coche, juguetea con las llaves y se cambia de hombro el bolso de cocodrilo—. ¿La has telefoneado antes y le has contado toda clase de burradas sin fundamento para que Joanna ya no sea bien recibida aquí? ¿Qué clase de basura humana haría algo así?

—Lo siento —dice la agente inmobiliaria con frialdad—. El contrato estipula claramente que el arrendamiento queda anulado y sin efecto si existen motivos para sospechar que se han llevado a cabo actividades delictivas.

—¿«Motivos para sospechar»?

—Eso dice. O algo muy parecido.

—¿Y de qué actividades delictivas estamos hablando? —pregunta Marino—. ¿Qué trolas le has contado? —Clava los ojos en Bloom como si quisiera hacerlo pedazos.

—Pues hemos comentado la cuestión no tan trivial de por qué Joanna dejó su trabajo. Y luego están las actividades extraescolares de su difunto marido. —Cruza los brazos sobre el pecho, y advierto que se le marcan mucho las venas de las manos. Es nervudo y fuerte. Me imagino que pelea sucio.

—¡Cierra la puta boca antes de que te la cierre yo! —brama Marino.

—Voy a enseñarte algo. —Bloom centra su atención en él, ignorando al policía uniformado de mandíbula cuadrada que parece listo para abalanzarse sobre él—. No me dispares —añade en voz lo bastante alta para que lo oigan los vecinos—. Solo voy a sacar un sobre de la camioneta, ¿de acuerdo? —grita—. Procura que no se te vaya la olla y se te escape un tiro.

Se agacha, extiende los brazos hacia el interior del vehículo y con gestos ampulosos y lentos coge un sobre de papel manila. Dentro hay unas fotos de veinte por veintiocho tomadas con teleobjetivo. En ellas aparece Jamal Nari con un chándal negro y una gorra de béisbol calada hasta las cejas, apeándose del todoterreno rojo comprado recientemente. El aparcamiento está en penumbra, y alcanzo a ver la media luna brillar en lo alto, por encima de los edificios. Recuerdo que a principios de semana, hace pocos días, estaba en cuarto creciente.

Las fotografías están tomadas en rápida sucesión: Nari camina bajo las farolas altas con la cabeza gacha, entra en una cafetería de Revere llamada Jumpin' Joe's, donde proliferan los tiroteos desde coches en marcha, las bandas y las drogas. Otras imágenes muestran que hay poca gente dentro, solo un puñado de clientes que hacen cola, y Nari, que alza la vista hacia un panel luminoso con fotos de hamburguesas, pollo frito y sándwiches de desayuno. Hace su pedido, con aspecto tenso. La mujer del mostrador le entrega una bolsa blanca grande en la que cabría comida para varias personas. Él sale y se detiene junto al todoterreno para mirar alrededor con los ojos muy abiertos y vidriosos. Echa un vistazo al interior de la bolsa. La última fotografía muestra un primer plano de las manos, que sostienen un sobre de plástico transparente que contiene un polvo blanco.

—¿A quién más le has enseñado esto? —pregunta Marino, furioso—. A la policía casi seguro que no. Se lo mostraste a él, a Jamal Nari, para hacerle chantaje.

—No puedo dar más detalles.

—Querías asegurarte de que renunciara a cualquier indemnización que le ofreciera el instituto. Más vale que respondas, porque lo averiguaré tarde o temprano.

—Es información confidencial. Me da igual lo que averigües.

—Lo siento —tercia Mary Sapp, dirigiéndose a Marino—. Me sabe fatal defraudar a Joanna, sobre todo en un momento como este. Lo digo sinceramente —agrega, y no hay un ápice de sinceridad en sus palabras. Pienso en los doce mil dólares de adelanto que seguramente se perderán. Si Joanna consigue recuperarlos tendrá mucha suerte. Ni las costas legales ni todas las molestias valdrán la pena, y me pregunto qué comisión se lleva Sapp y si Bloom sacará tajada—. Como comprenderán, el propietario no puede aceptar algo así... —explica la agente—. ¿Tendrían ustedes la bondad de convencerla de que se lleve las cajas? Han dejado unas cuantas ahí dentro.

—Nadie se va a llevar nada, joder. —La voz de Marino atruena el aire como un mazazo—. Esta casa forma parte de una escena del crimen. De hecho, gracias a su amiguito aquí presente, el señor Bloom, habrá que registrarla a fondo. Tenemos que examinar hasta el último rincón, no solo por la muerte de Jamal Nari, sino porque las fotos apuntan a la posibilidad de que haya drogas ilegales. Una investigación complicada y multijurisdiccional como esta puede llevar mucho tiempo. Ya sabe, los análisis de los laboratorios a veces requieren meses, incluso un año —exagera—. Tal vez le cueste bastante alquilar la casa en un futuro próximo. ¿Te importaría llamar a un par de compañeros para acordonar la vivienda? —le pregunta al agente de la policía de Boston—. O yo o alguien de mi departamento vendremos más tarde para proceder a inspeccionar la casa y todo lo que contiene, lo que incluye vaporizarla.

—¿Vaporizarla? —Mary Sapp parece preocupada de verdad.

—Vapores de Super Glue.

—¿Super Glue? No pueden usar pegamento rápido en...

—Para buscar huellas —aclara Marino—. Necesitaré tomarle las suyas para evitar confusiones.

—¿Las mías?

—Por razones obvias, habrá dejado huellas dactilares en la casa. ¿Ha tocado algunas de las cosas de Nari y su mujer? ¿Encontraremos sus huellas en sus pertenencias?

—¿Qué? No me gusta que insinúe...

—El pegamento lo deja todo perdido, los polvos de talco también —la interrumpe—. Tendrá que llamar a un servicio de limpieza profesional cuando hayamos terminado. Y necesitaremos la clave de la alarma y una llave.

—El propietario se va a llevar un disgusto. Esta es una finca impecable y de alto *standing* —asegura, visiblemente enfadada.

Bloom ha contactado con ella antes para dejarle claro que Nari y su esposa incumplían el contrato de alquiler. La motivación más evidente es el acoso; las fotografías de Nari son demoledoras. Si no hubiera muerto, su vida se habría convertido en un completo desastre. Tal vez habría acabado en la cárcel o acusado de estar en posesión de drogas, lo que sin duda daría al traste con su querella por discriminación.

—Qué lástima que no aceptaran nuestra oferta cuando aún estaba en vigor —me comenta Bloom, refiriéndose a la suma que la academia Emerson estaba dispuesta a pagar para llegar a un acuerdo—. Como dice el dicho, «más vale pájaro en mano».

—Te diré lo que vas a hacer con tu pájaro en mano. —Marino le pica el pecho con el grueso dedo medio.

—No me toques.

Marino lo pica más fuerte, en el esternón.

—Tú y tu pájaro vais a subir a la camioneta y os vais a largar cagando leches. Como me entere de que estás molestando a la señora Cather o a cualquier otra persona relacionada con el caso, me encargaré de que te detengan por obstruir una investigación policial.

—Quítame las manos de encima.

—Las manos no. Es solo un dedo. —Marino lo extiende hacia arriba, dedicándole un gesto obsceno.

—Te denunciaré a tu comisario —chilla Bloom.

—Haz lo que te dé la gana —espeta Marino.

16

El sol forma un ángulo agudo y el aire que expulsa la rejilla de ventilación es más cálido que antes. Marino toma una ruta distinta para eludir el tráfico, pero sospecho que sus esfuerzos serán en vano. El presidente Obama ha aterrizado en la base aérea de Hanscom hace veinte minutos y su comitiva de vehículos se dirige a Cambridge.

Va a cenar en el hotel Charles con quienes más fondos han recaudado y, por la mañana, celebrará una conferencia de prensa. Hay policías y militares por todas partes, cortando carriles, cerrando el paso por puentes y restringiendo espacios aéreos para garantizar la seguridad en tierra, mar y aire. Varios helicópteros sobrevuelan el puerto, y van y vienen siguiendo el curso de los ríos: Black Hawks del ejército, Chinooks de la armada y Dauphins de la guardia costera. Vuelan bajo, describiendo círculos con lentitud. Oigo su rugido y noto sus vibraciones mientras me aparecen avisos de emergencia en la pantalla del móvil.

Más de mil manifestantes se han congregado ya en Copley Square, el parque Boston Common y las calles próximas al escenario del atentado cometido durante el maratón del año pasado, en el que murieron tres personas y más de doscientas cincuenta resultaron heridas. El clima de islamofobia se exacerba a medida que se acerca la fecha del juicio, prevista para el otoño, y llegan autobuses cargados de miembros de la Alianza de Calvinistas Primitivos que vienen a predicar su mensaje de odio.

Los que más me preocupan son los extremistas, hatajos de lunáticos que en sus retorcidas mentes se creen justificados por el Todopoderoso para estallar en repugnantes muestras de júbilo cuando alguien mata a tiros o a bombazos a personas inocentes en colegios, centros comerciales, Afganistán o Boston, como ocurrió el año pasado. Cuanto más intenso es el odio que albergan, más se extiende. Se propaga como una plaga, y los únicos remedios, el humanitarismo y la decencia, están muy escasos, al parecer. Ayer, el presidente realizó unas declaraciones desde la Casa Blanca, exhortando a los estadounidenses a no formarse «juicios precipitados» sobre grupos enteros de seres humanos.

Como no hay palabras que aplaquen la ira, puse el CFC en alerta en cuanto se me informó de que iba a venir a la zona de Boston. Aunque no soy alarmista y las visitas de jefes de Estado son frecuentes, resulta estresante que hayan anunciado esta con poca antelación. A pesar de mis estrechos lazos con el cuerpo forense del ejército y el Departamento de Defensa, no sabía nada hasta hace dos días, cuando el general John Briggs, mi jefe máximo, llamó a última hora del martes para darme una notificación de seguridad nacional. Sería una visita de alto riesgo, aseguró.

—Considérelo una alerta naranja —añadió—, aunque, de cara al público, estaremos en amarillo, como de costumbre.

—¿Por qué? —pregunté.

—Hemos recibido un informe confidencial de Rusia —explicó—. Están decididos a destruir Al Qaeda después de los atentados terroristas en Volgogrado justo antes de los Juegos Olímpicos. Por otro lado, está la situación de Crimea y el riesgo de que ciertos agentes especiales encubiertos decidan actuar por su cuenta.

—¿«Ciertos» agentes?

—Están preocupados porque, cuando Yanukóvich huyó de Ucrania, es posible que se haya producido un éxodo de agentes especiales extremadamente peligrosos y leales a su presidencia.

—¿Es posible?

—La CIA es muy ambigua respecto a la entrada de dinero,

drogas y sicarios en nuestro país. Además, tenemos el problema ruso en Boston.

Se refiere al checheno acusado de participar en el atentado del maratón. Si bien las advertencias de Briggs no me pillaron del todo por sorpresa, eran más alarmantes de lo normal. Se lo comento a Marino mientras reconstruyo en mi mente lo sucedido el día de hoy. Tengo la inquietante sensación de que guarda alguna relación con todo lo que está pasando, y si estoy en lo cierto, nos enfrentamos a un problema muy gordo, quizá de escala mundial.

—Te olvidas de los dos casos de Nueva Jersey —señala mientras permanecemos sentados en el coche, en medio de un atasco—. ¿Cómo encajan con la presencia de Obama y el follón de Ucrania?

—Hay que averiguar si Bloom tiene vínculos con algún grupo extremista.

—Con capullos codiciosos y extremistas, seguro. —Marino contempla con mala cara el mar de coches inmóviles—. Ojalá tuviéramos el helicóptero de Lucy ahora mismo.

Conduce por un recorrido laberíntico, ya que utiliza como guía una aplicación del móvil para evitar los embotellamientos.

Hemos avanzado muy despacio, a veces a vuelta de rueda, y eso cuando no estábamos parados. Después de atravesar Chinatown y el North End de Boston, rodeamos el TD Garden, el pabellón donde juegan los Celtics y los Bruins. En la calle Nashua, nos flanquean aparcamientos abarrotados. Más adelante pasamos por la presa del río Charles, luego por el Museo de la Ciencia, rodeado de pancartas que anuncian la exposición FÓSILES COLOSALES.

El sol cabrillea en el río como un gran cardumen de pequeños peces plateados, y a lo lejos los cables del puente Zakim se elevan majestuosos como las jarcias de una vieja fragata. Estoy muy atenta a los lugares por donde pasamos y a todo lo que nos rodea. Miro el retrovisor de mi lado y permanezco ojo avizor. No me sorprendería que Rand Bloom fuera tan descarado como para seguirnos, e intento dilucidar qué quiere exactamente aparte de conseguir que la gente se sienta incómoda o, más aún, angustiada y con los nervios destrozados, como Joanna Cather, Sarah Angiers, o, en su imaginación, yo.

No pienso darle esa satisfacción, y, sin duda, se lo he dejado claro cuando le he sostenido la mirada en la calle, suponiendo que él no lo supiera ya antes de esta tarde. Me ha prometido que volveríamos a vernos, como si eso fuera a asustarme, y yo he sonreído y he dicho que de acuerdo. Tal vez le gustaría que yo pidiera otra orden de alejamiento contra él o lo acusara de allanamiento. Mejor aún, si se presenta en mi oficina sin que lo invitemos, mi personal de seguridad le dispensará una bienvenida que nunca olvidará.

No he mencionado que no le conviene buscarse problemas con mi esposo, que trabaja para el FBI, colándose en nuestra propiedad privada, ni que sería muy prudente por su parte no acercarse a mi sobrina Lucy, ex empleada del FBI y la ATF, expulsada por insubordinación y por un par de asesinatos irregulares. Sabe manejar una pistola y, para bien o para mal, lleva en el ADN la sangre fría, la despreocupación, el no sentir remordimientos cuando decide que una acción es justa.

No me ha hecho falta lanzarle una amenaza explícita a Bloom para que él capte el mensaje. Al marcharse de la casa del bulevar Gallivan, ha acelerado con un chirrido de rabia que ha dejado marcas de neumáticos en el asfalto. Me ha parecido una señal de debilidad. Pero más vale que no lo subestime. Y él haría bien en no subestimarme a mí.

—Me ha reconocido de inmediato, pero eso no es lo más importante. Tengo la sensación de que ya sabía que yo llegaría contigo —le recalco a Marino. Al parecer mis palabras lo dejan frío.

—No entiendo por qué no querías contarme que habíais alquilado un apartamento en Miami. —De pronto, no para de darle vueltas a eso.

—Como ya te he dicho varias veces, no me enteré hasta ayer.

—Pero hace tiempo que sabes que ibais a pasar las vacaciones allí abajo.

—Sí, por mi cumpleaños. Creía que nos alojaríamos en un hotel —explico, también por enésima vez.

Marino está escarbando. No sé exactamente qué pretende encontrar. Pese a su actitud displicente, sé que algo lo corroe por dentro y está obsesionado con Florida, lugar donde vivió durante poco tiempo hace años, cuando yo tenía un despacho allí. Como le ocurre a la mayoría de la gente, solo recuerda las cosas buenas, y lo escucho mientras reviso los mensajes que me envían de la oficina. Llegan tan deprisa como puedo leerlos. El más reciente es de Luke Zenner.

La autopsia de Jamal Nari no ha revelado nada inesperado, aunque el contenido gástrico resulta interesante. Es el informe preliminar de Luke, que acaba de terminarlo y está deseando comentarlo. Cada vez que emplea la palabra «interesante» lo que quiere decir es «extraño». Ha encontrado en el interior del estómago algo que no se esperaba, y me pregunto de qué se trata. Mi jefe adjunto, a diferencia de Liz Wrighton y de Bryce Clark, tiene el sentido común suficiente para no incluir detalles en una comunicación electrónica.

«Me he ido a casa —me informa Liz—. Vuelvo a tener la cabeza como un bombo, apenas puedo pensar y no paro de sonarme la nariz y toser como una posesa», se siente obligada a describir, aunque yo preferiría que se hubiera ahorrado los detalles que un abogado defensor estaría encantado de utilizar contra ella. No sería muy conveniente que un jurado se enterara de que ella no pensaba con claridad mientras realizaba el análisis balístico de este caso. Por otro lado, está Bryce. Está inaguantable, intentando captar mi atención con sus habituales mensajes de «Tierra llamando a la doctora Scarpetta», como si yo fuera una excéntrica o un cadete espacial.

«¿Vendrás a la ofi hoy?», escribe en un lenguaje de móvil cada vez más abreviado. Menos de un minuto después, recibo otro texto. «OK, no me dejas + remedio. Voy a descubrir el pastel. Tus fieles empleados te esperan para darte una sorpresa. Han traído *cannoli* de Mike's.»

«¿Por qué?», le contesto.

«¿Xq va a ser? X tu cumple.»

«Sois muy amables, pero que no me espere nadie, por favor.»

«¿Se lo digo?»

«Claro», le respondo.

«¿No ves q herirás sus séntimientos?»

—Haga lo que haga —murmuro.

—¿Qué? —pregunta Marino. Se lo explico y él comenta—: Entiendo a qué se refiere. La gente quiere que agradezcas su disposición a esperarte. Que te pongas contenta los hace sentir bien.

—Y a mí me haría sentir mal. Estoy segura de que a la mayoría de empleados le gustaría irse a casa con sus familiares y amigos para disfrutar lo poco que queda del día. ¿Tienes idea de qué es la granalla mezclada? —Estoy leyendo otra cosa en el teléfono.

—Perdigones de acero inoxidable que se utilizan en los tambores de pulido. Vienen en formas y tamaños distintos. Lucy la usa a veces para recargar la munición a mano. ¿Por qué?

—Ernie Koppel. —Mi examinador de pruebas físicas más experimentado se ha puesto en contacto conmigo.

Por lo general, a última hora de la tarde ya he examinado varios indicios, me he pasado por los laboratorios y he comprobado los progresos de los casos en curso. Pero me encuentro atrapada en un coche porque el presidente de Estados Unidos está aquí, y su presencia es como un incendio que se propaga por allí por donde va, cerrando carreteras, vías urbanas, el tráfico aéreo privado y los comercios situados en un radio bastante amplio. Pero la vida y la muerte siempre continúan en el CFC, y los científicos como Ernie me están poniendo al tanto. Aunque no me presentan partes pormenorizados, me dan una idea de cuáles son los acontecimientos de los que debo estar más pendiente.

—Liz le entregó los fragmentos y la misteriosa bala intacta antes de marcharse a casa, y él ha estado mirando fotografías de los casos de Nueva Jersey —informo a Marino—. Hay marcas microscópicas que él atribuye al uso de granalla mezclada. Según él, las marcas coinciden entre sí.

Aunque Ernie no dice explícitamente que «son idénticas»,

es lo que insinúa, aclaro. Está dando a entender que las balas de cobre que hirieron a Jamal Nari y las que mataron a las otras dos personas se pulieron en un tambor, tal vez en el mismo y con el mismo medio abrasivo: la granalla mezclada. Al girar durante horas o días, la fricción causada por los perdigones de acero fue eliminando el óxido y desbastando el metal. Ernie sospecha que la parte final del proceso consistió en sacar brillo a los proyectiles con un paño, y asegura que en la bala intacta se aprecian huellas de desbastado muy poco comunes que me interesará ver.

—Y te recuerdo que, según Benton, es posible que las monedas fueran pulidas en un tambor —agrego.

—Un notas —comenta Marino.

17

—¿Un notas? —pregunto.

—Un fanático que trata sus cartuchos recargados a mano como si fueran joyas. Conozco a tíos así, francotiradores o forofos del tiro de competición como Jack Kuster, por ejemplo. Cuando salta un casquillo, nunca dejan que toque el suelo. Abren el cerrojo y, como un rayo, pillan la vaina, así. —Marino despega la mano del volante como para atrapar una polilla en el aire—. Teniendo en cuenta el tipo de rifle que usan, tampoco es de extrañar.

—Un perfeccionista —murmuro mientras se oye el tableteo de más helicópteros, tres Super Stallion monstruosos con motores de turbina triples y siete aspas.

Marino ladea la cabeza y alza la vista.

—¿Se está produciendo una invasión de la que nadie nos ha hablado? Creo que ya sabíamos que el tipo era un perfeccionista.

—Seguramente, pero cada detalle que averiguamos empeora el panorama —declaro—. Lo hace más peligroso. Es algo que me provoca una inquietud considerable. ¿Quién es y por qué hace lo que hace? ¿Y quién será su siguiente víctima?

—En casos como este, la norma y no la excepción sería que se tratara de una persona meticulosa o incluso obsesivo-compulsiva. Un tirador de precisión, armado quizá con un rifle inteligente. Alguien que cuenta con un taller repleto de herramientas de armero —asevera Marino sin asomo de sorpresa ni de duda—. Ya lo había dicho antes de este homicidio. Respecto a los dos casos de Nueva Jersey.

—¿Qué hay de los fragmentos de esos casos? ¿Había planteado alguien la posibilidad de que se hubiera utilizado un tambor de pulido?

—Apenas quedaban restos de las balas.

—Pues si hay alguien capaz de averiguarlo, es Ernie. —Uno de los mejores microscopistas con los que he trabajado.

—Hemos tenido suerte, sobre todo por haber encontrado una bala casi intacta. Es como si nos hubiera tocado la lotería —afirma Marino—. Tal vez sea el regalo de cumpleaños que te hace el universo. Intento acordarme de qué edad tienes.

—Yo no desperdiciaría mi energía mental en ello.

—Pues te conservas muy bien. A pesar de todo.

—Gracias. Fingiré no haber oído el «a pesar de todo».

—En serio. A lo mejor es por el sitio donde trabajas. No hay sol. Hace frío. Estás expuesta en todo momento a vapores de formalina, creo. Conservan los tejidos para que no se descompongan, ¿verdad? Y en eso consiste el envejecimiento.

—Utiliza mi propia broma contra mí—. Empiezas a descomponerte, se te empieza a morir todo, la piel, los músculos, el pelo. Eso dicen. Desde el momento en que naces empiezas a morirte. ¿Quién iba a pensar que la Fuente de la Eterna Juventud podía ser una morgue?

—Me has robado esa frase. Y has conseguido deprimirme —digo con aire distraído mientras me invade una desazón visceral.

Estoy familiarizada con los tiradores aficionados que sacan brillo a los cartuchos vacíos antes de rellenarlos a mano. Lucy, por ejemplo. Tiene una galería de tiro privada y recarga la munición en un taller equipado con instrumentos y material dignos de una armería, incluidos tambores de pulido de todos los tamaños. Sin embargo, nunca había oído que alguien los usara para pulir balas. Vainas, sí, pero los proyectiles en sí, no, y me pregunto cómo lo habrá hecho el asesino. ¿Se valió de varios tambores distintos o pulió el cartucho entero que había recargado y montado a mano?

«Tenemos que hablar —le escribo a Ernie—. ¿Cuánto tiempo más estarás en el laboratorio?»

«Un rato. Ahora toca FTIR. No paro.»

Va a utilizar la espectrografía infrarroja por transformada de Fourier, diferentes frecuencias de luz, para analizar una muestra muy pequeña. La FTIR no daña o destruye las pruebas, a diferencia de la cromatografía líquida o de gases. Me pregunto qué espera encontrar. Posiblemente una sustancia química, lo que me hace pensar de nuevo en mi sobrina y lo que ha aprendido de mí. El pulimento para metales Flitz existe desde siempre y es mi remedio universal contra el óxido, la corrosión, depósitos de cal y manchas. En casa lo utilizo en objetos de cobre, ladrillo, terracota, aluminio e incluso vidrio. He visto latas de Flitz en el taller de Lucy. Lo usa para pulir metal con un paño.

—¿Miami? Ja. —Marino vuelve a la carga con el tema de Florida—. Ni se te ocurra mudarte otra vez allí. Deberías haberme dicho lo del sitio nuevo.

—Creía que nos quedaríamos en un complejo turístico. Benton se ha encargado de todo. Lo del apartamento era una sorpresa. Yo solo he visto fotos del lugar. No sé qué importancia tiene. En este momento lo que debería preocuparte es que un investigador de seguros siniestro sea al parecer el denominador común de una serie de cosas que están sucediendo.

—No tiene nada que ver con lo de Nueva Jersey. Con esos casos —alega Marino.

—¿Estás seguro? ¿Y los seguros de las víctimas? ¿Cabe la posibilidad de que lo contrataran con TBP?

—Yo no había oído hablar de Bloom hasta ahora. Que yo sepa, no ha habido problemas de seguros relacionados con los tiroteos de Nueva Jersey.

—Será mejor que lo preguntes.

—Menos mal que me acompañas, porque sin ti no sabría qué hacer.

—Te acompaño porque me has tenido secuestrada todo el día.

—Yo no. Ha sido Obama.

—Al principio, no.

—La verdad es que formamos un gran equipo, tú y yo.

—Desde siempre —contesto.

—Comprobaré de nuevo los casos de Nueva Jersey, pero creo que Bloom no es más que un grano en el culo marginal, una pista falsa sin mayor transigencia. —Quiere decir «trascendencia»—. Su implicación en esto es pura coincidencia y no debemos dejar que nos distraiga de lo esencial.

No estoy de acuerdo en que el hecho de que Rand Bloom aparezca por todas partes sea fruto de la casualidad. Lo que no significa que lo esté acusando de ser un asesino en serie, puntualizo. Pero estoy a punto de insistir en que, de alguna manera, es un nexo en común.

—Probablemente necesitaremos a Lucy para determinar con exactitud la naturaleza de ese nexo —le digo a Marino mientras el tráfico nos obliga a detenernos por completo otra vez.

—Es mi caso y no quiero que nadie recurra a sus servicios de pirata informática —replica—. Venir por Storrow Drive ha sido un error.

—Coger el coche en un día como hoy ha sido un error.

No hemos recorrido ni un kilómetro en los últimos diez minutos. Contemplo los árboles que bordean el río y la interminable fila de coches que tenemos delante, desprendiendo calor, con el sol cegador reflejado en los cristales.

—No pensaba solicitar sus servicios de pirata informática. —Me abstengo de añadir que Marino nunca vacila en aceptar su ayuda siempre y cuando nadie se entere—. En general, procuro no pedirle a la gente que infrinja la ley, sobre todo si son familiares míos —agrego con ironía.

—¿Iban a viajar Janet y ella con vosotros? —pregunta Marino.

—¿Perdona? —Me vuelvo hacia él y veo que tiene una expresión sombría. No está bromeando.

—Siempre es conveniente que yo sepa qué te traes entre manos, Doc. Si estás pensando en jubilarte e irte a Miami, deberías decírmelo.

—¿Jubilarme?

—Nada te lo impide. Benton y tú no andáis faltos de dinero, precisamente.

—No me convertí en patóloga forense con una licenciatura en derecho por dinero. Esa no es mi motivación.

—Ni tú ni él tendríais que trabajar un solo día más en la vida si no quisierais. A diferencia del resto de los mortales, sin contar a Lucy, que seguramente figura en la lista Forbes.

—No lo creo, aunque nunca lo he comprobado.

—Me encantaría ser rico aunque solo fuera por una semana. Solo para saber qué sentiría al vivir sin preocuparme por las facturas o por si podré permitirme cambiar mi moto por una más nueva.

—Los problemas de fondo son los mismos para todo el mundo —aseguro mientras avanzamos unos metros antes de volver a detenernos—. La vida, la muerte, la enfermedad, las dietas, las relaciones, las facturas que hay que pagar. Y si necesitas algo, Marino, sabes que puedes pedírmelo.

—No necesito nada. Pero quiero unas cuantas cosas. Si me sobrara el dinero, te aseguro que me compraría una casa en los cayos, un yate, un remolque para la moto, y haría unos cuantos viajes. Viviría tranquilo, sin nada que pendiera sobre mi cabeza salvo el toldo del porche trasero.

—Te aburrirías al cabo de cinco minutos.

—Seguramente.

—No tengo intención de jubilarme o presentar mi renuncia en un futuro próximo, o quizá nunca —le informo—. Pero gracias por insinuar que soy vieja y prescindible. Es el mejor regalo de cumpleaños que podías hacerme.

—Lo que insinúo es que llevas mucho tiempo dedicándote a esto y que sería comprensible que estuvieras harta de tratar con muertos y con escoria. Además, eres de Miami, así que incluso aunque no quieras tirar la toalla —añade, como si estuviera muriéndome—, tal vez simplemente preferirías pasar el resto de tus días rodeada de palmeras en un lugar soleado.

—Pues no.

—Por otro lado, te llevas bien con el forense jefe de Broward, que está al lado de Lauderdale —asevera—. Y das clases de investigación forense allí tres o cuatro veces al año. Te gusta Florida del Sur.

—Me gustan muchos lugares.

Marino cuela el todoterreno entre dos coches, cambiando de carril como si fuera a servir de algo. Solo sirve para cabrear a la gente.

—¿Por qué sacas a colación ese tema? —inquiero.

—Porque nunca sabes por dónde te va a salir la gente. Un día son tus mejores amigos, y al día siguiente se convierten en desconocidos o en tus enemigos y te ponen en una situación en la que no hay ninguna opción buena. No sé si me entiendes.

—Me parece que no.

—¿Qué es peor? —pregunta—. ¿Traicionar a alguien o dejar que se salga con la suya cuando no debería?

—Las dos alternativas son malas. ¿Lo dices por mí? ¿He hecho algo sin darme cuenta?

—A eso me refiero. Nunca sabes qué esperar de la gente.

No le digo que está siendo irracional al proyectar en mí el comportamiento de otra persona. En vez de ello, encarrilo la conversación.

—Bloom suele acabar lidiando con Bryce.

—¿Cuántas veces ha pasado eso?

—¿Que yo le haya devuelto la llamada al final? No muchas. Ha metido cuchara en varios casos. —Intento recordar cuáles—. El más reciente, el de Johnny Angiers.

—¿Cuánto tenía que pagar la aseguradora?

—Ni idea.

—Debe de ser una suma lo bastante alta para poner a Bloom a trabajar a toda marcha. Me imagino que será un pastón, un millón de dólares o así.

—La víctima de asesinato del verano pasado en Nantucket, Patty Marsico —menciono—. Su esposo demandó a la inmobiliaria en la que ella trabajaba, y Bloom me telefoneó una o dos veces para hacerme preguntas sobre la autopsia. Me negué a responder a casi todas. Además, presté declaración.

—¿Él estaba presente? —Marino continúa entrando y saliendo de los carriles, entre los bocinazos de otros conductores.

Algunos profieren obscenidades. Sin duda todos están frustrados y de un humor de perros.

—Solo estaban los abogados y un periodista de tribunales. Pero hasta hoy yo no sabía qué pinta tenía. —Me lo imaginaba como un hombre mayor vestido con un traje barato que no era de su talla—. Hace varios años estuvo dándome la brasa sobre algo. —Intento hacer memoria—. Liberty Wharf —recuerdo de pronto—. Aquel obrero de la construcción.

—El que se cayó de la última planta del edificio de oficinas, cerca del Boston Fish Pier. Se quedó empalado en una varilla de hierro —dice Marino como si hablara de un grato recuerdo—. Tuve que cortarlo con una sierra de hoja de diamante para sacarlo de ahí.

—La cuestión controvertida era si había fallado el arnés de seguridad. Bloom intentó atribuir la muerte al alcoholismo crónico.

—Culpar a la víctima.

—Cuyo análisis de alcoholemia dio negativo, aunque presentaba degeneración grasa del hígado, lesiones en el sistema nervioso central y contusiones sobre las que no hice conjeturas —rememoro—. Se dictaminó que la muerte había sido accidental, y la compañía de seguros cerró un acuerdo extrajudicial. Tampoco recuerdo la suma.

—A lo mejor te has convertido en la pesadilla de una aseguradora.

—A lo mejor.

—Antes no lo eras.

—Si tú lo dices...

—Me refiero a que tenías una actitud más aséptica. —Fija en mí sus gafas de sol rayadas mientras permanecemos sentados en el coche, en Storrow Drive, otra vez sin avanzar un milímetro—. ¿Te acuerdas de cuando empezamos a trabajar juntos? Eras un poco fría e impersonal.

—Lo tomaré como un cumplido, en la medida de lo posible.

—Quiero decir que te ceñías a las normas. No te importaban las consecuencias, ¿recuerdas?

—No quería que me importaran —alego.

—A veces ni siquiera leías los periódicos ni veías las noticias para enterarte de qué había decidido el jurado después de que prestaras declaración. —Me mira de nuevo—. Decías que el resultado de un juicio o lo que hicieran las compañías de seguros no dependía de ti ni era responsabilidad tuya.

—Es la verdad.

—Tal vez empiezas a convertirlos en tu responsabilidad.

—Podría ser.

—Me pregunto por qué.

—Porque ya no me parece correcto no hacerlo —respondo—. Estoy harta de que la gente no reciba lo que se merece.

—Pues yo también —dice.

—Fría e impersonal —reflexiono, como si me divirtieran estos calificativos, aunque no es así.

—He dicho «un poco».

—¿Y has esperado todo este tiempo para decírmelo?

—Ya lo había dicho antes, a veces a tus espaldas. Has cambiado.

—¿Tan insoportable era entonces?

—Sí, y yo era un gilipollas —afirma—. Nos merecíamos el uno al otro.

18

Sus gruesos dedos tamborilean impacientes sobre el volante mientras avanzamos a cinco kilómetros por hora.

No era lo que Marino esperaba encontrar cuando decidió ser creativo al elegir la ruta de regreso. Nos encontramos en el puente Longfellow, conocido por la gente local como Sal y Pimienta, por sus altas torres de granito que semejan saleros y pimenteros. Unas vías de tren herrumbrosas separan los dos carriles que discurren en dirección este de otros dos que van en sentido oeste.

El centenario puente de vigas cruza el río Charles, comunica el barrio de Beacon Hill en Boston con Cambridge. El tráfico aún está imposible, lo que ahora mismo no tiene nada que ver con Obama. Como si los desvíos y atascos ocasionados por su comitiva no fueran ya bastante irritantes, un coche se ha averiado más adelante, y el carril derecho está cerrado. En mitad del puente, en los carriles que circulan en dirección este, están encadenando a un camión de plataforma el amasijo de hierros de un vehículo siniestrado.

Las luces policiales forman un río sinuoso de destellos rojos y azules, mientras los helicópteros de los medios sobrevuelan la ciudad como libélulas luminosas, tres de ellos inmóviles a unos trescientos metros de altura. El sol, cada vez más bajo, emite un fulgor deslumbrante, y me pregunto si esa habrá sido una de las causas del accidente. Tal vez lo fue algún comportamiento violento debido a los embotellamientos ocasionados por la visita presidencial.

—He hablado con él una media docena de veces en los últimos años. —Me refiero a Bloom—. Las conversaciones fueron muy similares a las que he tenido la desgracia de mantener con otros picapleitos. Es evidente que se ha impuesto la misión de averiguar todo lo posible acerca de mí, incluido mi aspecto.

—No es una gran sorpresa que te haya reconocido —señala Marino—. Sales en las noticias e incluso tienes una entrada en Wikipedia que, por cierto, deberías corregir. Contiene un montón de inexactitudes, como que tuviste una aventura conmigo cuando trabajábamos juntos en Virginia. Creo que me han confundido con Benton.

—Nuestros planes de pasar las vacaciones en Florida no se habían hecho públicos. —No me interesan los rumores—. Tampoco había trascendido que Benton había alquilado un apartamento. ¿Cómo explicas eso?

—Lucy debe de tener alguna teoría al respecto. Bloom habrá accedido a una base de datos. A algún blog del que no has oído hablar. Machado no ha dado una puta señal de vida desde que lo he visto esta mañana en la escena del crimen. —Se queda taciturno y dejo que mi silencio lo anime a continuar—. Creía que lo conocía bien.

Por fin lo entiendo: todo se debe a un mecanismo de proyección. Su temor a que me mude a otro lugar o lo abandone refleja, en realidad, el miedo a perder a su mejor amigo. Pero un comentario suyo me reconcome: su pregunta sobre la traición y la conveniencia de guardar secretos, como si alguien hubiera dado un mal paso. Sin duda ese alguien es Machado. Me pregunto qué habrá hecho y qué oculta Marino.

—No sé qué ha pasado entre vosotros, pero lo siento. —Renuncio a hurgar en la herida. No quiero quedar como una mujer fría e impersonal. Ni siquiera un poco—. Sé que estabais muy unidos y que él te ayudó mucho a volver a patrullar las calles.

—Y te aseguro que se arrepiente con toda el alma. —Está enfadado porque la ira le resulta más llevadera que el desengaño—. Alguien te da alas y todo va de maravilla hasta que te deja tirado. Hacíamos muchas cosas juntos: montar en Harley, pasar el rato en Paddy's, ver los partidos y comprar costillas asadas y panecillos para llevar en Sweet Cheeks. Íbamos a ver jugar a los Sox y los Bruins, cenábamos comida italiana en el Pomodoro o el Assaggio, en el North End. —Por unos instantes parece triste, pero enseguida adopta una expresión impasible—. Nos cubríamos la espalda el uno al otro.

—¿Y ya no?

—Él a mí no, y tal vez yo no debería cubrírsela a él.

—Resulta doloroso perder a un amigo así.

—¿Dolido, yo? —Suelta una carcajada que suena más bien como un resoplido—. Qué va. Ni de coña. Es un traidor. ¿Sabes cuántas veces me dijo que quería que yo volviera al cuerpo de policía para que pudiéramos ser compañeros? Pues debería haber tenido cuidado con lo que deseaba. Ahora desearía que yo estuviera en la calle o muerto.

—¿Así que por eso estáis peleados? ¿Porque lo has eclipsado? —Sé cómo tratar a Marino cuando está disgustado.

Por otro lado, siempre he creído saberlo. Desde el principio de nuestra relación, yo confiaba en mis dotes para manejarme con la gente. Pero me ha llamado «fría e impersonal», intento revivir en su mente la imagen que tenía de mí en ese entonces. Mi psique tiembla como una llama presa de una corriente repentina.

—Ya lo creo que lo he eclipsado, joder. Es la pura verdad —murmura Marino—. Creo que hay chicles en la guantera.

La abro para buscar uno y echo a un lado la bolsa que contiene los centavos pulidos, que tintinean con suavidad.

No fue Rand Bloom quien los dejó sobre nuestro muro. Ni quien escribió el poema que me mandaron desde Morristown el mes pasado. El tipo es demasiado basto y poco sutil para realizar un acto simbólico tan críptico. «Fría e impersonal.» No consigo quitármelo de la cabeza. Cuando me contrataron como forense jefe en Virginia, mi primer cargo importante, Marino se comportaba como un idiota. Yo me mostraba reservada con él. Tal vez no muy afectuosa, pero justa. Cordial. Creía que era amable, mientras que él se esforzaba al máximo por hacerme la vida imposible.

Después de hurgar un poco en la guantera, encuentro el chicle. Clove, como no podía ser de otra manera. A Marino le encanta todo lo retro. Cuando abro el paquete fino y rojo, me asalta un torrente de recuerdos del pasado, imágenes y sonidos de la tienda de mi padre en West Flagler, una zona de la Pequeña Habana que era un enclave seguro para los inmigrantes. Me acerco el paquete a la nariz y aspiro el olor, de un dulzor intenso y picante, y me viene a la memoria el letrero de la fachada con las palabras COMESTIBLES SCARPETTA pintadas en grandes letras azules.

El interior siempre estaba fresco gracias al aparato de aire acondicionado de ventana que traqueteaba y dejaba caer gotas de condensación sobre las baldosas, y lo primero que veía al entrar eran los chicles y caramelos: una estantería de rejilla repleta de Clove, Teaberry, Juicy Fruit, SweeTarts, M&M's, Mallo Cups, y encima del mostrador de madera, tarros llenos de chicles Bazooka que venían con tiras cómicas y galletas de menta de York bañadas en chocolate negro.

Empieza a sonar *Hail to the Chief*, el himno presidencial, en el móvil de Marino. Es un tono de llamada que ya había oído antes pero que no sé a quién identifica. Sin prestar atención, visualizo las manos de mi padre como si las tuviera delante, curtidas y con dedos largos y delgados, guardando monedas en la caja registradora enchapada en níquel de principios de siglo, meticulosamente restaurada. Lo observé trabajar en ello durante meses, sacando las piezas y componentes de una caja de leche colocada sobre la mesa de la cocina, que, a instancias de mi madre, él había cubierto antes con varias hojas del *Miami Herald*. Le puso unas teclas mecánicas nuevas y añadió una campanilla de latón que tintineaba cuando se abría el cajón del dinero.

—¿Qué pasa, jefe? —pregunta Marino, pero no escucho la conversación.

Estoy escuchando los consejos que me daba mi padre sobre cómo vivir la vida, pues sabía que la suya no duraría mucho más. Pero yo me negué a aceptarlo hasta que él faltó, o quizá ni siquiera entonces. El italiano era un idioma habitual en casa, y él lo hablaba con un acento suave y cadencioso, sin apenas elevar su voz de barítono. *«Succedono cose terribili.»* Me aseguraba que a veces ocurrían cosas terribles y que uno nunca sabía qué iba a entrar por la puerta. «No les brindes una oportunidad a los ladrones dándoles la espalda. La vida es demasiado corta, Kay. Valiosa y frágil. Hay gente que quiere adueñarse de lo que no le pertenece, mucha gente. Son personas muy dañinas.»

«Io non volevo vivere la mia vita con la paura del male.» Yo le respondía que no quería vivir con miedo al mal. No quería temer a nada en absoluto, y él replicaba que estaba enseñándome a no ser ingenua, a ser inteligente. *«Non essere ingenua, devi essere furba»,* dijo un día mientras instalaba en la caja registradora una cerradura lateral que se abría con una llave plana de latón y de forma extraña que siempre llevaba en el bolsillo, sujeta con una cadenilla a una navaja pequeña.

Más tarde, cuando ya no estaba en condiciones de trabajar, me confió la llave, y cuando aún podía hablar con lucidez, me preguntaba si la tenía bien guardada. *«Sì, Papà, la terrò sempre al sicuro.»* Ahora está siempre a buen recaudo, en mi joyero, y al pensar en ello me entristezco. Es un sentimiento antiguo, retro, surgido del pasado, como el chicle de Marino.

—Vale. Ya lo entiendo. Te lo pasó a ti, pero no se molestó en mandármelo a mí... —oigo que dice Marino mientras contemplo a mi padre como si lo tuviera a mi lado, muy delgado incluso antes de enfermar, con rasgos afilados y una cabellera rubia espesa y ondulada.

Cuando me llevaba a la tienda, a veces en sábado, me tomaba de la mano y me presentaba a los clientes, y yo le hacía compañía y le ayudaba con algún que otro recado. Más adelante, cuando él ya no podía salir de casa, yo atendía la tienda después de clase, los fines de semana y durante el verano. A las nueve o diez me encargaba de la contabilidad, de efectuar ingresos en el banco, recibir el género que llevaban los camiones de reparto y reponer fruta y verdura fresca en los cajones. Me volví experta en cortar y pesar carnes y quesos, una gran entendida en aceites de oliva y en el arte de elaborar pasta y pan caseros. En ningún momento me pasó por la cabeza que yo era una niña.

La leucemia de mi padre me obligó a madurar. Quizá me

convirtió en una persona fría e impersonal. Miro por la ventana pero, en vez del tráfico, lo que veo es la tienda que vendía los sándwiches cubanos que tanto le gustaban a mi padre, de «jamón dulce, ropa vieja»,* además del estofado de ternera español que le llevaba en una bandeja a la habitación en la que pasaba el día entero, acostado con las persianas cerradas de forma que solo unos tenues rayos de sol se colaban entre ellas. Creía que podía conseguir que comiera y dejara de perder peso. Los dolores de cabeza se harían menos intensos y la fatiga se le pasaría si me esforzaba lo suficiente por levantarle el ánimo.

—Le echaré una ojeada —promete Marino, no a mí, sino a su teléfono. Al acordarme de que me ha tildado de fría e impersonal, noto una punzada de rabia.

Cuando empezamos a trabajar juntos, hace años, eso era lo que opinaba de mí. Ahora me parece una acusación más ofensiva. Gratuita, de hecho. No tenía por qué decir esas palabras, y no estoy segura de que me describan de forma muy precisa. Yo era seria y diligente. Tal vez él no entendía mi humor irónico, o quizá su apreciación era acertada en esa época. Tendría sentido. Yo había aprendido a no preocuparme demasiado por nada y poco a poco lo he ido desaprendiendo. Marino no pretendía ser cruel. No iba con segundas.

—Le echaré un vistazo ahora mismo —le asegura con una cordialidad inusual a la persona con quien habla—. Porque estoy sentado en un puto aparcamiento. No, no lo digo en sentido literal. ¿A qué vienen tantas prisas de repente? —Una pausa—. Sí, se presentó allí como una hora antes que yo. Ya había varios agentes de uniforme. No, no entraron en el piso con él. No estaban allí para eso. ¿Por qué? —Una pausa más larga—. Como ya te he dicho, no puedo evitar que se crea el Llanero Solitario... Todo apunta a eso. El análisis de tóxicos lo confirmará. Exacto. Lejía. —Pone fin a la conversación y me dice—: Eso ha sido un poco raro.

Cobro conciencia del paquete de chicles Clove abierto que sostengo entre las manos.

* En castellano en el original. (N. del T.)

—Me parece que están algo rancios —declaro, y advierto que la ira se ha desvanecido, como si nunca hubiera estado allí.

Se encoge de hombros.

—Dame un par.

Retiro el envoltorio de dos tiras que están duras como el cartón. Crujen cuando se las lleva a la boca y las muerde.

—El comisario —dice, mascando. Abre un archivo en su móvil y lo contempla con detenimiento—. Toma un chicle, si te apetece —me ofrece en un tono distinto, pensativo—. Tengo de sobra. Los compro por Internet.

—¿El Llanero Solitario? —inquiero mientras cierra el archivo y se deja caer el teléfono sobre las piernas.

—No tengo muchas ganas de hablar de ello. —Se pone a hablar de ello de todos modos—. Es Machado. —Me explica que el problema surgió a finales del año pasado, cuando Gerry Everman, el comisario de la policía de Cambridge, comentó que Marino era uno de los mejores agentes con que el departamento había contado jamás, y se corrió la voz entre las filas.

Como si esto no fuera un motivo suficiente para despertar celos, se ha recibido un número récord de cartas elogiosas escritas por víctimas y testigos con los que ha trabajado Marino, y, como es natural, él no ha sido capaz de mantener la boca cerrada. Cuanto más hostil se mostraba Machado, más lo pinchaba Marino. Para acabar de arreglarlo, se produjo una «situación» con una mujer que empezó a fraguarse cerca del pasado Día de Acción de Gracias.

—Fue la gota que colmó el vaso —resume Marino.

—¿Os peleasteis por ella?

—Esto no tiene nada que ver conmigo, y no, no nos peleamos. Yo estaba saliendo con Beth Eastman hasta que mataron a su hija Julie. Fue la segunda víctima de Nueva Jersey, tiroteada cuando estaba a punto de subir al ferri.

—Saliste con Beth en el instituto.

—Éramos novios formales y todo.

—Debe de estar destrozada.

—Su hija era muy buena chica. —Habla y mastica el chicle a la vez—. El otro día me llegó el rumor de que intenta buscarse un hueco en la policía del estado porque quiere ser un investigador adscrito a la fiscalía del distrito del condado de Middlesex. —Se refiere otra vez a Machado—. Si lo consigue, se convertirá en un grano en el culo para mí, que es seguramente lo que pretende. Tratará de pasar por encima de Cambridge e interferir en todos los homicidios que investiguemos. Más o menos lo que ya está haciendo desde dentro. Cometió una soberana estupidez al comunicarle a Joanna que habían disparado a su marido.

—Estoy de acuerdo en que no fue una buena idea revelarle un detalle tan importante. —Pienso en las guitarras, las dos fundas sobre la cama y otros objetos que emitían un brillo blanco azuloso.

—¿Y sabes por qué está tomando decisiones tan mierdosas últimamente? —dice Marino—. Porque quiere que la gente se ponga de su parte y no de la mía. Su obsesión raya en la locura. Si un día aparezco muerto, ya sabes a quién buscar.

—Ya van dos veces que haces este comentario —murmuro—. Espero que no lo digas en serio.

19

Pasamos junto al Smart siniestrado en los carriles contrarios, aplastado, con el parabrisas hecho pedazos y el techo hundido. Hay trozos de vidrio y plástico desparramados por el asfalto, y me pregunto si el conductor va de camino hacia el CFC.

—Es como conducir dentro de una lata. —Marino no quiere seguir hablando de Machado—. No entiendo que alguien pueda querer un coche así.

—Es asequible.

—Sí, es una verdadera ganga matarte en él. Le habría ido mejor si se hubiera comprado algo más grande que una cesta para el pan. Le habría salido más barato que un funeral.

—Rand Bloom no escatimará medios si está convencido de que el fin justifica los medios. —Quiero asegurarme de que Marino se tome muy en serio al investigador de seguros—. Me temo que recurrirá al juego sucio de nuevo, y debemos estar preparados para reaccionar de forma proactiva.

—Cada vez que usas la palabra «proactivo» me pones nervioso.

—Ha averiguado todo lo que ha podido sobre nosotros. Veamos qué somos capaces de averiguar sobre él.

—¿Sobre nosotros? Yo diría que solo sobre ti. Dudo que esté interesado en mí. —Puntualiza Marino, y entonces decido lo que voy a hacer.

—Estuvo en un accidente o pelea —le informo.

—Sí, tenía la cara como si se la hubieran partido con un bate de béisbol. Habrá que ponerse a la cola. Seguramente todos los que han tenido tratos con él querrán reventarlo a hostias.

—A ver qué descubre Lucy. —Si el tipo sufrió un accidente o una agresión, en algún lugar habrá un parte policial, un atestado sobre los hechos.

—Creo que podemos hacernos una idea —dice Marino al tiempo que llegamos al final del puente y nos detenemos ante un semáforo en rojo—. Bloom es un tipejo que vive de remover la mierda, hablando en plata. Por eso lo contrató una compañía aseguradora de mala muerte.

Abre en su teléfono un mensaje de correo electrónico y un archivo adjunto, tal vez lo que el comisario le ha pedido que vea, o tal vez algo nuevo. El jefe del departamento de Marino le está filtrando información, lo que me recuerda algo que olvido con facilidad: Marino es un investigador extraordinario. No me gustaría estar en su punto de mira.

—A ojos de la opinión pública, TBP no es una compañía de mala muerte —replico.

—Tarados, Burros y Papanatas. —Utiliza dos dedos para agrandar lo que está examinando en la pantalla táctil de su móvil.

—No sé qué significan las siglas. Tal vez «The Best Policy», la mejor póliza. Sus empleados están encantados, y ha ganado toda clase de premios.

—Oh, venga ya.

El semáforo se pone verde. Arrancamos de nuevo.

—Es una aseguradora de prestigio y respetada por sus clientes, hasta que intentan cobrar una indemnización —añado—. Entonces descubren por las malas lo que es capaz de hacer por impedir que reciban aquello por lo que han estado pagando todas esas primas.

—Da asco. —Marino gira a la izquierda por Memorial Drive, y volvemos a estar en Cambridge—. Un trabajo perfecto para un desgraciado sin conciencia y a quien nadie le importa una mierda —asevera, y está en lo cierto.

El asesinato de Jamal Nari esta mañana no ha llevado a Bloom a cejar en su acoso a Joanna. Por el contrario, lo ha redoblado.

—Es obvio que también ha ido a por Mary Sapp —dice Marino—. Y da la impresión de que no es la única —agrega con aire misterioso.

—Sigo preguntándome lo mismo: ¿cómo consigue averiguar tantos detalles sobre la gente? ¿Cómo sabía que Nari y su esposa estaban en contacto con Mary Sapp, que ella era la agente inmobiliaria que iba a alquilarles una casa?

—Basta con seguir a esa persona, coincidir con ella en todas partes, con una perseverancia y concentración de la leche. Luego se chivó para conseguir que anularan el contrato del alquiler, dejando que una agente inmobiliaria deshonesta le hiciera el trabajo sucio. Ella está encantada, porque se queda con la fianza y se ahorra problemas. Y ve tú a saber qué otros incentivos ofreció.

—A las personas que están en la misma posición que Bloom seguramente les ofrecen muchos incentivos.

—Sobornos. Y ha sido una suerte para él que asesinaran a Nari.

—La esposa lo ha perdido a él, y ahora perderá la casa —comento. Ahora tenemos el Club Náutico del río Charles a la izquierda, y el campus del MIT a la derecha, por lo que nos encontramos rodeados de embarcaciones y edificios de ladrillo y granito—. No puede quedarse en su apartamento después de lo sucedido, y de pronto no tiene adónde ir.

Una multitud de corredores y ciclistas circula por el sendero deportivo que bordea el río, y el exuberante follaje de los árboles proyecta sombras extensas. Los remeros se deslizan aprisa sobre las aguas azul oscuro, halando con brío, poniendo broche de oro al día con una actividad física y civilizada, a diferencia de nosotros.

—Un rufián. Un maldito buitre que se aprovecha de personas que ya han sufrido bastante. —Marino le dedica a Bloom otras palabras y expresiones calificativas que más vale no reproducir, pero en el fondo tiene razón.

Rand Bloom es un matón que se gana la vida con el acoso. Aunque no tenemos la certeza de que me haya espiado, sospecho que lleva haciéndolo desde que Johnny Angiers murió en el bosque hace seis semanas. Eso explicaría por qué estaba en mi barrio esta mañana, aparcado cerca de mi casa. Me viene a la memoria el destello que Benton avistó desde el jardín de atrás.

Tal vez era Bloom. O alguien relacionado con él que nos estaba observando o fotografiando a Benton y a mí en un momento privado para violar mi intimidad, obtener información y someterme a una humillación pública. Supongo que la intención es convencerme de que no vale la pena que defienda mi dictamen sobre la muerte de Angiers, pero de pronto se me ocurre otra posibilidad.

—¿Qué datos os han comunicado exactamente por radio sobre el asesinato de Nari esta mañana?

—La dirección y que Angelina Brown, vecina del edificio, ha visto a un hombre tirado en el camino de acceso. Tengo la transcripción, por si te interesa. Acaban de mandármela —añade, y me pregunto quién se la ha mandado—. Cuando lleguemos te la reenviaré.

—¿Has escuchado las llamadas? —pregunto.

—Estaba en el gimnasio y no llevaba el radioteléfono. Machado me contactó por el móvil. Cuando el señorito tuvo a bien informarme. ¿Por qué?

—Si Bloom estaba escuchando su escáner, sin duda oyó las llamadas y reconoció la dirección. Debía de estar a solo un par de manzanas de allí. De hecho, lo estaba cuando pasamos junto a su camioneta.

—Pero él no se hallaba dentro —señala Marino—. No sabemos por dónde coño andaba.

—Si se encontraba cerca de mi casa, quizá vio que pasabas a buscarme. ¿Comentasteis algo sobre eso por la radio?

—Al salir de mi casa, avisé que estaba de servicio y listo para acudir a la calle Farrar.

—¿Diste a entender de alguna manera que ibas a recogerme para llevarme a la escena del crimen? —pregunto.

—No. Pero se mencionó que teníamos un diez treinta y cinco.

—Un delito grave que por lo general resulta ser un homicidio. Si Bloom lo oyó, se habrá formado una idea de lo que sucedía. Creo que quizás estaba vigilando mi casa, sobre todo porque, por algún motivo, sabía que en teoría me había ido de vacaciones a Florida. Entonces la cosa cobró un interés especial para él. Quería ver si yo acudía a la escena del asesinato de Nari o si estaba demasiado ocupada en otras cosas.

Evoco el momento en que Benton me estrechó entre sus brazos mientras me besaba. Pero no lo comento. Pienso en Lucy revoloteando por encima de la casa a una altura lo bastante baja para agitar las ramas de los árboles y sacudir los vidrios de las ventanas. Hago un repaso mental rápido de las escenas que no me gustaría que salieran a la luz pública en fotografías robadas.

—¿Por qué iba a tomarse esa molestia? —inquiere Marino.

—Supongo que busca cualquier cosa que me ponga en evidencia. No resulta tan difícil si publicas el detalle adecuado en Internet y se vuelve viral. No valdré nada como profesional si pierdo la credibilidad.

—Si lo que dices es cierto, el tipo debe de ser más laborioso que la maldita CIA.

—Pero me desconcierta la actitud de Machado —tengo que admitir—. Si tanto rivaliza contigo, ¿por qué se molestó en llamarte cuando estabas en el gimnasio?

—Sabía que llegaría antes, lo que le proporcionaría una ventaja enorme en la investigación del caso. Es como invitar a alguien a una fiesta en el último momento y luego pasar de él para que se sienta como el culo. Últimamente se aplica a fondo para lucirse y hacerme quedar mal a mí.

—Por lo que parece, también ha estado enviándote información en cuanto la recibía, al menos durante un rato —observo.

—Él no. No era él quien me la enviaba. —Se resiste a revelarme quién, pero tengo la sensación de que lo sé.

El comisario es aliado de Marino, lo que no pinta bien para Machado y me indica algo más: Gerry Everman tiene un problema. Algo me dice que está utilizando a Marino para que se encargue de él. Mi edificio de siete plantas revestido de titanio se alza ante nosotros, achaparrado, con su cúpula de cristal, y me pregunto qué miembros del personal me han esperado y cómo me las ingeniaré para eludir las charlas insustanciales y resistir la tentación de comer unos *cannoli*. No tengo tiempo.

—Me imagino que cuando respondiste a la llamada de Dorchester y pediste refuerzos a la policía de Boston, Bloom dio por hecho que yo también iría —reflexiono—. Acababa de adelantarnos en su camioneta. Tú redujiste la velocidad para dejarlo pasar, y no me cabe duda de que nos vio. Luego, seguramente, te oyó solicitar por radio a la operadora que comprobara la matrícula.

Estoy convencida de que tengo razón, aunque preferiría no tenerla, y de que el despiadado investigador de seguros tiene aún unos cuantos ases en la manga. ¿Qué más ha fotografiado? ¿Qué otros detalles de mi vida personal ha averiguado, y qué aparecerá en Internet? ¿Trabaja solo? ¿A quién más ha involucrado? Siguió a Nari y al parecer tomó fotos de un trapicheo. Quizá Bloom tenga contactos en el mundo de la droga.

No hay forma de saber en qué está metido, pero debe de ocuparse de muchas reclamaciones relacionadas con el sector de bienes raíces; lesiones y muertes en domicilios, edificios de oficinas y zonas de obras. Ya ha conspirado antes con Mary Sapp, ¿y qué hay del caso de Patty Marsico, la agente inmobiliaria asesinada en Nantucket el pasado Día de Acción de Gracias? Se me ocurre pensar que todo aquello a lo que nos enfrentamos ahora mismo se ha fraguado en los últimos siete meses.

—¿Por qué iba Bloom a tomarse tantas molestias? —Marino abandona Memorial Drive por una calle lateral que conduce a mi aparcamiento trasero.

—Para agotarme, para minarme la moral —respondo—. Está claro que represento un problema para él por razones de las que no soy muy consciente.

—Tal vez él represente también un problema del que no somos conscientes —dice Marino—. Te enseñaré una cosa.

Acerca el morro del todoterreno al control de seguridad situado en la parte posterior de mi edificio en forma de bala.

—Es evidente que sabe lo del chaval —asevera Marino mientras nos detenemos frente a la cerca que se alza en torno a mi aparcamiento como una barricada, entre una multitud de grandes antenas terrestres y parabólicas que sobresalen de los tejados del MIT—. ¿Te acuerdas de él?

Tiende hacia mí su teléfono para mostrarme la fotografía de un joven delgado y pelirrojo, con muñequeras, zapatillas, *short* de tenis y camiseta, todo de color negro. Aparece en pleno salto, golpeando una pelota con la raqueta por detrás de la cabeza para rematar un globo antes del segundo rebote, en una jugada al estilo Roger Federer. Seguramente es una fotografía extraída de un artículo deportivo. Leo Gantz. No doy crédito a mis ojos.

—¿El mismo al que has amenazado esta mañana? —pregunto, incrédula.

—El que estaba usando el soplador de hojas junto a la camioneta de Bloom —confirma Marino.

Me vienen a la memoria las insinuaciones que el investigador de seguros le ha hecho a Mary Sapp: «La cuestión no tan trivial de por qué Joanna dejó su trabajo», ha dicho, lo que evidencia que estaba al corriente de las acusaciones del quinceañero.

—¡Cielo santo! —murmuro—. Sabe lo de Leo porque en algún momento ha hablado con él.

—Exacto, y se avecina tormenta. Gerry acaba de enviarme esta imagen y me ha preguntado si me suena de algo, si lo he visto por Cambridge. Por lo visto, Leo hace trabajos de jardinería en Cambridge, Somerville, en tu zona. Gerry dice que Machado me llamará para ponerme al tanto, que debo enterarme por boca de él. —En cuanto pronuncia estas palabras, comprendo lo que está sucediendo.

El comisario dispone de información, pero insiste en que sea Machado quien la comparta con Marino. Es una trampa, un viejo ardid burocrático. Si quieres retirar de un caso a una persona problemática o quitarla de en medio, nada mejor que convertirla en portadora de su propia mala noticia. Entonces las tropas dejan de seguir a su líder. Sea lo que sea lo que ha pasado, Gerry Everman no tiene la menor intención de cargar con las culpas. Sil Machado está a punto de renunciar o de ser suspendido, lo que equivale a ser despedido, con la salvedad de que no le impedirá encontrar trabajo en otra parte. De hecho, sin duda, contará con la recomendación del comisario.

—¿No piensas abrir esa cosa? —pregunta Marino.

Estamos sentados frente a la puerta negra de acero de alta resistencia, cuyos postes están coronados con remates de tres puntas que como mínimo sirven como elementos disuasorios. Abro la puerta del coche para apearme. No es la primera vez que se me olvida que Marino no tiene mando a distancia. Como ya no trabaja para mí, tampoco dispone de llaves ni tiene la huella dactilar registrada en el sistema de control de acceso biométrico, así que introduzco mi clave. La puerta metálica negra despierta con una sacudida y comienza a deslizarse sobre su carril, mientras yo subo de nuevo al todoterreno.

—Sigo en proceso de adaptación. —Abro la guantera.

—No me marché ayer. Ya hace más de un año. —Le encanta creer que se le echa de menos.

—Y trabajaste para mí durante más de una década. —Saco la bolsa con las monedas—. Cuesta dejar atrás las viejas costumbres. —Es todo cuanto estoy dispuesta a comentar sobre cómo me afecta a nivel personal que ya no sea mi investigador jefe.

Nunca le he dicho que a veces, temprano por la mañana, me sorprendo a mí misma pasándome por su antiguo despacho para preguntarle si le apetece un café.

—Tu plaza está desocupada. ¿Te importa si la aprovecho? —Avanza entre los coches de los empleados, las furgonetas blancas y vehículos forenses, sin esperar a que le dé permiso.

—Tienes que entregarle esto a Ernie. —Me refiero a los centavos que Benton ha empaquetado como indicios—. O, si le pones tus iniciales, estaré encantada de llevárselo yo misma.

—Relucientes y como nuevos, pese a que son de 1981. Creo que sabemos por qué.

—Lo que necesitamos saber es quién —replico.

—¿Tienes un rotulador permanente? La fecha que llevan grabada debe de significar algo.

—O quizás es lo que alguien quiere que creamos.

Firma la bolsa para pruebas con sus iniciales antes de devolvérmela. Contemplo las siete monedas, demasiado lustrosas para ser tan antiguas. La persona que las ha dejado sobre mi muro sabe perfectamente cómo hacerme daño.

Mi plaza de aparcamiento está marcada con un uno blanco pintado sobre el asfalto, justo a la derecha de la pesada persiana de acero reforzado del almacén, de un gris monótono, sin ventanas. Por lo general, cuando hace buen tiempo la dejan levantada, y a su lado hay una entrada para peatones, también de metal y desprovista de ventanas. Apoyo el pulgar izquierdo en el lector biométrico.

Detecto un olor a humo de puro y Lysol, y cuando Marino y yo entramos en un espacio bien iluminado y grande como el hangar de un jet, me sorprende ver un Ferrari azul Tour de France, del mismo color que el helicóptero de Lucy. Está aparcado en medio del pavimento de hormigón tratado con resina epoxi, y aunque no lo había visto antes, no cabe la menor duda de a quién pertenece. El proceso de eliminación resulta sencillo en el caso de un objeto que vale más que las casas de la mayoría de la gente. Me pregunto por qué mi sobrina no me ha hablado de su última adquisición. Ha estado algo distante últimamente. Demasiado ocupada, según ella. Salvo por algunos intercambios de mensajes en el buzón de voz, apenas nos hemos comunicado.

—A lo mejor te ha comprado un regalo de cumpleaños —bromea Marino.

—Sí, me ha comprado uno: un libro. —Una edición príncipe de *Flora italiana*, de Gaetano Savi, pero opto por obviar los detalles.

—¿Un libro? ¿Y ya está?

—Fue más que suficiente. —Lucy me lo regaló por adelantado, el Día de la Madre, porque me encantan los jardines, sobre todo los italianos. Me he pasado horas enteras admirando las bellas ilustraciones, evocando los lugares que he visitado con Benton, la Villa de Este y la Villa Gregoriana; en Tívoli, la Villa Borghese, en Roma; los patios de Apulia, en la costa del Adriático—. Pero esto no. Un Ferrari, nunca. No sería capaz —respondo a Marino. El suelo antideslizante está mojado, y el olor a desinfectante se vuelve más penetrante conforme avanzamos.

—¡Buenas! —exclaman alegremente Rusty y Harold desde el fondo del almacén, apagando los puros y guardándose lo que queda de ellos para luego.

—¡Feliz cumpleaños, jefa! Pero ¿sigue por aquí? ¿Cuándo se va a Florida?

—Por el momento, no tengo la menor idea. —Alzo la voz, que resuena en el recinto de hormigón vacío.

Están sentados en un rincón, a la izquierda de la puerta que da al interior del edificio, junto a una mesa cubierta con un mantel de vinilo rojo y amarillo estilo campiña francesa, cuyo centro está decorado con un arreglo de girasoles de seda, todo muy Van Gogh y fácil de lavar con una manguera. Diviso la caja blanca de repostería junto a una cafetera Keurig, ambas colocadas sobre el desvencijado carro quirúrgico de acero inoxidable que tiene una rueda permanentemente atascada, y un cuenco con sobres de edulcorantes y leche en polvo cerca de un gran fregadero de acero. Han incorporado varias sillas de plástico azul y una jarra de agua con filtro a lo que han dado en llamar el Café La Morte que, aunque situado fuera de las zonas de riesgo biosanitario, no es el lugar más indicado para consumir bebidas o alimentos. Aun así, la gente lo utiliza para ello. Y la culpa es mía.

Comemos, bebemos, fumamos y dejamos entrar el aire fresco y el sol siempre que podemos, cuando no llueve o no hace un frío invernal. La vida pugna por prevalecer sobre la muerte. Los momentos de descanso en el almacén ayudan a la gente a sobreponerse a los horrores de las escenas del crimen y las autopsias. Echo de menos el hábito de fumar porque me permitía desconectar durante unos minutos. Ahora, en vez de ello, me tomo un té o un café. Charlo con los empleados. A veces me quedo sentada a solas para despejar la mente.

—Por mí no hace falta que apaguéis los puros. —Se lo digo continuamente a Rusty y Harold, pero es como hablarle a una pared.

Siempre se comportan como niños pillados con las manos en la masa.

20

—Ya que insistes... —Marino enciende un cigarrillo—. ¿Cómo se encuentran hoy Cheech y Chong? ¿Me echabais de menos?

Con su melena canosa y su ropa informal, Rusty podría pasar por un viejo hippie, pero Harold, con sus trajes elegantes y corbatas, no; y ninguno de los dos tiene aspecto de hispano, por lo que la alusión al dúo cómico de los setenta parece algo fuera de lugar. Ahora mismo van cubiertos con monos protectores blancos. Me fijo en el carro mortuorio doble de acero inoxidable aparcado contra una pared, y en los bidones de desinfectante Lysol, detergente Dawn y un desengrasante no tóxico que descansan sobre la bandeja superior.

Poso la vista sobre un mango de madera con cabezal de acero desprovisto de mocho, y un cubo amarillo de veinte litros con escurridor. Los armarios de melamina gris están cerrados y relucientes, los recipientes rojos para residuos biosanitarios, vacíos, y, cuando me acerco al Ferrari, reparo en las numerosas salpicaduras de agua que lo cubren. El vehículo de cuatro asientos, carrocería excepcionalmente alargada y llantas de titanio, tiene el morro largo y curvado, y un maletero espacioso. La rejilla y el caballo rampante están acabados en color negro mate. Al echar una ojeada por el vidrio ahumado de una ventana, veo mucha fibra de carbono y cuero italiano acolchado.

—Cuando ella revoluciona el motor, suena como si corriera a mach dos —afirma Rusty en voz muy alta—. Asiento trasero amplio, seiscientos cincuenta caballos y sistema de tracción integral. Puede llevar pasajeros en la nieve con ese trasto.

Supongo que es lo que Lucy entiende por un coche funcional, y se me ocurre que quizá pensaba recoger a *Sock* en él. Aunque tengo la impresión de que han pasado siglos, no hace ni seis horas que el suelo se abrió bajo mis pies como una trampilla. Sigo en caída libre, sin la menor idea de lo que sucederá a continuación, con la única certeza de que no me iré de vacaciones a Florida ni hoy ni mañana por la mañana. No he vuelto a saber de Benton desde que lo llamé para hablar de Machado, y me pregunto qué estará haciendo Lucy y si ha sacado algo en claro de los ordenadores de la calle Farrar.

—¿Qué ha pasado aquí? —pregunto, porque sé que ha habido un problema.

Me dirijo hacia la mesa mientras Rusty y Harold pescan unos puros a medio fumar de un cenicero de los Bruins.

—¿Seguro que no le molesta? —dicen al unísono.

—Nunca me ha molestado, y no sé por qué lo preguntáis. Fumaría puros de no ser porque aspiro el humo.

—Tiene que aprender a paseárselo por la boca como un buen vino.

—Cuando se trata de humo, me lo trago directamente. No es cuestión de aprender; por eso lo evito. Dudo que Lucy os esté muy agradecida por mojarle el coche, pero no debería aparcarlo en el almacén —añado—. ¿Por qué lo ha hecho?

—Tal vez porque usted no estaba —aventura Rusty.

—¿Ahora soy directora de un colegio?

—Podrá darse con un canto en los dientes si solo lo han salpicado con agua —comenta Marino.

—Le hemos dicho que no era una buena idea, como siempre —contesta Harold.

—Nunca nos escucha —tercia Rusty—, seguramente porque dejarlo en el almacén le parece lo más normal del mundo. Supongo que el garaje de su casa será más o menos del mismo tamaño. Bueno, espero que el interior del coche no huela a rayos. Hace un rato había una peste insoportable aquí dentro, por algo que ha pasado a pocos centímetros de las ruedas.

—Un cadáver metido en una bolsa agujereada —explica Harold. Rusty y él tienden a hablar en contrapunto, como en un canto gregoriano—. La señora de setenta y tres años que enchufó una manguera al tubo de escape de su coche y se intoxicó con el monóxido de carbono, ¿te acuerdas? Vivía sola y se suicidó en su garaje.

—El caso de Brookline —rememoro.

—Tardaron bastante en encontrarla. Nada te da más ganas de fumarte un puro que un cuerpo en descomposición. No es cierto eso de que acabas por acostumbrarte.

—A mí no me molesta. Ni lo noto. —Marino abre la caja de repostería y elige un *cannolo* para demostrarlo—. ¿Mantequilla de cacahuete? ¿Dónde coño están los que llevan trocitos de chocolate?

—Nos lo ha traído la misma funeraria con la que ya hemos tenido problemas. —Rusty toma un sorbo del café que se ha servido en uno de los vasos de cartón barato, excedentes del ejército, que Bryce compra al por mayor—. Usan las bolsas más cutres que te puedas imaginar. Gotean más que una malla vaginal defectuosa. Ha ido dejando un rastro líquido hasta la cámara frigorífica.

—El almacén entero y la zona de recepción han quedado atufados. Por no hablar del frigorífico mismo.

—Dejad que lo adivine: la funeraria Meadows. —Marino tira la ceniza del cigarrillo con unos golpecitos y da un mordisco al *cannolo*, que suelta migajas.

—No sé qué hacer al respecto —admite Harold—. Incluso les hemos facilitado bolsas de las nuestras, pero no se dignan usarlas.

—Seguramente las venden por eBay en cuanto nos damos la vuelta. La historia de siempre. —Rusty a Marino—. No ha cambiado nada desde que te fuiste, salvo que ahora vengo a trabajar más contento.

—Lo que tenéis que hacer al respecto —espeta Marino mientras mastica, se lame los dedos y se los limpia en los pantalones del chándal— es transportar vosotros mismos los putos cadáveres y problema resuelto. Pero en vez de eso os quedáis aquí sentados, tomando café, fumando puros y comiendo pastas.

—Los *cannoli* son para la jefa. Nadie se ha pegado el viaje hasta Mike's pensando en ti.

—Sois muy amables —señalo.

—En honor a la verdad, Bryce es quien ha tenido la idea y ha ido a comprarlos.

—Y yo le estoy muy agradecida. Tal vez luego...

—Contando este, ¿cuántos coches tiene ya? —Marino apunta al Ferrari con el *cannolo*.

—He perdido la cuenta —respondo.

—¿Le preparo un café? —pregunta Harold, y ahora ya sé quiénes estaban esperando a que yo llegara—. Se lo digo a la jefa, no a ti —puntualiza, dirigiéndose a Marino.

—No, gracias. Por el momento, no —contesto, y me percato de que solo quedan cuatro *cannoli* en la caja, cinco antes de que Marino cogiera uno.

Harold, Rusty y Bryce han organizado una pequeña fiesta. Estoy conmovida.

—No me interesa vuestro brebaje inmundo. —Marino, que se ha terminado el pastelito, vuelve a tener el cigarrillo entre los labios.

—No te estábamos ofreciendo.

—No te pases con él o te pondrá una multa de tráfico. —Es la pulla habitual—. Te detendrá por tirar basura o alterar el orden público.

—¿Sería tan amable de mostrarme su placa?

—Cuidado, que lleva un arma. —El *show* de Rusty y Harold continúa.

—Y además es la hostia de grande. —Marino aplasta el cigarrillo en el suelo, exhalando humo por la comisura de la boca.

Se saca las colillas que se había guardado en el bolsillo y las tira a la basura.

—Tenemos dos casos que acaban de llegar de Memorial. Víctimas de un accidente de tráfico que se ha producido no muy lejos de aquí, en el puente Longfellow —me informa Rusty.

—Hemos pasado por ahí hace un momento.

—La cuestión es que le he dicho a Lucy que no aparque aquí. —Harold hace brotar una llama con la que enciende de nuevo el puro de Rusty y luego el suyo. Reconozco la fragancia leñosa a cereza negra del tabaco de Bahamas que les gusta—. Si alguien se lo rayara sin querer con una camilla, ¿tienes idea de cuánto le costaría?

—Los de SMB vienen en camino para recoger a la ahogada de Lincoln —dice Rusty. Las siglas me parecen algo desafortunadas.

Servicios Mortuorios Bean. Tanto el nombre como el acrónimo suscitan los comentarios irreverentes que cabe esperar.

—Unos críos estaban haciendo el tonto junto a la piscina de una casa grande en la que no vive nadie. Se ponen a saltar sobre la lona como si fuera una cama elástica hasta que, como no podía ser de otra manera, esta se suelta de los anclajes. La chica resbala y se golpea la nuca contra el borde de cemento. Los pequeños hijos de puta con los que está no movieron un dedo para ayudarla. La dejaron ahí, en la piscina, sin molestarse en sacarla. No logro entenderlo. ¿Cómo se puede abandonar a alguien así? Yacía en el fondo cuando llegamos a primera hora de la mañana, después de que la encontrara una agente inmobiliaria.

—¿Los otros chicos no avisaron a nadie? —pregunto.

—Por lo visto, no. Según Luke, la fractura de cráneo cerrada que presentaba no era mortal. Murió por ahogamiento. —Rusty se queda callado un momento, con los labios apretados y la mirada perdida. Se aprieta el pañuelo que le ciñe la cabeza y rehúye los ojos de los demás. Lo altera que hayan acudido al lugar de los hechos y transportado el cuerpo hasta aquí—. Tenía solo catorce años, ¿y nadie se percató de que no había llegado a casa en toda la noche? —Recoge el puro y le da una calada—. Últimamente les echo la culpa de todo a los padres.

—Y con razón —murmuro.

—Cuando yo tenía su edad, si me metía en líos, me castigaban sin dejarme salir de mi cuarto.

—Algo me dice que eso sucedía a menudo.

—Ya me entiende, jefa.

—Claro que te entiendo. ¿Luke está aún por aquí? No he visto su coche en el aparcamiento.

—Ha compartido coche con Anne esta mañana.

—No es compartir coche lo que están haciendo —interviene Marino—. Y lo que ella está haciendo es una soberana estupidez.

—Ya es mayorcita —replico.

Además, sabe muy bien que Luke, un austriaco sumamente atractivo pero alérgico al compromiso, es adicto a las aventuras amorosas.

—¿En qué podemos ayudarla, jefa? —me pregunta Rusty—. Siento que sus planes se hayan ido al garete. Nadie se merece más unas vacaciones agradables y relajantes que Benton y usted.

—El caso Nari. Quiero echarle un vistazo al cuerpo antes de entregarlo. ¿Tenemos ya empresa funeraria?

—Que yo sepa, no. —Rusty y Harold echan sus sillas hacia atrás.

—Acabaos primero los puros y el café —les indico mientras me encamino con Marino hacia la puerta que comunica con las oficinas.

—¿Se ha comprado otro Ferrari sin decirte nada? —inquiere él.

—Eso parece.

—¿Le van bien las cosas con Janet?

—¿Por qué lo preguntas?

—Algunas personas gastan dinero cuando no están contentas —dice en el momento en que empieza a sonarle el móvil.

No le contesto que, para mi sobrina, comprarse un coche de lujo es como para una persona normal comprarse una bicicleta. La fortuna que ha amasado inventando y desarrollando aplicaciones informáticas desde la adolescencia se lo permite. Lucy es un genio. También es una persona difícil y quijotesca a la que han despedido u obligado a renunciar todos los jefes que ha tenido excepto yo. Y para mí trabaja gratis. La quiero mucho, como a una hija, desde el inicio de su complicada infancia en Miami, donde vivía totalmente desatendida por mi hermana, a quien por cierto debo una llamada. Dorothy me dejó ayer un mensaje felicitándome por mi cumpleaños. Suele equivocarse de fecha.

—¿Qué? De eso, nada. —Marino habla por el móvil—. Sí,

estoy con ella ahora mismo. —Tiene la vista clavada en mí, y por la tensión en su voz deduzco que su interlocutor es Machado—. No hace falta que la llames. Me encuentro a tres metros de ella. ¿Dónde está él y dónde coño estás tú? —Se queda escuchando y su enfado aumenta—. ¿Los has telefoneado sin avisarme? ¿Por tu cuenta? —Camina de un lado a otro con paso furioso—. ¿Sabes qué? Has perdido el control. O a lo mejor tienes el encefalograma plano... ¿De verdad has dicho lo que me ha parecido oír?

La puerta que da al interior del edificio se abre.

—Pues a lo mejor lo hago —repone Marino mientras una luz azul parpadea en su auricular, aunque para estar más acorde con su ira debería ser roja—. Ni se te ocurra ir allí o tomar una puta decisión más hasta que aclaremos este asunto.

Lucy se acerca, y no para saludar. Enfundada en un mono de piloto negro, mira con fijeza un iPad, con una expresión seria y concentrada en su bonito rostro. Cuando me dispongo a preguntarle qué ha sucedido, Benton aparece detrás de ella vestido con ropa de trabajo: un traje de raya diplomática gris marengo, camisa blanca y corbata de seda también gris. Sin duda estaban juntos, seguramente en el laboratorio de delitos informáticos donde trabaja Lucy, que debe de haberme visto por uno de los monitores de videovigilancia. Bryce sale de la puerta tras ella.

«Nadie se merece más unas vacaciones agradables y relajantes que Benton y usted», acaba de aseverar Rusty. Ni él ni Harold han mencionado que mi esposo estaba aquí. No se trata de una visita social.

—¿Qué pasa aquí? —les pregunto a todos.

—Leo Gantz. —Marino ha colgado el teléfono y parece a punto de explotar—. ¡Esto es una puta mierda!

—Acaba de confesarse culpable del homicidio de Jamal Nari —anuncia Bryce, tan emocionado como si le hubiera tocado la lotería—. Ya es tema candente en Internet: «estudiante expulsado reconoce haber asesinado a polémico profesor de música».

—Levanta el móvil para mostrarme el titular de Yahoo—. Tenemos compañía. ¿Harold? ¿Rusty? ¿Hola? ¿Hay alguien trabajando? —canturrea—. Han venido a recoger un paquete. ¡La ahogada! ¡Gracie Smithers!

Pulsa un botón verde en la pared. Se oye el rumor de un motor eléctrico, y la persiana de acero empieza a elevarse.

—Leo Gantz nos ha llamado a nosotros y a la policía de Cambridge —me dice Benton—. Por desgracia, también lo ha publicado en Twitter.

—¿Acaba de confesar? —Estoy descolocada.

—¡Hace menos de media hora! —Bryce parece lleno de energía, como si estuviera a punto de ponerse a bailar, con su uniforme habitual de pantalón vaquero ajustado, jersey holgado y zapatillas de piel altas y rojas.

Más o menos en el mismo momento en que el comisario le ha enviado a Marino la fotografía de Leo Gantz y le ha indicado que permanezca a la espera de una llamada, advierto de pronto. La llamada de Machado, que ha mordido el anzuelo. Me vuelvo hacia Benton y le escruto el rostro. Cuanto más hermético se pone, más segura estoy de que posee información que los demás desconocemos. Observo los engranajes que giran ante mis ojos, impulsando los acontecimientos hacia una conclusión inevitable, como en el juego de mesa llamado Ratonera. Sil Machado está acabado, y no por lo que sea que le haya dicho a Marino por teléfono. Ha sido una llamada innecesaria, aunque este no lo sepa.

—Ya nos han dejado mensajes la CNN y la Fox, además de un productor del programa *Sixty Minutes* —afirma Bryce, rebosante de entusiasmo—. ¿Habéis visto cómo se acumulan los correos electrónicos? —Alza de nuevo su teléfono, con una expresión radiante en su cara juvenil, pues nada le gusta más a mi jefe de personal que un buen drama—. ¡Esto es muy gordo!

—Por favor, no hables aún con los medios. No respondas a sus correos electrónicos ni a sus llamadas —le pido—. ¿O sea que ya estabas aquí en el CFC cuando esto ha sucedido? —Le pregunto a Benton—. ¿Por qué?

—El Departamento de Policía de Cambridge nos ha pedido ayuda —responde, como si Marino no se hallara presente y yo no le hubiera planteado la pregunta—. Hace un par de horas, cuando se han puesto en contacto con nosotros por primera vez.

—¿Os lo han pedido dos veces? —se escandaliza Bryce—. ¿Ahora os hacéis de rogar los chicos malos del FBI?

—¿Se han puesto en contacto con vosotros para qué? —inquiero.

—No entremos en detalles ahora mismo —dice Lucy, lo que significa que está implicada en el mismo asunto que Benton, sea el que sea.

—¿También estás en el ajo? —le espeta Marino con el rostro de un rojo violáceo, y los ojos desorbitados y centelleantes de rabia.

Está tan furioso que da miedo; lo embarga el tipo de ira que bloquea el cerebro, como les ocurre a los perros durante una pelea. Dirijo la vista hacia el hueco cada vez más grande en la puerta del almacén, situada detrás de él, y caigo en la cuenta de que hay otro indicio informático aparte de los ordenadores incautados en la casa de la calle Farrar. Pienso en el poema que me enviaron en un tuit desde Morristown. Luego, esta mañana, alguien tuiteó una alusión al asesinato de Nari antes de que este se produjera. Se han confiscado discos duros y vídeos de seguridad. Deben de haberlos llevado al laboratorio de Lucy, que seguramente ha estado examinándolos con Benton.

Poso la vista en Marino hasta que capto su atención. Le dedico un gesto sutil, sacudiendo la cabeza de forma casi imperceptible. «No —le estoy diciendo—. No es necesario que reacciones así. Tu guerra con Machado ha terminado.» No me lee el pensamiento. Ya no me mira.

21

Un furgón negro y lustroso como el charol entra en el almacén. Servicios Mortuorios Bean ha venido para llevarse a la ahogada, una chica de catorce años que no debería haber muerto. Por unos instantes, me pregunto qué sentirán los amigos con los que estaba y cómo será el resto de sus vidas.

Las muertes absurdas solían hacerme enfadar. Juzgaba con severidad a borrachos, drogadictos y personas que viajaban de pie en la parte de atrás de una camioneta o se zambullían en lagos y piscinas, estando bajo los efectos de algún estupefaciente y sin saber nadar. Las emociones se han asentado en un rincón profundo de mi ser y ya no son volátiles, sino pesadas como la gravedad. Por lo general, siento tristeza por la pérdida inútil de una vida. Nadie se imagina cuando planea su futuro que acabará sobre una de mis mesas de acero. No es lo que la gente visualiza cuando sueña con aquello en lo que se convertirá y las personas a las que amará.

Por la enorme abertura cuadrada de la persiana levantada veo el aparcamiento. Está en sombras, el cielo ha adquirido un tono azul oscuro, y en los pocos minutos que llevo aquí, más empleados se han marchado a casa en sus coches. Pocas de las personas que trabajan en el CFC salen del edificio por el almacén. Solo lo hacen los encargados de las autopsias, y siempre me ha extrañado que los científicos se resistan a ver los casos de los que se ocupan. No quieren acercarse a los cadáveres, ni siquiera informarse sobre los detalles. El personal entero de mi laboratorio de ADN evita a toda costa el nivel inferior de mi edificio, lo que la mayoría de ellos aún llama «la morgue».

—La confesión es dudosa la mires por donde la mires —explica Benton—. Me han pedido que les eche una mano con eso también.

Entre sus especialidades figuran las confesiones, tanto las verdaderas como las falsas.

—¡Machado! —brama Marino—. ¡No puede hacer esto! ¿No lo entiendes? ¡Joder, Benton! ¡No puede hacer esto, y tienes que hablar con Gerry!

—¿Te han pedido antes que ayudes en la investigación, o acaban de pedírtelo ahora? —Presiono a Benton porque ha adoptado una actitud evasiva, como de costumbre.

—Las dos cosas —responde—. Machado me ha llamado directamente.

—No tenía ningún derecho —asevera Marino, y no le falta razón. Vendría a ser como si uno de mis médicos enviara pruebas a los laboratorios del FBI sin pedirme autorización primero—. Tienes que llamar al comisario —repite, casi gritando.

—¿Qué te han dicho? —le pregunto a Benton.

—Eso. ¿Qué coño sabes del caso que yo no sepa? —inquiere Marino.

—Según Leo Gantz, Nari lo ha atacado esta mañana y le ha golpeado la cabeza con un trofeo de tenis. Un rato más tarde, Leo ha regresado y le ha disparado. Se supone que esto ha ocurrido en el apartamento de la calle Farrar. —Benton no le sigue la corriente a Marino, y yo renuncio a enviarle más señales.

Ya se le pasará la rabieta a Marino, y entonces se percatará de que no valía la pena.

—Lo que me preocupa es que ciertos detalles no han trascendido aún —dice Benton—. Que yo sepa, no se ha informado a los medios de que le dispararon.

—En Internet no apareció nada sobre el asunto hasta que Leo Gantz publicó un tuit —confirma Lucy, y al instante pienso en Joanna Cather.

Ella sabe que sospechamos que a su esposo lo mataron con un arma de fuego. Me hizo una pregunta al respecto, y me pregunto si habló con Leo después de que Marino y yo nos marcháramos de su apartamento. Tengo la corazonada de que sí, y me viene a la mente la imagen del joven con el soplador de hojas, su expresión de ira contenida, su entereza frente a la amenaza de Marino. Leo Gantz pareció crecerse con el enfrentamiento. Era como si le gustara llamar la atención, aunque fuera negativa, y ahora ha atraído mucha más, pues los principales medios informativos le siguen la pista. Mañana a estas horas, su nombre estará en boca de todos.

—Envió el tuit desde su cuenta personal. —Lucy desliza el dedo por la pantalla del iPad, desplazándose por los datos mientras dos hombres abren la puerta trasera del furgón negro.

Josh y Diego Bean llevan vaqueros, camisa de algodón y chaleco de punto. Gemelos idénticos a los que soy incapaz de distinguir, gestionan la empresa de transporte de cadáveres desde casa, están disponibles las veinticuatro horas del día y se consideran un servicio de ambulancia para muertos. Es una nueva manera de llevar el negocio, civilizada, minimalista, sin más parafernalia que unos guantes, ropa informal y un vehículo que no parece un coche fúnebre.

Rusty y Harold han ido a buscar el cuerpo de Gracie Smithers al interior del edificio. Bryce se ha marchado también, impulsado por su última descarga de adrenalina. Paseo la vista por el Café La Morte, los puros apagados y la caja de repostería. A continuación, miro el Ferrari de Lucy y el furgón mortuorio pegado al parachoques trasero. De vez en cuando cobro conciencia de lo absurdas que son las cosas.

—La IP corresponde a la red inalámbrica de su casa en Somerville —explica mi sobrina—. Los tuits anteriores, y hay muchos, revelan a una persona inestable y enfadada que pone verde a todo el mundo, incluidos el presidente y el papa. No estoy exagerando.

Advierto la ausencia de la sortija de sello dorada que suele llevar en el índice de la mano izquierda. Tiene la imagen de un águila y pertenece a la familia de su compañera desde hace más de cien años. Lucy nunca se la quita. Janet y ella estaban juntas esta mañana cuando han sobrevolado mi casa, pero Lucy no lleva el anillo. Debe de haber venido en coche desde el aeropuerto de Norwood, donde ha mandado construir hace poco un hangar para el helicóptero, que también es nuevo. Me pregunto dónde andará Janet y qué está pasando entre ellas.

—En la escena del crimen no he apreciado lesiones que pudieran indicar que se había visto implicado en una pelea esta mañana —le digo a Marino—. No tenía escoriaciones ni contusiones en las manos, por ejemplo. Pero lo examinaré con cuidado.

—Luke no ha comentado nada en ese sentido —afirma Benton, que debe de haber presenciado la autopsia de Jamal Nari o se ha informado al respecto.

—Porque no hay nada que comentar —replica Marino—. Leo Gantz desde luego no parecía muy golpeado cuando lo hemos visto a última hora de esta mañana, ¿verdad?

—Pero llevaba puesta una gorra —señalo—. Si hubiese tenido una herida en la cabeza, no la habríamos visto.

—El tipo miente. Deberías examinarlo a él también —me dice Marino—. ¿Se supone que Nari le abrió la cabeza? Apuesto a que el chaval se la abrió solo, es una herida autoinfligida. Seguramente lo hizo antes de ponerse a escribir tuits falsos sobre el asesinato.

—Echaré un vistazo a sus heridas, por si sirve de algo —contesto.

—Te estoy pidiendo ayuda oficialmente —recalca con retintín.

—La cuestión es dónde. —Hago caso omiso de su pulla dirigida a Machado y de mi renuncia a comunicarme con él por medio de señales.

Marino no deja de luchar contra un tigre de papel, lo que forma parte de un proceso inevitable. No le corresponde a Benton desmentir su creencia de que Machado aún trabaja en el caso de Nari o incluso en cualquier otro. Estoy empezando a atar cabos. Benton tiene trato con la mayoría de los jefes de policía de la zona, y desde luego conoce al de la ciudad donde vivimos. Cuando Machado se tomó la libertad de invitar al FBI a participar en la investigación del asesinato de Nari, no me cabe duda de que lo primero que hizo Benton fue ponerse en contacto con Gerry Everman, y por una sencilla razón: no le competía a Machado invitarlos. Por otro lado, está la posibilidad de que alguien usara lejía, como le he explicado a Benton por teléfono.

Machado ha pasado un rato en el interior del apartamento de la calle Farrar sin disponer de una orden judicial. Al parecer alguien manipuló las pertenencias de la víctima, alteró la escena del crimen y tal vez intentó borrar cualquier rastro de ADN.

—Por qué no la esperas. —Marino se refiere a mí, y no es una pregunta, sino una orden—. Puedes llevarla en coche. —Se empeña en mostrarse autoritario con Benton.

—Lo haré encantado, pero no era lo que estaba previsto. —Su respuesta no admite réplica—. Se ha puesto en marcha un plan que no podemos ignorar. Y no ha sido iniciativa mía, sino de tu departamento.

—Machado no es mi departamento —espeta Marino, echando humo.

—Ya la llevo yo —se ofrece Lucy, y me viene a la memoria la última vez que estuve con Janet y con ella.

—En ese trasto, no. —Marino apunta el Ferrari con el dedo—. No vais a presentaros en casa de Leo Gantz con eso.

Tampoco puedo llegar en una furgoneta o camioneta del CFC. Los medios y los vecinos creerían que se ha producido otra muerte violenta. Los rumores correrían como la pólvora. No quiero que mi presencia empeore la situación.

—Deberías tranquilizarte un poco, Pete —dice Benton en voz baja, y es lo más cerca que estará de revelarle la verdad.

No le explicará a Marino que ya no tiene motivos para preocuparse por Machado.

—Tú vendrás conmigo —le dice Marino a Lucy—. Con todos los aparatos electrónicos de alta tecnología que tienen los chavales hoy en día, no quiero que se nos pase ni una memoria USB. Vas a acompañarme, y a ver qué encontramos.

—Claro. —Tiene una expresión dura en los ojos verdes. No parece muy contenta.

Hace cuatro semanas, preparé un *risotto ai funghi porcini* con aceitunas de Kalamata y *tortas fritas*.* Platos veganos de Italia y Argentina regados con un delicioso *pinot noir* de Oregón. Lucy y Janet pasaron la larga y lánguida velada conmigo al amor del fuego.

Recuerdo el aroma de la leña ardiendo. Aún hacía frío en Nueva Inglaterra, pero el jardín estaba fragante e inundado de color aquella noche de sábado del fin de semana del Día de la Madre. Benton se encontraba fuera de la ciudad. Lucy, Janet y yo charlamos durante horas, y no noté el menor asomo de tensión entre ellas. Mi sobrina llevaba la sortija; de lo contrario, me habría dado cuenta.

Se le marcan mucho los músculos, pero está más delgada de lo normal. Tiene el cabello del color del oro rosa recogido detrás de las orejas y un poco despeinado. Cuando las cosas no le van viento en popa, no come bien ni se molesta en ir al salón de belleza. Y no le gusta que Marino le dé órdenes. No piensa obedecer una sola.

—Claro, a ver qué encuentro allí. Suponiendo que tengas una orden de registro. —Lucy sabe que él no la tiene. Habría sido imposible que la consiguiera tan rápidamente, considerando que Leo Gantz se ha confesado autor del asesinato hace menos de una hora y yo he pasado toda la tarde con Marino. No le he oído decir por teléfono que tenga intención de registrar la casa de Leo o de interrogarlo siquiera. La necesidad de hacerlo se habría planteado tarde o temprano en el transcurso de la investigación, pero con todo lo que está ocurriendo, no ha habido tiempo—. Cuando consigas la orden, avísame —añade ella— y te ayudaré con mucho gusto.

Está dando a entender que no irá a ningún sitio con él. No quiere que Marino la utilice como arma en su batalla con Machado, y no la culpo por ello. Quizás ella también sabe que la batalla ha terminado, y que en el fondo no hay vencedores ni vencidos. No puede haberlos en una situación como esta.

—Es importante que Machado no empiece a interrogar a

* En castellano en el original. (*N. del T.*)

Leo si no es en presencia de otras personas. —Sin asumir una actitud defensiva ni dominante, Benton le recuerda una vez más a Marino que Machado ha pedido formalmente al FBI su colaboración en la investigación del homicidio de Nari.

La maquinaria oficial se ha puesto en marcha, y Benton se lo restriega a Marino por la cara. Afirma que ya hay agentes asignados y desplegados, y que se están manteniendo conversaciones de carácter estratégico. Sería muy difícil detener un proceso así, y Marino no goza de tanta autoridad.

—El tío es una bomba de relojería —declara Marino en voz muy alta.

—No le des motivos para decir lo mismo de ti —le advierte Benton—. Ha pedido que le echemos una mano con el caso Nari y que acudamos a la casa de Gantz, y debemos ocuparnos de ello.

—Y yo retiro la solicitud al FBI —asevera Marino, indignado—. Él no habría debido presentarla sin antes pedir mi autorización.

—Si no me equivoco, quien debía otorgar su autorización para ello era el comisario —observa Benton.

—¿Así que los federales se harán cargo del caso? Seguramente ya lo han hecho, ¿verdad?

Benton guarda silencio. Está escribiendo un mensaje de correo electrónico en el móvil. Se trata de una trampa, y Marino cae de lleno en ella.

—¿Qué narices le pasa? —exclama.

—Veré qué puedo hacer —promete Benton, aunque no es cierto—. Tenemos que ocuparnos de esto. —En realidad ya se han ocupado de la situación, pero Marino sigue sin enterarse.

Está demasiado enfadado para captar sus sutilezas, y tiene que tomar una determinación. Debe decidir a quién debe su lealtad, y percibo su lucha interior. Lo veo en sus ojos y en la contracción de los músculos de la mandíbula. Desea que Machado se vaya, y no le gusta nada abrigar ese deseo. Aunque podría conseguir por sus propios medios que se marchara, intenta convencer al comisario y a Benton de que lo retiren del caso, pero ellos no lo harán, y además ya no es necesario. Marino debe hacer lo correcto y decir la verdad. Es lo que Benton espera, y pienso en lo que ha dicho Marino sobre cubrirle las espaldas a Machado y mantener a salvo sus secretos.

—No estoy seguro de que se haya dado alguna vez el caso de que un departamento nos pida ayuda y luego cambie de idea. —Benton finge hacer memoria—. Se ha iniciado el papeleo. Se han realizado llamadas. Esto reviste una dificultad extrema, y no quiero correr riesgos. Desde el punto de vista legal, quiero decir.

La puerta que comunica con el interior del edificio se abre de nuevo. Rusty y Harold empujan un carro sobre el que yace el cuerpo en una bolsa, como una pequeña crisálida dentro de un capullo negro. Las ruedecillas traquetean con suavidad mientras el carro desciende por la rampa, flanqueado por los dos técnicos de autopsias, como si fueran portadores de un féretro. Pasan junto al coche de Lucy y se detienen detrás del furgón. Jen Garate aparece en la abertura cuadrada de la entrada. Los hermanos Bean la saludan con efusividad, como si no estuvieran en un almacén con un cadáver, como si se hubieran encontrado por casualidad en una cafetería o en el supermercado.

—¿Conque esas tenemos? Muy bien —refunfuña Marino—. Le mandaré un mensaje de texto diciéndole que ni se le ocurra empezar sin mí. —Ya está escribiendo mientras habla—. Más vale que espere a que yo llegue. No tiene ni puta idea, y va a joderlo todo solo porque cree que tiene algo que demostrar. —Sus pulgares no dejan de teclear.

—Te aconsejo que tengas cuidado con lo que escribes —dice Benton.

—Que le den.

—Bueno, me despido —oigo anunciar a Jen Garate, que me mira y agita la mano—. Si necesitas algo, ya sabes dónde encontrarme —me dice en tono alegre—. ¡Feliz cumpleaños! Las fotos de la escena del crimen ya están subidas al servidor, por si quieres verlas. —Se refiere a las de Gracie Smithers—. ¡Pero recuerda que no deberías estar trabajando! —agrega mientras sale al aparcamiento en dirección a su coche deportivo, un Scion de color rojo encendido.

—Esto no solucionará nada, Pete. Sé prudente y no envíes ese mensaje de texto.

—¿Y ahora te das cuenta de que no soluciona nada? No sabes de la misa la mitad.

Los hermanos Bean levantan la bolsa del carro. Por el modo en que la manejan, deduzco que Gracie Smithers no pesa mucho y se encuentra en pleno *rigor mortis*. La depositan con delicadeza sobre una manta acolchada en la parte posterior del furgón y la sujetan con correas de velcro aseguradas al suelo. Hablan en susurros que apenas resultan audibles.

—Madre mía —oigo comentar a Harold—. Ahora sí que se va a liar la de Dios.

Capto las palabras «pleito» y «congresista», y Benton mantiene la calma frente a Marino, que dice sin ambages que quiere a Machado fuera del caso. Se niega a colaborar con él en ninguna otra investigación. Y entonces lo echa a los lobos.

22

Sil Machado se acuesta con Liz Wrighton, mi especialista en armas de fuego. Pero eso no es lo peor.

Su relación profesional ha cambiado de un modo que vulnera el protocolo y es posiblemente delictivo. Ella concede prioridad a los casos que él investiga. Hace todo lo posible por adaptarse a sus necesidades, y él le devuelve el favor facilitándole información que ella no debería tener, detalles que podrían afectar a su objetividad. Marino asegura que lo sabe sin el menor asomo de duda, y su rabia se disipa en un abrir y cerrar de ojos.

—Lo siento, Doc —me dice, sin fuerzas y acalorado después de haberse desahogado—. No quería que te enteraras así.

Dudo que quisiera que me enterara de ninguna manera, aunque debería habérmelo contado en cuanto lo descubrió. El problema de la «situación con una mujer», tal como lo expresó hace unas horas, es que esa mujer trabaja para mí. Y no me había dicho una palabra hasta este momento. Lo que me recuerda que ya no guarda la misma lealtad que antes hacia el CFC y hacia mí. Vuelve a ser un poli. Habla, camina y piensa como un poli.

—¿Es cierto? —me pregunta Benton, aunque estoy convencida de que ya lo sabe.

—Es la primera noticia que tengo —respondo con una serenidad que no deja traslucir mi enfado.

El furgón negro emite pitidos mientras sale del almacén marcha atrás, y Rusty y Harold echan a andar hacia nosotros, empujando el carro vacío. Pulso el botón para cerrar la persiana.

Se oye el ruido estridente del motor, y el cilindro de las lamas de acero comienza a desenrollarse. La abertura rectangular se reduce hasta que el cielo oscuro y los vehículos forenses blancos del aparcamiento desaparecen. Son casi las seis. La mayoría de los empleados se ha marchado. Clavo la vista en el Ferrari azul metalizado, y me viene a la mente el comentario de Marino sobre la gente que gasta dinero cuando no está contenta. Me pregunto qué más me han ocultado.

Oigo el tenue chacoloteo de las ruedas cuando Rusty y Harold pasan junto a nosotros con la cabeza gacha, como en señal de respeto hacia nuestra privacidad. Conociéndolos, seguro que han oído más que suficiente. Empujan el carro desocupado hacia la pared del fondo del edificio, reforzada con acero inoxidable. Me reclino contra la puerta metálica sin ventanas para impedir que se cierre. Les pido que saquen el cuerpo de Jamal Nari del frigorífico en el que se encuentre.

—¿Quiere que lo trasladamos a su mesa de trabajo? —Se detienen junto a la báscula de suelo, evitando mirar a Marino.

Seguramente no ven con buenos ojos lo que acaba de hacer. Sin duda les parece un acto hipócrita e injusto. Como buena parte de la población masculina del centro, están prendados de Liz, y Marino ha cometido ya unas cuantas indiscreciones, algunas bastante graves que nadie habría pasado por alto si se hubiera tratado de otra persona. Continuará siendo el agente estrella de la policía de Cambridge, pero ahora nadie lo frenará. Probablemente tendré que despedir a Liz.

—Llevadlo a la sala de autopsias, pero dejadlo sobre la bandeja del carro —les indico a Rusty y Harold—. No lo necesito encima de la mesa. Iré dentro de unos minutos. Cuando termine, ya lo devolveré yo al frigorífico, si queréis marcharos.

—Sí, si no le importa. Esta noche es la final del campeonato de bolos. Estamos a un tris de ganar un viaje a Las Vegas. —No suenan demasiado entusiasmados. Lo que acaban de presenciar los ha dejado decaídos y con prisas por largarse.

—Buena suerte —contesto.

—¿Liz Wrighton? ¿Estás seguro? —le pregunta Benton a Marino cuando cierro la puerta.

Paso por su lado, bajo por la rampa y me acerco a la mesa con el mantel estilo francés de cuadros rojos y amarillos. Ordenar y limpiar siempre me tranquiliza.

—Sí, estoy seguro. —Marino nos rehúye la mirada a todos.

—¿Qué relación tienes con ella? Es importante que me lo expliques —asevera Benton, aunque ya lo sabe.

—Ninguna —dice Marino—. Conozco a las mujeres como ella, y no quiero arriesgarme a cagarla con un caso o acabar en chirona.

Vacío el cenicero en el cubo de basura. Las colillas de cigarrillos y puros despiden un olor sucio y rancio.

—¿Qué diría Machado si le preguntáramos si mantienes algún tipo de relación con ella? —inquiere Benton.

—Me importa una mierda lo que diga. No sería la primera mentira que se inventa sobre mí, ni la última.

—Lo negarías.

—Claro que lo negaría, y él no tiene una sola prueba para demostrar sus trolas.

Abro el grifo, y el agua cae con un tamborileo hueco sobre el acero inoxidable del fregadero. Saco del envoltorio de celofán un rollo nuevo de papel de cocina y arranco varias hojas.

—Bien. Un problema más que podemos tachar de la lista —dice Benton, y advierto que Lucy se queda callada.

Pienso en el correo electrónico, en cualquier tipo de comunicación indiscreta. Si se produjo alguna entre Marino y Liz, la intuición me dice que ya habrá desaparecido de nuestro servidor. Lucy es la administradora de sistemas, y estoy segura de que lo protegería. No vacilaría en borrarle toda la información delicada del móvil. Tampoco me cabe la menor duda de que conservaría mensajes comprometedores relacionados con Machado. Lucy defiende a los suyos por todos los medios.

—Liz Wrighton ya ha realizado el análisis. Propongo que encarguemos otro para que ella no sea la única en testificar sobre ello. —Benton no parece sorprendido por el desarrollo de los acontecimientos.

Está al tanto de la fama que tiene Liz, y sospecho que Lucy le habrá comentado algo al respecto. Es la clase de asunto turbio que no le pasaría inadvertido. Cuando decide investigar algo, no se le escapa un solo detalle. Pero, si lo sabe desde hace un tiempo, no me había hablado de ello. Intento que eso no me afecte. El agua del grifo salpica ruidosamente mientras enjuago el cenicero y lo froto de forma enérgica con los dedos. Está muy fría. Noto que Lucy me observa.

Ni ella ni Marino me lo contaron. Por unos instantes, soy incapaz de mirarlos, pero me repongo enseguida. Seco el cenicero con papel de cocina antes de colocarlo de nuevo sobre la mesa. Limpio el mantel de plástico. Recojo la caja de repostería y subo otra vez la rampa. Me vuelvo hacia Lucy, que mantiene los verdes ojos fijos en mí. Nada en ellos parece evidenciar que me reproche algo. Poso la vista en Marino hasta que me mira. Confío en que mi expresión le deje claro que no le guardo rencor.

Enfadarse no sirve para nada. Lo hecho, hecho está. Hay que seguir adelante. Abro la puerta y me apoyo contra ella. La suave luz del interior ilumina la rampa, y la guardia de seguridad me sonríe desde el otro lado de la ventanilla. Georgia Cruz es nueva. Nació en Georgia cuando su padre, militar de carrera, estaba destinado en Fort Benning, y es buena. Me cae bien. Continúa tecleando en su ordenador y echa el sillón con ruedas hacia atrás para acercarse a la impresora 3D que tiene en su espacio de trabajo rodeado de cristal blindado, que la gente llama La Pecera.

—Tal vez podrías transmitirles a los de arriba que él ha comprometido la investigación y pedirle al agente especial al mando que llame a Gerry Everman. —Marino parece un poco desesperado.

No le gusta ser un chivato, y ya me imagino lo que piensa. Si no podía trabajar con Machado antes, ahora es absolutamente imposible. Debe quitárselo de encima como sea, pero no conviene que el comisario de la policía de Cambridge se entere a través del agente especial al mando de la división de Boston. Bastaría con unas palabras de Benton. Además, estoy segura de que se ha corrido la voz hace horas. Allí, en el almacén, junto a mi esposo, mi sobrina y Marino, todos apiñados en lo alto de la rampa de cemento frente a la puerta abierta, contemplo cómo dan caza al ratón.

Machado es el ratón, y su destino ya está escrito. Es la especialidad de Benton. Un plan sencillo cuyo resultado final es la caída en desgracia del joven investigador después del soplo de Marino. Aunque este da por sentado que todo ha sido obra suya, lo cierto es que la suerte de Machado ya estaba decidida desde antes, quizá desde mucho antes. Tal vez ya hacía horas que se había hablado de ello cuando yo llamé para comentar el tema de la lejía. La rivalidad y los secretos escabrosos entre Machado y Marino adquirieron una dimensión destructiva. Uno de los dos tenía que salir perdiendo.

—La culpa es suya por no haberse recusado a sí mismo —me dice Marino, y no le respondo—. Desde el instante en que le pediste a ella que viniera a examinar los fragmentos de bala que recogimos, tuvo la oportunidad de hacer lo correcto y recusarse. Ha tenido muchas oportunidades en los últimos meses. Yo llevaba tiempo esperando a que hiciera lo correcto.

—No debería haberse puesto en esa situación, para empezar —interviene Lucy por fin—. Tampoco Liz. Pero ella cree que las normas no le atañen. Últimamente no atañen a nadie.

Resulta irónico que mi sobrina haga este comentario. No respeta en absoluto las normas, y siempre encuentra razones para justificarse.

—Por desgracia la gente es como es, y las relaciones surgen de repente —replica Benton, con conocimiento de causa.

Cuando iniciamos la nuestra, investigábamos un homicidio y él estaba casado. No nos recusamos de nada. Ni siquiera lo intentamos. Fuimos lo bastante astutos para evitar que nos pillaran. La verdad sea dicha, ninguno de nosotros hace lo correcto o lo justo en todas las ocasiones. Sin embargo, siempre se puede contar con que Lucy, Benton, Marino y yo acabaremos apoyándonos unos a otros.

—Tenemos que reencarrilar las cosas, y te diré otra cosa que no ayuda. —El estado de ánimo de Marino ha cambiado radicalmente, como si nada hubiera ocurrido y él estuviera al mando—. La presencia de trajeados y musculitos con chalecos antibalas. Esta es una cuestión psicológica, Benton. Un chaval de quince años se ha declarado autor de un crimen que no puede haber cometido.

—Se ha metido en un buen lío —observa Benton—. Está acostumbrado a mentir. Por desgracia para él, se le da bien, algo bastante común entre chicos que han sufrido abusos.

—A lo mejor podrías contarme qué te ha dicho Machado exactamente. —Marino presenta un aspecto desaliñado, con el rostro encendido, su chaqueta Harley-Davidson y sus pantalones de chándal holgados, mientras que Benton va impecablemente vestido y mantiene un semblante sereno e inescrutable.

—Me ha dicho textualmente lo siguiente —contesta—: hacia las ocho de la mañana, Leo se enzarzó en una pelea con Nari en el apartamento. Leo regresó más tarde y le disparó. Después, tiró el arma a la cloaca, pero casualmente no recuerda qué tapa de alcantarilla abrió para ello.

—Y la abrió sin ningún tipo de herramienta —señala Marino—. ¿Cómo? ¿Se supone que levantó cincuenta kilos de hierro forjado con el puto dedo? No me digas que crees que hay algo de cierto en eso.

—Tenemos que tomárnoslo en serio.

—Puedo deciros lo que escribe en sus tuits —tercia Lucy—. Asegura que él solo fue allí para hablar, para regalarle un trofeo de tenis a la esposa de Nari, y que este lo atacó. Le dio a Leo en la cabeza con el trofeo, así que Leo volvió un rato después y le pegó un tiro. No es un solo tuit —recalca, dirigiéndose a mí—. Son diez en los que relata el incidente.

—Un trofeo de tenis —repito—. Me sería útil verlo antes de examinarlo a él.

—Eso nunca ocurrió —afirma Marino, y pienso en el apartamento de la calle Farrar.

No vi ningún trofeo de tenis ni señales de lucha. Me vienen a la mente las guitarras y el posible uso de lejía, detalles que estoy segura de que Leo Gantz ignora por completo. ¿Quién ha estado en el apartamento? ¿Quién era realmente, y qué hacía allí?

Le mando un mensaje de texto a Anne preguntándole si aún está en el edificio. Quiero saber qué han revelado los escáneres de Nari, si ha visto en ellos algo fuera de lo normal, incluido el contenido gástrico que Luke Zenner calificó de interesante.

—Tened presente que Leo publicó los tuits desde su casa, a través de su red inalámbrica —prosigue Lucy—. Pero no el de esta mañana, el que aludía a la muerte de Jamal Nari antes de que se produjera. La dirección IP de ese corresponde al Sheraton de Cambridge, concretamente al centro de negocios. El tuit fue enviado desde uno de sus ordenadores a las nueve de la mañana. Después lo han retuiteado un montón de veces —añade mientras leo la respuesta de Anne.

Se pasará por la zona de recepción, donde yo sigo reclinada contra la puerta, aguantándola. Escucho a Lucy explicar que el tuit enviado desde el Sheraton a las nueve de la mañana se publicó en la cuenta de Twitter cuyo nombre de usuario es Copperhead. Quizás en el fondo ya me lo imaginaba. Ahora tengo una idea más clara de por qué Benton está aquí y de lo que ha estado haciendo con Lucy.

—En ambos casos se utilizó un ordenador del centro de negocios de un hotel —dice ella—. El intento de identificar al autor de los tuits me llevó a un callejón sin salida, porque las direcciones IP y MAC pertenecen a un ordenador de uso público, al que pueden acceder los huéspedes del hotel o cualquier persona que quiera imprimir su tarjeta de embarque o lo que sea.

—¿O sea que no tienes idea de quién es Copperhead? —Veo a Anne aproximarse por el pasillo, con la larga bata blanca de laboratorio aleteándole en torno a las rodillas y una sonrisa en su rostro no muy atractivo, pero agradable.

—Sé quién es en teoría —responde Lucy.

23

Georgia abre su ventanilla en el centro de la zona de recepción, de un blanco radiante.

Le dice algo a Anne cuando pasa por delante. Ambas se ríen y esta le responde algo con socarronería, alguna broma privada que no alcanzo a oír, pues estoy escuchando a Lucy hablar de la identidad de Copperhead.

—La cuenta de Twitter pertenece a Michael Orland, que murió en febrero —dice, ante el evidente asombro de Marino.

—¿El del piano? —exclama—. Lo vi en el programa de Leno justo antes de que lo dejara. O tal vez en *American Idol.* No fue hace mucho. Supongo que debía de ser una reposición.

—Una lástima. —Anne se une a nosotros.

—Este Michael Orland era fontanero —aclara Lucy—. Alguien le robó la cuenta después de su muerte.

—¿Cómo sabes que está muerto? —pregunto.

—Por Twitter. Su ubicación, datos biográficos e información de contacto evidencian que se trata del Michael Orland que fue asesinado en un hospital de Florida en febrero —explica—. A seis pacientes se les administraron dosis letales de cloruro de mivacurio. Es posible que hubiera más. Una enfermera fue detenida, y aún están exhumando los cadáveres de otros pacientes que dejaron de respirar de golpe. Era de New Bedford y estaba de visita en Saint Augustine cuando tuvieron que extirparle el apéndice. Murió poco después. Soltero, sin hijos. Un ejemplo bastante típico de una cuenta de Twitter que a nadie se le ocurre desactivar. Algunos piratas informáticos cuentan con programas que no hacen otra cosa que buscar cuentas inactivas. Por lo general, su titular es una persona fallecida o que, por algún otro motivo, no se enterará. Son objetivos ideales para los suplantadores.

—Quien lo haya hecho debía de conocer detalles sobre él —dice Benton—. Si eligió su cuenta seguro que fue por una razón.

Pregunto si ya se llamaba Copperhead originalmente, y Lucy contesta afirmativamente.

—Supongo que los fontaneros trabajan mucho con cobre —añade—. Ve tú a saber por qué escogió ese nombre.

—¿No es necesario saber la contraseña de la persona a la que vas a suplantar? —inquiere Anne.

—Esa es la forma más fácil —dice Lucy—, pero desde luego no es la única. También están las webs fraudulentas, el *malware*, las contraseñas poco seguras...

Anne parece perpleja. También se la ve contenta, con un brillo en la mirada que antes no tenía. Me percato de que lleva el cabello largo y con mechas rubias. Deben de irle bien las cosas con Luke. Fija la vista en mí, atenta a lo que voy a pedirle.

—¿Puedes abrir los escáneres de Jamal Nari en la pantalla de mi mesa de trabajo? —le pregunto—. Los que muestren con mayor claridad sus heridas y cualquier otra cosa que pueda ser significativa.

—Pues sí que hemos descubierto cosas significativas. ¿Se lo ha contado Luke?

—No con pelos y señales.

—¿Qué cosas significativas? —inquiere Marino.

—Digamos que aunque no le hubieran disparado, probablemente habría acabado aquí de todos modos —dice ella—. ¿Quiere que entre en detalles ahora?

—No. —Delante de todo el mundo, no. Además, prefiero ver por mí misma aquello a lo que alude y llegar a mis propias conclusiones—. Y, por favor, encuentra a Ernie. Creo que aún no se ha marchado. Que se reúna conmigo en la sala de autopsias en cuanto pueda para que le entregue esto. —Todavía llevo en la mano la bolsa de plástico con las monedas—. Siento entretenerte. Sé que últimamente compartes coche.

—Luke se ha ido. Tenía cita con el dentista. —Echa un vistazo al reloj digital en la puerta de acero inoxidable de un frigorífico—. Se supone que debo ir a buscarlo dentro de una hora —agrega, mientras Lucy se me acerca con su iPad.

Me enseña la cuenta robada de Twitter que tiene el nombre de usuario Copperhead y me explica que alguien sustituyó hace poco el avatar anterior por la imagen de una huella digital negra sobre fondo blanco como las que aparecen en las fichas decadactilares. El fontanero de New Bedford publicó 311 tuits antes del 10 de febrero, el día anterior a su muerte. La actividad de la cuenta se reanudó unos tres meses después, cuando la utilizaron para enviarme aquel poema el Día de la Madre. Un mes después, Copperhead tuiteó por segunda vez. El hotel Sheraton está muy cerca de aquí.

—Yo no me molestaría en consultar el IAFIS —dice Lucy con sarcasmo, deslizando los dedos sobre la pantalla para ampliar el avatar.

—No hay poros, bifurcaciones, crestas abruptas, núcleos ni nada. —Me refiero a que no se aprecian rasgos que pudieran introducirse en el Sistema Automatizado Integrado de Identificación de Huellas Dactilares o en cualquier otra base de datos—. No hay un solo punto característico. No se trata de una impresión con tinta ni de una captura digital.

—Es una imagen retocada, falsa, como si alguien se riera de nosotros —asevera—. En realidad, no es más que un logotipo que alguien arrastró hasta el escritorio desde la ventana de un navegador.

A modo de demostración, realiza una búsqueda de las palabras clave «huella dactilar» y «logotipo», y una galería de imágenes aparece en la pantalla de su iPad. Una de ellas es idéntica al avatar de Copperhead.

—¿Qué sentido tiene? —dice Marino—. Suponiendo que tenga sentido.

—No resulta identificable —contesta ella—. Es una huella genérica. A alguien le parece gracioso.

—Una provocación —conviene Benton—. Una más. Y van en aumento.

—Me imagino que debemos concluir que la víctima del homicidio en el hospital de Florida no tiene nada que ver con los tiroteos. Simple y sencillamente suplantaron su identidad —decide Marino, y cada vez que cambia de posición, toca la báscula de suelo con el pie y aparece una medida en el indicador digital de la pared por unos instantes—. Así que no hace falta que nos devanemos los sesos buscando conexiones con el fontanero muerto.

—En gran parte, tienes razón —responde Benton—. No descubriremos un vínculo claro entre el tirador y esta cuenta de Twitter. El asesino no murió en Florida. Pero es esencial que sepamos cómo y por qué robaron la cuenta de Copperhead.

—Investigué a todos los usuarios a los que Orland seguía, y a todos sus seguidores —me informa Lucy—. Me encargué de ello cuando recibiste ese poema el mes pasado. Ciento seis personas, en total, casi el mismo número que cuando él vivía. Es posible que algunos no sepan que ha muerto, y hay otros que seguramente lo saben pero les da mal rollo dejar de seguirlo. Y unos pocos están muertos también, como por ejemplo su padrastro. Vivía en Worcester y se suicidó hace un par de años.

—Entonces alguien del CFC se ocupó de su caso —señalo.

—Así es.

—¿Quién? —Me invade un mal presentimiento.

—Tú —dice—. Era un químico que se mató con cianuro.

Lo recuerdo. Casi puedo percibir el amargo olor a almendras que despedía su sangre cuando lo abrí en canal.

—Además, hemos revisado las grabaciones de las cámaras de videovigilancia. —Benton confirma mis sospechas sobre lo que Lucy y él han estado haciendo esta tarde—. Les echaremos otra ojeada para asegurarnos de que no fue Leo Gantz quien entró en el Sheraton con el fin de usar un ordenador del centro de negocios.

—O en el hotel de Morristown —añade Lucy—. Donde se

encuentra el ordenador que se utilizó para tuitear el poema el mes pasado. También tenemos las grabaciones de seguridad de allí.

Pienso en la bala de cobre, los fragmentos, los centavos, todo ello con el tipo de marcas que deja un tambor de pulido. No entiendo que alguien pueda dudar de que el autor de los tuits sea un asesino que ha asesinado a al menos tres personas con un rifle de francotirador desde finales de diciembre. Seguramente ha estado en mi jardín. Copperhead podría ser una persona que conozco.

—Bueno, ¿y por qué habría de confesarse culpable de algo así un chaval? —le pregunta Marino a Benton.

—Hay varias razones posibles. Una de ellas es llamar la atención. Te recomiendo que lo lleves a una sala de interrogatorios de tu departamento. Kay y yo nos reuniremos allí contigo cuando hayas terminado. —Benton quiere observar a Leo Gantz a través de un espejo unidireccional, ser testigo de cómo examino sus heridas, sin que él tenga la menor idea de que alguien nos mira—. Será mejor que antes hables a solas con él en su casa. —Ha empezado a dar indicaciones a Marino—. Estará eufórico por haberse convertido en foco de atención, con el sistema límbico acelerado porque su nombre es tendencia en Internet. Me imagino que el teléfono de su casa no para de sonar. Y al mismo tiempo, debe de estar muerto de miedo. Seguramente este proceso ya se habrá iniciado. Cuando llegues, estará en su punto álgido. La agresividad no dará resultado con él. No intentes intimidarlo.

—¿Me estás diciendo que nadie ha acudido aún a su casa? —Marino parece estupefacto—. ¿Ni Machado ni uno de los tuyos?

—Pues no. Han establecido un perímetro de seguridad en el barrio para cerciorarse de que no escape. Pero es invisible. Los agentes permanecen ocultos, y nadie ha entrado en el domicilio o se ha acercado a él. Además, Machado no tiene nada que ver con el asunto. No se presentará en ninguna parte.

—Vale —asiente Marino con un brillo de suspicacia en los ojos.

Empieza a comprender. En realidad, nunca ha existido el

riesgo de que Machado se cargue el caso. Marino intuye que lo han manipulado, pero no está seguro de cómo ni de si tiene importancia.

—Cuando hables con Leo, tienes que hacerte amigo suyo —continúa aconsejándole Benton—. ¿Serás capaz? No lo intimides.

—¿Quién dice que yo intimido a nadie? —protesta Marino con el ceño fruncido.

—Te explico qué es lo que resultará más eficaz. Debes tratarlo como a una víctima. Porque, desde su punto de vista, lo han maltratado y malinterpretado. Cree que lo ha perdido todo.

—Y una mierda. Aunque merecería perderlo todo.

—Trátalo como a una víctima, Pete, aunque no consideres que lo sea —le repite Benton despacio.

24

El trabajo en el CFC fluye de forma circular, lógica y planificada con absoluta precisión, como en una clínica bien llevada, o eso me gusta pensar.

Hago mi primera parada en la báscula de plataforma digital de alta tecnología con un tallímetro rudimentario, que está cerca de la puerta donde Benton, Lucy y yo hablábamos con Marino antes de que se marchara hace un momento. Una vez determinados el peso y las medidas, realizamos el trámite de admisión del nuevo caso en el mostrador de seguridad, frente al que me encuentro ahora con la caja de *cannoli* en una mano y la bolsa hermética con las monedas en la otra.

—¿Te interesan o conoces a alguien que los quiera? —Deposito el envase con los pastelitos frente a la ventanilla abierta de Georgia.

—Se han tomado muchas molestias para comprárselos. Con lo mal que está el tráfico y todo eso.

—Sí, por eso sería una lástima que se desperdiciaran.

—Pues no quiero saber cuántas calorías llevan, y mañana por la mañana voy a pesarme. —Suspira mientras abre la caja—. ¿Por qué me hace esto, doctora Scarpetta? ¿Intenta sabotear mi régimen?

—No, por Dios.

—Ya solo tengo que perder tres kilos y medio.

—Enhorabuena. ¿Te gusta la mantequilla de cacahuete?

—Oh, no —gime—. *Vade retro*, Satanás.

—No olvides que hay que guardarlos en la nevera.

—¿Qué es eso? —pregunta Lucy refiriéndose a los centavos, y se lo explico.

—¿Por qué no me lo habías contado? —Sujeta las monedas en alto para que les dé la luz.

—Acabo de contártelo.

—En cuanto las descubriste, quiero decir. —Se ha puesto muy seria y veo un destello de rabia en su mirada.

—¿Mientras sobrevolabais la casa? —Le sonrío—. Estabas un pelín ocupada.

—La fecha es interesante. —Me devuelve la bolsa de congelación.

—Lo sé.

1981. El año en que nació Lucy, pero no pienso comentarlo delante de Georgia ni de nadie. Los chicos del barrio han querido gastarme una broma o llevar a cabo un gesto simbólico por mi cumpleaños. Esto me trae a la memoria lo alegre que estaba al empezar el día. Todo se ha vuelto siniestro y salvaje. Conforme pasan las horas y se desarrollan los acontecimientos, las monedas se me graban a fuego en la mente, y sé que la fecha que llevan inscrita no es fruto de la casualidad.

Sobre el mostrador de seguridad, fuera de la mampara de cristal, descansa el registro escrito a mano, uno de los pesados libros encuadernados en cuero negro en los que constan de forma permanente todos los casos desde que se instituyó el sistema de medicina forense en Massachusetts. Los gruesos volúmenes se remontan a la década de 1940 y están guardados en nuestro archivo junto con copias en papel de documentos como las fichas genéticas o las etiquetas identificativas que en otros tiempos se ataban al dedo del pie de los cadáveres. Ahora utilizamos pulseras inteligentes de identificación por radiofrecuencia que llevan incorporado un chip fabricado con la impresora 3D. Me basta con un lector portátil para saber quién está dentro de nuestros congeladores y frigoríficos.

—¿Puedo ayudar en algo ahora mismo? —Benton está ocupado con su teléfono, su atadura electrónica, de la que no despega la vista mientras un mechón plateado le cae sobre la frente y él lo aparta con un gesto distraído.

—¿Qué te gustaría hacer? —le pregunto.

—¿Que qué me gustaría? Contemplar el mar, sentado en nuestro balcón de Miami, tomando una copa. —Alza los ojos y los clava en mí. Ofrece un aspecto distinguido con su traje de raya fina y su cabello entrecano, como el de un ejecutivo o un abogado caro.

—Eso suena bien —dice Georgia, con el dorado pelo elegantemente escalado, aunque antes era morena y llevaba un corte sencillo. Además, va maquillada y está a dieta.

Todos estos cambios se han producido desde que empezó a trabajar aquí hace unos meses. Es una mujer de cuarenta y pocos años y aspecto agradable que procede de la policía de tráfico, y no se me escapa que está muy pendiente de Lucy, que no le presta atención. Gracias a Dios. No quiero que uno de mis fichajes más recientes sea la responsable de que mi sobrina ya no lleve el anillo de su compañera. Por lo visto se ha abierto la temporada de flirteos y confraternizaciones. Liz con Machado. Georgia con Lucy. Luke y Anne. Las miradas insinuantes y conversaciones invasivas de Jen Garate con todo el mundo, incluida yo. ¿Cuándo se convirtió mi lugar de trabajo en escenario de semejante culebrón? ¿Qué ha pasado con el respeto a los límites?

—Hasta que Marino nos llame, quisiera seguir analizando lo que estábamos mirando arriba. Si no tienes inconveniente. —Benton le dirige esta última frase a Lucy.

—Puedes continuar donde lo dejamos —contesta ella—. Si quieres, te echo una mano.

—Necesito que te quedes conmigo —le digo.

Vamos a hablar. No es negociable. Reviso las entradas en el registro y me detengo en la de Gracie Smithers, cuyo cuerpo acaban de llevarse. Marblehead Neck, unos treinta kilómetros al norte de aquí, catorce años, blanca, posible víctima de ahogamiento. A las ocho de la mañana de hoy se descubrió su cadáver en la piscina de una casa de la avenida Ocean. Le especifico la dirección a Lucy.

—Mira a ver qué encuentras sobre esto, si no te importa —le pido mientras Benton realiza una llamada y se aparta unos pasos de nosotras.

—¿En qué estás pensando? —introduce un término de búsqueda en su iPad.

—Me parece raro que los niños con los que se supone que estaba se fueran corriendo sin avisar a la policía o a nadie que se había ahogado.

—Según el dictamen de la doctora Kato, fue un accidente. —Georgia está consultando su ordenador—. Es definitivo. Solo falta el análisis de toxicología. Considera establecida la causa de la muerte, que es la que consta también en el certificado de defunción.

—Los problemas no han hecho más que empezar —predigo.

—Según la policía, la lona de la piscina se soltó y los chicos estaban bebiendo. —Georgia lee lo que aparece en su pantalla, y recuerdo los comentarios de Jen sobre el agua helada que le entraba en el traje de neopreno.

—Está en venta. Totalmente amueblada, lista para entrar a vivir. —Lucy ha encontrado información sobre el inmueble.

—Al parecer está deshabitada, o por lo menos anoche lo estaba —respondo—. Me pregunto cómo lo sabían ella y sus amigos. No habrían invadido una piscina ajena sin permiso si hubieran creído que los dueños estaban en casa.

—¿«Amigos»? ¿Así, en plural? ¿Sabemos cuántos eran? —pregunta Lucy.

—Harold y Rusty pensaban que eran varios, y seguramente se lo oyeron decir a la policía. Tal vez Jen también. Pero no sé en qué se basa la información, pues, al parecer, sus acompañantes, fueran quienes fuesen, dejaron el cuerpo en la piscina y no pidieron ayuda. ¿Cómo llegaron hasta allí, y cómo se marcharon? ¿Conducía alguno de ellos?

—A lo mejor son vecinos. —Lucy me muestra una serie de fotografías.

La enorme casa, que parece de principios del siglo XX, es gris con molduras blancas, tejado de pizarra, amplias verandas y altas chimeneas de ladrillo. Se alza imponente sobre una colina rocosa con escalones de madera que descienden hasta una estrecha playa, y la piscina de fondo negro tiene forma de L y una terraza de granito.

Recuerdo la temperatura de anoche, una mínima de quince grados, y junto al mar debía de hacer bastante fresco. Lo más lógico sería que el calentador de la piscina no estuviera encendido, y que el agua aún no estuviera en condiciones después del tratamiento de conservación para el invierno. El nivel de cloro debía de ser aún demasiado alto para nadar. ¿Qué habrá llevado a unos adolescentes a saltar sobre la lona de una piscina a oscuras? Nada de esto parece tener mucho sentido.

—¿Sabemos si el cuerpo estaba vestido cuando lo trajeron? —pregunto.

—Aquí tengo el inventario. —Georgia lee en la pantalla y hace clic con el ratón—. Unos vaqueros, una camiseta, una deportiva.

—¿Eso es todo? —Observo a Benton hablar por teléfono.

—No hay nada más —confirma Georgia.

—No te preocupes. Gracias, Marty —dice Benton a su superior, el jefe de la oficina del FBI en Boston—. Siento haberte sacado de una reunión.

—Seiscientos cincuenta metros cuadrados, cochera independiente, piscina de agua salada, dos hectáreas de terreno con pista de tenis. Piden seis millones. O más bien pedían —rectifica Lucy—. Supongo que bajarán el precio o la retirarán del mercado. Dudo que el hecho de que se te muera una niña en la piscina te revalorice la finca.

—He oído por casualidad algo acerca de un pleito y un congresista. ¿Tienes idea de lo que significa?

—Por lo visto la casa pertenece a Gordian Knot Estates Corporation, un *holding* que gestiona los bienes inmuebles de Bob Rosado en Massachusetts y Dios sabe qué más.

—¿El congresista de Florida? —pregunto—. ¿Tiene casa aquí?

Rosado es presidente del subcomité del Departamento de Seguridad Nacional sobre seguridad marítima y fronteriza. Sale con frecuencia en las noticias últimamente por su polémico empeño en construir una valla virtual en la frontera entre Arizona y México. Además, ha protagonizado algún que otro escándalo.

—Su esposa es de Massachusetts. Tienen casa aquí, en Nueva York, Washington y Aspen, y su residencia principal está en West Palm Beach —dice Lucy, y empiezo a preocuparme.

Mi colega forense Shina Kato es buena, pero tiene poca experiencia. Aún no está acreditada por el consejo de certificación, y le desmontarían sus argumentos con facilidad si declarara como perita ante un tribunal. Si yo hubiera estado aquí esta mañana, no le habrían asignado el caso de Gracie Smithers, o como mínimo me habrían pedido que la supervisara. Luke debería haber prestado más atención, pero seguramente estaba distraído y ocupado. Echo otro vistazo al registro. Veo las iniciales de Harold y Rusty, que transportaron el cuerpo hasta aquí, y también las de Jen. Tengo que estudiar las fotografías y ponerme al tanto de todo lo antes posible. Se va a armar una gorda.

—Los medios mencionan que la víctima se llamaba Gracie Smithers, pero al parecer ella no estaba con «varios amigos» cuando se ahogó. —Lucy busca más información en Internet, y Benton habla con su oficina para confirmar que no deben enviar agentes a la casa de Leo Gantz—. Solo hablan de un supuesto amigo, un adolescente varón no identificado.

—Debe de ser un delincuente juvenil.

—No lo aclaran, lo que me lleva a pensar que no es así. Me parece raro que la policía no haga público su nombre —añade Lucy mientras Benton explica que Marino se dirige hacia la casa de Gantz y que no debe haber interferencias de ningún tipo.

—Creo que el varón que estaba con Gracie Smithers no es un delincuente juvenil y que eligió esa casa en particular con un objetivo muy concreto en mente —concluye Lucy—. Me da la impresión de que alguien poderoso intenta correr un velo sobre el asunto, y no me sorprendería que descubriéramos que esa persona es Troy, el hijo de Bob Rosado. No es la primera vez que se mete en un lío; acosó a través de las redes sociales a una chica de trece años que acabó ahorcándose en su armario. Su familia demandó a los Rosado. Por lo visto llegaron a un acuerdo extrajudicial. Esto ocurrió en el condado de Palm Beach hace cinco años, cuando Troy tenía catorce. Dos años después, lo detuvieron por conducción temeraria. Llevaba en el asiento de atrás un rifle calibre .416 Rigby con mira telescópica Swarovski, un arma de treinta y cinco mil dólares para safaris que pertenecía a su padre. Cuando Troy se negó a bajar del coche, el policía le dio una descarga.

—Diría que son señales de un trastorno de personalidad grave —comento.

—Y la cosa se pone peor. —Lucy ha encontrado algo más.

25

—Una detención por conducir bajo los efectos del alcohol el pasado agosto, ni un día en la cárcel ni una multa, pero lo condenaron a seguir un programa de prevención del consumo de alcohol y drogas durante dieciséis semanas —me informa mi sobrina—. Al parecer, en vez de ello, acabó en un internado.

—¿Eso ocurrió en Florida? —inquiero.

—Lo de la detención por conducir borracho, sí. Pero ahora vive aquí.

—¿Está en un internado con diecinueve o veinte años?

—Al norte de aquí, no muy lejos, en la academia Needham, más que nada una residencia de lujo donde los ricos dejan aparcados a sus hijos revoltosos —dice Lucy—. Y por lo visto no se queda siempre en el campus. Un mes después de que lo pillaran colocado al volante, cuando llevaba solo una semana en Needham, lo detuvieron por provocar un incendio, pero al final retiraron todos los cargos.

Veo que Benton se aleja por el pasillo en dirección al ascensor. Me doy cuenta de que nos escucha.

—Un bloque de pisos se quemó porque alguien lanzó una bengala encendida por una ventana. Fue un acto aparentemente gratuito, sin un móvil conocido. —Los algoritmos de búsqueda y extracción de datos programados por Lucy encuentran información a toda velocidad—. Hubo una víctima mortal, un hombre en silla de ruedas que no pudo salir.

—Inhalación de humo. —Me acuerdo del caso.

—Y justo después de eso, los Rosado pusieron a la venta su casa de Marblehead. ¿Le retiraron el carné de conducir a Troy? Sí, claro. ¿Y cómo se desplaza de un lugar a otro?

—¿Y por qué no lo acusaron de homicidio?

—Al parecer no encontraron la pistola de bengalas ni ninguna prueba de que tuviera acceso a una. Por cierto, su padre es muy aficionado al aire libre, la pesca y la caza. No es raro que los cazadores tengan pistolas de bengalas, y seguramente guarda una en su yate.

—¿Yate?

—Tiene uno precioso.

—Estoy tratando de recordar de dónde sacó tanto dinero.

—Del negocio inmobiliario. Es lo que le permitió entrar en política y practicar muchos hobbies. Caza, pesca, todo cuanto puede desear, incluida una esposa atractiva.

—Es verdad que él ha salido mucho en las noticias, pero no recuerdo nada sobre el hijo —digo.

—Está claro que cuentan con un equipo de gestión de crisis que sabe cómo ocultar los trapos sucios. Para averiguar cosas como estas, hay que saber dónde buscar. —Lo que quiere decir es que hay que saber cómo acceder ilegalmente a la información. Benton pulsa el botón del ascensor, y las puertas de acero se abren sin hacer ruido. Está atento a nuestra conversación—. Vamos allá. —Lucy se apoya en el mostrador, concentrada en su iPad, y Georgia no le quita los ojos de encima—. Uber —dice Lucy—. Troy utiliza el servicio de transporte entre particulares y tiene la aplicación instalada en su móvil.

—¿Y cómo lo sabemos? —quiero saber.

—Aunque no se ha enfrentado a cargos penales, se ha visto implicado en varios pleitos. No han durado mucho, pero lo suficiente para dejar un rastro que hay que saber seguir. —Consulta las webs de información jurídica Bloomberg Law, Lexis-Nexis, quizá también PACER. Si además navega por sitios por donde no debería, prefiero no saberlo—. El dueño del edificio quemado y la familia del muerto interpusieron una querella, pero se llegó a un acuerdo de inmediato. En el texto original de la demanda, los demandantes afirman que la noche del incendio

Troy utilizó Uber para trasladarse a un campo de *paintball* en el sur de Boston. Varias horas después de que el conductor lo dejara allí, lo vieron contemplando el edificio en llamas.

—¿Quién lo vio? —inquiero. Benton mantiene abiertas las puertas del ascensor, con la vista fija en nosotras—. ¿Y tampoco han hablado de esto en las noticias? —Me cuesta entenderlo.

—Un bombero lo interrogó, le preguntó quién era y qué hacía allí. —Lucy lee por encima otro archivo que se ha agenciado—. En su declaración a la policía, el bombero aseguró que Troy estaba excitado por la catástrofe y no le preocupaba que pudiera haber muertos o heridos. Cuando se le hizo notar que algunos vecinos habían perdido su hogar y todas sus pertenencias, él comentó que tampoco tenían gran cosa.

—Menuda escoria —interviene Georgia con desprecio—. Deberían haberlo ahogado como a un cachorro.

—Puedes encontrar el texto de la querella en PACER si escarbas entre los suficientes subconjuntos de documentos —agrega Lucy.

El PACER, servicio de acceso público a los expedientes judiciales, es una web gubernamental restringida y difícil que a la mayoría de los legos en derecho les resulta demasiado complicada. Sin embargo, esto no disuadiría a un periodista motivado.

—Mi duda es por qué nadie más ha encontrado la querella —señalo—. ¿Un funcionario federal de alto rango consigue que los desmanes de su hijo no salgan a la luz? ¿Cómo es posible?

—Gestión de crisis. Debe de contar con los servicios de alguien muy bueno —dice, y percibo un nuevo destello de rabia en sus ojos—. Ellos prevén qué cosas pueden torcerse y ponen la venda antes de la herida. Llevan a cabo una monitorización en línea y un cálculo de riesgos constantes para proteger la marca por todos los medios. La persona a quien ha contratado Rosado, sea quien sea, tiene muchas tablas y muchos recursos. Sospecho que se pasa mucho tiempo explorando bases de datos de código cerrado y no escatima esfuerzos.

«Como tú», pienso.

—Actúa de forma sigilosa y manipuladora —digo en cambio—. Basta con poseer influencia y dinero suficientes.

—Tener un hijo así debe de ser una pesadilla para un político. —Lucy sujeta el iPad delante de mí para que vea un perfil de Facebook.

Troy Rosado tiene el típico aspecto de chico guapo, con el cabello negro rizado y una sonrisa radiante, aunque le falta luz en la mirada. «Un psicópata en ciernes», me digo, y bajo la vista hacia mi teléfono porque acabo de recibir un mensaje de Benton.

«Si el padre o algún otro intenta contactar contigo en su nombre, evítalo.»

El FBI debe de estar investigando al congresista Rosado. O tal vez van detrás del hijo.

—El caso de esa niña es muy triste y traerá cola. Una casa vacía, una piscina y un dueño podrido de dinero son una combinación explosiva —dice Georgia sin despegar los ojos de Lucy. Se pone derecha en su silla, orgullosa y seria con su uniforme azul marino del CFC. Mi sobrina le gusta mucho. Tal vez demasiado—. El chico es más malo que la quina, y los críos perversos son peores que los adultos —asegura, llena de indignación—. Menudo día llevamos, y solo hace un par de horas que estoy aquí. Las unidades móviles de la tele estaban enfocando la fachada del edificio, y ahora seguro que los medios empezarán a fisgonear y a hacer preguntas sobre Gracie Smithers. —Echa un vistazo a su panel de pantallas planas de videovigilancia, que muestran imágenes de todos los lugares clave, incluidos el almacén, la sala de pruebas y la zona de recepción en la que me encuentro ahora mismo—. Avísenme con tiempo antes de salir, para que me cerciore de que no haya equipos de televisión por los alrededores.

—¿Hay alguna cosa más que debería saber? —Coloco el voluminoso registro negro en su sitio sobre el mostrador.

—Seis casos, como puede ver, y dos recién llegados —me informa Georgia—. Víctimas del accidente de tráfico. El doctor Zenner dice que se les practicará la autopsia mañana por la mañana.

—Está bien.

—Los han traído justo antes de que llegara usted. Ingresaron cadáveres en Memorial. Eran recién casados. Qué triste. —Cede a la tentación y coloca un *cannolo* sobre una hoja de papel para fotocopias—. También está el operador de grúa de ayer. —Consulta su ordenador—. La causa de la muerte está por determinar, y Luke no quiere que entreguemos el cuerpo aún.

—¿Sabemos por qué? —pregunto—. ¿Hay dudas por una cuestión toxicológica?

—Creo que simplemente hay dudas. Estaba manejando la grúa torre gigantesca con la que están construyendo ese bloque de apartamentos tan alto de la avenida Somerville. No saben si resbaló al subir por la escalera hacia la cabina ayer a primera hora de la mañana o si sufrió un infarto y se cayó. —Mete el dedo en el cremoso relleno de *ricotta* y lo prueba—. Ya está. No hay vuelta atrás.

—Estaremos en la sala de autopsias —le comunico—. Además de los periodistas, quiero que estés atenta por si aparece un investigador de seguros llamado Rand Bloom. Lleva una camioneta Ford gris bastante grande, y le encanta tomar fotografías y cometer delitos contra la propiedad privada.

Georgia toma nota.

—Sé exactamente quién es. —Levanta hacia mí sus ojos severos y apagados—. He visto esa camioneta por aquí varias veces. Justo el otro día, a última hora de la tarde... Estoy tratando de hacer memoria. Creo que fue el lunes: estaba fotografiando los coches que entraban y salían. Cuando se abría la verja, tomaba fotos de lo que estuviera pasando en el aparcamiento. Así que me encaré con él. Le solté cuatro frescas. Un mala pieza con una cicatriz enorme y los ojos muy feos, como si le hubieran pegado en toda la cara.

—Otra cosa más que podrías averiguar por mí —le digo a Lucy mientras caminamos por el pasillo curvo, alejándonos de la zona de recepción y adentrándonos en mi penumbrosa Ciudad Esmeralda, donde desmontamos a los invitados y luego los volvemos a armar.

—¿Te interesa saber qué le pasó en la cara? —pregunta—. ¿Qué importancia tiene?

—Quiero saber quién es, de dónde ha salido y qué lo motiva aparte del dinero. Estoy segura de que no siempre ha sido investigador de seguros. Mucha gente que se dedica a eso procede de los cuerpos de seguridad, y el tipo es el denominador común de una serie de casos que tienen que ver conmigo. El de Johnny Angiers, por ejemplo, el médico que murió en el bosque de Estabrook. Y ya has oído lo que decíamos sobre Leo Gantz. Bloom ha estado acosando a Joanna Cather y espiando a Jamal Nari por una reclamación de indemnización. Luego está Patty Marsico, asesinada el Día de Acción de Gracias en Nantucket. Bloom también es el investigador de ese caso, porque el viudo demandó a la compañía inmobiliaria donde ella trabajaba.

En la sala de pruebas, las luces están atenuadas y la puerta cerrada con llave. No hay nadie. A través de las ventanas de observación vislumbro las mesas recubiertas de papel blanco, las encimeras y las cabinas de secado con puertas de vidrio. Veo unos vaqueros, una camiseta con un estampado en azul y verde, y una zapatilla deportiva, solo una. ¿Qué ha ocurrido con la otra zapatilla y con la ropa interior? ¿Por qué no hay una chaqueta ni calcetines? Si ella tenía teléfono móvil, ¿dónde está?

—Si resulta que el investigador de seguros está relacionado con Gracie Smithers —dice Lucy, como si me leyera el pensamiento—, entonces sabrás que se está cociendo algo muy grave.

—Ya sé que se cuece algo muy grave, pero lo dices como si tuvieras motivos para contar con ello. —La miro y no me gusta lo que percibo.

Una sombra oscura e impenetrable vela su mirada. Le pregunto si todo va bien y me responde que sí, que no es nada importante. Le replico que todo es importante.

—¿Qué es lo que según tú no es importante? —pregunto entonces.

—No me gusta desperdiciar energías en cosas como esta.

—¿Como cuáles?

—Vale —dice—. Están pasando muchas cosas raras, y la

gente empieza a mirarme de forma extraña. Es una situación a la que ya me he enfrentado otras veces, pero aquí no.

Me detengo en el pasillo desierto. Un poco más adelante está el laboratorio de histología, con sus micrótomos, centros de inclusión de tejidos y estufas para portaobjetos. Dentro no hay ni un alma a esta hora. Es poco habitual que los técnicos del laboratorio se queden después de las cinco. Lucy y yo estamos totalmente solas.

—¿Qué gente?

—Cuando Jen regresó de la escena del caso Nari, le hizo uno de sus típicos comentarios a Bryce, que, naturalmente, no pudo resistirse a contármelo de inmediato. Pero empieza a comportarse de un modo caprichoso, como si mi presencia lo incomodara.

—Bryce siempre se comporta de un modo caprichoso.

—Ella debería dejar de hablar de mí. Dejar de buscarme en Google.

Lucy nunca ha fingido apreciar a Jen Garate y se opuso a que la contratara. Y ahora me sale con esto.

—¿Con qué objetividad vas a juzgarla si ya te habías formado una opinión sobre ella desde el primer día, Lucy?

—Tengo muchas razones, tía Kay. Cosas que no puedo demostrar, y no hay nada peor.

—¿Peor que qué?

—Que cuando la gente se vuelve insegura. Paranoica. Cuando no dicen lo que piensan, pero se distancian de ti.

—¿Tú también? —me lamento—. Pero ¿qué le pasa a todo el mundo? Es como si en mi lugar de trabajo ya no rigiese la ley de la gravedad y el equilibrio químico del personal se hubiera alterado. —Las cosas marchaban mejor cuando Marino trabajaba aquí. De algún modo hacía las veces de contrapeso—. ¿De qué comentarios hablas? ¿Qué busca en Google? —pregunto mientras reflexiono sobre lo que ha dicho Jen antes.

Su alusión al hecho de que Lucy había volado por espacio aéreo restringido ha sido una provocación.

—Se preguntaba dónde estaba yo esta mañana cuando dispararon a Jamal Nari y dijo que no me echaría en cara que lo hubiera liquidado por faltarte al respeto de esa manera en la Casa Blanca. —Lucy aparenta indiferencia, y pienso en lo irracional que puede llegar a ser la gente.

Nadie con sentido común se enzarzaría en una batalla con ella, y cuanto más se empeña en fingir que no le importa, más me convence de lo contrario. A Lucy le sobra la paciencia. Es estoica. Sabe esperar el momento oportuno y, cuando este llegue, las Jen Garates del mundo no sabrán por dónde les vienen los palos.

—Ese tipo de conducta es inaceptable —replico—. Y no entiendo a qué venía hacer una broma sobre un homicidio, y mucho menos insinuar que tenías motivos para disparar a alguien. No le veo la gracia por ningún lado.

—Ya he disparado a personas. Por eso el FBI y la ATF me echaron a la calle alegremente. También corren rumores acerca de la época en que llevaba mi propia empresa de seguridad.

Es un eufemismo para referirse a la prestación de servicios paramilitares al gobierno, un tema sobre el que no hablamos.

—¿Conoce Jen tus antecedentes? —pregunto.

—Hay información en Internet. Más que antes. Especialmente sobre mi pasado.

—¿Por qué?

—Algunos blogs me pintan como a una loca peligrosa.

—Debes de tener alguna idea de quién lo hace y por qué —señalo, porque me parece muy extraño que no sea capaz de averiguar lo que le dé la gana.

Pero responde que no. En realidad, no. No del todo. Nada que pueda demostrar. Otra vez esa palabra. Hay algo que necesita demostrar. No estoy muy segura de que no tenga la menor idea. De hecho, me preocupa que la tenga.

—Seamos sinceras. Si repasaras las listas, verías que no quedo en muy buen lugar —dice Lucy. Noto que algo le ha tocado la fibra sensible. Percibo una mezcla extraña de vitalidad y temor. También detecto entusiasmo—. Si no trabajara por mi cuenta, nadie me contrataría, excepto tú —agrega—. Pero no deberías, y ambas lo sabemos.

—No hay justificación para poner a la gente en listas.

—Jen me llama Hack a mis espaldas. Dice que entro en las cuentas de correo electrónico de todo el mundo.

—Y seguramente es verdad. Creo que te trata así por competitividad y envidia —decido.

Echamos a andar de nuevo. Estamos a unos pasos del laboratorio de antropología.

26

Las luces están encendidas, y Alex Delgado, antropólogo forense, está inclinado sobre una mesa de reconocimiento cubierta con una tela azul. Está examinando un fémur bastante dañado, con manchas parduscas y sin cabeza, posiblemente roído por animales.

Alto, demacrado y calvo como una bombilla, Alex lleva la bata blanca abrochada hasta el largo y delgado cuello. Los gruesos cristales de las gafas sin montura le confieren aspecto de búho, y se le ve algo desastrado, casi polvoriento, como si apenas empezara a adaptarse al entorno, como una polilla. Con movimientos pausados, guarda el fémur y otros huesos en una caja de cartón color crema. Cuando llegamos a la siguiente ventana de observación, advierto que no está solo. Lo acompaña Ernie Koppel.

—Bien —le digo a Lucy mientras abro la puerta—. Ocupémonos de esto de una vez.

Cuando entramos, un cráneo sin dientes nos contempla desde su soporte con las cuencas vacías, y me llega un olor a muerte, a cera, vagamente rancio, como el del sebo. Es un hedor que lo impregna todo. Lo huelo en huesos que tienen siglos de antigüedad.

—Estaba a punto de llamarte —le digo a Ernie.

—Y yo estaba a punto de ir a buscarte antes de irme a casa. ¿Eso del almacén es tu nave espacial? —le pregunta a Lucy.

—¿Qué nave espacial?

—Apuesto a que no es tan rápido como mi Toyota de cuatro cilindros en V.

—Seguramente tienes razón —dice ella, y, casi sin pensarlo, busco algo fuera de lo normal en la expresión de Ernie.

Si Ernie desconfía de Lucy, no veo señales de ello. Alex parece el mismo de siempre, pero su semblante es impenetrable como una piedra. Encuentro un rotulador permanente en un carro con pinzas, cizallas, costótomos, calibradores y sierras, entre mesas sobre las que reposan, armados como rompecabezas, esqueletos de hombres, mujeres, ancianos y niños; unos con cráneos robustos y rugosos, otros gráciles y pequeños. Escribo mis iniciales en la bolsa con las monedas y apunto la hora: las seis y veinte. Entrego la prueba a Ernie, y la cadena permanece intacta.

Lleva vaqueros y una camisa de rayas azules; solo se pone corbata cuando comparece ante los tribunales. Ya ha empezado a broncearse; es un adorador del sol que se pasa todas las vacaciones y los fines de semana largos en la costa de Tejas. Nacido y criado en Galveston, no ha perdido el acento, y ni su elevada estatura ni su aspecto curtido parecen encajar con su profesión. En su opinión, más que como un vaquero, es como un astronauta que explora la galaxia de un mundo microscópico en el que una diatomea unicelular es un tesoro, y un ácaro del polvo una abominación.

—Benton me ha puesto al corriente de lo que has encontrado en tu jardín esta mañana, y de sus sospechas sobre un tambor de pulido —me dice, y le escudriño el rostro para ver si está dando de lado a Lucy.

—Es evidente que han bruñido las monedas —contesto—. Tienen más de treinta años.

Sujeta en alto la bolsa transparente con los centavos y la inclina de modo que les dé la luz.

—Del año 1981. ¿Significa algo para ti?

—Fue un mal año. —Lucy mira de nuevo su ordenador como si buscara algo—. John Hinckley Jr. disparó a Reagan en marzo, y seis semanas después le pegaron un tiro al papa en la plaza de San Pedro. En agosto, Mark David Chapman fue condenado a prisión por el asesinato de John Lennon, y dos meses más tarde mataron al presidente Anuar el Sadat durante un desfile en El Cairo. Cuatro tiroteos que el mundo no olvidará. —Lee en voz alta información que estoy segura de que ya conoce. Quizá solo esté tomándole el pelo a Ernie.

En ocasiones resulta imposible saber cuándo habla en broma, y ahora mismo nada de esto me parece divertido. Está comportándose de un modo inusual. Su sentido del humor está teñido de rabia, tal vez rencor, tal vez agresividad, y rebosa fanfarronería masculina.

—Lo que yo recuerdo es la boda del príncipe Carlos con Diana. Mi esposa estaba pegada al televisor, con los ojos empañados en lágrimas. —Alex abre la puerta de vidrio de un armario de acero que llega hasta el techo.

—Menudo cuento de hadas resultó ser —comenta Lucy.

—Tú ni siquiera habías nacido. —Levanta la caja color crema y oigo los huesos entrechocar en su interior. Ella no lo corrige, y yo tampoco—. Estábamos hablando de los restos que nos trajeron a principios de semana. —Alex deposita la caja en el interior del armario y cierra la puerta—. Los que encontraron en el pozo de esa vieja granja de North Andover, ¿te acuerdas?

—La víctima del apuñalamiento —rememoro.

—Hemos encontrado un fragmento del cuchillo —dice Ernie—. Un trocito diminuto de la punta, incrustado en el fémur izquierdo en la zona interior superior del muslo.

—La causa de la muerte, si le seccionó la arteria femoral —sugiero—. Sobrevivirá unos minutos a lo sumo después de eso.

—Tal vez podamos identificar el arma a partir del fragmento —dice Alex—. Seguramente no habrá nadie a quien procesar, considerando lo antiguos que son los restos. Tienen como mínimo cincuenta años, quizá más.

Continúan compartiendo detalles confidenciales del caso delante de Lucy, como han hecho siempre. No me parece mal que se ofenda por los blogs incendiarios y comentarios inapropiados, pero por lo general tiene la piel tan gruesa como una armadura.

Dejamos a Alex con sus huesos y cerramos la puerta. Lucy, Ernie y yo nos alejamos por el pasillo. Encontramos una zona de pared despejada entre un armario y la puerta de metal cerrada con llave que comunica con el cuarto de máquinas.

—Veo que has estado pilotando el helicóptero. —Ernie señala el mono de Lucy—. ¿Cuándo me llevarás a dar una vuelta?

—En cuanto termine de leerme el manual de instrucciones —responde ella.

Ernie me mira y sin más rodeos me dice lo que quiere que yo sepa.

—Una bala calibre .308, de 12,3 gramos, LRX, disparada con un .300 Winchester Magnum no es algo que se vea todos los días.

—¿LRX? —pregunto.

—Diseñada para armas de largo alcance. —Es Lucy quien responde.

—Cobre macizo pulido, y el material azul que Luke ha encontrado en el tejido cerebral es un polímero —dice—. Sé que esto no es precisamente mi terreno, pero lo he consultado con Liz.

—¿Cuántos pétalos? —pregunta Lucy.

—Cuatro.

—¿Estriado de 5R?

—Eso dice Liz.

—¿Estás familiarizado con los proyectiles Barnes Triple-Shock con punta expansiva?

—No soy un fanático de las armas.

—Munición de alta calidad, de precisión, con mucho cobre. El no va más —explica Lucy—. Y hace un par de años sacaron lo que algunos entusiastas consideran la versión con coeficiente balístico de largo alcance de su famoso Triple-Shock. Cobre macizo con una punta de polímero azul que con el impacto se expande en cuatro pétalos cortantes. Mata de forma limpia e instantánea, y está diseñado para la caza mayor a larga distancia.

—Es decir, para matar leones, tigres y osos. —Ernie la observa, no sé si con suspicacia o admiración—. No me digas que te va la caza.

—De animales, no. —Otra vez ese extraño humor cáustico y frío.

—Solo los de dos patas, y muchos se lo merecen.

—No es algo que yo busque, si te refieres a eso.

—Bromas aparte —dice él—, no tenía idea de que supieras tanto.

—Trabajé para la Oficina de Alcohol, Tabaco y Armas de Fuego.

—No tengo ningún problema con el alcohol y el tabaco, pero no me chiflan las armas de fuego. De todos modos, creía que eras investigadora de incendios.

—He sido muchas cosas. —Lucy está compartiendo datos sobre su pasado con una generosidad poco habitual en ella. Tal vez sea por los blogs, o por los comentarios maliciosos y los cotilleos. Está haciéndose valer, aunque no es su estilo—. Tengo una galería de tiro privada, cuido y arreglo mis armas por mí misma y, sí, sé mucho sobre el tema —prosigue—. Es una bala tan pesada que por lo general traspasa al animal de lado a lado, y hablo de piezas mucho más grandes que una persona. Me pregunto si el asesino ha creado una bala especial con una carga de pólvora más ligera para que se aloje en el cuerpo y sufra el mínimo de daños.

—¿Y eso por qué? —pregunto.

—Porque la persona no quería que la bala saliera. Quería que la encontráramos.

—Qué interesante que digas eso —señala Ernie—. No solo detectamos marcas de un tambor de pulido, sino también, gracias al espectrofotómetro de infrarrojo, restos de monohidrocloruro de urea, una sal de ácido orgánico típica de los limpiadores de metales, seguramente utilizados para pulir a mano.

—Es un componente del protector de metales Flitz —dice Lucy—. Muy popular entre los forofos de las armas.

—Está presente tanto en los fragmentos como en la bala intacta —asevera Ernie—. Pero hay algo más importante que no sabe nadie, ni siquiera Liz. No puede verse con un microscopio óptico normal porque no hay suficiente profundidad de campo. —Examinó los fragmentos y la bala con un microscopio electrónico de barrido. Eso es típico de Ernie. Compartimos la misma ética profesional. Encontramos respuestas cuando no sabemos qué buscamos, por lo que nos valemos de cualquier medio que parezca tener un mínimo sentido—. ¿Habéis oído hablar de las huellas balísticas? —Se saca un papel doblado del bolsillo de atrás.

—Sí, es una medida polémica que ha dado mucho que hablar a lo largo de los años —contesto—. Hasta la fecha, no estoy segura de que se aplique en ningún otro sitio aparte de en California. Se graba una microimpronta en una aguja percutora o alguna otra pieza del arma para que quede marcado en la vaina. La idea es contar con un código microscópico que relacione el casquillo con el número de serie del arma.

—¿Disponemos de casquillos? Es la primera noticia que tengo —dice Lucy—. He visto las pruebas que han registrado en la base de datos y las que están analizándose en los laboratorios.

—Por el momento no se han descubierto casquillos, ni aquí ni en Nueva Jersey. La microimpronta es de fabricación casera y está en la propia bala. —Ernie me tiende la hoja de papel—. Tecnología antigua, lo sé, pero no quiero que esto circule por el correo electrónico.

—¿Cómo puede acabar una microimpronta en una bala? —contemplo las fotografías de un proyectil intacto extraído del pecho de Jamal Nari.

De cobre brillante, con cuatro pétalos cortantes como navajas curvados hacia fuera. Luego, otra imagen, de la base de cobre de la bala aumentada ciento cincuenta veces, con una tridimensionalidad tan vívida que da la sensación de que podría cogerla con la mano. Entiendo por qué Ernie actúa con tanta discreción.

Un dígito solitario, un número tres microscópico, cincelado con herramientas en el metal.

—No está grabado con un sello, desde luego —observo—. Tampoco con láser ni estampado por un arma de fuego.

—Está tallado a mano, de eso no hay duda. Luego lo borraron y lo pulieron —dice Ernie—. Es invisible para el ojo humano y el microscopio óptico, pero no para el microscopio electrónico de barrido. El número tres grabado ya no está, pero la deformación bajo la superficie del metal sigue allí. Esa persona hizo presión con la herramienta de grabar, inscribió el número tres en la base del cartucho de cobre y luego lo limó, lo pulió en un tambor, lo bruñó y lo recargó a mano.

—Es más o menos lo mismo que cuando alguien cree que ha borrado el número de serie de un arma pero no lo ha hecho bien. —Lucy fija en la fotografía los ojos centelleantes, con la mente funcionando a toda velocidad. Algo en su actitud me produce una inquietud incomprensible, y no acierto a determinar qué es. Pero lo noto, como una sombra en movimiento. Como si algo maligno y poderoso me mirara desde las profundidades—. Es como las palabras que quedan marcadas en el papel que estaba debajo de otro en el que alguien las ha escrito.

—Pues yo opino que el asesino quería que lo encontráramos nosotros, no Liz —declara Ernie.

—¿En qué te basas? —Lucy parece aliviada, como si acabara de obtener información que necesitaba, y detecto de nuevo esa sombra que se mueve.

—La inscripción no es detectable por los microscopios de comparación que se utilizan en los laboratorios de balística, y por eso Liz no tenía idea de que estaba allí —responde Ernie—. Creo que cada vez está más claro que nos enfrentamos a alguien que entiende mucho de balística y de cómo se llevan a cabo los análisis.

—¿Y esa persona sabía que recurrirías al microscopio electrónico? —inquiere Lucy, y percibo su agresividad con más fuerza.

—Por las marcas del tambor —explica él—. Liz reparó en ellas y me consultó al respecto. Una cosa es usar un tambor para pulir vainas, pero ¿quién lo usa con las balas? Al examinarlas bajo el microscopio, vio el sinfín de hoyos diminutos y me telefoneó para pedirme que confirmara si alguien había pulido las balas de cobre.

—Pero no le has contado lo de la inscripción borrada. —Pliego la hoja de papel.

—La única persona a quien se lo he contado, aparte de vosotras, es a Benton.

—Será mejor que lo dejemos así por el momento —decido.

—¿Y Marino?

—Ya se lo comunicaré, pero hoy no.

—Por mí, bien. —Ernie no quiere que la información se filtre, por error o de forma deliberada—. Si no se te ofrece nada más...

—No, gracias —contesto—. Que pases una buena noche, Ernie.

Lo seguimos con la vista mientras se aleja por el pasillo vacío, que se curva hacia el ascensor en una nube de luz tenue.

—No sabe en quién confiar —murmura Lucy.

—Confía en nosotras.

—Esto es una cuestión personal —afirma Lucy con rotundidad—. Un francotirador experto está jugando contigo de forma muy sutil y, además, quiere que lo sepas. Los tuits, las monedas, la bala con la inscripción que de alguna manera se aseguró de que encontraras; todo está premeditado y orientado hacia un objetivo.

—Hablas de él como si supieras que es un hombre.

—Resulta más fácil. Y es lo que la gente da por sentado.

—¿Y tú?

—Intento no dar nada por sentado.

—¿Quién es y por qué lo hace? ¿Se te ocurre alguna posibilidad? —Le pregunto mientras reanudamos la marcha y pasamos junto a una hilera de taquillas. Más adelante, en la pared, hay un dispensador de desinfectante para las manos.

Me detengo un momento para echarme un poco en las palmas. El laboratorio de antropología siempre me hace sentir sucia. Tal vez haya otras cosas que me producen ese efecto, como esta conversación, por ejemplo.

—Intuyo que a lo mejor Benton tiene alguna idea —responde Lucy.

—Pero ¿tú no? —Un olor intenso a alcohol penetra en mis senos nasales mientras me froto la piel hasta que se seca.

—Lo digo por su forma de comportarse esta tarde en mi laboratorio, sus preguntas, sus evasivas —asevera, y es ella quien actúa de un modo evasivo—. Quería saber, por ejemplo, hasta qué punto es eficaz el *software* de reconocimiento facial en el caso de personas que han modificado sus rasgos quirúrgicamente.

«No mencionaría eso si no pensara que se trata de alguien a quien conocemos», pienso.

—Al parecer, el gobierno lleva años trabajando en ello a causa del terrorismo —digo en cambio—. Por no hablar de la patrulla fronteriza y el FBI. Sin duda, Benton lo sabe todo al respecto.

«Algún personaje nefasto de nuestro pasado», se me ocurre de pronto. Pero ¿por qué habría de creer Benton algo así?

—Los federales no han tenido mucha suerte con las identificaciones positivas de ADN —dice Lucy—. Si un perfil biométrico cambia, no puedes obtener un positivo automático a partir de una búsqueda en una base de datos de imágenes o un archivo de fotos policiales. Por lo que respecta al reconocimiento de retina y de iris, una cámara de videovigilancia común y corriente no captaría las características del iris de alguien que entrara en un hotel para usar un ordenador del centro de negocios. Además, necesitarías cotejarlas con las de otros iris escaneados.

«Alguien que creemos que ya no está.» Podría recordar varios nombres, pero me niego. Me concentro en la conversación porque es mi deber. Respiro hondo y con serenidad. Intento ahuyentar de mi mente la oscuridad y lo que envuelve. Hay algo allí, pero Lucy no quiere revelarme qué.

—¿Te ha parecido que Benton buscaba a alguien en concreto cuando visionabais esos vídeos? —pregunto.

—Siempre hay que prestar especial atención a personas a quienes nunca han podido pillar o que han salido de la cárcel —dice—. Algo así.

—¿Algo así?

No me responde.

—¿Lo has dicho para estudiar mi reacción? —inquiero.

—Intento hacerte entender que hay que abordar la cuestión de la familiaridad —declara—. Tenemos una bala marcada con un tres que estaba destinada a una tercera víctima, y el responsable quiere que sepamos que habrá más, o, en otras palabras, que se está vengando —asevera, y noto que se me eriza el vello.

—Siete monedas de un centavo —murmuro—. ¿Qué significa? ¿Que faltan cuatro asesinatos?

—Cuando Benton me pidió esta mañana que efectuara un vuelo de reconocimiento a baja altura sobre la Academia de Artes y Ciencias, me sugirió que me fijara en los árboles. Ni Janet ni yo vimos a nadie sospechoso, y menos aún a alguien que pudiera ir armado con un rifle. Basándote en tus observaciones cuando estabas con él en el jardín, ¿en qué dirías que pensaba?

—Vio un destello, tal vez un reflejo en el objetivo de una cámara. Seguramente era Rand Bloom, buscando algo morboso con lo que humillarme.

—No lo creo. La humillación no se produce si no haces públicas las fotos. En Internet no hay nada.

—Aún no.

—Un telescopio terrestre —dice—. Es probable que quien dejara allí las monedas quisiera observarte cuando las encontraras.

Nos detenemos fuera de la sala de radiología y busco a Anne con la mirada.

27

No está frente a su terminal. Cuando entramos, miro a través de la gruesa pared de vidrio plomado que separa su despacho de la sala de escáneres, pero Anne tampoco se encuentra allí.

Las luces están apagadas, y el tomógrafo blanco Somatom vagamente iluminado, con su tubo grande y la mesa inclinada hacia abajo; un aparato desarrollado para el ejército cuando Estados Unidos entró en guerra con Iraq. Su sistema de formación de imágenes tridimensionales permite examinar el interior de un cuerpo antes de practicarle la autopsia. Me fijo en lo que muestra una de las pantallas que hay sobre el escritorio. El expediente del caso CFC979. Gracie Smithers.

—Si esa persona quería una vista despejada de tu jardín trasero, el mejor lugar habría sido el tejado. —Lucy continúa hablando de lo que divisó al sobrevolar la Academia de Artes y Ciencias—. La cámara estaba grabando. —Se refiere a la cámara estabilizada que instaló en su helicóptero—. No había nadie, pero vimos indicios de que alguien había estado allí arriba.

—Janet iba contigo esta mañana. —Estudio las secciones oblicuas y axiales de las vías respiratorias, los senos paranasales y el árbol traqueobronquial, y reparo en las zonas oscuras que indican la presencia de gas y espuma, habitual en los ahogamientos—. ¿Va todo bien entre vosotras?

—En un tramo del tejado de la primera planta se alcanzan a ver una gorra de béisbol y una chaqueta cuando amplías la imagen —prosigue Lucy—. Es evidente que alguien subió allí. Nos va bien.

—Tienes un Ferrari nuevo y no llevas el anillo. —Secciones coronales de los pulmones revelan que los bronquios distales están encharcados. Hago clic en otras imágenes—. Me da la impresión de que has bajado de peso, y necesitas un corte de pelo.

Los senos maxilares también están llenos de líquido, y en los senos esfenoidales se aprecia un material particulado de densidad alta. También está presente alrededor de las cuerdas vocales, dentro de la tráquea y los pulmones.

Arena.

—Es posible que un empleado de mantenimiento dejara las prendas allí arriba, claro —añade Lucy—, pero lo dudo mucho.

—Hacía un mes que no te veía.

—He estado ocupada.

—¿Me estás evitando?

—¿Por qué habría de evitarte?

—Porque cuando lo haces —abro imágenes de la cabeza—, nunca es señal de nada bueno.

—Un gorro y una bata quirúrgicos —dice Lucy.

—¿Cómo que quirúrgicos?

—El tejado está cubierto por una pátina verde azulada como la típica ropa de quirófano. La gorra de béisbol y la chaqueta son del mismo color y llevan un caduceo bordado.

—En otras palabras, la persona que las llevaba puestas habría quedado camuflada en el tejado.

—Sobre todo si llevaba también pantalón y camisa a juego.

—Eso sería bastante raro.

—No tanto —replica Lucy—. Se confundiría con el entorno y, aunque alguien lo viera, pasaría desapercibido, porque muchos estudiantes y técnicos de medicina van por ahí con ropa quirúrgica. Solo se puede acceder a ese tramo concreto del tejado voladizo por medio de una escala exterior que en teoría es de uso reservado para el personal de mantenimiento.

—¿En teoría? —Hago clic en más tacs, y lo que veo me parece deprimente y cruel—. Pero ¿podría subir por ahí quien quisiera?

—Sí, pero no todo el mundo querría.

Las secciones sagitales revelan una fractura lineal en las fosas craneales anteriores con contusiones subyacentes. El problema está en las imágenes axiales. No muestran lo que cabría esperar si la herida en la cabeza se hubiera producido tal como se ha descrito. No se aprecia una lesión frontobasal con hemorragia subaracnoidea difusa.

Violencia.

—Hemos comprado el coche porque necesitábamos uno con asiento trasero y que pueda circular sobre la nieve —afirma Lucy.

—¿Lo necesitabais? ¿Como quien necesita un Volvo o un Toyota?

—Vale, no era la palabra más apropiada.

—¿Qué más?

—No llevo el anillo porque el padre de Janet le pidió que se lo devolviera.

—Eso está un poco feo.

Desvía su atención hacia las imágenes que aparecen una detrás de otra en la pantalla.

—¿Qué ves allí?

—Lo significativo es más bien lo que no veo —contesto.

Le explico que Gracie Smithers no presenta una lesión por contragolpe, que sería lo normal si se cayó cuando estaba saltando sobre la lona de la piscina y se desnucó contra el borde de cemento. Debería haber una contusión no solo en la zona del traumatismo, sino también en el lado opuesto.

—¿No se había ahogado?

—Sí, pero no en una piscina, y no fue un accidente.

Salimos del despacho de Anne al pasillo y le pregunto a Lucy si la doctora Shina Kato ha solicitado que se realice de inmediato un análisis de alcoholemia a Gracie Smithers. De ser así, debería haber un informe al respecto. Lucy consulta la base de datos. Los resultados del análisis son negativos.

—La chica no había bebido —concluyo.

Pasamos por delante de la sala de recuperación de tejidos, que semeja un quirófano pequeño. Está a oscuras; en estos momentos no ocurre nada en el interior; no hay órganos de donantes que extraer, ni ojos, ni piel ni huesos. Pulso el gran botón de acero que abre la puerta de la antesala, y me encuentro frente a una pared de taquillas azules para los médicos, y estantes con trajes de protección personales y otros materiales.

—La doctora Kato no debería haberse encargado de su autopsia —comenta Lucy—. Supongo que Luke y los otros médicos iban de cabeza con casos que parecían más importantes y difíciles: Jamal Nari, el suicida en descomposición de Brookline. Le asignaron a Kato la autopsia de Gracie Smithers porque, a primera vista, parecía un ahogamiento sin mayores complicaciones.

—Pues no lo es. —Esto acarreará problemas—. ¿Ves lo que pasa cuando no estoy?

—No deberías irte nunca de vacaciones ni tener vida propia.

—Háblame más sobre el tejado de la Academia de Artes y Ciencias.

—Es una compleja estructura en voladizo con una serie de pasarelas y rampas que permiten al personal de mantenimiento alcanzar los diferentes niveles de tuberías, conductos, tapajuntas o máquinas sin tener que pisar el metal ni causar daños.

—¿Y solo es posible acceder a esas zonas desde el exterior? —Quiero estar segura.

—Correcto.

—Has estado allí arriba. —Agarro unos cubrezapatos y unas batas de quirófano del mismo color verde azulado que ella ha descrito.

—Cuando Benton vio el destello por primera vez esta mañana era temprano, cerca de las ocho. —Se sienta en un banco para ponerse los cubrezapatos encima de las botas. Es evidente que él le ha contado detalles de lo sucedido.

—Y por segunda vez hacia las once —respondo.

—Si alguien había subido al tejado con la intención de espiarte en tu jardín, seguramente se encontraba en su puesto desde temprano, cuando aún hacía algo de frío.

—Tal vez llevaba gorra y chaqueta —aventuro—. También es posible que se marchara y luego volviera.

Jamal Nari fue asesinado hacia las diez menos cuarto. Su apartamento en la calle Farrar está a menos de un kilómetro de nuestra casa y de la Academia de Artes y Ciencias.

—¿Estás pensando que quizás el tipo del tejado era el asesino? —pregunto.

Lucy se levanta del banco, se pasa el delantal por encima de la cabeza y se lo ata por detrás de la espalda.

—Cuando me aproximaba para realizar un vuelo rasante sobre tu casa, me habrá oído y habrá bajado por la escala. Da a la parte de atrás del complejo, bosquecillos y una calle transitada.

—Y el tipo se olvidó las prendas allí.

—O eso o las dejó a propósito.

—Tú recogiste la gorra y la chaqueta del tejado y las entregaste al laboratorio de ADN. —Embuto las manos en un par de guantes.

—Sí.

—Porque te preocupaba que el que se había encaramado allí fuera el tirador. —Insisto en el tema.

—Pero no porque tuviera la intención de haceros daño a Benton o a ti. Al menos en ese momento.

—¿En qué basas esa afirmación? —Pulso otro botón, y la puerta de acero inoxidable se abre con suavidad.

—¿De verdad crees que esa persona podía ir cargada con un pesado rifle de francotirador, un bípode y unos sacos de apoyo? —Entra detrás de mí en la sala de autopsias—. No habría podido desmontar todo eso con rapidez, ni subirlo y bajarlo por una estrecha escala de metal sin llamar la atención. Tienes que enfocar esto desde un punto de vista lógico.

—Échame una mano.

—El francotirador debe elegir una posición, un escondite. Es su máxima prioridad —dice Lucy—. Una vez cumplida la misión, tiene que desmontar y guardar su equipo, posiblemente en un vehículo o en un lugar seguro al que pueda regresar más tarde para recogerlo. Es más probable que os apuntara con un telescopio terrestre y no con un arma a primera hora de la mañana y tal vez también más tarde. Como te he dicho, quería presenciar tu reacción cuando descubrieras las monedas. Tal vez quería observarte cuando recibieras la llamada en que te pedían que acudieras a la escena del asesinato de Nari.

—Sigues refiriéndote a él en masculino.

—Por una mera cuestión de simplicidad. No tengo la menor idea de quién es.

Sin embargo, el tono en que lo dice me provoca una profunda intranquilidad.

—¿Podría tratarse de una mujer?

—Por supuesto —responde Lucy con una ligereza excesiva.

La puerta de la cámara frigorífica se abre. Entre vaharadas de niebla que traen consigo el hedor de la muerte, Anne sale empujando un carro en el que transporta una bolsa negra de forma humana.

Deja el carro junto a mi mesa en una sala espaciosa con diversos fregaderos y superficies de acero.

Aunque la luz natural inunda las ventanas de vidrio unidireccional, enciendo varios interruptores, y las lámparas de alta intensidad resplandecen en el techo de diez metros de altura. Me ato la bata por detrás, con las manos enfundadas en guantes de nitrilo morados, y mis cubrezapatos apenas hacen ruido cuando camino sobre el suelo recién fregado.

—¿Puedes cargar los informes y las fotos de la autopsia de Gracie Smithers? —le pregunto a Lucy.

Mi mesa es la más cercana a la cámara frigorífica, y sobre una encimera junto al fregadero hay un monitor de ordenador, un teclado y un ratón cubiertos con una membrana impermeable. Lucy accede a la base de datos del CFC. La pantalla se divide en cuatro, y las imágenes de Gracie Smithers aparecen ante mis ojos.

—No quería entrar en materia hasta que pudiera hablar contigo en persona —me asegura Anne—. En primer lugar, ella llevaba la camiseta del revés. Se lo mencioné a Shina mientras realizaba el escáner.

—Has dejado las imágenes abiertas en tu terminal para que yo pudiera verlas.

—Para poder mostrártelas, sí. No quería poner nada por escrito sobre ello, por eso no te he enviado un correo electrónico ni nada. Los profanos en la materia podrían no captar las sutilezas. No convendría que esa información cayera en manos de los abogados equivocados.

—No estoy muy segura de que esto entrañe muchas sutilezas —replico.

—Para ti no.

—Presenta abrasiones de consideración en la nariz y bilaterales en las mejillas. —Hago clic con el ratón recubierto de plástico, y surgen más fotografías de la autopsia—. Laceraciones significativas, roturas en el cuero cabelludo hacia la parte posterior de la cabeza, en una zona de unos diez centímetros de diámetro. Esto no concuerda con un golpe contra el borde redondeado de una piscina.

—Es más bien como si su cabeza hubiera impactado contra una superficie plana.

—Eso es exactamente lo que parece —contesto—. Y más de una vez —añado—. Una fina abrasión lineal en el lado derecho del cuello. ¿Llevaba joyas cuando la trajeron?

—Nada. Ni siquiera pendientes.

Gracie Smithers era una chica bonita, pero cuesta imaginarlo. Hay que abstraerse del aspecto que ofrecía su cadáver, del rojo vivo de la piel escoriada, de los labios destrozados por la parte interior. Cabellera rubia larga, ojos azules y esmalte de uñas negro, agrietado y rayado. No sé en qué demonios pensaba la doctora Kato. Metro y medio de estatura, cuarenta kilos de peso, pálida y exangüe después de la autopsia, con manchas amoratadas en forma de dedos bien visibles en los hombros. Veo las marcas que le dejó alguien al apretar los pulgares contra la parte superior de su espalda, a los lados de la columna. Hay más abrasiones y cardenales en las rodillas y las nalgas.

—¿Quieres que llame a Shina? —pregunta Lucy.

—Dejaré que Gracie Smithers hable por sí misma —contesto, y noto que me pongo rígida. No tolero la incompetencia ni los descuidos en el trabajo—. ¿Y qué explicaciones ha dado la doctora Kato para lo de la camiseta, las lesiones y la arena? —le pregunto a Anne.

—Muchos chavales se ponen la camiseta del revés porque creen que mola más así.

—¿Y no se ponen ropa interior?

—Algunos, no.

—¿Esa es tu teoría?

—Es la de la doctora Kato.

—Lo primero que les enseño a los becarios es a no hacer suposiciones —replico con impaciencia.

—Según ella, se hizo las abrasiones al chocar contra el fondo de la piscina.

—Chorradas. —Empiezo a estar muy cabreada.

—Y la piscina estaba sucia, pues el filtro, los colectores y todo lo demás estaba apagado o guardado desde el principio del invierno, y la lluvia arrastraba barro del jardín hasta la terraza. Por eso había tierra dentro de la piscina. —Anne resume las precipitadas conclusiones de la doctora Kato—. Además, hay que tener en cuenta lo que dijo Jen. Había sedimentos en el fondo de la piscina, lo que explicaría las partículas que se aprecian en las tomografías. Se han extraído algunas de los pulmones. Parece polvo, algún tipo de arena parduzca. También tenía un poco en el pelo.

—¿Disponemos de una muestra del supuesto sedimento?

—Por lo visto, no. —Es Lucy quien responde—. Al menos no consta en el registro de las pruebas entregadas a los laboratorios. Solo la ropa, una zapatilla y las muestras para toxicología.

—De modo que no podemos saber si las partículas que ella aspiró corresponden al sedimento.

—No, a menos que regresemos para recoger una muestra.

—Esto no pinta bien. —Reviso el informe de la autopsia en mi pantalla.

No hay lesiones evidentes en los genitales, pero no siempre se observan en mujeres jóvenes que han sufrido una agresión sexual.

—¿Quién es el investigador? —inquiero—. ¿Un detective de Marblehead, quizá?

—Dudo que le hayan asignado el caso a nadie —repone Anne—, ya que nadie pone en duda que la causa de la muerte fuera un ahogamiento accidental. Por más que haya un personaje importante implicado.

—El congresista Rosado —dice Lucy—. No hay indicios de delito, y se trata de un caso civil. A un investigador le dará igual saber quién es el dueño de la casa o a quién van a demandar.

—A ver con quién consigues contactar. —A continuación, accedo a los informes de la autopsia de Jamal Nari—. Tal vez Bryce pueda localizar a alguien antes de que perdamos más tiempo o se manipulen más pruebas. Voy a modificar la calificación de la muerte a homicidio.

Veo de inmediato por qué a Luke Zenner le pareció interesante el contenido gástrico de Nari. Docenas de formas vagamente redondas arracimadas en el tracto gastrointestinal, del tamaño de uvas. Solo puede tratarse de una cosa.

—Condones utilizados como cápsulas. Según Luke, contó ochenta, y cada uno pesaba poco más de dos kilos —explica Anne, y me viene a la memoria el vientre dilatado de Nari—. Dice que gran parte de lo que contenían era líquido. El análisis toxicológico lo confirmará, pero todo apunta a que Jamal Nari traficaba con drogas.

—¿Iba por ahí conduciendo con todo eso dentro? —pregunta Lucy—. ¿Por qué narices corría ese riesgo? Habría bastado con que uno de ellos se agujereara.

Repasamos la cronología. Nari salió de su domicilio a primera hora de esta mañana para ir de compras. Estuvo en Whole Foods, en una licorería y en una farmacia, como atestiguan las horas que constan en los tiques de compra. Poco después de llegar a casa, mientras trasladaba las bolsas del coche a su apartamento, lo asesinaron.

—Para empezar, ¿por qué trasladaba las bolsas al apartamento si iba a llevárselas esta tarde al piso nuevo en Dorchester? —señala Lucy.

—Supongo que su esposa le habrá avisado que habían anulado el contrato de alquiler —respondo—. Al parecer, cuando Joanna Cather se presentó en el piso con más cajas, la agente inmobiliaria le pidió que se olvidara del asunto y que se lo llevara todo de nuevo. Luego, Joanna telefoneó a alguien, posiblemente a su esposo. Espero que los registros de llamadas nos lo aclaren, pero tendría sentido que se lo hubiera comunicado de inmediato.

—¿Y luego él regresó en coche al apartamento de Cambridge? —dice Lucy—. Eso significa que quizás el asesino habría perdido su oportunidad si Nari se hubiera dirigido a la casa de Dorchester.

—Exacto —contesto—. Lo que parece indicar que el asesino tenía conocimiento de que el contrato iba a anularse. Está claro que Rand Bloom sabía que era inevitable, pues fue él quien le facilitó a Mary Sapp la información que justificaría su decisión de considerar a Nari y a su esposa personas poco fiables. ¿Has empezado a inspeccionar sus ordenadores portátiles?

—Apenas.

—Te sugiero que compruebes si él había reservado un billete de avión —digo—. Eso explicaría lo de los condones en el tracto digestivo, pero no el hecho de que fuera conduciendo de Cambridge a Boston.

—¿En qué fase de la digestión se encontraba? —pregunta Lucy.

—Las cápsulas continúan en el estómago. Ninguna ha pasado a los intestinos delgado y grueso. —Se lo enseño en la pantalla plana.

—¿Cuánto rato hacía que se las había tragado?

—Depende. El aparato digestivo se ralentiza en momentos de estrés, sobre todo si uno no come o bebe y toma ciertos medicamentos, como los antidiarreicos. El estreñimiento puede ser un efecto secundario.

Me vienen a la mente la loperamida en el armario del baño, los paquetes de condones sin lubricante que emitían un brillo azul blanquecino al rociarlos con un reactivo. Tal vez Nari los había metido en una caja para mudanzas y luego los habían guardado de nuevo en el armario del baño, ordenados de forma perfecta, obsesiva, con la etiqueta hacia fuera. ¿Por qué? Quizá conozca la respuesta, y algo oscuro vuelve a rebullir en mi interior. Pienso en las guitarras colocadas de nuevo en sus soportes, en las provocaciones a las que Benton no deja de aludir.

Nari estaba muy ocupado a primera hora de la mañana diluyendo la droga que, como demuestran las fotos, había ido a recoger a Jumpin' Joe's. La cocaína es altamente soluble. La heroína también, pero nunca he oído que una mula se la haya tragado en forma líquida. Nari rellenó los condones y luego limpió el apartamento de arriba abajo y restregó el interior de los cajones con papel de cocina. Seguramente lo último que hizo antes de subir a su coche fue tragarse las cápsulas del tamaño de uvas. Tenía recados que hacer y un plan más ambicioso.

Me acerco al carro de acero sobre el que yace su cuerpo. Pienso con desprecio en la vigilancia y el acoso al que algunas personas someten a otras para escamotearles lo que les deben. Él tuvo durante meses la sensación de que lo espiaban y lo seguían. Lo aterraba que la policía pudiera presentarse en cualquier momento para detener a su esposa. Lo peor de todo son las fotografías que quizá lo convencieron de que su arresto por posesión de drogas era inminente.

—Es poco probable que estuviera drogándose de nuevo —explico—. Los traficantes rara vez son también consumidores. Me huelo que esto era un asunto de dinero.

Bajo la cremallera de la bolsa negra, que susurra cuando la abro.

28

La bala, una mortífera flor de cobre que reluce como oro rosa, presenta muy pocos daños. Penetró en el cuerpo, se abrió paso a través del hueso vertebral y el tejido blando antes de que su energía cinética se agotara del todo. Medito sobre las palabras de Lucy.

«Una carga de pólvora más ligera.»

Después de extraer el proyectil durante la autopsia, Luke le tomó una fotografía de tamaño natural sobre una toalla azul. Advierto el aspecto sólido que ofrece en la pantalla de mi terminal y pienso en la bala de largo alcance para caza mayor que Lucy ha denominado LRX.

—La inscripción no se aprecia con el ojo desnudo ni a través del microscopio óptico —informo a Benton, que se ha reunido con Anne y conmigo hace un momento.

Lucy ha regresado al laboratorio de delitos informáticos, en la planta de arriba, y noto que Benton está inquieto. Está ansioso por que nos pongamos en marcha hacia el Departamento de Policía de Cambridge, pero aún me quedan cosas que hacer aquí. No está al corriente del trapicheo de drogas ni de la bala que debería haber atravesado el cuerpo de Jamal Nari antes de fragmentarse, aunque, por alguna extraña razón, no sucedió una cosa ni la otra. Tal vez llevaba una carga de pólvora más liviana de lo habitual. Tal vez había perdido velocidad porque la habían disparado desde una distancia enorme. Tal vez se habían dado ambas circunstancias.

—No se alcanza a ver ni una sombra del número tres salvo con la profundidad de campo que proporciona el microscopio electrónico de barrido —añado—. No sabemos si había inscripciones en otras balas. Si estas no se hubieran desintegrado, tal vez se habría descubierto que también las tenían.

—No tenían inscripciones —asevera Benton.

—¿Cómo puedes estar tan seguro, si no quedaban más que fragmentos diminutos, algunos como motas de polvo? —pregunta Anne.

—Porque no sería lógico. Primero 1981, ahora el número tres grabado en una bala —murmura Benton, más para sí que para nosotros.

—Empiezo a pensar que esa persona se está desquiciando —comenta Anne.

—O es lo que quiere que creamos. —Benton contempla el cadáver de Nari envuelto en vinilo negro sobre el carro de acero inoxidable—. Las ideas de referencia son la atribución de motivos personales a los sucesos cuando, en realidad, no los tienen.

Una fecha, un número en una bala, una cantidad determinada de monedas colocadas sobre un muro, y llega un momento en que no sabes si alguien lo ha hecho todo contigo en mente o si se trata de hechos fortuitos. Empiezas a temer que has perdido la razón.

—¿Crees que nos encontramos ante una serie de casualidades? —inquiero.

—No son casualidades. La trayectoria atípica tampoco.

—Una trayectoria casi imposible —convengo—. La bala entró por aquí. —Toco la parte posterior del cuello de Benton en el punto en que la columna cervical se une a la base del cráneo, y siento su calor—. Y se alojó aquí. —Apoyo el dedo contra la parte inferior izquierda de su pecho, a la altura de la sexta costilla.

Al aspirar el terroso aroma de su colonia, me vienen a la mente imágenes de nuestro soleado jardín trasero esta mañana. De pronto, percibo el olor de la muerte. Cobro conciencia de mis manos envainadas en nitrilo, de su elegante atuendo y su apariencia impecable, pues las únicas prendas de protección que lleva son los botines de papel que se ha calzado antes de entrar en la sala de autopsias. Benton se siente cómodo en lugares donde parece estar fuera de su elemento. Es como si la fealdad que lo rodea nunca lo afectara.

—La bala se desplazó con un pronunciado ángulo descendente, atravesó el pulmón izquierdo y la pared torácica antes de quedar alojada bajo la piel —describo—. Fracturas bilaterales del istmo vertebral y rotura de la articulación entre C2 y C3 con transección de la médula espinal, sin inflamación del tejido circundante, lo que no es de extrañar. No sobrevivió durante el tiempo suficiente para que se produjera una reacción vital. La causa de la muerte fue una espondilolistesis traumática, también llamada fractura del ahorcado.

—¿Es posible que la bala se desviara y que por eso acabara donde acabó? —Benton intenta visualizarlo y topa con el mismo problema que yo.

Me he imaginado la posición del tirador respecto a Nari de muchas maneras, pero no consigo explicarme que una bala entrara por la base del cráneo y desde allí descendiera directa hasta detenerse bajo la piel del pecho.

—Si nos basamos en este tac —abro una imagen en la pantalla—, vemos que la cavidad permanente no presenta ningún tipo de desvío. La bala siguió una trayectoria claramente descendente con una ligera inclinación hacia la izquierda de la línea media, donde se detuvo.

—Es evidente que el tirador se hallaba en un lugar elevado. Lo más típico sería una azotea. —Benton estudia la sección de la cavidad permanente, que muestra la presencia de hemorragia desde el cuello hasta el vértice del pulmón izquierdo—. Sin embargo, en este caso eso parece poco probable, dadas las características de la zona.

Abro un cajón y encuentro una sonda negra y alargada, de setenta y seis centímetros, hecha de fibra de vidrio flexible, para extraer balas. Le indico a Anne que necesitaremos un traje de protección de Tyvek. Lo que planeo hacer a continuación lo dejará todo perdido.

—Sospecho que, en el momento en que la bala lo alcanzó, él tenía la cabeza agachada mientras levantaba las bolsas de la compra del compartimento trasero del coche —le digo a Benton—. De lo contrario, seguramente habría salido por la parte frontal del cuello y no la habríamos encontrado, pues habría quedado destruida al impactar contra el asfalto, un árbol o un edificio, tanto si llevaba una carga de pólvora más liviana como si no. ¿Sabes algo de Marino?

—Está con Leo Gantz en la comisaría y pronto podrá recibirnos. Tenemos que determinar dónde se encontraba exactamente el tirador cuando mató a Nari. No hay muchos edificios altos en Cambridge, y menos aún cerca de la calle Farrar. El bloque de pisos más elevado de la zona tiene tres plantas. Dudo que eso constituya una altura suficiente.

—Todavía no lo sé.

—Es importante que lo averigüemos, porque creo que la trayectoria de la bala no fue fruto del azar —señala.

—Lucy tiene la teoría de que el asesino cargó esa bala en particular a mano con el fin de que quedara casi intacta y no saliera del cuerpo —dejo caer, y él no reacciona de forma ostensible.

Anne me pasa un mono blanco y yo me lo pongo, apoyándome contra el borde del carro.

—El tiroteo en Miami en 1986. Había cuatro veces más agentes del FBI que sospechosos. Los dos atracadores de bancos realizaron múltiples disparos con balas de 7,1 gramos y punta hueca con un bajo poder de detención. Dos de los nuestros resultaron muertos y cinco heridos por no tener suficiente potencia de fuego, lo que dio pie a la polémica sobre si era mejor la munición ligera y rápida o la pesada y penetrante. El asesino de Nari tiene claros los dos conceptos y ha conseguido combinar lo mejor de ambos en este cartucho en particular. Esa es mi teoría.

—La bala que hemos extraído es de 12,3 gramos —le digo—. No cabe duda de que es pesada.

—Pero si se utilizó una carga de pólvora más ligera, el proyectil carecía del poder de penetración necesario para salir del cuerpo —asegura—. Difiere de la munición empleada en Nueva Jersey en la inscripción y la carga liviana.

—Entonces ¿no crees que se usó el mismo rifle en los tres casos?

—No creo que el móvil sea el mismo —asevera.

—El móvil en este caso es que quería que encontráramos la bala —supongo—. Porque está enviándonos un mensaje.

—Más bien diría que te lo está enviando a ti.

—Pues a menos que Leo Gantz esté enviando mensajes, tenga acceso a un rifle de alta potencia y balas subsónicas de cobre macizo, su confesión no se sostendrá. —Recalco lo absurdo de la situación—. Sobre todo si afirma que se le acercó a Nari por detrás y le disparó a bocajarro. Apuesto a que ha declarado que el arma era una pistola y que después de usarla la tiró cómodamente por una boca de alcantarilla.

—Por desgracia, he oído hablar de confesiones mucho más ridículas que han acabado en condenas —dice Benton—. Es el camino más fácil. A los polis les encantan las confesiones, y a algunos les da igual si son falsas.

—A Marino no le da igual. —Despliego la bolsa aún más.

Los pies descalzos y las piernas están pálidos, y noto la frialdad de la carne muerta refrigerada a través de la fina capa de nitrilo de mis guantes mientras examino el cuerpo en busca de huesos rotos y algún atisbo de contusiones que indiquen que Nari llegó a las manos con Leo Gantz o cualquier otra persona. El *rigor mortis* ha alcanzado su grado máximo, los músculos están rígidos, y palpo los tatuajes que cubren viejas marcas de pinchazos, subo por las rodillas y los muslos, y cuando llego a los genitales, me llevo una sorpresa.

El aro abierto con bolas en los extremos entra por la uretra y sale por la parte superior del glande. Me pregunto si el *piercing* le proporcionaba placer o dolor a su esposa, y cuánto tiempo tardó en cicatrizar la herida desde que Jamal Nari se lo puso.

Reviso el informe de Luke y, en efecto, ahí aparece, en el apartado de anatomía macroscópica de los genitales.

—Menos mal que no se lo ha quitado —digo.

—¿Por qué? —Benton lee por encima el documento con su actitud habitual, sin mostrar una extrañeza ni una curiosidad especiales.

—Resulta un poco violento devolver esta clase de artículos junto con los demás efectos personales. Yo los dejo donde están, salvo cuando son de un metal precioso o alguien solicita lo contrario de forma específica.

—Sin embargo, es otro ejemplo de que las apariencias engañan —observa Anne—. Tráfico de drogas y *piercings* en sus partes íntimas. Uno nunca sabe cómo son de verdad las personas hasta que acaban aquí.

Le enderezo el torso. Echo un vistazo a los brazos y las manos, y cuando llego al cuello, toco con el dedo índice la herida en la parte posterior por la que entró la bala que separó el cerebro del resto de su cuerpo. Ese agujero de entrada, tan pequeño como un ojal, produjo un efecto equivalente al de un transformador cuando se quema: las luces se apagaron de inmediato. Nari no llegó a enterarse de lo que sucedía. No recibió aviso alguno, no experimentó un solo momento de miedo o dolor.

—Al menos este asesino es compasivo —le digo a Benton.

—Esa no es la razón —replica—. No actúa así por compasión. Sus motivaciones son de orden práctico. Este método es limpio, eficaz y le permite lucir su extraordinaria destreza. Esa persona quiere despertar en nosotros tanto admiración como miedo.

—Pues conmigo no está consiguiendo ni una cosa ni otra. —Aprieto con los dedos la zona del pecho de la que han extraído la bala intacta.

No aprecio inflamación, contusiones ni reacción tisular. En el momento en que la bala penetró en el pulmón y la pared torácica, Nari ya estaba muerto. Agarro un escalpelo de un carro de instrumental y corto el hilo con que está suturada la incisión en Y para abrirlo de nuevo. Percibo el olor intenso y nauseabundo mientras introduzco las manos y levanto la pesada bolsa de plástico. Es transparente, está llena de órganos seccionados y un líquido sanguinolento, y la dejo dentro del fregadero. Me sitúo frente a la nuca, coloco las manos bajo los hombros, y Anne me ayuda a volverlo de costado.

La sonda de fibra de vidrio se desliza con facilidad por el agujero de entrada, en la base del cráneo, y la guío poco a poco por la cavidad permanente, realizando leves ajustes cuando noto la resistencia de las costillas, pero no de los órganos, pues están extirpados. Voy con cuidado de no forzar las cosas, hasta que por fin dejo de empujar. La punta de la sonda asoma por una pequeña incisión en el pecho que practicó Luke para extraer la bala.

Tiendo el cuerpo sobre el carro y retrocedo unos pasos, contemplando la solución a un problema significativo. El *rigor mortis* es total. Romperlo en los músculos del abdomen, la parte inferior de la espalda y la pelvis sería tan difícil como doblar barras de hierro. Empezará a pasarse dentro de unas horas, y por la mañana habrá desaparecido casi por completo, pero no puedo esperar tanto.

—Me vendría bien tu ayuda —le digo a Benton. Dirigiéndome a Anne, agrego—: Necesito un taburete y una cámara. Pero antes tenemos que suturarlo otra vez.

29

Media hora después, voy en un Audi R8 negro con láminas de fibra de carbono a los lados. El rugido gutural del motor V10 atrae las miradas de la gente que admira los coches potentes sin importarle cuánto cuesten ni que consuman gasolina como bebedores compulsivos.

Benton parece estar contagiándose de la tendencia de Lucy a vivir por todo lo alto. No es que antes no supiera apreciar lo exótico o lo caro, pero era poco dado a la ostentación hasta que su jefe en el FBI se suicidó el año pasado. No fue un suceso triste ni lamentable, sino el final bien merecido de una existencia consagrada al abuso de poder y la destrucción deliberada de la vida de inocentes, y los sentimientos de Benton así lo reflejaban. Solo mostró sus condolencias a la familia que Ed Granby dejó atrás.

En el fondo, a mi esposo le daban igual los motivos que impulsaron al jefe de la división de Boston a cerrar con llave las puertas de su casa y ahorcarse. Le daba igual que le diera igual, y esta actitud empezó a calar en todas las regiones de su psique. Decidió que a partir de ese momento haría lo que quisiera, diría lo que quisiera, compraría lo que quisiera, regalaría lo que quisiera y se comportaría de forma egoísta si realmente se lo había ganado. A la porra los criticones y moralistas.

Una crisis de madurez sería otra explicación posible, pero no acertada. Granby había tenido un empeño obsesivo por hundir la carrera de Benton y borrar su legado. Intentó marginarlo y castrarlo, pero acabó muerto. Es el tipo de justicia que la mayoría de la gente anhela en secreto aunque nunca lo expresa en voz alta, y Benton se sintió liberado de un modo que yo no me esperaba. Los malos rara vez reciben lo que merecen, y los buenos nunca ganan del todo porque los daños superan al castigo, cuando lo hay. Una pena de cárcel o incluso de muerte no remedia un homicidio sexual o un asesinato en masa ni resucita a un niño asesinado por un pedófilo que antes abusó de él. He oído tantas observaciones y comentarios desalentadores que a menudo opto por no escucharlos. Benton mantenía una actitud cínica. Ya no.

Ahora, en el este de Cambridge, con el aspecto peligroso que le confieren sus gafas de sol italianas y la pistolera que lleva bajo la chaqueta, conduce con una mano en el volante. Una pulsera negra de cuero y titanio le baila en la muñeca cuando tuerce a la izquierda por la calle Bent y pone una marcha más corta. El motor ruge como un dragón.

—Tengo ese maldito olor metido en la nariz. —Se ha quejado ya varias veces de eso desde que nos marchamos del CFC.

—Gajes del oficio —repito.

—No suelo intimar tanto con alguien a quien le han practicado la autopsia.

—Ha sido algo bastante atípico, y te has portado como un campeón. —Aunque parece una trivialidad, hablo en serio.

—A ti no parece molestarte. A lo mejor tienes el olfato atrofiado. —Tampoco es la primera vez que lo dice. Hace este comentario a menudo.

—Por fortuna, más bien ocurre lo contrario. Cada olor tiene una historia que contar, y el secreto es saber bloquearlo cuando ya no es necesario.

—Solo sé hacer eso con lo que oigo y lo que veo. —Está pensando en sus casos, que son iguales que los míos, aunque nuestras experiencias son distintas.

Los monstruos a los que él se enfrenta, radical y sobrecogedoramente distintos, son aficionados a grabar en vídeo el dolor y el terror que infligen para fantasear mientras lo reproducen. He visto lo suficiente para saber que prefiero la fría languidez de los cuerpos que ya no pueden sufrir. Las sensaciones que me dejan son unos pocos colores —tonos de rojo, algún matiz de verde—, y sobre todo olores y los sonidos inanimados del metal contra el metal, de las ruedas al girar, del agua al salpicar las mesas y el suelo, y al tamborilear sobre el acero.

Centro mi atención en el verde subido de las hojas de los árboles recién plantados, y en las torres de vidrio y granito que se alzan en una zona de Cambridge conocida como Technology Square.

—Reconozco que no estoy tan acostumbrado como tú a los olores desagradables. —Benton ha abierto unos centímetros la ventanilla, y entra un aire ruidoso, húmedo y caliente—. Fantosmia. No estoy seguro de que sea real.

—Lo es. Las moléculas de putrefacción se volatilizan como las partículas contaminantes que se adhieren a las moléculas de agua en el aire para dar lugar al esmog.

—De modo que el esmog de la muerte impregna mis senos nasales.

—Más o menos.

—Madre mía, espero no apestar.

Me inclino hacia él y percibo el aroma del cuero negro nuevo con acolchado de rombos al tiempo que le acaricio la curva de la mandíbula con la nariz.

—Un poco de cedro, un poco de teca, la cantidad justa de almizcle y un toque de cardamomo. Bulgari.

Sonríe y me besa mientras enfilamos la calle Sexta. Aún hay mucha luz, pero los nubarrones grises avanzan como un ejército. La temperatura raya en lo caluroso. Mañana promete ser un día de verano instantáneo, con chaparrones y rachas de viento norte que podrían hacer subir los termómetros unos diez grados. Tengo mucho que hacer, y la naturaleza conspira contra mí.

Debo llegar a Marblehead antes de que estalle la tormenta, y, si me es posible, mañana viajaré a Nueva Jersey. Quiero visitar el lugar donde murió Gracie Smithers antes de que la lluvia y el viento borren todas las huellas. Por otro lado, una reconstrucción del tiroteo representa nuestra última esperanza de comprender el homicidio de Jamal Nari desde el punto de vista de la física. La muerte de la chica fue más simple y mucho más cruel. Lo que le sucedió a Nari reviste un carácter estéril y enigmático, por la falta de contacto humano y de explicaciones.

—El resultado es el mismo que si el asesino hubiera subido a una escalera alta y disparado contra alguien que estaba justo debajo, ligeramente agachado. —Pienso en lo que hemos hecho en la sala de autopsias, que a algunos les parecería indecoroso y macabro.

—Una escalera muy alta —recalca Benton. Nos encontramos frente al Departamento de Policía de Cambridge, un edificio de ladrillo rojo, ventanas de cristal tintado de verde y lámparas estilo *art déco*.

—No fue un disparo perpendicular al suelo —añado—. La trayectoria de la bala presenta un ángulo que se acerca más a los setenta y cinco o los ochenta grados.

—Tiro parabólico. —Benton frena un poco más, y el motor ruge con más fuerza.

—Todo lo que sube, baja.

—Cuanto más pesado el cartucho y más liviana la carga de pólvora, antes pierde velocidad el proyectil y sucumbe a la atracción de la gravedad. Es como cuando esos idiotas disparan al aire y las balas alcanzan a alguien al caer con una trayectoria casi vertical.

—Ese es el quid de la cuestión. Las trayectorias de este tipo solo se dan en los casos en que el tirador se encuentra justo encima de la víctima y dispara directamente hacia abajo. Condición que desde luego no se cumple en los disparos a distancia. El ángulo de setenta y cinco u ochenta grados no puede ser de ninguna manera un fenómeno accidental debido a la gravedad. La médula espinal quedó seccionada en la base del cráneo, exactamente como en los otros casos de los que tenemos noticia.

—Estoy de acuerdo —dice Benton—. ¿De qué elevación estaríamos hablando?

—Eso es lo que tenemos que averiguar. Creo que se trata de un dato esencial para quien está haciendo esto. Un puto as del tiro al blanco y las matemáticas.

Con el coche en primera marcha, Benton conduce por una

rampa de cemento que desciende al aparcamiento subterráneo de la comisaría. Avanza con cuidado de no rayar el morro inclinado de su coche. De pronto nos vemos envueltos en sombras, y por las rejillas de ventilación entra un aire más fresco.

—Así es. Porque la caída de la bala no explica por sí sola la trayectoria a menos que el tirador se basara en los DOPE y el ángulo estuviera estudiado. —Se refiere a los Datos sobre Combates Anteriores, un término empleado por los militares que toma en consideración el tipo de proyectil, la altitud, la temperatura, el viento y la presión atmosférica.

—Con independencia de dónde se situara el tirador, tuvo que realizar un cálculo muy preciso. —De eso no me cabe la menor duda.

—De verdad espero que nunca tengas que mostrar esas fotos ante un tribunal, o empezarán a llamarte «doctora Zombi».

La dignidad nunca ha sido mi principal preocupación, pero la muerte no conoce el pudor, y la única forma de determinar el ángulo del disparo que alcanzó a Jamal Nari era ponerlo de pie. Así que decidí hacerlo. Cubrí a Benton de Tyvek protector y enganché mis codos bajo los brazos del muerto mientras Anne lo sujetaba por los tobillos. Lo bajamos hasta el suelo, desnudo y suturado de nuevo con hilo blanco, y Benton ayudó a mantenerlo erguido mientras yo cogía una cámara y subía a una escalera de tijera.

El cuerpo estaba tan rígido que habría podido dejarlo apoyado contra la pared, pero flexible habría sido peor, un peso muerto tan poco manejable como una gruesa manguera contra incendios enrollada, setenta kilos sin los órganos. Después de que el *rigor mortis* desapareciera, habrían hecho falta tres personas para colocar a Jamal Nari de pie, y Benton tiene razón: no me convendría mucho mostrar ante un tribunal las imágenes de aquella sonda de fibra de vidrio sobresaliendo de la base del cuello como una flecha negra, como si le hubiera disparado Apolo, una deidad desde lo alto. Tal vez ocurrió así. Pero esta era una deidad maligna.

Benton aparca en una plaza reservada a varios huecos de distancia del Ford camuflado color azul oscuro del comisario. Pese a la hora que es, Gerry Everman sigue aquí. Quizás esté observando a Leo Gantz a través de un vidrio unidireccional. Entonces me acuerdo de Machado y espero que no nos topemos con él.

—Intento pensar cuál es la mejor manera de abordar este asunto. —Con «este asunto» Benton se refiere a Marino—. La confesión de Leo Gantz es una interferencia y un fastidio en el mejor de los casos, y Marino estará ansioso por soltarlo, arrancarle la información que pueda tener y quitárselo de encima.

—Me da la impresión de que no estás de acuerdo. —Bajo del coche.

—Pues no —responde mientras caminamos junto a una hilera de motocicletas BMW blancas adornadas con emblemas, luces y sirenas.

—¿Por qué?

Abre una puerta que conduce a la planta baja de un edificio moderno diseñado por una empresa de biotecnología que luego se lo vendió al Ayuntamiento.

—Lo más seguro sería mantenerlo retenido durante un tiempo.

—¿Lo más seguro para quién?

—Para Leo. Quizá sea justo lo que él quiere. —Cerca de la pulida pared de granito de la zona de ascensores, Benton saluda con una inclinación de cabeza a cuatro agentes uniformados, jóvenes de figura voluminosa a causa de los músculos y el material balístico que llevan encima y que me resultan familiares aunque no los conozco.

Extrañamente arracimados frente a la puerta, no le devuelven el saludo, sino que clavan la vista en mí, y ya me imagino lo que sucederá a continuación. Noto un nudo en el estómago y una fría sensación de recelo me sube por el cuello. Me asalta la sospecha de que nos esperaban.

—¿Qué tal, Doc?

—¿Qué han estado haciendo esta noche, señores? Da la impresión de que hay más seguridad que nunca en las calles.

—Ya sabe quién ha venido a la ciudad.

—Desde luego —respondo mientras hacen caso omiso de Benton.

—¿Le importa si le hago una pregunta?

—Adelante.

—Me recuperé de un resfriado el mes pasado y aún estoy congestionado.

—A mí me pasa lo mismo, y no consigo librarme de la tos —interviene otro.

—Yo tampoco —comenta un tercero.

Los cuatro se ponen a hablar a la vez, con las miradas puestas en mí, como si Benton no estuviera. Él permanece tranquilo e imperturbable. No muestra el menor asomo de sorpresa ante aquella encerrona ni ante el aluvión de consultas médicas por parte de unos hombres de aspecto perfectamente saludable. La tensión y el resentimiento hacia el FBI se palpan desde el atentado del maratón y el asesinato del agente Collier del MIT, que mantenía una colaboración estrecha con la policía de Cambridge, ya que su departamento actúa dentro de los límites de esta ciudad. Acusan al FBI de no compartir información y, aunque esto no es una novedad, ha adquirido tintes muy personales.

Continúan bromeando conmigo para chinchar a mi marido. Se comportan así por él, es una actitud pasivo-agresiva que raya en el acoso, y estoy convencida de que nos han visto llegar. El coche de Benton llama la atención. Ha bastado con que un policía nos divisara y alertara a los demás para que se lanzaran al ataque. En el fondo no los culpo. Benton pulsa de nuevo el botón del ascensor y sé que está molesto, aunque no se le note. Cuando las puertas se abren por fin, pasamos al interior.

—Ha sido un placer hablar con usted, Doc.

—Cuídense mucho —respondo, y cuando empiezo a creer que lo peor ha pasado, descubro que me equivoco.

—¡Esperad! Somos unos maleducados por dar de lado al FBI. —De pronto, un brazo con manga de uniforme se cuela entre las puertas del ascensor, que se deslizan hasta ocultarse de nuevo en el marco con una sacudida—. Disculpe. —El agente se encara con Benton—. ¿No tiene usted nada que decir?

—¿Sobre qué? —pregunta, aunque ya lo sabe.

—Sobre por qué al FBI le parece bien guardarse información que podría evitar que los policías murieran tiroteados dentro de sus coches.

Benton se reclina contra la puerta abierta con las manos en los bolsillos y los ojos fijos en los cuatro hombres.

El agente aparta el brazo y retrocede unos pasos.

—Espere a que nos enteremos de algo que usted debería saber, pero no se lo digamos. Ya verá lo que se siente cuando le ocurra algo a alguno de sus putos agentes.

—Ustedes no harían una cosa así —replica Benton.

—¿Ah, no? ¿Y por qué?

—Porque son mejores personas.

—El FBI debería pedir perdón.

—Sobre muchas cosas. —Ni el miedo ni la intimidación forman parte de la paleta de colores de Benton. Cuando las puertas se cierran otra vez, me mira—. El FBI no pedirá perdón. Nunca lo hace.

—A lo mejor su hostilidad guarda relación con Machado. Ve tú a saber qué andará diciendo por ahí.

—Él no es la razón. Han dicho cuál es. No podrían haberlo dejado más claro.

—No deberían tomarla contigo.

—No pasa nada. Estoy a salvo porque no iré a quejarme con sus superiores —asegura—. El comisario está aquí mismo y saben que podría ir directo a su despacho. También saben que soy incapaz de hacerlo.

30

Subimos en el ascensor, con el enfrentamiento de abajo aún fresco en la memoria. Intento acallar mi voz interior, pero no puedo. No soy pesimista, pero tampoco lo veo todo de color de rosa.

El rencor hacia los federales bulle sin cesar, como agua en una olla. No es un fenómeno intermitente como al principio. Se ha vuelto crónico. El poder absoluto se ha corrompido, y la ausencia de mecanismos de control parece absoluta. Solo queda acudir a los medios, y los policías como los que acaban de salirnos al paso no pueden hacerlo sin autorización de sus superiores, que nunca se la concederán.

—Los terroristas se anotan puntos cuando incitan a la gente a comportarse de un modo indecente, a hacer un mal uso de aquello que han jurado proteger. —Contemplo los pisos pasar lentamente—. Todo empezó con el 11S, y va a más. Nuestro gobierno espía y miente. Aquellos a quienes les hemos confiado la misión de respetar y defender la ley la utilizan en su propio beneficio.

—No todos. Nosotros no.

—Seguramente también, aunque no de forma abusiva ni continua.

—Sin monitorizar lo que ocurre en el ciberespacio, no podríamos anticiparnos a la siguiente jugada catastrófica —asevera Benton, y me acuerdo de nuevo de lo que Briggs dio a entender sobre la información obtenida por la CIA, seguramente a través de sus espías en Rusia. «... la entrada de dinero, drogas y sicarios en nuestro país»—. Vamos sorteando los obstáculos que surgen —añade Benton.

—Como hace Lucy.

—Tenemos que entrar en la danza. Podemos aprender algo de Leo Gantz.

—¿Sobre qué? ¿Sobre cómo mentir mejor?

—Está ejecutando una danza muy calculada, motivado por el deseo de mantenerse a salvo, de eludir un peligro real pero desconocido por el momento.

—Lo dices como si lo supieras a ciencia cierta. —Las puertas se abren y salimos del ascensor—. Me parece que Leo se ha puesto él solo en peligro al publicar tuits para llamar la atención —digo a continuación.

—Para llamar la atención, pero no por la razón habitual, sino para sembrar el odio, y lo ha conseguido —responde Benton—, sobre todo entre ciertos grupos que aplauden el asesinato que presuntamente ha cometido.

Se refiere a los islamófobos, lo que no deja de resultar irónico. A Jamal Nari lo tomaron por un musulmán con vínculos terroristas pese a que no era ni lo uno ni lo otro. Ex heroinómano convertido en camello, era un guitarrista con talento que ya no tocaba por los motivos correctos. Un profesor atormentado con un *piercing* en el pene y viejas marcas de pinchazos no merecía que lo odiaran. La existencia se le hacía muy cuesta arriba. Se había tornado monótona, y vivía acosado por sus demonios. Aunque no hubiera muerto esta mañana, ya iba por ese camino.

Lucy ha estado examinando su ordenador portátil. Nari había reservado billete para un vuelo a Canadá que salía hoy a mediodía, y no era la primera vez. Viajaba a Toronto un promedio de dos veces al mes desde marzo, sin duda para traficar con drogas, seguramente cocaína líquida, fácil de diluir y de convertir de nuevo en polvo, sin perder nada, excepto la libertad o, a la larga y de forma inevitable, la vida. Su rutina consistía en facturar una maleta y una de las guitarras de grafito que adoraba tanto que proclamaba su amor por ella con un tatuaje en el hombro. Tocaba en clubes musicales como The Horseshoe Tavern,

Dominion on Queen y Polyhaus, pero lo que lo motivaba no era el ritmo *funky* del *rhythm and blues* ni los fraseos roqueros.

Quería dinero. A juzgar por el número de condones que llevaba en el estómago cuando lo asesinaron, debía de ganar entre cincuenta mil y cien mil dólares al mes en efectivo, solo con sus viajes a Canadá. Lucy le ha seguido la pista a través de sus mensajes de correo electrónico. Lo que aún no ha encontrado es la explicación de por qué, al parecer, decidió ejercer de mula de drogas hace solo tres meses, salvo que más o menos por esa época su pleito llegó a un punto muerto. El caso seguía costándole dinero, y no se avistaba luz al final del túnel. En cierto modo, que hubiera recurrido a la delincuencia es culpa de Rand Bloom, y me pregunto hasta qué punto habrá influido en esa decisión.

—Espero que se me vaya esto antes de que llegue la hora de cenar. —Benton aún está preocupado por el hedor atrapado en su nariz.

—Te daré algo que te ayudará en cuanto lleguemos a nuestro destino —contesto mientras avanzamos hacia el fondo de un pasillo.

Abre la puerta de la Unidad de Investigación, una sala espaciosa con una moqueta azul grisácea y dividida en cubículos que forman una cuadrícula, la típica bandeja cubitera de comisaría.

Nos detenemos frente a la recepción, donde no hay nadie. A un lado hay una pared con ventanales; al otro, una hilera de puertas de madera cerradas que comunican con despachos, algunos dotados de ventanas, otros no. Oigo las voces de agentes que hablan por teléfono y el suave tecleo de los ordenadores. Nadie viene a recibirnos ni se fija en nosotros mientras nos encaminamos hacia las salas de interrogatorios.

Benton, que está escribiendo un mensaje de texto con el pulgar, se detiene cuando nos encontramos a pocos pasos de las habitaciones insonorizadas, cuyas puertas desprovistas de ventanas están cerradas. No oigo voces, ni siquiera un murmullo. De pronto, una puerta en medio de la pared se abre y aparece Marino, teléfono en mano. Después de cerrar la puerta tras de sí, echa a andar hacia nosotros. La moqueta amortigua el sonido de sus pisadas. Nos indica con una seña que lo sigamos hasta su cubículo, situado al fondo de la sala.

Aunque le gusta llamarlo su «despacho con vistas», no es más que un recinto con un ordenador, un perchero, material amontonado en el suelo y fotografías embutidas en el revestimiento de tela de la mampara. Advierto que se ha cambiado de ropa y se ha puesto un pantalón caqui estilo cargo, un polo negro y un chaleco antibalas negro. Lleva las mismas zapatillas altas de piel.

—¿Qué hay? —pregunta Benton.

—No ha cambiado un ápice su versión de los hechos, y la herida en la cabeza no tiene buen aspecto. —Marino parece tenso pero seguro de sí mismo.

—¿Se la han limpiado y vendado? —quiero saber.

—Qué va.

—¿Sigue afirmando que Jamal Nari le pegó con un trofeo? —Poso la vista en una bolsa de pruebas de papel de estraza sobre el escritorio de Marino, atestado de carpetas, notas telefónicas de color rosa y tazas de café sucias, bajo el largo cable del teléfono ridículamente enmarañado.

Humor policial. Desde que Marino trabaja aquí, cambia el cable telefónico cada mes. De la noche a la mañana, se lo encuentra así. Seguramente eso ya no sucederá. Siempre he sospechado de Machado.

—El chico miente como un profesional —dice Marino—. Le he tomado las huellas y le he pasado un bastoncillo para recoger una muestra de ADN. No cabe duda de que hay sangre en el trofeo.

Se inclina para agarrar la bolsa cerrada con cinta adhesiva roja, coge dos pares de guantes de examen y me pasa uno. Nos los ponemos. Abre una navaja y corta la cinta con ella. El grueso papel cruje cuando él introduce la mano y saca una copa plateada con base de palisandro, la que le otorgaron a Leo Gantz cuando ganó el campeonato de tenis del estado el verano pasado. El trofeo está salpicado y embadurnado de sangre seca color óxido. Tiene manchas de polvo revelador de huellas dactilares por todas partes.

Abro mi pequeño maletín de aluminio plateado, un botiquín de emergencia adaptado que contiene instrumental forense básico. No suelo necesitar equipo de primeros auxilios, pero cuando examino patrones de heridas en los vivos a menudo descubro que no les vendría mal un poco de limpieza adicional, y, por supuesto, acabo cambiando los vendajes. Le tiendo a Benton una toallita de alcohol, y él pilla la indirecta.

—Disculpa. —Rasga el sobre, nos da la espalda y se limpia el interior de la nariz.

—¿Qué coño...? —Marino lo mira con fijeza y Benton lo ignora—. Ah, ya lo entiendo. Supongo que sé dónde habéis estado. Yo lo que hago es hurgarme con un trozo de papel absorbente mojado antes de salir de la morgue, lo más adentro posible sin causar daños cerebrales. No uses Vicks, eso empeora mucho las cosas.

Encuentro una cinta métrica en el interior del maletín y sopeso el trofeo sujetándolo por el pie de madera de palisandro, que lleva incrustado un medallón de oro similar a una moneda romana. Pesa bastante, calculo que unos tres kilos y medio, y mide cincuenta centímetros de alto. Un golpe lo bastante fuerte asestado con este objeto podría inferir un daño considerable, pero es evidente que esto no fue lo que ocurrió, pues de lo contrario Leo Gantz no estaría en la sala de interrogatorios. Me percato de que una de las asas plateadas está torcida y una zona de la copa está abollada y rayada.

—Antes de que eche un vistazo, ¿podrías referirme con exactitud su versión de los hechos? —Saco mi cámara y deposito el trofeo encima de la bolsa de papel.

—Asegura que Nari cogió el trofeo como para pasárselo a su esposa y, sin previo aviso, le arreó con él a Leo en la cabeza. —Marino me observa tomar fotografías—. Según él, no se lo esperaba y estaba dándole la espalda porque se dirigía hacia la puerta.

—¿Lo golpeó así? —Empuño el trofeo por el pie y lo vuelvo boca abajo, blandiéndolo como un garrote—. ¿Y le dio con la base?

—Eso dice él.

Miro el asa doblada, y las manchas y marcas dejadas por unas manos ensangrentadas.

—Voy a suponer que el trofeo ya estaba dañado. —Señalo el asidero, curvado como si hubiera chocado contra el suelo—. En otras palabras, que la abolladura y la torcedura del asa seguramente no tienen que ver con la presunta agresión.

También hay sangre en el borde de la base de madera, una capa espesa y dura que empieza a descascarillarse. Hago girar el trofeo lentamente entre mis manos, examinándolo con detenimiento.

—¿Cuántas veces dice que lo golpeó? —Saco más fotografías.

—Una —responde Marino.

—No es posible —replico—. Si de verdad le pegó con la base, esta no se habría manchado tanto a menos que él ya estuviera sangrando. Fíjate en las gotitas en forma de lágrimas que apuntan en direcciones distintas. El patrón es irregular, no tiene pies ni cabeza. Concuerda con un impacto a velocidad mediana de la base del trofeo contra una superficie empapada de sangre, es decir, contra alguien que ya sangraba. El problema es que no tiene sentido que la dirección de las gotas sea tan anárquica e incoherente.

—Porque él mismo las esparció —concluye Marino.

—Es posible que las lanzara así. —Doy varios capirotazos al aire como si tuviera los dedos ensangrentados y estuviera salpicando desde ángulos distintos—. Eso explicaría el diminuto tamaño de las gotas y el patrón caótico. ¿Podrían proceder de otro objeto?

—Como ya sabes, no había sangre en el apartamento de Nari, ni siquiera rastros de que la hubieran limpiado. Solo lejía o algo parecido en las guitarras, las dos fundas que estaban sobre la cama y otros trastos. Se iluminaron cuando los rociamos con el espray, pero no era el mismo brillo que despide la sangre —dice Marino.

—¿Y la casa de Leo? —inquiere Benton.

—Tengo fotografías —responde Marino—. ¿Por qué no hablas con él unos minutos? Luego haremos pasar a Doc, que tal vez pueda sacarle algo de información. Yo me rindo. —Benton mete la toallita usada en el envoltorio y lo tira a la basura—. Representar el papel de poli bueno no me ha dado resultado —añade Marino.

Benton no se muestra sorprendido porque no lo está.

—Es el mismo capullo arrogante que hemos visto esta mañana —me previene Marino—. Cuando he intentado ser amigo suyo, ha hecho todo lo posible por cabrearme.

—¿Qué cree que pasará ahora? —pregunta Benton.

—Vas a examinarlo —me dice Marino—. Espero que no te reconozca de esta mañana.

—No he bajado en ningún momento de tu coche.

—Así que tal vez lo mejor será que entres tú primero —le dice a Benton—. Ejerce tu magia sobona sobre él y convéncelo de que empiece a desembuchar la verdad para que no pase la noche en el calabozo.

—Quiere pasar la noche en el calabozo. Estar fuera de circulación.

—Seguramente tiene miedo de su padre.

—Esa no es la razón por la que quiere que lo encierren —dice Benton.

—Ya, bueno, pues con un poco de suerte le recetarán unas vacaciones en McLean.

El hospital psiquiátrico adscrito a Harvard está en Belmont, a unos kilómetros de aquí, y Benton trabajó allí como asesor. No sería un mal lugar para Leo, la verdad sea dicha.

—Eso es lo que pretende —asegura Benton—. Pretende justo lo que está consiguiendo.

—Entonces ¿por qué no deja de preguntar cuándo lo dejaremos marcharse?

—Te lo pregunta a ti —señala Benton enfáticamente—. Quiere estar encerrado pero no quiere tratos contigo.

—¿Y en qué basas esa afirmación? —Marino empieza a ofenderse.

—¿Le has leído sus derechos?

—Ahora me estás tomando por idiota. —A Marino se le enciende el rostro de ira.

—Es obvio que ha renunciado a su derecho a la asistencia de un abogado. Es plenamente consciente de sus actos y entiende tanto el procedimiento legal como las repercusiones de su confesión.

—Según él, no necesita un abogado porque no intenta ocultar nada. Además, le he dicho tres veces que podía esperar a que llegara uno o a que aparecieran sus padres.

—Es un chico muy listo, con una mente muy lógica, aunque aún no tiene del todo desarrollado el córtex prefrontal —declara Benton.

—Vamos, no me jodas —dice Marino.

—No le gustan los policías, pero no les tiene miedo. Teme a otra cosa.

—¿A qué?

—A algo que, a diferencia de la policía, puede hacerle daño o matarlo.

—No tengo ni idea de qué hablas —dice Marino.

—Leo es impulsivo —explica Benton—. Lo impulsa la reacción de lucha o huida, la necesidad de sobrevivir y vencer. También lo motiva la gratificación inmediata que proporciona la fama, la sensación de ser un héroe y al mismo tiempo la de culpabilidad. Dada su juventud, la probabilidad de que confiese un crimen que no ha cometido es tres veces mayor que en un adulto.

—Ahora mismo las estadísticas no me interesan. —Marino no hace el menor esfuerzo por ser diplomático o disimular su irritación.

—Dadme quince minutos. —Benton se aleja.

31

Es una habitación pequeña con papel pintado estilo francés, con motivos florales azules y manchas parduzcas cerca de las molduras. El parqué de pino canadiense está muy maltratado. Hay una litera arrimada a una de las paredes. Se supone que la de Leo era la de arriba hasta que se trasladó al sótano, donde dormía en un sofá.

Marino, que me ha cedido la silla del escritorio, está inclinado detrás de mí, haciendo clic en el ratón para enseñarme lo que encontró al registrar la casa de los Gantz. Me llaman la atención de inmediato los premios de tenis que ocupan tres paredes, trofeos de todos los tamaños y formas, de cristal, plata y bronce, y medallas con cintas de colores vivos. Todo está bastante deteriorado. Figuras masculinas ejecutan saques o devuelven la pelota con raquetas desprendidas o rotas. Hay huecos con restos de pegamento donde antes debía de haber placas. Los platos y cuencos están rayados, como con un destornillador.

Hago *zoom* en el entarimado. Las marcas que presenta no son fruto de un desgaste habitual por el uso. Tiene arañazos y boquetes profundos. Le pregunto a Marino si sabe cómo se torció el asa del trofeo de tenis que está dentro de la bolsa de papel de estraza, sobre el escritorio. Al parecer, alguien estropeó a propósito los premios de Leo, y me pregunto si se abordó este tema cuando Marino estaba en la casa.

—Afirma que lo hizo él mismo —contesta.

—¿Destrozó sus propios premios?

—Eso dice. Se supone que se puso tan furioso que no pudo contener el impulso de romper algo.

—¿Le crees?

—No lo sé.

—¿Qué sentido tenía dañar algo que lo hacía destacar entre los demás?

—Dar la impresión de que no significaban nada para él. Comportarse como un machote porque en realidad es un enclenque de metro sesenta y ocho o metro setenta y sesenta kilos de peso, a lo sumo.

Le pregunto si la familia de Leo estaba en casa cuando él se presentó.

—Estaban viendo la tele en el salón.

—¿Qué actitud tenían?

—Estaban asustados pero poco dispuestos a colaborar.

—¿Y la madre? —inquiero.

—Sentada en la cocina, llorando. Pero se puso totalmente a la defensiva al hablar del padre, un inútil redomado y un auténtico hijo de puta.

—¿Encontraste armas de fuego o algún objeto relacionado?

—El padre tiene un viejo .38 especial. No está registrado en Massachusetts, así que podría empapelarlo por eso también.

—¿Estaba cargado?

—No. No he encontrado balas.

—¿Está insinuando Leo que quizás utilizó el .38 de su padre para matar a Jamal Nari?

—Es listo, el muy cabrón. Dice que era un arma que tiró por una alcantarilla, pero que no sabe qué tipo de arma.

—¿De dónde la sacó, según él?

—La compró en la calle.

—¿Ha dicho que era una pistola?

—Exacto. La posibilidad de que se tratara de un rifle ni siquiera se ha planteado en la conversación. Creo que no tiene idea de que esa fue el arma utilizada.

—¿Le has preguntado qué clase de munición llevaba su pistola?

—Dice que no lo sabe. Que ya venía cargada cuando la compró y que el tipo que se la vendió por sesenta pavos le aseguró que eran unas «balas brutales» capaces de volarle la cabeza a una persona como si fuera una sandía. Por cierto, Leo no conoce al tipo ni ha podido describirlo.

—Creo que nos hacemos una idea —respondo—. Te ha soltado una mentira tras otra.

Cuando Marino hace clic, se abre otra fotografía en la pantalla.

—Como no había manchas de sangre a simple vista, he rociado Bluestar en los baños, suponiendo que el propio Leo había limpiado. Este aseo que ves aquí es el que está cerca de la habitación de la litera. —Retrocede varias imágenes para mostrármela y luego vuelve a las del baño.

El reactivo químico provoca luminiscencia en superficies donde hay sangre no visible, y veo un pálido resplandor azul zafiro en distintas zonas del lavabo, en las manijas y en torno al desagüe. En el suelo de azulejos hay manchones y regueros de un azul espectral.

—Alguien lo fregó todo —coincido—, pero la pregunta es quién y cuándo. ¿Y debemos creernos que regresó cargado con el trofeo... en bicicleta?

—Es su versión. —Marino abre otra fotografía y, cuando se mueve, percibo el olor a cedro y limón de la colonia llamada Guilty, «culpable», que Lucy le compró porque le gustaba la ironía que encerraba el nombre. Seguramente se la ha puesto después de mudarse de ropa—. Afirma que llevaba el trofeo en la mochila.

—¿Y has encontrado esa mochila? —pregunto.

—Sí. —Me muestra imágenes del interior, antes y después de rociarlo en busca de restos de sangre indetectables sin una luz o sustancia química especiales.

—No se aprecia luminiscencia en ninguna parte —observo—. Así que no es probable que metiera en ella un trofeo ensangrentado.

—Pues no.

Más fotografías, esta vez del sótano, donde hay una lavadora de carga frontal, y luego otras de la mano enguantada de Marino sujetando una camiseta blanca. Está cubierta de manchas de sangre, de color marrón oscuro y herrumbroso por los bordes, y de un rojo más vivo hacia el centro. En otras fotos, él sostiene un pantalón corto azul y una toalla grande, también ensangrentada.

—La sangre parece húmeda —comento.

—Debe de haber tardado más en secarse por estar dentro de la lavadora con la puerta cerrada. Pero sí, está claro que esto no ocurrió hoy a primera hora de la mañana, como él sostiene.

—¿Sostiene también que llevaba una camiseta y un pantalón corto cuando presuntamente lo atacaron con un trofeo de tenis?

—¿Te acuerdas de cómo iba cuando lo vimos hacia las doce menos cuarto del mediodía? —Marino me contesta con otra pregunta.

—Llevaba una sudadera y un pantalón largo.

—Porque no hacía tanto calor —señala Marino.

—Y él afirma que llevaba pantalón corto y camiseta cuando se presentó en el apartamento con el trofeo de tenis hacia las ocho de la mañana. Y por más que le has recalcado lo ilógico que es esto, él se ha mantenido en sus trece.

—Ridículo, ¿verdad?

—El problema es que las confesiones falsas suelen acabar en condenas injustas. Tal vez Leo Gantz tenga el cerebro de un adolescente, pero no tiene un pelo de tonto. ¿Por qué está haciendo esto?

—A lo mejor me da igual el porqué —declara Marino.

—¿Has hecho fotografías de toda la casa?

—Claro.

—Sigue guiándome por ella, por favor.

Me enseña la cocina, el salón, un estudio, el dormitorio de los padres, con muebles tapizados con tela oscura de aspecto barato y raído. Hay un desorden de revistas y periódicos, y pilas de platos en el fregadero. Le pido que me muestre de nuevo el baño donde el revelador reaccionó, indicando la posible presencia de sangre.

Navego por las fotografías durante un rato. Amplío y reduzco la zona de azulejos marrones del suelo, cerca del plato de ducha. Las paredes están cubiertas de los mismos azulejos. El retrete y el lavabo son negros, por fortuna para nosotros. Quienquiera que limpió el lugar pasó por alto unos restos de sangre y no consiguió borrar del todo otros.

Hay un rastro tenue y azuloso de borrones y manchas del tamaño de monedas que conduce desde la mampara de vidrio de la ducha hasta el lavabo. Hago clic en las fotografías para ampliar los círculos luminiscentes, bordes exteriores de las gotas de sangre que alguien intentó limpiar cuando el centro aún no estaba seco. Casi todos son perfectamente redondos porque las gotas cayeron verticales. Parecen proceder de alguien que estaba de pie, sangrando. Encuentro las formas parciales de unos pies descalzos, y en la pared, a la izquierda de la mampara, dos huellas de manos que despiden un resplandor azul. La puerta de la ducha, de vidrio con un marco de metal de bordes afilados, está abierta, y los azulejos del interior están mojados.

—No solo limpió el baño —le informo a Marino, levantándome de su silla—. Fue allí donde sucedió.

A través del espejo unidireccional, contemplo a Benton hablar con Leo Gantz, sentados a los lados de una sencilla mesa de madera, sobre sillas ergonómicas que no estaban encaradas entre sí, sino colocadas ligeramente de lado, en un ángulo más informal, menos agresivo.

Al parecer están solos en la sala de interrogatorios reducida y sin adornos, manteniendo una conversación privada y exenta de antagonismo. La actitud de Leo no es hostil, pero tampoco abierta o confiada. Con su chándal hortera, sus zapatillas deportivas negras sin calcetines y su gorra del mismo color, se reclina en el asiento, apretando los reposabrazos con los dedos tensos, moviendo nerviosamente una pierna y luego la otra. Me pregunto si se imagina que lo están grabando con una cámara de vídeo oculta o que alguien como yo lo está observando y escuchando.

—Ya estamos terminando. —Unos altavoces instalados en los rincones de la sala de observación contigua donde nos encontramos Marino y yo amplifican la voz de Benton—. Pero hay algo importante que quiero que te quede claro.

Leo Gantz se encoge de hombros. Lleva la larga cabellera rojiza suelta y despeinada, y vislumbro un incipiente bigote de color arena sobre el labio y una sombra de barba dispersa por las mejillas y el mentón. La gorra de béisbol negra oculta la herida que presuntamente le infirió Jamal Nari.

—Aparte de las consecuencias para ti, que no serán nada buenas, Leo, tu falsa confesión ocasionará que el auténtico culpable se vaya de rositas. La policía dejará de investigar.

—Eso le importa una mierda —farfulla Marino desde el rincón donde está sentado a horcajadas sobre una silla con el respaldo hacia delante.

—Estoy diciendo la verdad. —Leo vuelve la vista directamente hacia mí, lo que me resulta inquietante.

Me repito una y otra vez que estoy lo bastante apartada del vidrio unidireccional para que él pueda percibir la menor sombra o cambio de luz causados por mis más leves movimientos.

—No estás diciendo la verdad —replica Benton con rotundidad—. Y si acabas condenado injustamente, el verdadero asesino quedará libre y podrá hacer daño a alguien más. ¿Estás protegiendo a la persona que asesinó a Jamal Nari?

—No estoy protegiendo a nadie.

—¿Eres consciente de que puedes pasar el resto de tu vida en la cárcel sin derecho a libertad condicional?

—Pues vaya cosa —murmura Leo con indiferencia.

—Eso opinas ahora.

—Pues sí, eso opino ahora. —Su rodilla izquierda sube y baja rápidamente.

—¿Sabes quién es la doctora Kay Scarpetta?

Leo sacude la cabeza y se encoge de hombros.

—Es una experta en lesiones —dice Benton, y Leo repite el mismo gesto—. Su oficina está aquí, en Cambridge, así que es posible que la hayas visto por la zona.

—¿Qué zona?

—Por aquí —responde Benton con vaguedad.

—A lo mejor le he visto a usted también por aquí.

—Es posible.

—¿Es rico?

—No estamos aquí para hablar de mí, Leo.

—El FBI debe de pagar buenos sueldos para que pueda permitirse un Audi R8. O tal vez... ¡Ah, sí, ya lo pillo! Es un coche camuflado en el que recorre Cambridge buscando terroristas —añade en tono burlón—. A lo mejor esta vez los pillará antes de que vuelen a gente en pedazos. Aunque, bueno, lo más seguro es que no. El FBI solo pilla a gente que no ha hecho nada.

—¿Como tú?

—Yo he hecho muchas cosas.

—Quiero que le cuentes a la doctora Scarpetta qué te pasó exactamente en la cabeza —dice Benton.

—Ya he contado lo mismo unas diez veces.

—Pues que sean once. —Benton le dedica una sonrisa amable—. La doctora Scarpetta no está de parte de nadie.

—Me mondo con usted. —Leo suelta una carcajada burlona, casi histérica, sin dejar de mover la pierna arriba y abajo.

—Ha accedido a echarle un vistazo a tu herida para ayudarnos. Es bastante grande. —Resulta evidente que Benton la ha visto—. Tal vez recomendará que te pongan puntos.

—A mí nadie me va a poner puntos.

—O tal vez unas cuantas grapas.

—Ni de coña.

—A ver qué dice. Salgo un momento para indicarle que pase. —Benton echa hacia atrás su silla, apartándose de la mesa.

32

Se pone de pie y se alisa la americana del traje con aire ausente mientras Leo se reclina en su asiento, fijando la vista en el techo como si estuviera muerto de aburrimiento. Benton sale de la sala de interrogatorios y cierra la puerta tras de sí. En ese instante caigo en la cuenta de que Leo Gantz no tiene idea de lo que está pasando.

Puede que se le dé bien mentir, pero es un novato en lo que a la investigación criminal se refiere. Se quita la gorra, se hurga en un bolsillo del pantalón de chándal y saca un pañuelo amarillo salpicado de sangre. Se lo lleva a la parte superior izquierda de la cabeza y lo sujeta contra el cuero cabelludo temporal, unos centímetros por encima de la oreja, para comprobar si aún sangra. Acto seguido, se aprieta con fuerza para asegurarse de que así sea, con una mueca de dolor. Exhalando un suspiro largo y profundo, se frota la cara, intranquilo y nervioso. No sospecha en absoluto que tiene público.

La puerta de la sala de observación se abre, y aparece Benton.

—¿Y bien? —pregunta Marino—. ¿Has averiguado más cosas que yo?

—No sé muy bien qué has averiguado tú, pero se niega a cambiar su versión de los hechos a pesar de que le he dado a entender que sus detalles no concuerdan con la información del caso.

—¿Qué le has revelado? —quiere saber Marino, y, como si hubiera estado esperando ese momento, Leo da un sonoro bostezo y apoya los pies sobre la mesa.

—No se trata de lo que le he revelado, sino de lo que le he preguntado —replica Benton—. Leo quiere hacer creer a todo el mundo que ha cometido un asesinato. Quiere sentirse poderoso porque siente todo lo contrario. Tiene la sensación de que no controla nada y desea permanecer encerrado. Además, está castigando a alguien.

Al otro lado de la ventana, Leo se baja la visera de la gorra y cruza los brazos sobre el pecho, como si estuviera a punto de echarse una siesta.

—¿Por qué diablos quiere permanecer encerrado? Ya debe de haberse percatado de que su jueguecito ha ido demasiado lejos.

—Necesita sentirse poderoso y tiene miedo.

—¿Miedo de qué? ¿De irse a casa, porque su padre es un hijo de puta y su hermano un gilipollas? ¿Le asustan más ellos que la cárcel? Porque lo juzgarán por asesinato como a un adulto. Hemos encerrado a tipos más jóvenes que él en Cedar Junction. Espero que le guste fabricar placas de matrícula.

Se refiere a una prisión de máxima seguridad en la que no debería haber reclusos de quince años. Se me hace un nudo en la garganta al imaginar qué sería de él.

—Vive en un ambiente violento —conviene Benton—, pero hay algo más. Creo que cuando se enteró de que Jamal Nari había sido asesinado, se asustó.

—¿Y por qué no habría de asustarse? —pregunto.

—No se trata de un único suceso. Por eso las situaciones como esta son tan complicadas. Estamos hablando de una serie de acontecimientos que se han producido muy deprisa y que lo han traído hasta aquí —dice Benton.

De improviso, Leo se levanta y mira alrededor, desperezándose y rascándose la barbilla. Coge una lata de Pepsi de la mesa, la agita para comprobar si aún le queda algo dentro y la aplasta con una mano.

—Lo digo, entre otras cosas, porque el entorno familiar violento no es precisamente un elemento novedoso —prosigue Benton—. A su padre lo han detenido varias veces por conducir en estado de ebriedad, y la policía ha recibido varias llamadas por violencia doméstica. Leo está acostumbrado a vivir en un hogar disfuncional. No conoce otra cosa. Pero algo ha cambiado, algo que lo ha traído hasta aquí —repite.

—Ya —dice Marino—. Lo que ha cambiado es que ha confesado un asesinato que no cometió y sale en todos los medios. Ah, sí, también mintió al afirmar que Joanna Cather se acostaba con él, sin importarle si le jodía la vida.

—No sabemos qué había entre ellos. —Benton observa a Leo a través del vidrio.

—Claro que lo sabemos. Nada. Eso es lo que había entre ellos —dice Marino—. Otra historia que no cuadra. Él la ayuda a llevar las cosas al interior del apartamento y luego follan en el sofá. Es como lo de la pistola tirada por la boca de la alcantarilla. No ha sabido dar más detalles porque no es más que una sarta de gilipolleces.

—Alberga sentimientos intensos hacia Joanna. Tiene un conflicto interior muy profundo —asevera Benton—. Le hizo daño a ella, una persona que ha sido amable con él, y tal vez se vio forzado a ello porque su familia necesita dinero. Creo que Leo piensa que está en peligro.

—¿Cómo coño sabes lo que piensa? —exclama Marino, sin disimular su frustración ni su ira.

—Porque lo sé —responde Benton—. Sé lo que piensa. Pero no sé exactamente por qué. Y sé que está asustado.

—Está asustado porque mintió sobre la mujer de un hombre asesinado. Le tiró los tejos y ella lo rechazó. Eso es la historia real.

—Sospecho que la historia sobre su relación sexual no se le ocurrió a él. Y deberíamos tomarnos muy en serio su miedo. —Benton no da su brazo a torcer.

Leo golpea la arrugada lata con la palma de la mano de forma que sale despedida y cae en una papelera. Acto seguido la recoge y la lanza de nuevo, esta vez con un golpe ascendente para darle efecto.

—Te ha visto por nuestro barrio —le digo a Benton—. No sabemos a qué otras personas habrá visto. ¿A Rand Bloom y a quién más?

—Deberíais retenerlo en el calabozo —le dice Benton a Marino.

—Por mí puede pudrirse en la cárcel. Adelante, enciérralo.

—Me refiero a que pase aquí unos días, como mucho. Por lo menos esta noche. En el mejor de los casos, mañana conseguiré que lo trasladen al pabellón Este de McLean, donde tienen un programa de adolescentes ingresados y podrá permanecer custodiado mientras lo examinan y lo curan.

—No le digas que estará a cuerpo de rey en un hospital, ¿vale? —me pide Marino—. No le digas nada que lo haga sentirse más tranquilo.

Benton me mira a los ojos para indicarme que ha llegado el momento, así que recojo mi maletín plateado.

—¿Sabe que habéis encontrado sangre? —le pregunto a Marino mientras Benton abre la puerta.

—No le he revelado un puto detalle.

—¿Te ha visto rociar con el producto químico?

—Los he hecho esperar a todos en la cocina mientras inspeccionaba los baños y el cuarto de la lavadora.

Salgo por esa puerta, y Benton abre la de la sala de interrogatorios. Entro.

Deposito el botiquín sobre la mesa, y Leo baja los pies. Estamos solos. Aunque no vemos ni oímos a los que están fuera, ellos sí pueden vernos y oírnos.

—Vaya, esto es increíble. —Leo se pone de pie, clavando en mí una mirada de sorpresa desde debajo de la visera de la gorra negra—. ¿Usted?

—Soy la doctora Scarpetta. —Me descoloca su aspecto menudo e inofensivo.

Cuando lo he visto esta mañana con el soplador de hojas e incluso hace unos instantes a través del espejo unidireccional, me ha parecido más corpulento, más imponente. De pronto se ha convertido en un chico enjuto y nervudo, desaliñado y perdido, cuya actitud desafiante es una barricada tras la que no podrá parapetarse mucho tiempo. Considera a los hombres sus adversarios, tanto en la pista como fuera de ella. Las mujeres son harina de otro costal. Enviar a Marino a la casa de los Gantz fue la peor elección posible. Pero Benton lo sabía. Por eso lo hizo. Ahora me toca a mí.

—Sé quién es —señala Leo.

—¿Nos conocemos? —pregunto.

—La he visto trabajar en su jardín. Tiene un montón de rosales. Sé exactamente en qué casa vive. El agente del FBI, el tipo del traje caro, es su marido.

—Así es.

—Conduce un R8 negro con motor V10 y llantas de titanio. Mola. Sabía que el hombre me sonaba de algo, pero hasta ahora no acertaba a recordar de qué. Lo había visto con usted.

—Al parecer eres un apasionado de los coches.

—Lo sé todo sobre cualquier modelo que se le ocurra. ¿Es suyo el Ferrari? —Gesticula mucho, inquieto.

—No tengo un Ferrari —contesto con una sonrisa.

—Pues de alguien será, joder. —Habla de forma animada y atropellada—. Un día llamé a su puerta para ver si necesitaban que alguien les cortara el césped, les rastrillara las hojas, les lavara los coches o lo que fuera. Y el Ferrari estaba aparcado en el camino de acceso. No podía creerlo. Ya no se ven coches así por aquí.

—Lo siento, pero no me acuerdo de tu visita.

—No fue usted quien abrió la puerta. Fue otra mujer, joven, bastante buenorra.

—Entonces no creo que fuera mi asistenta. —Levanto los cierres del maletín de aluminio con un chasquido.

—No, a menos que lleve un 595 GTO alucinante de doce cilindros y casi ochocientos caballos. Gris como un tiburón con asientos de competición en piel roja. No estuvo muy simpática que digamos.

—No puede haberse tratado de Rosa. —No le digo que era Lucy.

—Joder, se lo personalizaría gratis. ¿Seguro que no es suyo? —pregunta con expresión alegre, arrogante y pagado de sí mismo, como si hubiera olvidado por qué estamos aquí.

—Seguro.

—¿Alguna vez lo ha conducido?

—En una o dos ocasiones —respondo. Hasta este instante, nunca había imaginado que la obsesión de Lucy por los bólidos llegaría a resultarme útil.

—¿Y qué sintió?

—Como si pilotara un cohete con frenos que bloqueaban las ruedas. —Me pongo unos guantes.

—¿Le puso una caja de cambios F1 o dejó la automática?

—¿Cuál te gusta más? —Saco un bote de Betadine, un frasquito de agua destilada y una caja de gasas, y lo coloco todo sobre la mesa.

—La automática no, ni de coña. Algún día tendré un coche así —fanfarronea—. En cuanto sea profesional y consiga buenos contratos con patrocinadores.

—Primero tenemos que evitar que te metas en líos.

—¿Usted está aquí para evitar que me meta en líos?

—Al menos para intentarlo. —Abro la caja de gasas.

—Demasiado tarde. Ya estoy metido. —No solo parece orgulloso, sino que está coqueteando conmigo—. ¿Qué es eso? ¿Yodo? ¿Qué va a hacerme?

—Necesito que te sientes y te quites la gorra, Leo, para que pueda echarle un vistazo a tu cabeza.

Toma asiento, se levanta con cuidado la gorra y se la deja sobre las rodillas. La zona lacerada del cuero cabelludo está hinchada. Le sangra, porque él mismo se ha abierto la herida hace unos minutos. Cojo una regla de plástico y la cámara, aunque una ojeada me basta para saber que esas laceraciones paralelas de unos siete centímetros y medio de largo situadas a dos centímetros y medio una de otra no fueron infligidas por el trofeo de tenis que he examinado. Van desde la sien hasta la curvatura del cráneo.

—Eso debe de doler. —Aparto el pelo con delicadeza y advierto que la herida tiene los bordes limpios, como si la hubiera inferido una cuchilla, aunque está claro que no se trata de una incisión ni es especialmente profunda—. Avísame si te hago daño.

—No me molesta. —Permanece del todo inmóvil, salvo por la nuez, que sube y baja cada vez que traga, y las piernas, que dan saltitos.

—Me harías un favor si dejaras de mover las piernas. —Humedezco una gasa con agua esterilizada.

—No me gustan las agujas. No quiero puntos. —Lo que me interesa saber es lo que sí le gusta y quiere.

—No me extraña. —Aprieto la gasa mojada contra las heridas y el contorno, limpiando la sangre lo mejor posible, y percibo su intenso olor corporal—. Hay pocas cosas que puedan gustarte de las agujas. El cuero cabelludo es una zona muy vascularizada, lo que explica que sangraras tanto.

La pregunta es cuándo lo hirieron, pero estoy segura de que no fue a las ocho de la mañana de hoy. Es imposible. Tampoco creo que haya sucedido en las últimas horas. La ropa y la toalla ensangrentadas que Marino encontró dentro de la lavadora en la casa de los Gantz no estaban secas ni empapadas, sino húmedas.

—Eres muy valiente, pero seguro que pasaste miedo. —Examino las heridas a través de una lupa para asegurarme de que no haya suciedad o restos.

—¡Joder!, ya lo creo que pasas miedo cuando alguien te ataca de repente.

—La buena noticia es que las laceraciones no han penetrado en la aponeurosis ni en el tejido conectivo fibroso que une el músculo al hueso.

—¿Eso qué significa? —Ahora sus piernas están quietas, y sus manos sobre los muslos, con los dedos extendidos y tiesos.

—Significa que la herida no se abrirá más y que no te hacen falta puntos, aunque seguramente ya lo sabías y por eso no has ido a urgencias. Cuéntame qué hiciste después de la agresión.

—Me fui a casa en bici. Eran cerca de las ocho y media, así que me fui a casa a lavarme.

—¿Le dijiste a alguien que estabas herido?

—No. Saqué la pistola, regresé al apartamento y le disparé al señor Nari.

Es imposible. Pero me callo lo que pienso.

—Me preocupan más otros síntomas que puedas estar experimentando —digo.

—Pues me muero de hambre. A lo mejor alguien podría traerme un doble Whopper con extra de queso. Me conformaría con una pizza y una Coca-Cola grande.

—Creo que eso tiene arreglo. —Mojo varias capas de gasa con Betadine, que despide un olor metálico penetrante—. Tal vez esto te escueza un poco.

33

—Apenas noto nada. —Leo aguanta sin inmutarse.

—¿Mareo o dolor de cabeza? ¿Has tenido náuseas después de que te hirieran? —Mientras sujeto la gasa en su sitio con una ligera presión, me pregunto qué es lo que más teme.

«A su padre o a otra cosa.»

—No —responde—. Me encuentro bien.

—¿Ni siquiera una leve jaqueca? Tienes una inflamación considerable. Eso me preocupa. Deberían realizarte una evaluación. Voy a recomendar una resonancia y un examen exhaustivo en el hospital McLean. Está muy cerca de aquí, en Belmont. Quizá tengas que estar ingresado hasta que se aseguren de que no sufras secuelas neurológicas.

A Marino no le gustará lo que acabo de decir, pero peor para él. No forma parte de mis obligaciones intimidar a nadie.

—Bueno, siento unas punzadas. —A Leo le atrae la idea de permanecer retenido durante un tiempo en un lugar seguro. Recuerdo lo cerca que se hallaba de la camioneta de Rand Bloom.

—Es muy importante mantener esto limpio para que no se te infecte —explico—. Seguramente convendría que tomaras un antibiótico. ¿Eres alérgico a algún medicamento?

—¿Como cuál?

—La penicilina o alguno de sus derivados. La amoxicilina o la ampicilina, por ejemplo.

—Puede recetar lo que quiera. Ya puestos, ¿por qué no oxicodona?

—Me temo que no me corresponde a mí extender la receta. Pero se lo comentaré a alguien antes de marcharme.

—Lo de la oxicodona era broma. Hostia, usted hablaba en serio. ¿Nunca se relaja un poco?

—Ya sabes lo que se dice sobre los científicos. Que somos unos sosos.

—A mí se me dan bien las ciencias —asegura con un brillo en la mirada.

Está entusiasmado, y percibo la transferencia que se está produciendo. Leo Gantz ha establecido un vínculo afectivo conmigo, lo que reaviva mis conflictos internos. ¿Debo traspasar el límite en aras de la verdad y para salvarlo de sí mismo, dejar que las cosas sigan su curso o ponerles freno?

—Hablemos de cómo te golpeaste la cabeza con el marco de la puerta de la ducha —le digo como si se tratara de un dato incuestionable.

—Eso no fue lo que pasó —replica, visiblemente sorprendido.

—¿Te olvidaste de que estaba allí y te diste un topetazo al inclinarte para abrir el agua?

—¿Qué? —Me contempla con una mezcla de asombro y conmoción.

—Intento reconstruir los hechos basándome en el patrón de tus heridas.

—No sé de qué me habla.

—No es el primer caso con el que me encuentro. —Coloco la regla cerca de las laceraciones y tomo una foto con la mano libre—. Un peligro oculto, un defecto de diseño. El marco de aluminio tiene dos bordes paralelos entre los que la puerta de vidrio ajusta perfectamente para que no se moje el suelo del baño.

—Él me pilló desprevenido y me pegó en la cabeza. Así fue como me hice esto.

—No cabe duda de que recibiste un golpe en la cabeza, Leo, pero no con el trofeo de tenis que he examinado. El campeonato del año pasado. Impresionante.

—Estaba sangrando en el baño —alega— porque entré para lavarme cuando llegué a casa. Después de que él me atacara. Y entonces volví y le pegué un tiro.

—Habías estado realizando tareas de jardinería. Tal vez querías darte una ducha después de trabajar al aire libre. La tarde estaba poniéndose calurosa y húmeda.

—¿Y qué? —Su actitud ha pasado de estoica a excitada y ahora a defensiva—. ¿Qué más da si me duché después de trabajar?

Si su mentira sale a la luz, tal vez lo envíen de vuelta a casa, perspectiva que le infunde un pánico terrible.

—El problema es que, a juzgar por la cantidad de sangre seca que tienes en el cuero cabelludo y en el pelo, dudo que hayas llegado a ducharte. —Señalo unos grumos en su larga cabellera rojiza—. Al menos después de que te hirieran. Es posible que no te hayas dado una ducha en todo el día.

—Está... está intentando hacerme caer en una trampa —titubea.

Comienzo a utilizar otra tanda de Betadine y gasas, tomándome mi tiempo.

—Aquí no hay trampas, Leo. Solo indicios. Y todo apunta a que entraste en el baño, tal vez para lavarte después de trabajar en el jardín. Has empezado esta mañana...

—¿Cómo sabe lo que estaba haciendo?

—Te he visto.

—¿Dónde?

—Hacia el mediodía estabas cerca de mi casa. —De nada serviría mostrarme reservada. Sabe dónde vivo—. Estabas usando un soplador de hojas de gasolina, despejando una acera de tierra y hierba cortada, junto a una camioneta gris aparcada en la calle.

«Rand Bloom.»

—Mierda. Usted iba con ese policía gilipollas, el que me gritó y se presentó en mi casa. Esa camioneta ni siquiera es mía.

«Sé de quién es.»

—Me fijé en ella —contesto—. El conductor no estaba dentro y por eso el agente Marino supuso que era tuya. Y también porque estaba aparcada en el mismo lugar donde estabas trabajando con el soplador.

—No tengo por qué responder a sus preguntas.

—No te he hecho ninguna. —Meto la gasa en una bolsa para residuos biosanitarios y luego los guantes usados.

Coloco una silla en la posición que me interesa y me siento cerca de él, cara a cara.

—Me pregunto quién iba descalzo. —Bajo mi botiquín de aluminio de la mesa y lo deposito en el suelo, vertical, junto a mi silla.

Leo está callado, y detecto su disgusto creciente. No quiere que me vaya, así que hago un cálculo rápido para determinar hasta dónde debo llegar, y decido que hasta donde haga falta. Marino o Benton siempre tendrán la opción de entrar e interrumpirme. Pero no lo harán. Aún no.

—Alguien anduvo descalzo por el baño que manchaste de sangre —añado—. Tal vez el agente Marino te mostrará unas fotos si se lo pides. Hay un rastro de huellas parciales ensangrentadas entre la puerta de la ducha y el lavabo, y marcas sanguinolentas de manos en la pared —le informo, cosa que no haría en circunstancias normales—. Al parecer, alguien lo limpió todo, pero hay ciertos productos químicos que nos permiten ver los restos de sangre —prosigo, recalcando un detalle que normalmente no me toca explicar a mí—. Cuesta mucho borrarlos del todo. La policía dispone de unas fotografías muy convincentes. Tal vez deberías echarles un vistazo.

—Me importan un carajo las putas fotografías —espeta, pero percibo su turbación.

—Hacia las cinco y media de la tarde, hace unas tres horas, tuiteaste que habías matado al señor Nari. —Paso de la barandilla de mis límites a la cornisa de mi necesidad—. Lo tuiteaste desde tu casa.

—¿Cómo sabe dónde estaba?

—Habrás oído hablar de las direcciones IP. Eres un joven muy espabilado. Se te dan bien las ciencias. ¿Te golpeaste la cabeza en el baño en torno a las cinco y media?

—No me acuerdo —dice.

—Tus heridas parecen haberse producido hace un par de

horas, tal vez más. Quizás hace cuatro o cinco, pero sin duda hace menos de doce. La gente se preguntará qué ocurrió primero, si tus tuits y tus llamadas a la policía o tu lesión. Se preguntará si te golpeaste la cabeza contra el marco de la puerta de la ducha, si alguien te empujó o si te diste un topetazo a propósito. A lo mejor te pillaron con la guardia baja cuando estabas allí de pie, con una camiseta blanca y un pantalón corto, tal vez abriendo el agua con la espalda hacia la puerta. Más de uno elucubrará si alguien se molestó contigo por confesar un crimen tan grave como un asesinato.

El padre maltratador de Leo seguramente no estaba encantado con su decisión. Tal vez le había parecido bien que acusara en falso a una psicóloga escolar con la esperanza de cobrar una indemnización. Pero se había pasado de la raya al declararse culpable de un homicidio. Es el inconveniente de incitar a alguien a engañar a otros cuando conviene. No se pueden controlar las mentiras que dice una persona, y me imagino al padre de Leo montando en cólera al enterarse de la noticia. La pregunta es en qué momento se enteró. Ignoro la respuesta, y las heridas no me lo aclaran.

—Es usted una puta policía secreta que se hace pasar por doctora. —Los ojos de Leo centellean de rabia, de pronto arrasados en lágrimas.

—Ni policía ni secreta. Soy doctora. Estoy especializada en la violencia, en las lesiones y muertes relacionadas con ella. —Permanezco sentada. No me atrevo a moverme—. Pero volvamos a la camioneta gris. La vi de nuevo después de fijarme en que estabas junto a ella esta mañana. La lleva un investigador de seguros. Tal vez lo conozcas. Incordia a mucha gente.

—¿Qué pinta tiene? —inquiere Leo, y, extrañada por su pregunta, le describo a Rand Bloom, aunque no menciono el nombre. Leo clava en mí la mirada, y percibo en ella duda, luego miedo, luego nada—. No me suena de nada. —Es una mentira descarada, y me levanto de la silla porque sé el efecto que esto tendrá en él.

—Sigue a la gente. Aparca delante de sus casas —asevero—. Es algo que puede intimidar mucho.

—¡Maté al señor Nari después de que me agrediera! —barbotea Leo.

—Nadie te golpeó con el trofeo, pero o tú o alguien más lo manchasteis de sangre, le tirasteis unas gotas encima para que pareciera que eso era lo que había sucedido. —Recojo mi botiquín porque ha llegado el momento de marcharme—. Fue un truco bastante astuto y casi convincente. Mucha gente habría picado.

—¡No puede probarlo!

Poso la vista en mi teléfono, que descansa sobre la mesa. Un aviso me indica que he recibido un archivo protegido.

«Lucy», pienso.

—¡No puede demostrar que he sido yo! —Leo alza la voz, acusador.

Abre la boca para añadir algo, pero decide callar. Empieza a mecerse en su asiento. Estoy a punto de irme, y él expresa así su temor.

—Irán a por mí —dice en tono suplicante, con los ojos desorbitados—. ¡Si salgo de aquí, ellos irán a por mí!

La puerta se abre y aparece Marino.

—Nadie irá a por ti —le asegura a Leo—, pero necesito saber de quiénes estás hablando.

Leo sacude la cabeza. Se niega.

—No podré protegerte si no me lo dices.

«Ellos.» Este pensamiento me corroe.

—Si no cooperas conmigo, no puedo hacer nada —insiste Marino.

«Ellos.» No parece que esté refiriéndose a su padre.

—Muy bien, de acuerdo: tú ganas. —Marino se tira un farol—. Eres libre. Puedes irte a casa a reflexionar sobre esto. Cuando te decidas por fin a contarme la verdad, dame un toque.

—Ha dicho que me llevarían al hospital. —Leo me mira como a la peor traidora de la Tierra.

Salgo de la reducida habitación.

—¡Lo ha dicho! ¡Ha dicho que quería ayudarme!

Cuando llego al espacio común dividido en cubículos, lo oigo bramar obscenidades, pero me vuelvo al percibir un sonido distinto. Ha saltado desde la mesa y le asesta una violenta patada a su silla, que sale despedida hasta el otro lado de la sala y se estampa contra la pared en el mismo instante en que Marino se abalanza sobre él.

—¡Suéltame! ¡Suéltame! —chilla Leo, forcejeando, mientras se le cae la gorra.

Marino lo abraza con fuerza por detrás y lo levanta del suelo, como si no pesara nada.

34

Los blancos abedules resplandecen a la luz de los faros del Audi. Los troncos altos y delgados con corteza quebradiza se inclinan sobre la carretera desde lo alto de peñascos que se pierden en la distancia, engullidos por el oscuro y accidentado bosque. Son casi las nueve y media, y el tráfico avanza con fluidez mientras avanzamos en dirección norte, hacia Marblehead Neck, bajo un manto impenetrable de nubes amenazadoras y entre fuertes ráfagas de viento. Se oye un estruendo de truenos a lo lejos.

La historia de Leo Gantz sobre la agresión con el trofeo de tenis se le ocurrió en el último momento como una manera de sacar provecho de una lesión accidental. Llegó al extremo de salpicar sangre sobre el trofeo, suponiendo que los bordes de la base cuadrada encajaban con el patrón de las heridas que tenía en un costado de la cabeza. Demuestra una gran agilidad mental, una inteligencia brillante, y he elaborado una teoría que creo que es correcta.

No lo empujaron contra el marco de la puerta por haber hecho una confesión falsa. Al contrario. Planificó un espectáculo público después de que lo atacaran cuando se disponía a ducharse. Los tuits y las llamadas a la policía y al FBI fueron su forma de castigar al demonio con el que había cerrado un trato y al que creía conocer.

«Su padre.»

—Años de resentimiento y rabia contenidos —comento—.

Seguramente su padre le hizo daño esta mañana, y no era ni por asomo la primera vez. Leo no lo admitirá, pero ha encontrado un modo de vengarse y mantenerse a salvo a la vez.

—Atrapado en un círculo vicioso, odia a quien quiere y quiere a quien odia. —Benton suele zigzaguear entre los otros vehículos como un esquiador de eslalon, aunque por alguna razón ahora se mantiene en el carril derecho—. Luego busca atención desesperadamente, abrumado por los remordimientos y una necesidad imperiosa de castigar.

—Y el miedo —agrego.

—Al menos está fuera de peligro por el momento. Pero su futuro no parece demasiado prometedor. Él representa el mayor peligro para sí mismo. —Leo está en el calabozo del Departamento de Policía de Cambridge, celosamente vigilado por una celadora de guardia, una técnica forense del cuerpo. Por la mañana lo trasladarán a McLean—. Esto comenzó hace tiempo y ha ido a más, hasta que ha acabado por estallar en llamas —añade Benton—. El asesinato del esposo de Joanna y lo que sea que haya sucedido en casa de Leo esta tarde han sido la chispa que lo ha encendido todo. La hoguera ya estaba preparada. Así funciona esto. Un último incidente basta para desencadenar el caos.

Las dificultades económicas que no parecían tener solución hasta que Bloom entró en escena echaron más leña al fuego. Este solo tuvo que husmear un poco, como de costumbre, para descubrir que Joanna Cather le dedicaba tiempo a Leo y le profesaba afecto.

—Y su relación se intensificó cuando él empezó a meterse en líos.

—Los trastornos de adaptación y las crisis nerviosas no son raros entre los adolescentes que cambian de centro educativo. —Desplaza los ojos de un retrovisor a otro—. Leo comenzó el bachillerato el otoño pasado. Pasó de una escuela pública a una prestigiosa academia privada con una beca completa, y de inmediato empezó a experimentar cambios de conducta.

Más allá de la plateada barrera de seguridad hay casas, enclavadas al fondo de sus jardines, algunas bastante grandes, fruto de una época en que los terrenos no se habían subdividido y las carreteras eran caminos de vacas. Benton no deja de lanzar miradas a los espejos sin volver la cabeza, y no es del tráfico de lo que está pendiente.

—Todo ello agravado por un entorno familiar disfuncional —dice—. Una madre sumisa que no lo apoya, un padre cuyo abuso del alcohol ha llegado a tal extremo que se ha quedado sin trabajo e incurrido en cuantiosas deudas.

Los faros de los vehículos que circulan en los carriles contrarios y por detrás de nosotros me deslumbran. Observo a Benton mirar por los retrovisores y echo un vistazo a lo que me ha enviado Lucy. No dejo de darle vueltas en la cabeza. No dejo de pensar en cómo las cosas se estropean sin esperanza de arreglarse. Las fuerzas de seguridad son una de ellas, y la corrupción en el Departamento de Justicia no es una novedad para nosotros. Rand Bloom trabajó para ellos. A eso se dedicaba antes de que lo contratara la aseguradora TBP.

—¿Te preocupa que alguien nos siga? —pregunto cuando Benton se fija en el espejo lateral, con ambas manos en el volante y los dedos índices sobre los botones del cambio de marchas.

—Una camioneta ha venido detrás de nosotros, acercándose y alejándose, a lo largo de los últimos quince kilómetros.

—No me digas que es una Ford gris. —En el retrovisor de mi lado no veo más que el fulgor de los faros, y resisto la tentación de mirar hacia atrás.

Benton me lee en voz alta el número de matrícula, y la indignación se apodera de mí. Bloom ha vuelto a las andadas. Pero no puede tratarse de él.

—Blanco, bien afeitado, rostro afilado, un pelo corto y claro que asoma por debajo de una gorra. —Benton me describe a otra persona, claramente desencantado—. Lleva gafas. No son de sol, sino graduadas. Va pegado a nosotros. Podría denunciarlo por conducción temeraria, pero poca cosa más. Si fuera Bloom, podríamos inventarnos algún cargo contra él para que lo detengan. Pero no sé quién es.

—Pero lleva la camioneta de Bloom.

—Eso da igual. Ojalá no fuera así.

—Algo tenemos que hacer, Benton.

—Yo no hago controles de tráfico. Y aunque los hiciera, voy en mi vehículo particular.

—Pero nos está acosando.

—Eso no se puede demostrar —replica Benton, y me vienen a la cabeza las palabras de Leo.

«Ellos.»

—Comunícate con Marino y explícaselo. Si quiere, puede involucrar a la policía estatal, aunque dudo mucho que lo haga —dice Benton—. No existe una prueba suficiente para obligar al conductor a detenerse a menos que se haya denunciado el robo de la camioneta. Y nosotros no podemos denunciarlo por eso. Sea quien sea, sabe que no tenemos pruebas contra él. Se está comportando como un imbécil, pero eso no es delito.

Llamo al móvil de Marino y, cuando responde, me doy cuenta de que va conduciendo. Le notifico lo que ocurre. Dice que acaba de salir del complejo de apartamentos donde vive Bloom, y que ni él ni la camioneta estaban allí.

—Consulto a la operadora y te llamo enseguida —añade Marino.

Recibo su llamada pocos minutos después, y la camioneta aún nos sigue de cerca.

—No tengo idea —anuncia Marino, y pongo el manos libres, con el volumen al máximo—. Nadie ha denunciado el robo de la camioneta, y Bloom no contesta el teléfono. Las personas con las que trabaja aseguran que no han tenido noticias suyas desde primera hora de la tarde y que a veces él presta su camioneta. Tal vez lo ha hecho para despistarnos porque sin duda se ha imaginado que pensábamos detenerlo para interrogarlo. Así que ha ahuecado el ala y os está haciendo un corte de mangas con su ausencia.

—¿Vive con alguien? —pregunto.

—Solo, en un apartamento de una sola habitación en Charlestown, donde acabo de estar. No me ha abierto la puerta.

—¿Y la orden judicial de detención? ¿La tienes? —Espero que la respuesta sea afirmativa.

—Refréscame la memoria, Doc. ¿Qué delito ha cometido? —Marino suena enfadado y derrotado. Cuando se siente así, se pone sarcástico—. De todos modos, has dicho que no es él quien conduce la camioneta. No tenemos pruebas suficientes en este momento. Lo único que puedo hacer es interrogarlo cuando aparezca.

—¿La policía del estado puede identificar al conductor?

—No hay pruebas suficientes —repite—. No va contra la ley conducir el vehículo de otra persona, a menos que sea robado. Además, tiene los papeles al día. No tiene antecedentes por infracciones o faltas graves. Créeme, lo he investigado bien.

—O sea que alguien puede seguirnos hasta una escena del crimen por diversión sin que nadie pueda hacer nada al respecto. —Mi frustración alcanza cotas extremas.

—Bienvenida a mi mundo —dice Marino—. ¿Estás totalmente segura de que es la misma camioneta?

—Al cien por cien. Lleva unos quince minutos detrás de nosotros, pero no reconocemos al conductor.

—Debe de ser algún desgraciado con el que trabaja Bloom —decide Marino—. Por lo visto TBP tiene por norma hostigar a la gente, hacer todo lo posible por acojonarla y distraerla. Por fortuna, él no es el único investigador con el que cuentan.

Finalizo la llamada.

—Tengo la sensación de que nos encontramos en medio de una trama diabólica —le comento a Benton.

—Pues analicemos por separado los elementos que están relacionados —propone con la seriedad tranquila que se adueña de él cuando se pone alerta y no está para tonterías—. Dividamos el caso en partes discretas. Empecemos por la relación de Leo con Joanna, que sin duda alguna ha estado en el punto de mira de Bloom desde que su esposo se querelló contra la academia Emerson por veinte millones de dólares.

—Seamos sinceros: es una cifra demencial.

—Tienes que apuntar alto para conseguir algo. Ya sabes cómo funciona esto.

—Desde luego que lo sé.

—Pero con Bloom no hay margen para la negociación. —Benton reduce la velocidad y la camioneta nos sigue a muy poca distancia, implacable y sin el menor disimulo, como si le hubieran concedido un aumento al conductor gracias a nosotros—. Su *modus operandi* consiste en hundir la reputación del objetivo y neutralizarlo.

La querella se presentó el septiembre pasado, y la compañía de seguros ofreció un acuerdo extrajudicial por diez mil dólares, una cantidad insultante que no habría cubierto las costas judiciales de Nari hasta ese momento. El litigio siguió el curso habitual y él optó por llevar el centro a juicio y demandar a TBP por fraude, según nos ha informado Lucy, entre muchas otras cosas.

—La amistad de Joanna con Leo le proporcionó a Bloom una oportunidad perfecta para recurrir a la extorsión —agrega Benton, y la elevada cabina de la camioneta que se aproxima por detrás de su coche con la suspensión baja me hace sentir como si estuviera a punto de arrollarnos.

—Imagínate lo que ella iba a tener que aguantar durante el proceso —respondo—. Ni ella ni su marido debían de sospechar siquiera a quién se enfrentaban. —Un ex funcionario corrupto de los cuerpos de seguridad. Lo más irónico es que ni las conexiones ni las maquinaciones de Rand Bloom tuvieron que ver con la agresión que lo desfiguró.

Según todos los testimonios, fue un hecho fortuito. Un indigente se acercó al coche de Bloom cuando estaba parado frente a un semáforo y golpeó a Bloom con una porra extensible de acero, de tal forma que le destrozó la órbita y la mejilla, y le rompió los incisivos. El incidente se produjo en Washington, hace dos años. Se supone que se desconoce la identidad del agresor, pero eso no me lo creo. Según Lucy, Bloom respondió de manera muy vaga y pasiva a las preguntas que le plantearon al respecto, pero intuyo que alguien quiso transmitirle un mensaje, y él lo captó con toda claridad.

En aquel entonces era un abogado que trabajaba para la Sección de Integridad Pública del Departamento de Justicia y se vio envuelto en una investigación polémica que me tiene desconcertada. TBP había sido denunciada por supuestas irregularidades durante la campaña para la reelección del congresista Bob Rosado en 2008, y se había convocado a un gran jurado.

No se presentaron cargos, la Comisión Federal Electoral ni siquiera impuso una multa, pese a que no era la primera vez que acusaban al TBP de financiación ilegal de una campaña y sobornos. El verano pasado, Bloom dejó el Departamento de Justicia y TBP lo fichó.

Benton mira una y otra vez los retrovisores y reduce aún más la velocidad, bastante por debajo del límite.

—El lado oculto del tronco podrido del que nadie quiere hablar —dice en el mismo tono inexpresivo que no deja traslucir lo que siente en realidad—. Integridad Pública, delitos de cuello blanco, los que estamos entrenados para investigar y sancionar nos brinda la oportunidad de cometer abusos de poder y conchabarnos con los malos. Los analistas de Inteligencia Criminal se convierten en mercenarios al servicio de asesinos, y sinvergüenzas como Bloom manipulan el sistema y ganan mucho más dinero en el sector privado. No me cabe la menor duda de que amañaba las conclusiones de las investigaciones por medio de promesas y tratos bajo la mesa con grupos de presión influyentes.

—Supongo que es el procedimiento estándar de la aseguradora —señalo—, y tal vez también del congresista Rosado. Por eso estamos yendo hacia su casa, con la condenada camioneta de Bloom pisándonos los talones.

—Me tiene harto —dice Benton.

—Pasa de ella.

—Ahora verás cómo paso.

Se desvía de repente al carril izquierdo, reduce la marcha y desacelera con una brusquedad de latigazo cervical antes de colarse detrás del brillante parachoques posterior de la Ford gris, a una distancia amenazadoramente pequeña, en una marcha corta, mientras el motor ruge, revolucionado. Acto seguido pisa a fondo, pasa de nuevo al carril izquierdo y avanza en paralelo a la puerta del conductor de la camioneta durante un par de segundos.

—Que te den —dice Benton, antes de acelerar de golpe.

A ciento ochenta por hora, la carretera se abre ante nosotros como si fuéramos los únicos que circulan por ella, entre los bramidos y chisporroteos del motor. La camioneta no intenta alcanzarnos; le resultaría imposible. La perdemos de vista, y apenas he podido echar una ojeada al conductor. Es una persona rubia, menuda, con grandes gafas de montura cuadrada; me ha parecido que sonreía, y algo se me remueve por dentro. No estoy segura del sexo de la persona al volante. Es posible que no fuera un hombre.

—Creo que le ha quedado claro —dice Benton.

—Pero... ¿quién? Deberíamos saber quién diablos es. —Estoy tan sorprendida por lo que acaba de hacer Benton como por lo que Joanna Cather nos dijo a Marino y a mí.

Durante los meses anteriores al asesinato de su marido, este había asegurado que una camioneta había empezado a seguirlo después del anochecer, conducida por alguien que llevaba gafas y una gorra. Habían sorprendido a alguien espiando por la ventana del baño de su apartamento, y desde entonces mantenían las persianas bajadas. Jamal Nari no había caído en la paranoia, y ya no creo que el intruso fuera Rand Bloom, o al menos no era el único.

«Ellos.»

—Más acoso, un corte de mangas... Creo que Marino tiene razón. —Benton explica algo que no es lógico porque, si opinara eso de verdad, no se comportaría así.

La actitud desafiante que ha mostrado súbitamente en la carretera no cuadra con su disciplina habitual, que raya en la inmutabilidad. Contemplo su anguloso perfil, iluminado por los faros de los vehículos que circulan en dirección contraria, el gesto tenso de sus labios. Percibo su agresividad contenida. Por una fracción de segundo, detecto su furia.

Avanzamos a lo largo de la accidentada costa norte de Massachusetts, serpenteando en dirección este hacia Revere Beach y el parque de atracciones llamado Wonderland reconvertido en estación de metro de la línea azul.

Reflexiono en voz alta acerca de cada suceso por separado, las partes discretas que tenemos que aislar. Expongo con lujo de detalle los casos sobre Patty Marsico, Johnny Angiers, Jamal

Nari, Leo Gantz, y ahora Gracie Smithers, de catorce años, asesinada en la casa de Bob Rosado. Intento encajar las piezas, analizarlas desde todos los ángulos, reconsiderando cada pormenor, y a continuación pienso en los dos homicidios cometidos en Nueva Jersey y en los tuits que no somos capaces de rastrear.

El dinero no puede ser la causa de todo lo que está ocurriendo. Detrás de esto tiene que haber algo más que reclamaciones de seguros, extorsiones o el afán de un adinerado congresista por proteger su posición de poder. Desbloqueo mi móvil y accedo a la base de datos del CFC. Localizo el caso de Patty Marsico. Ojeo el informe policial y las fotografías de la escena del crimen para refrescar la memoria, mientras intento recordar detalles de su autopsia y el motivo por el que me citaron a declarar.

Sesenta y un años, superviviente de un cáncer y en pleno proceso de divorcio, Marsico había ido a visitar una casa sin amueblar en primera línea de mar después de una tempestad, y los abogados de TBP alegaron que el brutal homicidio había sido obra de algún conocido suyo. Según ellos, se trataba de un crimen pasional, y daban a entender que su esposo, del que estaba separada, había entrado a hurtadillas en la casa, donde le había pegado una paliza y la había ahogado, antes de limpiarlo todo con lejía, tomándose su tiempo y bebiendo cerveza. Amplío una imagen del cuerpo desnudo sujeto con cables eléctricos por las muñecas y suspendido de una cañería del techo en el sótano inundado. Recuerdo haber caminado por esa agua, notando el frío a través de las botas de goma. Recuerdo haber sentido el mal.

Lo sentí en el interior de la casa y también más tarde, cuando recorría el terreno y la playa con Benton y Lucy. Lo sentí mientras nos dirigíamos de vuelta al aeropuerto donde nos aguardaba el helicóptero de Lucy. No era más que una intuición, y aunque no me guío por mi instinto, tampoco hago caso omiso de él. Por algo lo tenemos, para sobrevivir, y una parte de mi cerebro era consciente de que alguien nos acechaba.

—Patty Marsico tenía heridas en la cabeza porque se la habían golpeado contra una superficie plana —le recuerdo a Benton—. Marcas de dedos en la parte superior de los brazos y en los hombros por donde el asesino la había aferrado mientras la ahogaba en ocho centímetros de agua. Tenía la ropa ensangrentada y empapada, lo que indicaba que la habían desvestido una vez muerta.

—Luego el asesino dobló las prendas y las colocó dentro de un kayak que encontramos flotando sin rumbo cuando llegamos —dice Benton—. Era como un gesto de burla.

35

Guardo un recuerdo vívido de la escena. El lugar estaba anegado a causa del fuerte oleaje, y cuando me acerqué al kayak marino de colores vivos, este se alejó lentamente, como un caballo sin jinete o un barco fantasma.

El asesino había depositado el abrigo, el pantalón de lino, la blusa y la ropa interior de Patty Marsico sobre el asiento acolchado, y recuerdo que el bolso y las llaves estaban arriba, sobre una mesa del recibidor, y sus mocasines tirados por ahí cerca. Acababa de entrar en la casa cuando alguien la asustó tanto que perdió los zapatos.

—De burla y de una indiferencia absoluta hacia la vida —dice Benton—. Placer sexual derivado de aterrorizar a la gente y de imaginar cómo reaccionará.

—No había indicios de agresión sexual —replico.

—La satisfacción sexual procedía de la violencia. —Examinó la escena del crimen, tomando nota de cada detalle en silencio, de forma extraña, como un erudito excéntrico—. Lo que no significa que no hubiera un móvil —añade—. Siempre he tenido la impresión de que sí lo había, de que Patty Marsico era un estorbo para alguien.

—¿Su esposo? ¿Quería cobrar la indemnización de un seguro del que no sería beneficiario después del divorcio? ¿Lo montó todo de manera que pareciera un homicidio sexual? Es lo que TBP quiere que todo el mundo piense.

—No fue lo que sucedió, y no hay pruebas de que su marido

hubiera puesto un pie en la casa, una de las múltiples razones por las que nunca lo han detenido —asevera Benton—. Además, cuenta con una coartada. Estaba en el trabajo. Hay al menos media docena de personas que así lo atestiguan.

Ahora avanzamos por North Shore Road y cruzamos el río Pines, agua oscura y desierta a ambos lados del puente. A nuestra derecha, se extiende la bahía de Broad Sound, tan negra como el espacio exterior. Según el GPS, nos faltan dieciséis kilómetros. Dada la velocidad máxima permitida, tardaremos casi veinte minutos en llegar.

—Gracie Smithers. —Abordo la cuestión que más me inquieta.

—Yo también le estoy dando vueltas. —Relajado, conduce con suavidad, manteniendo la mano izquierda en el volante. Le cojo la derecha.

Entrelazo los dedos con los suyos y noto la tersura y calidez de su piel, la tensión en los finos músculos, la dureza de los ahusados huesos. Vuelve la mirada hacia mí una y otra vez mientras hablamos.

—Quedó fuera de combate cuando le estamparon la cabeza contra una superficie plana, y luego la sujetaron bajo el agua, de modo que murió por ahogamiento —señalo—. El asesinato estaba planeado y parece una emboscada, a menos que la secuestraran, cosa que dudo mucho.

Los padres de Gracie no sabían que no se hallaba en su casa de Salem hasta que se levantaron temprano esa mañana, según me explicó el detective Henderson hace unas tres horas, después de que le asignaran el caso. Los Smithers llamaron a la policía y, casi al mismo tiempo, el cuerpo de su hija fue descubierto unos ocho kilómetros al sureste, en Marblehead Neck. Una agente inmobiliaria que había ido a echar un vistazo a la casa de los Rosado advirtió que había una botella de vodka junto a la piscina y que una parte de la lona estaba levantada.

Henderson pasó a relatarme que anoche, en algún momento, Gracie se escabulló por la ventana de su habitación cuando sus padres creían que dormía. Cree que ella había quedado en verse con alguien y que ese alguien era Troy Rosado. Se sabe que este suele ir de fiesta a la Universidad Estatal de Salem. El padre de Gracie, que da clases de economía allí, sorprendió hace varios días a su hija con Troy en el cajero automático de la facultad. Le prohibió que volviera a ver a ese chico de diecinueve años con problemas.

Al parecer, el hijo del congresista ha desaparecido muy oportunamente del mapa. Henderson ha contactado con la madre de Troy, quien le ha asegurado que el muchacho tomará un avión a Florida mañana temprano para pasar el fin de semana practicando submarinismo con la familia. Está convencida de que si el detective fuera al campus residencial de la academia Needham, encontraría al chico haciendo las maletas, preparándose para volver a casa por el verano. Por motivos de privacidad y seguridad, ella se ha negado a revelarle información sobre el jet privado en el que viajará.

—La pregunta fundamental es si el asesinato de Gracie Smithers fue premeditado o si a alguien se le fueron las cosas de las manos —declara Benton mientras atravesamos Swampscott por la 129. La oscuridad que nos rodea es casi absoluta—. ¿Su muerte beneficiaba a alguien? Y pregunto lo mismo respecto a Patty Marsico.

Visualizo los asesinatos como si se produjeran ante mis ojos, y no me cuadra que Gracie muriera a manos de un adolescente preso de sus impulsos.

—Tal vez la sometió a un acoso sexual —explico—. Puede que la situación se le fuera de las manos. Pero me parece imposible que la asesinara y luego mantuviera la sangre fría y la capacidad de planificación necesarias para retirar la lona de la piscina y disponerlo todo de modo que pareciera un ahogamiento accidental.

—Estoy bastante de acuerdo contigo. —Benton me acaricia la mano despacio con el pulgar—. Y si fue otra persona quien la mató, debía de estar cerca de la piscina, con ellos.

—Si el móvil no es el dinero, ¿cuál podría ser?

—Cualquier cosa de valor. El dinero es una posibilidad obvia. Pero en ocasiones la información bien vale un asesinato también.

—Como por ejemplo el de un testigo involuntario que se encontró en el lugar y el momento equivocados —sugiero.

—Exacto —dice Benton—. Tal vez Patty Marsico y Gracie Smithers sabían algo, aunque no tuviesen idea de que lo supieran.

Vislumbro a lo lejos las luces dispersas de Marblehead Neck y, más allá, el puerto y el mar. Me preocupa que haya oscurecido tanto, pues la luna y las estrellas han quedado ocultas tras las nubes que se aglomeran, pero esperar a mañana no es una opción. Si se corre la voz de que creo que el caso de Gracie Smithers es un homicidio, es posible que alguien manipule la escena de su muerte. Temo que ya haya ocurrido. Necesito ver la piscina de agua salada y recoger una muestra del sedimento que hay en el fondo antes de que lleguen la lluvia intensa y los vientos fuertes que se aproximan. Hace un rato, unas gotas grandes salpicaban el parabrisas, pero las hemos dejado atrás. Sin embargo, la tormenta eléctrica no tardará en alcanzarnos.

Echo un vistazo a mi teléfono con inquietud creciente. Se supone que Joe Henderson se reunirá con nosotros. Me ha pedido que le avise cuando nos falte una hora para llegar. Le he enviado tres mensajes de texto y le he dejado dos grabaciones en el buzón de voz, pero no he recibido respuesta. Llamo a la unidad de investigación del departamento de policía, y el hombre que contesta me comunica que Henderson no está de servicio desde las seis de la tarde.

—Es más o menos la hora a la que he hablado con él —replico—. Había quedado conmigo.

—En su tiempo libre, en deferencia a usted. —No es un comentario muy agradable.

—No sé si podría ponerse en contacto con él. El agente especial Benton Wesley y yo llegaremos dentro de unos veinte minutos. Es a propósito de...

—Sí, señora. Ya sabemos a propósito de qué es. ¿Y dice que la acompaña un agente del FBI? Me gustaría saber cuándo se ha involucrado el FBI en esto y por qué nadie se ha tomado la molestia de informarnos. —Su tono no es hostil o brusco, pero tampoco amable.

—Resulta que viene conmigo. —No le revelo que el agente especial Wesley es mi esposo.

—No cuelgue, voy a comprobar si Joe está en casa. ¿Está al corriente de que se avecina un temporal?

—Por eso estoy haciendo esto ahora.

Lo oigo telefonear por una línea fija y alcanzo a oír que se apellida Freedman y que es sargento. Mantiene un breve diálogo con alguien y lo escucho decir que Joe Henderson había acordado «reunirse con la forense en casa del congresista donde se ahogó la chica».

—Claro que lo sé. Yo he pensado lo mismo. ¿O sea que eran cerca de las diecinueve horas cuando hablasteis por última vez y él tenía planeado irse a casa cuando terminara? Entiendo. Sí, tiene sentido —le dice el sargento Freedman a la persona con quien habla—. Había ido a comprarse un café y, como eso ha sido hace más de dos horas, lo más probable es que haya estado yendo y viniendo de Starbucks para comprarse más. Es todo un adicto a la cafeína. No tengo idea de cómo consigue dormir por las noches. —Se ríe—. Por eso y por los bebés, ya lo entiendo. Gracias de nuevo. Siento haberte molestado.

Freedman se pone de nuevo al teléfono y me avisa que es posible que la cobertura móvil no sea buena en la península, lo que quizás explicaría por qué no logro comunicarme con el detective Henderson. También es posible que esté tomándose un café en algún sitio e incluso que haya aprovechado el momento para comerse un sándwich. Tal vez ha surgido algo o, como sugiere Freedman, Henderson se ha olvidado de nuestra cita.

—¿Olvidado? —repito.

—No da abasto. No solo por el trabajo, sino porque es entrenador de un equipo de fútbol, y su mujer y él tienen gemelos de tres meses. La verdad sea dicha, Joe es un tipo estupendo, uno de nuestros mejores detectives, pero tiene la capacidad de concentración de un mosquito.

—Quiero dejar algo claro, por si acaso —digo—. Si él no está allí, nos gustaría inspeccionar la zona de la piscina y el jardín, pero no queremos alarmar a los vecinos.

—Por eso no se preocupe. El vecino más cercano vive como

a cuatro hectáreas de distancia. He estado ahí esa mañana, cuando han encontrado el cuerpo. Es un paraje bastante desolado. No entiendo muy bien por qué quiere inspeccionarlo en esta oscuridad. Esa parte tan recóndita de la península debe de estar como boca de lobo, y si empiezan a caer rayos, más vale que no anden ustedes cerca.

—El tiempo apremia.

—Me aseguraré de recordárselo de nuevo al operador para que nadie les tome por merodeadores —dice medio en broma, aunque lo que me llama la atención es la expresión «de nuevo».

Joe Henderson ha comunicado sus planes a su sargento, y se ha transmitido la información por radio. Esto último es una mala noticia, pienso, considerando que esta mañana había un escáner de frecuencias portátil dentro de la camioneta de Bloom, que ha estado siguiéndonos.

—Si el detective Henderson no está allí cuando lleguemos, me gustaría que enviaran otra unidad cuanto antes —le indico a Freedman con absoluta profesionalidad.

—Yo mismo acudiré.

—Gracias —digo en un tono nada alegre, y cuelgo.

—No parecen tomarse esto muy en serio —observa Benton.

—La mayoría de la gente estaría de acuerdo en que mis planes pueden esperar hasta mañana, suponiendo que no los consideraran innecesarios.

—Eso es porque no te conocen.

—No todos los detectives del mundo tienen una opinión tan favorable de mi actitud vigilante. —No soy ajena a los rumores que circulan sobre mí. Suelo enterarme de ellos, sobre todo por boca de Bryce. Soy una obsesiva. Una pitbull que no sabe cuándo soltar a su presa. Me aprovecho demasiado de los recursos de la policía y abuso de su paciencia. Soy la Doctora Muerte. Soy un grano en el culo—. Por no hablar de cuando se ha determinado la manera de la muerte y yo la invalido. Eso tampoco suele sentar muy bien —añado—. En este caso, la policía se sentía cómoda con el dictamen de que Gracie Smithers había muerto por ahogamiento accidental. No son conscientes de que a la doctora Kato le falta experiencia. No está acreditada por el consejo de certificación, y cuando finalice su período como becaria prescindiré de sus servicios, pero eso no puedo decírselo a nadie. Acabo de complicarle mucho la vida a todo el mundo.

—Eso es lo que sucede siempre que uno hace lo correcto —asevera Benton.

Durante los siguientes diez minutos, avanzamos por carreteras angostas y serpenteantes con nombres distintos que conducen a las grandes fincas costeras. Las ventanas iluminadas brillan en la oscuridad, pero no disipan ni una ínfima parte de ella. Benton menciona a Julie Eastman, la mujer de Nueva Jersey que murió tiroteada el pasado abril mientras esperaba el ferri de Edgewater. Quiere saber qué me ha contado Marino sobre ella.

—Solo que él salió con su madre en el instituto —respondo.

—Beth Eastman, la madre, aún vive en Bayonne. Charla de vez en cuando con Marino vía Twitter. —Mete una marcha más corta y el motor ruge con fuerza, una octava por debajo.

—Supongo que esto lo sabes por Lucy, pero ¿qué importancia tiene, exactamente?

—Si alguien quisiera averiguar a quién conoce Marino, no le resultaría muy difícil.

—¿Marino y su novia del instituto se comunican a través de mensajes directos o de tuits? Lo pregunto porque los mensajes directos no son públicos.

—Me preocupan los piratas informáticos —dice Benton—. Me preocupa que alguien con conocimientos extraordinarios sobre ordenadores esté detrás de esto, lo que explicaría que no podamos rastrear el origen de los tuits y tal vez el fraude en tu tarjeta de crédito. Cada vez que consigues una tarjeta nueva, vuelve a ocurrir, y aunque no quería imbuirte miedos infundados, temo que haya una brecha de seguridad.

—Esta mañana, cuando he tocado el tema, le has restado importancia.

—No quería estropear las vacaciones.

—Pues ya se han estropeado, así que no te cortes.

—Según Lucy, los cortafuegos del CFC son inexpugnables, pero yo no comparto su optimismo —dice Benton.

—¿Desde cuándo piensas eso?

—Se me ha pasado por la cabeza las últimas semanas. Y a lo largo del día mis sospechas se han acrecentado.

—Pues yo sí comparto el optimismo de Lucy. Incluso dudo que la mismísima Agencia de Seguridad Nacional pueda saltarse sus cortafuegos, Benton. Crear lenguaje de máquina a partir de código fuente se le da tan bien como manejar máquinas potentes, y protege su dominio de virus y *software* malicioso de forma automática y constante. Si se produjera una brecha de seguridad informática, mi sobrina se lo tomaría como algo personal. Jamás lo permitiría.

—Es fácil confiarse demasiado —señala Benton.

—¿Tienes la sensación de que Lucy se ha confiado demasiado?

—No le falta confianza en sí misma —contesta—. De hecho, tiene tanta que a veces no es objetiva. Es el problema de los narcisistas.

—Ahora es una narcisista. Una sociópata y una narcisista. Qué suerte de tener a alguien que trace su perfil psicológico.

—Vamos, Kay —protesta con suavidad—. Es lo que es, lo que no significa que sea mala persona. Solo que podría llegar a serlo.

—Todo el mundo podría llegar a serlo.

—Eso es totalmente cierto.

—¿Te han entrado recelos sobre ella y no me lo has comentado? —Pienso en el aire distante de Lucy, en su paranoia y en la explicación que me dio sobre por qué no lleva la sortija familiar de Janet.

—No lo sé.

—Yo creo que sí lo sabes. —No aparto los ojos de él.

—Hemos mantenido conversaciones sobre su estado de ánimo —reconoce—. Su creencia de que personas como Jen Garate van a por ella y demás...

—¿Y demás? —No pienso dejar pasar un comentario tan vago—. ¿Eso quiere decir que hay más de una persona que va a por ella?

—Referencias y alusiones perturbadoras. Baste decir que

me preocupa que sucesos recientes en su vida personal tengan un efecto desestabilizador.

—¿Qué sucesos recientes?

—Lo que esté ocurriendo entre Janet y ella, además de los indicios de que alguien está poniendo en peligro la seguridad de su imperio informático y su insistencia en que eso es imposible —declara—. Pues bien, no lo es. Y cuanto más intenta convencerme de lo contrario, más dudas me asaltan.

—¿Sobre qué?

—Sobre quién está realmente detrás de esto.

—¿Insinúas que todo forma parte de una maquinación de Lucy? ¿Los tuits no rastreables dirigidos a mí, el fraude en la tarjeta de crédito? —Clavo la vista en él, asombrada—. ¿Piensas que tal vez Lucy esté matando gente a tiros también?

—«Maquinación» lo describe bien. —Es su respuesta evasiva—. Alguien está maquinando algo.

—¿Y cuál sería el móvil de quien maquina las cosas que han estado sucediendo últimamente?

—El objetivo de los tuits, las monedas y, tal vez, el uso de tu tarjeta de crédito podría ser llamar la atención.

—¿Y la bala con el tres grabado en la base? —agrego—. ¿Eso también?

—Sí. La tarjeta de visita de una persona invisible pese a que la tenemos delante de las narices.

—A Lucy la tenemos delante de las narices. —Mantengo los ojos fijos en su perfil de rasgos pronunciados mientras deja entrever una hipótesis que yo descarto por completo.

—No estoy preparado para llegar hasta ese punto. No quiero llegar nunca hasta ese punto, pero, dicho de otra manera, hay alguien que está demasiado interesado en nosotros.

—¿Por eso estabas tan enfadado allí atrás que has estado a punto de sacar la camioneta de la carretera?

—No me gusta. —Benton tensa de nuevo la mandíbula—. No soy la persona más agradable del mundo cuando alguien juega con nosotros, sea quien sea.

—¿Y la otra víctima de Nueva Jersey? ¿Cómo encaja en todo esto?

—Jack Segal —responde Benton en el momento en que la residencia de los Rosado aparece ante nosotros. El camino de acceso tuerce con brusquedad a la derecha. No está iluminado, pero advierto que hay luces encendidas en el interior de la casa—. Estaba abriendo su restaurante, la puerta trasera, cuando le dispararon.

—¿Tiene Marino alguna conexión con él también?

—No —dice Benton—, pero tú sí.

—¿De veras?

—Dick Segal era su hijo.

—No tengo idea de quién es. —Sin embargo, el nombre remueve un recuerdo enterrado en mi interior.

—Cuando trabajabas en la Oficina del Forense en Manhattan, el hijo de Jack Segal supuestamente se suicidó. Eso fue hace como cinco años. En teoría, se tiró desde el puente George Washington y la familia se opuso a la autopsia por motivos religiosos —dice Benton, y de pronto el caso me viene a la memoria—. Enviaron a su rabino a hablar contigo, y despertaste una indignación considerable en la comunidad judía porque practicaste la autopsia de todos modos.

—Sin un tomógrafo computarizado, no tenía alternativa. Estaba obligada por ley, y me alegro de haberla acatado, pues demostró que alguien había ayudado a Dick Segal a saltar desde el puente. Encontré marcas de ataduras, y aunque varios compañeros de clase eran sospechosos, no se presentaron cargos contra ninguno de ellos por falta de pruebas.

—De nuevo, información disponible al público —dice Benton—. Se pueden averiguar los detalles si uno sabe dónde buscar. Si elaboráramos un diagrama en una pizarra, empezaría a parecer una telaraña, y deberías ser lo bastante sincera para plantearte quién puede estar en el centro.

—Si sabes algo que yo no... —comienzo a decir, pero el terror me oprime el corazón.

—No estoy seguro de nada. Pero tendremos que afrontar la verdad. Sea cual sea.

Cuando enfila el camino de acceso asfaltado, reparo en un Tahoe negro sin identificativos policiales aparcado frente a la casa de tres plantas que reconozco de inmediato por haberla visto en las fotografías. El detective Joe Henderson ha llegado y, al parecer, está dentro, lo que supone una ventaja adicional. No me esperaba que se nos permitiera explorar todos los rincones de la finca del congresista Rosado.

En el momento en que nos apeamos, cobro conciencia del viento, las olas, los golpes sordos de puertas de coches que se cierran y la alarma que se dispara en mi cabeza cuando me percato de varias cosas a la vez. La puerta trasera de la casa está ligeramente entornada, derramando un poco de luz sobre el rellano y los escalones de ladrillo, y Benton desenfunda el arma de la pistolera que lleva bajo la chaqueta. No hay nadie a la vista, y, sin embargo, las luces están encendidas en algunas habitaciones, y el Tahoe camuflado no acaba de llegar.

Benton toca el capó y confirma que está frío. Sobre la consola central situada entre los asientos delanteros hay un envase de cartón que contiene dos vasos grandes de café con la tapa puesta, servilletas, agitadores de madera y sobres de azúcar metidos entre ellos. No hay ningún transmisor-receptor portátil en el cargador, y la puerta del conductor está cerrada con seguro. Benton empuña la Glock al costado, apuntando hacia abajo, mientras se aleja del todoterreno, mirando en torno a sí y aguzando el oído, tenso porque estoy con él pero consciente de que no estaré a salvo sola en su coche.

Se dirige hacia la entrada posterior de la casa, con pasos ligeros y silenciosos como los de un gato sobre el camino de viejos adoquines, flanqueado de un césped exuberante, bien cuidado y con los bordes recién recortados. Se asegura de que yo permanezca detrás de él. Pero, si surge un problema, no habrá lugar seguro para mí. Sube los escalones y, una vez en el rellano, da un empujoncito a la puerta con la punta del zapato. Pronuncia varias veces el nombre de Joe Henderson en voz muy alta, pero nadie responde. Abre la puerta del todo. Tengo mi teléfono preparado para llamar a la policía, pero Benton levanta un dedo para indicarme que espere.

—El operador ya ha avisado a un coche patrulla —dice por lo bajo, y entiendo a qué se refiere.

Cualquiera que estuviera controlando las frecuencias de Marblehead sabría que veníamos hacia aquí. Echo un vistazo a la hora en mi móvil. He llamado a la unidad de investigación hace veinticuatro minutos. Antes de eso, hacia las seis de la tarde, he intentado localizar a Henderson para avisarle que el caso de Gracie Smithers es un homicidio, el operador se ha puesto en contacto por radio y le ha facilitado mi número. Luego él me ha llamado y hemos hablado.

—¡FBI! —grita Benton mientras se sitúa a un lado de la puerta, protegiéndome con su cuerpo—. ¿Henderson? ¡Si hay alguien aquí, identifíquese ahora mismo!

El intenso viento que sopla desde el mar agita los árboles y rodea velozmente la casa con un silbido grave. Por lo demás, reina el silencio; no se oyen sonidos de actividad humana, no hay señales de vida, pero él mantiene la misma postura, empuñando la culata de la pistola con ambas manos, apuntando hacia arriba y a un lado, con el dedo apoyado en el guardamonte.

—Llama y pide refuerzos —me dice—. Dales el número de matrícula del Tahoe para confirmar que es el suyo.

Realizo la llamada. Casi al instante, me sobresalto al oír la voz de un operador pidiendo refuerzos, y Benton abre la puerta de una patada. Tres metros hacia la izquierda y el interior de la habitación, hay un radioteléfono portátil sobre el parqué de madera noble.

36

La parte posterior de la finca está formada por hectáreas de terrazas cubiertas de rocalla. Es negra noche y nos envuelve una oscuridad densa interrumpida solo por un perímetro lejano de luces parpadeantes rojas y azules. Los haces de las linternas led de alta luminosidad se entrecruzan por el terreno en busca de Joe Henderson.

Los coches patrulla y los vehículos de los agentes están aparcados detrás del Tahoe, el todoterreno que el departamento de policía puso a su disposición. No responde a las llamadas, y no hay indicios de que haya llegado mucho más allá de la puerta principal cuando entró en la casa, amueblada pero aséptica.

Bastaron treinta minutos para llevar a cabo un registro exhaustivo; no había nada en los armarios, ni efectos personales, ni ropa de cama, ni siquiera jabón. Solo había muebles y unas botellas de agua y cerveza en el minibar. La vivienda tiene un aspecto deshabitado y un poco descuidado. Hace tiempo que nadie tira de la cadena de los retretes, y cuando he abierto los grifos, el agua salía marrón al principio.

No obstante, alguien ha estado allí antes, sin duda alguien aparte de Henderson. Esa persona ha encendido las luces del vestidor de la entrada, el vestíbulo, el bar y la cocina, y, posiblemente, ha salido por la puerta de atrás sin cerrarla del todo. Según el agente que nos acompaña, el sargento apellidado Freedman, Henderson no tenía intención de entrar en la casa. No tenía llave ni orden judicial. Seguramente ha hecho lo mismo que Benton al ver que la puerta estaba entornada.

—Hasta hace un par de horas, se daba por hecho que era un ahogamiento accidental. —Freedman continúa hablando mientras caminamos por un sendero empedrado hacia el agua, linterna en mano, y detecto el miedo, agudo como el sonido de un silbato para perros—. No teníamos motivo para registrar o acordonar la casa. Los niños no llegaron a entrar.

Se refiere a Gracie Smithers y Troy Rosado.

—Hasta donde sabemos —le recuerda Benton—. Apuesto a que Troy encontraría la manera de entrar si quisiera.

—Cuando llegamos aquí esta mañana después de que encontraran el cadáver, la puerta trasera estaba cerrada con llave —nos informa Freedman.

—¿Y el registro de la alarma? —pregunta Benton.

—Está claro que no me he puesto el calzado apropiado para esto. —Freedman es un hombre bajo y fornido de pecho grueso y fuerte, y los zapatos de vestir que lleva con el traje no son compatibles con andar sobre hojas y piedras resbaladizas—. La agente inmobiliaria no nos ha dado información muy útil, pues no recuerda con precisión a qué hora vino a ver la casa. La visita casi todos los días, pero no de forma rutinaria, sino cuando se encuentra en la zona, porque le preocupa el vandalismo.

—Me extrañaría que eso supusiera un problema por aquí —replico—. Marblehead está considerada una población segura, con un índice muy bajo de violencia y de delitos contra la propiedad. Aunque todo eso ya lo sabe.

—Solo le repito lo que ella me ha dicho. El problema con el registro de la alarma es que ella no sabe con certeza si estuvo en la casa a una hora determinada. Por ejemplo, según el registro, la alarma se apagó anoche a las diez y cuarto, y no volvió a activarse.

—¿Y ella afirma no saber si la apagó o no? —Me cuesta creer a la agente inmobiliaria, sea quien sea. Benton avanza delante de mí, callado, pero sé que está escuchando.

—Dice que cree que no. —Freedman recupera el equilibrio y camina despacio, paso a paso. Habla con voz jadeante, entrecortada, y mira en todas direcciones—. Pero es posible que lo haya olvidado. Que haya sufrido un repentino episodio de amnesia.

—Lo hace por lealtad hacia los propietarios. —No me cabe la menor duda de ello, sobre todo teniendo en cuenta quiénes son—. Sospecho que lo último que quiere es causarle problemas y perder su comisión.

«O perder algo más que eso», pienso a continuación, y sea cual sea su excusa, me parece inconcebible que acudiese a la casa a diario salvo para enseñarla, lo que no era el caso. Freedman asegura que muy pocas personas se interesan por la finca de los Rosado. Es demasiado cara para la zona en que se encuentra, y necesita alguien que cuide de ella a tiempo completo. Al menos eso le dijo la agente, pero no como un inconveniente, sino para jactarse de ello. Una sospecha empieza a cobrar forma en mi mente.

—Troy —dice Benton mientras bajamos por unos escalones bajos de piedra, cubiertos de musgo y una gruesa capa de hojas secas, que descienden abruptamente entre los árboles de madera dura—. ¿Sabe ella si él ha entrado en la propiedad alguna vez? Yo tengo mi teoría al respecto, pero ¿ha mencionado algo ella? El instituto al que va está cerca de aquí, y ha estado metido en unos cuantos líos.

—No recuerdo que haya dicho nada sobre él.

—Por lo visto le han retirado el carné de conducir. —Transmito lo que Lucy ha averiguado—. En una ocasión utilizó un servicio de transporte tipo Uber para desplazarse. Basta con tener una aplicación en el móvil y un número de tarjeta de crédito válido. Es raro que te toque el mismo conductor más de una vez. ¿Y la inmobiliaria? —inquiero de pronto—. ¿Cuál es?

—Una gran empresa que representa muchas fincas costeras aquí, en Gloucester, en Cape Cod y en Boston. —Freedman me da el nombre de la mujer con la que ha hablado, que no me dice nada.

Sin embargo, la empresa de bienes raíces es la misma para la que trabaja Mary Sapp. Sugiero que averigüemos quién es el dueño que se oculta tras las compañías tapadera o sociedades de responsabilidad limitada. Les recuerdo que Bob Rosado es un inversor inmobiliario que amasó una fortuna comprando propiedades devaluadas y vendiéndolas a un precio mucho más alto después de una reforma rápida. Luego se metió en política y obtuvo enseguida un escaño en el Congreso.

—Ya, lo sé todo sobre el congresista Rosado y el inútil de su hijo. —Freedman se enfoca los pies con la Maglite—. Hace un par de veranos detuve a Troy por robar en la licorería que está cerca de Seaside Park.

—¿Qué ocurrió? —pregunta Benton.

—Su padre se presentó acompañado por el fiscal del distrito, eso fue lo que ocurrió.

—En resumen, nada —digo.

—Y no es la primera vez. Pero ¿y si Troy tiene algo que ver con lo que le sucedió a Gracie Smithers? ¿Y si le ha pasado algo a Henderson? Entonces el desenlace será muy distinto. Lo encerraré aunque sea lo último que haga. ¿Dónde diablos está, por cierto?

—Me pregunto si los Rosado pagan a alguien para que vigile este lugar. —Dejo entrever la hipótesis que empieza a rondarme la mente—. Alguien que se encuentre en la zona ahora, quizá desde que la casa se puso en venta. La agente inmobiliaria ha dicho que la finca necesita un vigilante. La pregunta es si ha sacado el tema precisamente porque los Rosado ya tienen uno.

—No lo ha mencionado de forma tan explícita, y más bien me ha dado la impresión de que es ella quien busca algo. —La frustración de Freedman va en aumento—. No lo entiendo. ¿Dónde narices podría estar? —Se refiere a Henderson—. ¿Por qué se le habrá caído el maldito radioteléfono? No hay señales de lucha. Es como si se hubiera desvanecido en el aire. No tiene sentido que bajara del coche, y menos aún dejando el café dentro.

A ambos lados de los escalones se eleva un muro construido con el mismo tipo de piedra áspera y gris. La altura de las tapias aumenta conforme bajamos por la ladera. Cuando el terreno se nivela, su borde superior está por encima de la cabeza de Benton.

Percibo el olor acre de las hojas y la madera en descomposición, y el viento trae consigo la limpia salobridad del mar que revienta contra las rocas de la playa, unos quince metros más adelante, donde terminan los árboles y la vegetación. Los guijarros entrechocan y las ramitas se quiebran cuando nos dispersamos desde el pie de la escalera tapiada, alumbrando con las linternas, buscando cualquier rastro de Joe Henderson, cualquier indicio de lo que le ocurrió a Gracie Smithers antes de que alguien tirara su cuerpo a la piscina.

Más adelante, a la derecha, vislumbro las ruinas de otros muros, quizá de un edificio anexo que se alzaba aquí en un pasado remoto. Entonces detecto otro olor. Se vuelve más intenso a medida que avanzo en la dirección del viento. Madera carbonizada. El estrecho haz de mi linterna baila sobre unas cenizas y unos leños medio quemados en un pequeño claro donde la arena gruesa rodea los restos de una hoguera que aún ardía hasta hace muy poco. Descubro unas marcas en la arena a un lado de la hoguera apagada.

Son huellas en forma de manos y suelas, hendiduras y surcos que revelan que ha habido personas sentadas allí, moviéndose mucho, tal vez forcejeando. Cuando me acerco, mi linterna arranca un destello dorado a un objeto de metal. Me pongo en cuclillas y me enfundo unos guantes que he sacado del bolsillo de mi pantalón estilo cargo.

—Bueno, eso aclara al menos una duda. —Le quito la arena con la mano a una delicada cadenilla de oro, un collar que lleva grabado el nombre «Gracie». Un cristal diminuto adorna el rizo de la letra «e».

—O sea que no hay duda de que ella estuvo justo aquí. —Freedman se agacha para contemplar el collar que descansa en mi palma enguantada, alumbrándolo con su linterna.

—Quizá sentada junto al fuego —digo—. El cierre está roto, lo que concuerda con lo que vi en las fotos de su autopsia. Tiene una abrasión lineal muy fina en el lado derecho del cuello, posiblemente producida cuando alguien le arrancó el collar.

Abro mi maletín metálico, introduzco el collar en un sobre para pruebas y lo etiqueto.

—¿Me está diciendo que alguien se lo arrancó cuando aún estaba viva? —dice Freedman, sin dejar de desplazar los ojos de un lado a otro—. ¿Para robárselo?

—Quizá para quedarse con él como recuerdo —aventura Benton—. Pero, entonces, ¿por qué lo dejó aquí?

—Tal vez se enganchó con algo, una prenda de ropa, por ejemplo, cuando ella estaba quitándosela o alguien estaba desvistiéndola —sugiero.

—¿O sea que es posible que estuviera dándose el lote con Troy Rosado junto a la hoguera? —exclama Freedman, enfadado y asustado.

Su tensión es cada vez más palpable. Intenta concentrarse en el asesinato de Gracie Smithers, pero está obsesionado con Henderson y las terribles desgracias que pueden haberle acaecido.

—Fuera lo que fuese, tal vez se trataba de un acto consentido en un principio —contesto—. De lo que estoy segura es de que ella no murió aquí.

—Tal vez él la dejó inconsciente de un golpe y la arrastró hasta el agua para ahogarla. —Freedman sondea la arena y las cenizas valiéndose de la linterna. Suda a mares, y me fijo en Benton.

Tiene la atención puesta en el lejano horizonte, en las negras nubes que se ensanchan, cargadas de electricidad. No deja de tender la mirada hacia arriba y hacia el mar.

—No hay indicios de que la hayan arrastrado, como por ejemplo abrasiones que puedan haber sido producidas por ello. —Recojo una muestra de arena junto a la hoguera, un granito de grano grueso de color gris tostado.

Contendrá rastros microscópicos de madera carbonizada que supongo que no estarán presentes en la playa, y se desencadena en mí el reflejo de esperar lo peor. Apenas soy consciente de ello. Si hay una pregunta capaz de restar fuerza a la conclusión lógica de un jurado, no me cabe la menor duda de que me la formularán, y ya me imagino cuál será. ¿Cómo puedo asegurar a ciencia cierta que la arena en las vías respiratorias de Gracie procede de la playa? Tomaré todas las precauciones para que no haya lugar a confusión. Me viene a la mente la imagen de la delicada joven de catorce años, una niña, y la indignación se acumula en mi interior como la electricidad en el cielo.

—Hay indicios sustanciales de que, al ahogarse, aspiró agua y algo que podría ser arena de playa. Sugiero analizar esto cuanto antes en busca de restos de ADN. —Le entrego el sobre a Freedman, pero apenas me escucha—. Yo no esperaría. Llévelo al CFC a primera hora de la mañana, si es posible.

Benton se ha acercado al agua, desplazando la luz a lo largo de la orilla, mientras las olas se elevan hasta romper sobre la arena pardusca y salpicada de piedras, deshaciéndose en una espuma blanca como de encaje. Con su rugido constante metido en los oídos, paseo el haz de mi linterna por la playa, sobre grava, piedras pequeñas que más adelante se vuelven grandes, y luego sobre rocas y peñas. Enfoco una poza de marea seca situada a una altura tal que solo debe de llenarse de agua cuando asciende el nivel debido a una tormenta, y lo que brilla esta vez es vidrio tintado.

Varias botellas de cerveza ordenadamente colocadas de pie en una grieta poco profunda, con la etiqueta orientada en la misma dirección. Me alegro de llevar las botas de nailon de suela gruesa mientras escalo la gigantesca formación de granito. Hay cuatro botellas verdes de St. Pauli Girl, la misma cerveza que he visto en el minibar, una toalla extendida y una chaqueta de cuero de imitación con parches en forma de flores. Está abrochada hasta arriba y cuidadosamente plegada, como para exhibirla en el escaparate de una tienda. Cuando echo un vistazo a la etiqueta del cuello sin tocar la prenda, constato que es de la talla más pequeña. Tomo unas cuantas fotografías.

—Puedo ocuparme de esto, a menos que quiera hacerse cargo usted —le digo en voz muy alta a Freedman, que está cada vez más distraído.

—Adelante. —Apenas me mira.

El viento sopla en rachas, agitando los árboles y trayendo consigo un olor a lluvia. Recojo la chaqueta y registro los bolsillos.

—Una llave, posiblemente de casa, un móvil —enumero, pero él ya no me hace caso. Benton se ha aproximado un poco—. Brillo de labios, pastillas de menta, un billete de cinco dólares, una moneda de veinticinco centavos, una de diez y una de cinco. —Lo guardo todo ello en bolsas—. Y cuatro tapones de botellas. —Las chapas están torcidas de un lado por el modo en que destaparon las botellas, y eso también es deliberado.

Dudo que Gracie Smithers abriera las cervezas y guardara las chapas. Además, no hay ningún abridor a la vista. No está aquí. Doblo de nuevo la chaqueta y la meto en una bolsa. El análisis de alcoholemia dio negativo. Ella no bebió, pero otra persona sí, y sospecho que fue esta quien dispuso de forma metódica y obsesiva las botellas vacías, la toalla y la chaqueta. Me vienen a la memoria las guitarras apoyadas en sus soportes en el apartamento de la calle Farrar. Pienso en las cajas de condones y de loperamida, perfectamente ordenadas en el botiquín. Entonces se me ocurre de nuevo la posibilidad de que exista un guarda, cuyo trabajo consiste en mucho más que en proteger la propiedad de los Rosado. No me cabe la menor duda de que Troy necesita una vigilancia constante. Alguien tiene que evitar que se meta en líos.

—¿Quiere echar una ojeada? —Alzo la voz para que Freedman pueda oírme por encima del ruido del oleaje y el viento que ha empezado a ulular.

—Esto se está poniendo feo. —Dirige la vista hacia mí mientras un relámpago ilumina las oscuras montañas de nubes, y el trueno retumba—. ¡Más vale que nos demos prisa, antes de que nos pille la tormenta!

Después de tomar algunas fotografías, levanto una esquina de la toalla, que es azul y blanca con estampado de un ancla. Me pregunto de dónde habrá salido. No había toallas en el interior de la casa. Al ver lo que hay debajo, noto un vacío por dentro, la misma sensación que me asaltó cuando vislumbré el kayak flotando en el sótano inundado, cuando encontré siete monedas de un centavo sobre mi muro, todas con la misma fecha, con la cara hacia arriba, orientadas en la misma dirección y tan lustrosas como si fueran nuevas.

La mancha de sangre es del tamaño de mi mano, de un color marrón oscuro, y tiene adheridos varios cabellos claros y largos. Saco más fotos mientras Benton escala hacia mí. Le enseño lo que he hallado y, sin necesidad de que me diga una palabra, comprendo que se trata de un montaje. No es que la sangre y los cabellos no sean auténticos. No es que este no sea el escenario donde alguien le estampó la cabeza a Gracie Smithers contra una superficie dura y plana, una losa redondeada de granito. Pero todo lo demás está colocado expresamente para transmitir un mensaje a quien lo descubra, un mensaje cada vez más siniestro.

—Es como fumarse un cigarrillo después del acto sexual. —Benton continúa oteando el mar—. Extender una toalla sobre la sangre de la víctima, sentarse en ella junto al cadáver para plegar pulcramente su chaqueta y relajarse bebiendo cerveza.

—No parece algo propio de un chico impulsivo de diecinueve años.

—Para nada —conviene—. Lo que fuera que ocurrió entre ellos sucedió con toda probabilidad junto a la hoguera, donde él le arrancó el collar. Sospecho que Troy se puso sexualmente agresivo con Gracie, una menor, lo que amenazaba con ocasionar un problema mucho más serio que los anteriores.

—¿Hay dos personas implicadas en su muerte?

—Troy empezó y alguien mucho más peligroso y capaz de controlar la situación tuvo que recoger el estropicio, alguien a quien tal vez le pagan por recoger los estropicios de los Rosado y que obtiene placer sexual de ello —dice Benton.

—¿Estás pensando en Rand Bloom?

—No. Estoy pensando que quizás el congresista Rosado cuente con un solucionador de problemas personal, un psicópata a sueldo —dice Benton mientras Freedman camina de un lado a otro por la playa y sube el volumen de su radioteléfono.

Extraigo de mi maletín unos bastoncillos y una botella de agua esterilizada.

—Veintisiete —transmite Freedman.

—Cambie a nueve —responde una voz femenina a través del aparato. Freedman se acerca a los peldaños de piedra que conducen al terreno escalonado de la finca.

Mojo un bastoncillo en la sangre. Recojo los cabellos con unas pinzas de plástico.

—Cambiando. —El tono de Freedman denota una gran tensión—. Aquí veintisiete. —Empiezo a guardar la toalla y las botellas de cerveza en bolsas—. Afirmativo —dice Freedman al radioteléfono en voz muy alta, y Benton se endereza, con la atención fija en el negro horizonte.

Los truenos, más estruendosos y próximos, estremecen la noche, y los rayos iluminan los cumulonimbos como una batalla entre dioses airados. Bajamos por las rocas hasta la playa, donde recojo un puñado de arena en el momento en que llega la lluvia. Se desata con intensidad, repentina y fría. Freedman sigue pegado a su radioteléfono mientras sube por los escalones cubiertos de musgo y hojas, que se vuelven resbaladizos como el vidrio en cuanto se mojan.

—Tenemos que averiguar a quién pertenece eso —dice Benton, escrutando el mar.

El velero está anclado aproximadamente a media milla de la costa, con las velas plegadas. Es una embarcación grande, de por lo menos veinte metros. Bajo la luz parpadeante de una boya de navegación, alcanzo a entrever el pescante tipo grúa, el aparejo de poleas, los lazos de cuerda que cuelgan de la popa, hundiéndose y emergiendo de la densa espuma.

—Qué raro que lo hayan fondeado en medio del mar, en vez de amarrarlo en el puerto. —Benton se aparta el pelo mojado del rostro. Nos estamos empapando por momentos—. Parece que lleve un bote a remolque, pero ¿dónde está?

Freedman se encuentra en mitad de la escalera, rodeado del agua que cae en cortinas ondulantes.

—¡La piscina! —grita, y por poco se cae cuando arranca a correr.

37

Fue el último sitio en que a la policía se le ocurrió buscar. Benton y yo tampoco imaginábamos que el lugar donde se descubrió el cuerpo de Gracie Smithers esta mañana se convertiría en escena del crimen por segunda vez.

Cuando llegamos a la piscina de agua salada, la policía ha retirado la lona verde, que está amontonada sobre la terraza. Cuatro agentes uniformados y dos de paisano se encuentran de pie junto al lado profundo, contemplando el cadáver que flota boca abajo sobre un agua turbia unos centímetros por encima del fondo cubierto de sedimento. Su estado de ánimo colectivo, cargado de tensión eléctrica, desprende de vez en cuando destellos de rabia, y la agresividad bulle en lo más recóndito de su ser, amenazando con explotar como una bomba.

—La lona estaba totalmente extendida —nos explica un agente por encima del ruido de la lluvia—. Suponíamos que la agente inmobiliaria la había puesto bien justo después de que encontraran a la chica, pero hemos decidido echar un vistazo.

Freedman forcejea para quitarse la chaqueta y la pistolera del hombro, y lo aferro del brazo para impedir que se zambulla. Cuando apunto con la linterna al agua veo unas manos extendidas hacia arriba, arrugadas como pasas y blanquecinas, un fenómeno conocido como «piel de lavandera» en su fase más avanzada. El cuerpo lleva un buen rato sumergido.

Me agacho y toco el agua salada con los dedos. Está fría, pues la lona la ha mantenido muy por debajo de la temperatura ambiente. Unas horas, pienso. Tal vez hasta tres o cuatro. El muerto está vestido con unos vaqueros y unas zapatillas de correr que dejan al descubierto la pálida piel de los tobillos, pues no lleva calcetines. Una camisa tejana holgada ondea hacia arriba. Acuclillada en el borde, dirijo el haz de la linterna hacia la superficie, y un pendiente con una pequeña piedra transparente multifacetada reluce en el lóbulo de la oreja izquierda. En la muñeca izquierda veo un reloj negro de aspecto resistente con una correa del mismo color. El muerto tiene el cabello corto, negro y rizado.

—¿Tiene alguien un recogehojas? —pregunto, enderezándome—. ¿Algo con un mango largo?

Todos se ponen a buscar a la vez menos Benton, que se queda a mi lado. Lo miro a los ojos sin abrir la boca. No me hace falta, pues me conoce bien. Cuando las cosas no son como parecen, siempre se da cuenta. Llamo a mi unidad de investigación, y Jen Garate me coge el teléfono. Le comunico que hemos encontrado otro cadáver en la misma dirección de Marblehead Neck. Le revelo con reservas la posible identidad del fallecido mientras Benton me escucha. Se aleja para utilizar su móvil.

—Necesitamos de inmediato que vengan Rusty, Harold, un servicio de retirada —digo por encima de la exaltada locuacidad de Jen.

—¡Oh, Dios mío! Qué cosa tan rara, ¿no? ¿Qué hacía él allí? ¿Un empleado de seguros? Ah. Ya sé: los propietarios temen que los demanden. —Las palabras manan a borbotones—. Pero ¿quién mataría a un empleado de seguros? Qué mal rollo. Ya me iba.

—Pensaba que ya te habías ido. —Recuerdo que ya había terminado su jornada laboral.

—A Becca le ha surgido algo. —Jen me explica que se ha hecho cargo del turno de medianoche de una colega y le aclaro que no necesito que venga ella, solo una furgoneta que transporte el cuerpo a mi oficina.

—¿No necesitas un análisis de la escena? —Su decepción me llega con descarada claridad a través de la línea.

—La estoy analizando yo —contesto mientras observo a

Benton pasar de la terraza al césped mojado, hablando por teléfono, aunque no alcanzo a oír sus palabras, ahogadas por el estrépito de la lluvia.

A continuación informo a Bryce de lo sucedido. Le digo que quien se encargue del transporte no debe quedarse solo en ningún momento, ni siquiera durante un par de minutos. Tiene que haber un funcionario de policía presente mientras levantan el cadáver, y él debe ocuparse de ello porque los agentes que se encuentran en la escena ahora mismo están alterados y distraídos.

—Llama al operador para que contacte con un teniente, a ser posible, y asegúrate de que Rusty, Harold o quien sea que encontremos vaya acompañado de agentes armados. No es una condición negociable, dadas las circunstancias —digo antes de colgar.

Me guardo de nuevo el teléfono en el bolsillo, y Freedman me pasa un rastrillo de hojas con una red azul y un largo mango de aluminio.

—¿Qué hace? —me pregunta y, aunque es verdad que, al igual que los demás, no tiene la menor idea, no se lo explicaré hasta que esté segura.

—Lo empujaré hacia la parte menos honda para sacarlo —respondo—. ¿Tiene alguien algo con que cubrirlo? No he traído mantas. Me temo que no he venido del todo preparada para esto.

—Tengo una lona impermeabilizada —ofrece un voluntario.

—Si no le importa... Eso, toallas, lo que sea. Y ¿podrían alumbrar el agua con las linternas para que yo no trabaje a ciegas?

Introduzco el rastrillo en el agua, y el mango plateado parece doblarse debido a la refracción. Toco el cuerpo con el bastidor de la red. Lo apoyo plano contra la cintura y le doy un suave empujón que mueve el cadáver sin dificultad. Avanzando poco a poco a lo largo del borde, lo guío hacia el extremo poco profundo hasta que se detiene frente a los escalones, rozando apenas el áspero hormigón con el hombro izquierdo. Desde allí, Rand Bloom está al alcance de la mano, pero me abstengo de mencionar su nombre hasta que le damos la vuelta y lo sacamos.

—¿Qué? —dice alguien.

—¿Quién coño...? —dice otro.

—¿No es Joe?

—Entonces ¿dónde está? Ese es su coche. No lo entiendo.

—No sé qué aspecto tiene Joe Henderson ni por qué está aquí su coche —replico—. Solo sé que el cadáver no es el suyo.

Benton regresa a la terraza de la piscina, mientras las gotas de lluvia martillean alrededor y el viento nos tira del pelo y la ropa empapados. Percibo los destellos con la visión periférica antes de volverme. Una lancha de casco rígido color naranja de la guardia costera se desliza veloz en la oscuridad, con las luces azules parpadeando, hacia el velero que cabecea sobre la mar embravecida.

El cuerpo está chorreando cuando lo depositamos sobre la lona impermeabilizada de color naranja.

Freedman me pasa unos trapos que ha conseguido por ahí, de microfibra, probablemente gamuzas para coche que no sirven para nada. Dejo que la lluvia me aclare el agua salada de las manos y la ropa. No hay más luz en la piscina ni en la terraza que la que procede de las linternas, y bajo su intenso resplandor el rostro de Rand Bloom parece aún más desfigurado, más grotesco.

La abertura vertical en la pechera de la camisa vaquera es paralela a la puñalada que descubro en medio del pecho después de desabrochar varios botones. Alguien le clavó una hoja de un solo filo y la retorció. El agresor se encontraba frente a él. Imagino un ataque calculado, un golpe asestado con el cuchillo por debajo del esternón, en tejido blando, con cierta inclinación hacia arriba, dirigido al corazón. Abro mi botiquín y saco termómetros y una regla para indicar la escala. La temperatura del cuerpo es solo unos quince grados superior a la del agua.

Lo fotografío, consciente de que la lancha de la guardia costera se ha arrimado de costado al velero, mientras las luces azules centellean sin cesar. Contacto con Luke Zenner por teléfono. Oigo música de fondo por encima del chapoteo de la lluvia.

—Sé que no estás de guardia —me apresuro a decir, y diviso

a lo lejos las linternas de los guardacostas que suben a bordo del velero.

—No hay problema. —Lo que Luke quiere decir es que no ha bebido y que está en condiciones de trabajar. Le explico dónde estoy y por qué.

—Necesito que vengas, Luke.

—Espero que vayáis camino del aeropuerto para coger un avión a Florida...

—Pues no.

—Pero ¿quieres que me encargue del caso esta noche?

—Sí. Y voy a recusarme a mí misma.

—Claro. Lo que necesites.

—Será mejor que yo no esté presente, ni siquiera como testigo —digo, y advierto que Benton vuelve a hablar por teléfono, dándonos la espalda a todos.

Lo veo tender la vista hacia el mar durante la conversación.

—Está bien. —Luke se aparta de la música—. ¿Te importa si te pregunto por qué?

—He coincidido con Rand Bloom hace unas horas.

—¿Y estás segura de que se trata de él?

—Verificaremos su identidad, pero sí. He tenido roces con él antes. Bastante desagradables —contesto—. No puedo ser objetiva...

—¿Puedes esperar un momento, Kay? Me llama Marino. Seguramente para hablarme de esto.

Mientras aguardo, contemplo a Benton en el jardín oscuro, bajo la lluvia torrencial, y no puedo evitar pensar en cómo empezó el día y cómo está a punto de acabar. Ha ido de mal en peor, y solo Dios sabe qué sucederá a continuación. Es casi medianoche, y se me ocurre otra posibilidad mientras las gotas repiquetean en la piscina, la lona retirada y la terraza de granito. Hemos estado dentro de la casa hace un rato. Le pregunto a Freedman por qué nadie ha encendido las luces de fuera.

—Lo hemos intentado —responde, abrazándose a sí mismo como para protegerse de la impetuosa lluvia—. Por lo visto, alguien ha quitado todas las bombillas exteriores.

—¿Las han quitado?

—Lo he dado por sentado, porque no hay nadie viviendo aquí y seguramente no enseñan la finca cuando está oscuro. Bueno, la verdad es que ya no doy nada por sentado —agrega, y vuelvo a oír la voz de Luke en mi auricular.

—Supongo que Benton ha hablado con él —dice, refiriéndose a Marino—. Está claro que queréis despachar el asunto ahora mismo.

—Considerando que es la tercera de una serie de muertes acaecidas hoy y que parecen interconectadas, sí —digo.

—Te lo pregunto porque Marino quiere pasar por el apartamento de Bloom antes de ir allí. Me ha pedido un par de horas.

—Tiene que buscar objetos que puedan tener restos de ADN. Un cepillo de dientes, por ejemplo. Además, tampoco debería presenciar la autopsia —señalo—. No sería imparcial. Ninguno de los dos lo seríamos. Ha estado a punto de pelearse con Bloom esta tarde. No quiero que lo esperes, ni quiero que esté presente —recalco.

—¿Hay alguna cuestión personal de la que yo debería estar informado? No quiero ser impertinente, pero si la hay, acabará por aflorar, y prefiero estar preparado.

—Nunca tuve trato personal con Rand Bloom. —No voy a reconocer que no me caía bien.

De hecho, tal vez lo odiaba. Veo que Benton finaliza su llamada y me mira directamente.

—Tengo la sensación de que todo está bastante claro —le digo a Luke—. Herida de arma blanca en la línea media del pecho, posterior al esternón. La temperatura del agua es de diez grados. La del aire, de veinticinco ahora mismo, porque ha subido mucho desde el mediodía. El cuerpo está a veinticuatro. Se habría enfriado rápidamente en agua helada cubierta, por lo que calculo que ha estado sumergido por lo menos cuatro o cinco horas. Los testigos nos ayudarán al aclararnos cuándo lo vieron con vida por última vez. Marino y yo lo vimos irse en coche esta tarde, hacia las cuatro. Me pregunto si habrá venido directo desde allí.

—¿*Rigor mortis*? —pregunta.

—El agua fría lo ha retrasado. Apenas empieza a manifestarse.

—Imagino que una herida como esa le habrá provocado una hemorragia interna —dice Luke—. Mediré la cantidad de sangre en la cavidad pectoral y comprobaré con cuidado si hay señales de ahogamiento.

—Si el arma penetró en el corazón o un vaso sanguíneo importante, habrá tardado unos diez minutos en morir. Si encuentras señales de ahogamiento, probablemente querrá decir que lo apuñalaron a muy poca distancia de la piscina, tal vez en la terraza. Habrá realizado algunas respiraciones agónicas antes de morir.

—¿Y no debería haber sangre cerca de la piscina?

—Si la había, ha desaparecido —contesto mientras la lluvia azota la terraza. Benton está a mi lado, y las luces azules parpadean junto al velero—. Esto parece un monzón. —Finalizo la llamada y clavo los ojos en Benton—. Por favor, no me digas que hay otro.

—El velero —murmura.

—¿Quién? —pregunto.

—Joe Henderson —responde—. Lo han encontrado con vida.

—La misma persona que vimos en la camioneta gris —dice Benton mientras trotamos hacia su coche, chapoteando en los charcos en aquella oscuridad total—. Creo que lo que ha dicho Henderson no deja mucho lugar a dudas.

Hacia las siete de la tarde, Joe Henderson dejó el coche frente a la casa de los Rosado, donde estaba aparcada una camioneta gris, pero no vio al conductor por ninguna parte. Se apeó de su Tahoe, reparó, al igual que nosotros, en que la puerta trasera estaba entornada y, en el instante en que la abrió del todo, preguntando en voz muy alta si había alguien, lo rociaron con gas pimienta. Le taparon la cabeza con una funda de almohada, le sujetaron las muñecas tras la espalda con bridas de plástico, y notó la presión de un cañón de pistola contra la nuca.

—Lo único que me dijo la persona fue «no tienes por qué morir». —Benton continúa refiriéndome lo que le ha contado la guardia costera.

—¿Hombre o mujer?

—Él ha dicho que no lo sabe, pero supone que hombre.

—¿En qué se basa?

—Es la impresión que tiene.

—No es de extrañar. Como la persona ha podido con él, da por sentado que se trata de un hombre.

—De acuerdo —dice Benton.

—¿Cómo consiguió esa persona llevarlo hasta la playa? —Me cuesta imaginar que alguien sea capaz de bajar por los empinados escalones de piedra a ciegas.

—En ese momento no llovía ni había oscurecido. —Benton apunta el mando hacia el Audi, y el cierre centralizado se abre—. La funda no tenía agujeros para los ojos, pero la dejaron abierta por debajo para que pudiera respirar, lo que le permitía mirar hacia abajo y verse los pies.

—¿Y también los pies de la otra persona?

—Estaba detrás de él. No ha dado más detalles, salvo que la persona le quitó el teléfono. Lo más destacable es que, sea quien sea, no ha tenido reparos en matar a un investigador de seguros ni a una chica de catorce años. Es posible que asesinara también a tres víctimas desprevenidas con un rifle de alta potencia. Pero no liquidó a un policía.

—¿Por qué? —Abro mi puerta y me agacho para entrar en el coche—. ¿Henderson tiene alguna idea?

—No. La persona lo obligó a subir a un bote neumático con motor fuera borda y lo llevó al velero, donde lo encerró en el salón. Henderson oyó que el bote se alejaba y logró quitarse la funda de la cabeza. Calcula que llevaba varias horas en el salón cuando oyó a los guardacostas y comenzó a gritar y a patear la puerta.

—¿Por qué correr un riesgo tan grande y tomarse tantas molestias? —pregunto—. ¿Por qué la persona no lo mató simplemente y tiró el cuerpo a la piscina o al mar?

—El asesino al que nos enfrentamos está enviando un mensaje. —Benton enciende la calefacción, pues los dos estamos ateridos a pesar de la considerable subida de temperatura—. Sigue un código propio a la hora de decidir a quién mata.

—¿De verdad crees eso?

—Creo que es lo que él quiere que creamos.

—¿«Él»? —Tengo que ponerlo en duda seriamente—. ¿La persona con gorro y gafas que nos estaba siguiendo? No he alcanzado a distinguir el sexo.

—Yo tampoco —reconoce, y nos quedamos callados mientras el agua tamborilea en la parte inferior de la carrocería, ya que el suelo está más frío que el aire, enturbiado por la neblina.

Una mujer, pero no quiero pensar en ello. Ni por un momento se me ha pasado por la cabeza que Lucy pueda haberse convertido en semejante monstruo, pero me preocupa lo que sabe. Me guardo mis pensamientos inquietantes. Volvemos a circular por la carretera, y los limpiaparabrisas funcionan a toda velocidad. Me suena el teléfono. Echo un vistazo al identificador de llamadas.

«Bryce Clark.»

—Creo que es mejor que te enteres por mí —dice al instante y en un tono arrogante que quiere hacer pasar por sombrío.

—¿Qué pasa, Bryce?

—Suena como si estuvieras dentro de un tambor de metal que alguien aporrea con unas baquetas.

—Al grano.

—La ropa quirúrgica.

—¿Qué ropa quirúrgica?

—La que Lucy encontró en el tejado. El de la Academia de Artes y Ciencias, ¿recuerdas?

—¿Qué hay con ella? —pregunto.

—Pues considerando la urgencia de la situación, el hecho de que quizás alguien te espiaba, de que tal vez sea la misma persona que le disparó a Jamal Nari... El caso es que mandamos analizar la chaqueta y la gorra lo antes posible y cotejamos el perfil con la base de datos...

—¿Qué perfil? —lo interrumpo.

—Recogimos una muestra de la gorra que tenía ADN y hemos obtenido una coincidencia con el perfil de un único donante. No sé cómo decirle esto, doctora Scarpetta.

—Por Dios santo, Bryce. —No es momento para sus melodramas, y se me ha agotado la paciencia.

—Antes de que saques conclusiones precipitadas, recuerda que Lucy sabe manejar las pruebas sin contaminarlas.

—¿Su ADN estaba en la ropa que ella encontró en el tejado? —Los pensamientos inquietantes empiezan a infiltrarse en lo más profundo de mi psique, y noto una opresión en el pecho.

—Sí y no.

—Es un perfil obtenido a partir de un bajo número de copias, y es posible que ella le haya echado el aliento a la ropa; eso lo explicaría todo —replico con serenidad forzada—. ¿A qué te refieres con eso de «sí y no»?

—Había células de la piel en la tira del interior de la gorra, y Lucy asegura que es imposible que procedan de ella —dice Bryce.

—Entonces la forma sencilla de resolver esto es coger un hisopo bucal y comparar las muestras en vez de cotejar con la base de datos.

—Ya lo hemos hecho, y el ADN no es suyo —contesta—. A eso me refería con «sí y no».

—Ahora estoy totalmente desconcertada.

—Los perfiles coinciden en nuestro ordenador, pero no cuando efectuamos una comparación directa en el laboratorio.

—¿Insinúas que hay algún problema con CODIS?

—No hemos llegado a consultar la base de datos del FBI. Te hablo de la nuestra. El ADN de todos los que trabajan aquí está registrado en ella para evitar confusiones —asevera—. Lo hacemos para...

—Sé por qué lo hacemos —lo corto, casi con brusquedad.

—El perfil de ADN de Lucy que figura en nuestra base de datos es erróneo —dice—. ¿Entiendes por dónde voy?

—No puede tratarse de un archivo de datos corrupto, porque eso presupondría un falso positivo, una falsa coincidencia con las pruebas entregadas. —Entiendo perfectamente por dónde va.

Un archivo corrupto no habría encontrado una coincidencia con las prendas descubiertas en el tejado, ni con ninguna otra cosa, de hecho. Los datos corruptos no arrojan resultados falsos; simplemente no arrojan ninguno. De pronto me asalta otro pensamiento turbador. Si alguien se ha propuesto perjudicar o incriminar a Lucy, ese alguien no está esforzándose lo suficiente.

—¿Estás insinuando que han manipulado nuestra base de datos? —le digo a Bryce.

—Aunque Lucy jura y perjura que nadie podría hacer eso.

—Por lo visto alguien acaba de hacerlo.

—Según ella, con toda esa encriptación... En fin, no sé explicarlo como ella. O sea, es como si me hablara en chino. La mitad de las veces no entiendo ni una palabra de lo que dice, pero asegura que la única persona capaz de acceder a esos archivos de ADN y modificarlos de esa manera es ella misma.

—No sé si es muy inteligente por su parte decir eso —comento—. Y te agradecería que no lanzaras un rumor como ese.

—¿Lanzar rumores, yo?

—Lo digo en serio, Bryce.

—¿Vendrás mañana a la oficina?

—Depende de si podemos salir...

—Lo he comprobado antes —me interrumpe con un entusiasmo excesivo—. El tiempo en Florida está de fábula, y no han cancelado ninguno de los vuelos que salen de Logan. Aún estáis a tiempo de celebrar tu cumpleaños allí si cogéis el avión de las siete de la mañana. Bueno, llegaríais con un poco de retraso, pero ya sabes lo que dicen: más vale tarde que nunca.

—No estaba hablando de Miami ni de mi cumpleaños, sino de salir en el helicóptero de Lucy. —Madre mía, ¿es que este hombre no tiene un ápice de inteligencia emocional?—. Nos reuniremos con Jack Kuster, experto en armas de fuego, en el Departamento del Sheriff del condado de Morris. Tenemos que averiguar cómo lo hace exactamente el asesino.

—No te lo tomes a mal, pero dadas todas esas cosas raras relacionadas con Lucy, a lo mejor no debería...

—Sí que me lo tomo a mal —replico.

38

Dos días después
Morristown, Nueva Jersey

La corriente generada por el rotor bate las verdes copas de los árboles, cuyas pesadas ramas se agitan ruidosamente bajo los patines de aterrizaje. El pálido envés de las hojas brilla como palmas de manos vueltas hacia arriba, y la boscosa ladera se abre de pronto, cuando el terreno se allana para dar paso al aeródromo.

Es sábado 14 de junio. Es última hora de la tarde, y hace un día despejado y caluroso, ahora que el frente de la tormenta ha pasado, hacia las dos. Nos hemos retrasado a causa del mal tiempo y otras razones que me dan mala espina y en las que pienso de forma obsesiva pero en silencio. Mi mente da vueltas sin cesar al registro del apartamento de Rand Bloom y todo lo que apareció allí: el rifle de francotirador con una mira potente, la munición de cobre macizo y un tarro repleto de viejas monedas de un centavo, entre ellas algunas fechadas en 1981, el año en que nació Lucy.

Los cartuchos no estaban cargados a mano. No estaban bruñidos. Tampoco las monedas, y no había rastro de un tambor de pulido. La puerta del apartamento de Bloom estaba abierta porque alguien con experiencia había forzado la cerradura sin apenas dejar marcas. Marino cree que lo que encontró dentro fue colocado allí deliberadamente, una posibilidad en absoluto descabellada considerando la ropa quirúrgica de color azul verdoso hallada en el tejado y el falseamiento del perfil de ADN de Lucy en la base de datos del CFC.

«Ese alguien no está esforzándose lo suficiente.»

Marino está casi convencido de que los disparos de prueba y los análisis confirmarán que el rifle no es el que buscamos, y ese no es el problema principal. Las manipulaciones proliferan, y aunque nadie lo expresa de forma explícita, las sospechas sobre Lucy crecen. Últimamente no es la de siempre. Hasta Benton lo dice, y no somos los únicos conscientes de que ha estado comportándose de un modo extraño y reservado, sin informar a nadie de adónde va. Janet así lo ha corroborado.

Cuando la telefoneé hace varias horas, me comentó que en los últimos meses Lucy se marcha a menudo sin darle explicaciones y realiza compras cuantiosas sin consultarla. Antes del Ferrari, se había desembarazado de un helicóptero y se había comprado otro. Según Janet, lo que Lucy me contó sobre por qué ya no llevaba el anillo no era del todo cierto. Sí, el padre de Janet lo recuperó, pero porque Lucy se lo devolvió a ella.

Por si fuera poco, se está produciendo otra escalada de acontecimientos. Alguien descubrió la manera de enviar tuits de modo que no pudieran rastrearse, cometió un fraude con mi tarjeta de crédito y accedió sin permiso al ordenador del CFC. Ahora, Rand Bloom está muerto, y se supone que los objetos hallados en su apartamento deben llevarnos a sacar conclusiones precipitadas o a abrigar dudas respecto a una ex agente federal, mi sobrina. Vuelvo la vista hacia ella. Parece una capitana frente al timón de su propia nave, con unas habilidades motoras precisas e impecables y una concentración a toda prueba.

No sé qué haría yo si su asiento estuviera vacío, si, mirase donde mirase, ella no estuviera por ninguna parte. Algo debería suceder... No me atrevo a llevar este pensamiento hasta el final.

—Les comunicaré que vamos a dejar el aparato allí toda la noche. Que lo llenen hasta arriba de carburante para turbinas sin aditivos antihielo —digo por el micrófono, pero Lucy no responde.

Volamos a baja altura sobre hierba temblorosa, y una manga de viento color naranja se retuerce con brusquedad mientras reducimos la velocidad y descendemos hacia las pistas de aterrizaje que se cruzan formando una X irregular. No sopla más viento que el que generamos nosotras. Reina una sofocante calma chicha en Morristown, donde he estado muchas veces sin imaginar que algún día vendría por esta razón.

«Aunque tal vez deberías haberlo imaginado. —Una voz en mi cabeza procedente de lo más hondo de mi ser irrumpe de nuevo en mi conciencia—. Si alguien está empeñado en acabar contigo, al final lo conseguirá.» Me imagino un arma apuntándonos en este preciso instante, lista para derribarnos del cielo sin reparos ni remordimientos, mientras sujeto con suavidad la empuñadura del cíclico, que la mayoría de la gente llama «bastón».

La palanca negra y elegantemente curvada que tengo entre las rodillas controla el cabeceo y el balanceo de las palas del rotor. La más ligera presión desplaza el helicóptero hacia arriba, abajo, los lados y atrás. De no ser por la delicadeza con que la manejo, no estaría sentada en el asiento del copiloto. Lucy me habría relegado a la parte posterior de la cabina, decorada con piel color coñac y fibra de carbono donde viaja aislado Marino, nuestro único pasajero.

No alcanzo a verlo. Me he cerciorado de que no pueda oírnos ni yo a él. Aunque no ha hecho nada a propósito para cabrearme, ya no disimulo cuando no tengo la suficiente fortaleza emocional para seguir escuchándolo. Y ahora mismo tengo menos que nunca. No ha parado de lanzar conjeturas e hipótesis desde que despegamos de Boston. Marino, siempre con sus afirmaciones y preguntas temerarias y su absoluta falta de discreción.

Le daba igual que Lucy lo oyera. De hecho, estaba metiéndose con ella como si la situación tuviera gracia, dejando entrever con sus pullas lo que piensa de verdad. El asesino tiene que ser alguien que nos conoce y, por cierto, ¿dónde estaba ella ayer? ¿Qué se traían entre manos Janet y ella? ¿Qué clase de arsenal debe de tener en su galería de tiro particular? ¿He estado practicando allí hace poco? Su sentido del humor es tan sutil y de tan buen gusto como su taza de café favorita, negra, con el contorno de un cuerpo en blanco y la leyenda MI DÍA EMPIEZA CUANDO EL TUYO ACABA.

Estuve escuchando sus salidas de tono hasta que nos aproximamos al espacio aéreo de Nueva York, momento en que restringí el uso del intercomunicador a la tripulación. Él se dio cuenta enseguida, pero dudo que se lo tomara muy a pecho. Ya se imagina que se trata de un espacio aéreo muy transitado y sabe que soy concienzuda cuando tengo que estar pendiente de las transmisiones de múltiples torres y avisar de nuestra presencia a otros pilotos en cada uno de los puntos de control a lo largo de varias rutas como la del río Hudson. Sabe que considero mi deber como copiloto introducir frecuencias de radio, comunicarme con controladores de tráfico aéreo y sintonizar el Servicio Automático de Información del Área Terminal para escuchar las noticias de última hora sobre el tiempo, el viento, avisos a los aviadores, posibles restricciones y riesgos como niebla baja o aves.

Aunque las normas de aviación no me permiten encargarme de muchas otras tareas, estoy bastante segura de que podría aterrizar en caso de emergencia. Tal vez el helicóptero no quedaría en muy buen estado, pero conseguiría que los ocupantes llegáramos al suelo sanos y salvos. Durante todo el vuelo he estado imaginando fallos del motor, impactos contra pájaros, las peores situaciones posibles, y preguntándome cómo reaccionaría. Me resulta más fácil pensar en ello.

«Mucho más fácil, joder.»

Pulso el interruptor de la radio sin mover el cíclico mientras Lucy sobrevuela la hierba, casi rozándola, a una velocidad de sesenta nudos y con una trayectoria que corta en dos el kilómetro y medio de asfalto estriado que tenemos delante. La pista más corta de las dos con las que cuenta el aeropuerto tiene una orientación norte-sur, se encuentra a unos sesenta metros sobre el nivel del mar, y es tan recta y llana como una alfombra negra extendida. El aire se ondula sobre ella a causa del calor, como el agua que se desliza sobre un cristal.

—Niner Lima Charlie, cruzando trece —anuncio a la torre, un pequeño edificio blanco con una sala de control en lo alto que parece el puente de un barco.

Alcanzo a distinguir formas vagas de personas al otro lado del vidrio en el que se refleja la cegadora luz del sol. El cielo, del azul desvaído de la tela vaquera vieja, me recuerda mis tejanos favoritos, que llevé hasta que literalmente quedaron hechos jirones, y el pasado continúa colándose en mis pensamientos por la puerta de atrás. Presiento lo inevitable, una tragedia que no puedo impedir mientras mi vida desfila ante mis ojos cuando menos me lo espero. Está a punto de suceder algo, como un juicio del Antiguo Testamento. Deberíamos habernos quedado en Massachusetts. No hay tiempo para esto. Era muy previsible que vendríamos aquí, y me hierve la sangre.

«Te están manipulando como a un peón de mierda.»

—Recibido, Niner Lima Charlie —responde la controladora, cuya voz ya había oído yo cuando trabajaba en Manhattan y venía a Nueva Jersey para investigar casos de jurisdicción ambigua o compartida, por lo general relacionados con cadáveres que aparecían flotando en el Hudson.

—Ya nos han dado la autorización. —La voz de Lucy suena en el interior de mi casco.

—Correcto —respondo.

—No hacía falta que se lo dijeras de nuevo.

—Entendido.

—No quiero que crean que se nos ha olvidado —dice desde el asiento derecho, con las manos delicadamente posadas en los mandos y la parte superior del rostro oculta tras la visera tintada.

Solo alcanzo a ver la punta de su afilada nariz, la mandíbula firme y tensa, y su actitud, formal y fría como el metal. La palabra «brusca» me viene a la cabeza. Suele ocurrirme con ella, sobre todo cuando las cosas se ponen tan peligrosas como ahora. Pero eso no es todo. Está ensimismada y distante, y hay algo más ahí que no consigo identificar.

—La redundancia nunca está de más —digo al micrófono que tengo pegado a los labios.

—Cuando los controladores están ocupados, sí.

—Siempre les queda la opción de no hacer caso. —Si hay otra cosa en la que soy experta es en no dejar que se me note la irritación que me provoca, en especial cuando tiene razón, como ahora.

No están despegando aeronaves. No hay tráfico, todo está inmóvil por aquí excepto los reflejos del sol en el aire abrasador. La torre nos ha concedido permiso hace quince minutos para entrar en el espacio aéreo de clase D, cruzar la pista activa y aterrizar en la plataforma cercana a la oficina de la empresa de servicios aéreos Signature. En pocas palabras, mi llamada por radio era innecesaria, y Lucy me está riñendo por ello. Lo dejo correr. No me fío de mi estado de ánimo. No quiero perder los estribos con ella ni con nadie, y se me ocurre que quizá detrás de la ira está el miedo. Debo entrar en contacto con el miedo para dejar de estar enfadada.

«Al final descubriré que es todo culpa mía.»

No, no lo es, maldita sea, y cuando levanto la capa de ira, solo encuentro más ira. Y debajo de esta, rabia. Debajo de la rabia hay un abismo negro por el que nunca he descendido. Es el agujero en mi alma que podría empujarme a hacer algo que no debería.

—Cuando hablas con los controladores, cuanto más breve seas, mejor —me explica Lucy como si yo no hubiera volado con ella cientos de veces, como si no tuviera ni puta idea de nada.

—Entendido —repito en tono indiferente, manteniendo la vista al frente.

Permanezco alerta por si aparecen otras aeronaves y, sobre todo, por si aparece él. Aunque pienso «él» no tengo idea de quién es, y esta mañana la prensa le ha puesto al asesino el sobrenombre de Copperhead. Marino se lo sugirió a algún periodista, y se popularizó, como suele ocurrir con los apodos en los casos sonados que parecen condenados a quedarse sin resolver. O que se resuelven demasiado tarde. El Estrangulador de Boston. El Monstruo de Florencia. El Asesino del Zodiaco. The Doodler. Bible John.

Vuelvo a comprobar el interruptor del intercomunicador para asegurarme de que Marino no oiga ni una palabra de la conversación entre Lucy y yo. Nada le gustaría más que escucharnos durante un momento íntimo.

«Eres una mala madre.»

Es como si Copperhead se hubiera adueñado de mi subconsciente y siseara, rebosante de fealdad, con los colmillos cargados de veneno de heridas infectadas.

—Deberías relajarte, tía Kay. —El helicóptero bimotor de Lucy se mantiene estable como una roca, justo por encima de la raya amarilla de la calle de rodaje, que ella está siguiendo con la precisión de una gimnasta en una barra de equilibrio—. Concéntrate en lo que tienes delante y no des tantas vueltas a las cosas.

—No sabemos qué tenemos delante. Ni detrás. Ni al lado.

—Ya estamos otra vez.

—No me pasa nada.

Pero no es verdad. Estoy yendo demasiado lejos con mi actitud vigilante y, aunque ella entiende el motivo, no se identifica mucho con él. No percibe el peligro como otras personas. No le entra en su brillante cabecita que, por muy triunfadora, decidida y rica que sea, algún día morirá. Todos moriremos. Es mi garantía laboral como experta y jefa de medicina forense, pero también la carga que pesa sobre mis hombros. Perdí el don de la negación hace ya mucho tiempo. De hecho, no estoy segura de haberlo tenido nunca.

Sé muy bien que lo único que nos separa de la aniquilación total es una presión de solo 1,2 kilos sobre un gatillo. De caer abatidos por una bala de cobre disparada desde un sitio indeterminado. Concibiendo un pensamiento que dura un segundo antes de sumirnos en la negrura absoluta. El asesino nos tiene en su radar. Nos observa. Podría llevar ropa de camuflaje y estar oculto entre el follaje o las artemisas, así que escudriño el espeso bosque que crece más allá de las pistas y las franjas de hierba que las bordean.

Por alguna razón, ha optado por no apretar el gatillo, al menos por ahora. No tengo base fáctica para creer esto, pero es una sensación tan palpable como los motores de turbina que hay encima de mí. Intento obligar a mi mente a parar, pero no me obedece. Otra vez el siseo, un susurro despiadado.

«Qué divertido torturarte así.»

También me embarga un malestar indescriptiblemente atroz mientras avanzamos en paralelo a la pista siguiendo la calle de rodaje Delta a una altitud de treinta pies y la velocidad de alguien que camina a paso rápido. La misma escena se reproduce de forma vívida en mi cabeza como si estuviera viendo una grabación de vídeo de un suceso que ya ha tenido lugar. Me imagino a mí misma en el punto de mira del visor telescópico informatizado con visión nocturna que no emite luz visible ni energía de radiofrecuencia. CRAC. La segunda vértebra cervical salta en pedazos, la unión craneocervical se disloca, la médula espinal queda seccionada.

Lucy revoluciona con suavidad el potente motor de su máquina voladora como si tirara de las riendas de un caballo. No podría parecer más serena ni cuerda. No podría tener un aspecto más normal.

39

Nos quedamos suspendidas en el aire encima del asfalto blanco de la plataforma, donde unos cuantos reactores privados y aviones de hélice estacionados relucen al sol.

Se me ocurre que reconstruir los tiroteos con este calor será un infierno. La gelatina balística se pondrá viscosa y empezará a apestar como carne podrida. Moscas, sudor, mal olor y Jack Kuster, a quien no conozco en persona, un machote, ex franco-tirador del cuerpo de Marines que mató a ciento tres objetivos en Iraq, según presume Marino. Me pregunto quién los ha contado.

Estudio los indicadores y las luces de los tableros de instrumentos, y, cuando las ruedas se posan en el suelo, apenas lo noto. No me molesto en decir «buen aterrizaje». Los de Lucy siempre los son. Rayan en la perfección, como casi todo lo que ella realiza en la vida. No me siento caritativa.

—Niner Lima Charlie aterrizado sin contratiempos —informo a la torre mientras Lucy conduce el helicóptero por tierra, con la punta de los pies sobre los pedales como si estuviera aparcando uno de sus supercoches.

—Bienvenida de nuevo, doctora Scarpetta. —La controladora que me resulta familiar tiene un hablar lento e imperturbable. Si me encontrara con ella en persona, la reconocería por la voz.

—Gracias. Un placer estar aquí —prosigo en mi lenguaje radiofónico truncado, y dirijo mi atención a la cabina de pasajeros, donde seguro que Marino está a punto de abrir su portezuela mientras las aspas aún giran.

¿Cuántas veces le he dicho que espere a que apaguemos los motores por completo? Me lo imagino detrás, con los auriculares puestos y el cinturón de seguridad desabrochado, como de costumbre, contemplando los bosques y las colinas de Nueva Jersey. Le doy cinco minutos antes de que empiece a bromear y a hablar como los Soprano, arrastrando las vocales con un acento ridículo. «Se me ha *olvidao*.» O: «A la *mielda*.» O: «*Menúo gilipoya*.» Coloco el interruptor del intercomunicador en «Todos».

—Quédate sentado hasta que las palas dejen de girar —le indico a Marino.

—*Naa*, voy a *cortalme* el pelo. —Su vozarrón me retumba en el casco.

—No tienes pelo, y pareces retrasado cuando hablas así —comenta Lucy.

—¡Huy, lo que ha dicho! Se supone que no debes usar esa palabra. Van a castigarte sin semanada.

—¿De dónde sale esa reacción tan pavloviana? —Lucy mueve los dedos con rapidez para apagar los interruptores que tiene encima, las coloridas imágenes de realidad aumentada desaparecen y las pantallas de navegación y del sistema de alerta de proximidad del terreno quedan en negro—. ¿En el momento en que llegas a Nueva Jersey, tu cociente intelectual baja en picado?

—Aquí la gente es más lista que el hambre.

—No me refiero a la gente, sino a ti —replica Lucy mientras el ruido de los motores cesa, y ella empieza a anotar el tiempo de vuelo y otros datos en una libreta pequeña.

—No sé por qué tuve que marcharme.

—No deberías. Entonces tal vez no te habríamos conocido. —Apaga el interruptor general de aviónica antes de que él pueda devolverle el insulto.

Las sombras que las aspas proyectan a través de las ventanas del techo de la cabina giran cada vez más despacio. Tiro del freno del rotor hacia abajo, me quito el casco de piloto y lo cuelgo de un gancho por la correa de la barbilla. Me desabrocho el arnés y lo deposito con cuidado sobre el asiento cubierto de piel de borrego para que no vaya a quedar colgando por fuera de la puerta y raye la pintura.

A lo lejos, tras kilómetros de bosques tupidos y al otro lado del Hudson, el One World Trade Center se eleva muy por encima de la silueta de Manhattan, que no alcanzo a ver desde aquí. Solo vislumbro la parte superior del rascacielos y su aguja, un recordatorio de que si nos haces daño, contraatacaremos, pero con más fuerza. Reconstruiremos, pero más alto. Al observar el proceso de edificación a lo largo de los años, he cobrado conciencia del nuevo enemigo al que me enfrento: terroristas y tiradores llenos de odio que no saben nada de las personas a quienes masacran en un rascacielos, un cine, un colegio, la llegada de un maratón o junto a sus coches.

«Considérelo una alerta naranja, aunque, de cara al público, estaremos en amarillo.» Pienso en lo que me dijo John Briggs el otro día acerca de la alerta de seguridad nacional.

No se refería solo a la visita de Obama, sino a la información obtenida por la CIA sobre los acontecimientos en Crimea. Habló de la entrada masiva de dinero, drogas y sicarios en este país, y, en vista de lo que ha sucedido desde entonces, me pregunto qué quería decir en realidad.

Choco contra un muro de aire caliente cuando bajo a la plataforma, donde Marino está ocupado abriendo el compartimento del equipaje para sacar dos maletines negros, uno de ellos con la etiqueta de «pruebas». Deja en el suelo las bolsas de viaje y pasea la mirada por el aeródromo en busca del coche que ha de venir a buscarnos cuando un camión cisterna amarillo de la Shell se acerca, se detiene y un chico se apea de un salto.

—¿Dónde diablos está Kuster? —pregunta Marino sin dirigirse a nadie en especial. Tiene el ancho rostro encendido, la reluciente y afeitada cabeza perlada de sudor y los ojos ocultos tras sus Ray-Ban—. Le he mandado un correo electrónico hace media hora, y no quiero que esta mierda esté mucho rato al sol.

—No hay nada que pueda derretirse o explotar. —Lucy saca unos parasoles plateados enrollados—. Excepto tú, tal vez.

—Podría freír un huevo en el asfalto —se queja Marino.

—No, tú no. —Ella comienza a desenrollar los parasoles que en días ventosos se agitan como cometas, pero que en esta calurosa calma permanecen totalmente laxos.

—Podemos llevarlo todo a la oficina de servicios aéreos, si hace falta —sugiero.

—Ni de coña —dice él.

Tiene una expresión agria e irritable que quizá no se corresponde con su estado de ánimo, con la amplia frente surcada por arrugas profundas y las comisuras de la boca torcidas hacia abajo. Se apoya las gafas de sol en la cabeza y, a la sombra del larguero de cola y con los ojos entornados, teclea algo en la pantalla de su móvil al tiempo que Lucy abre el tapón del depósito de combustible. Su cabellera de color del oro rosa parece bruñida por el sol, y, al caminar en torno a su aeronave, colocando los parasoles en las ventanas, presenta un aspecto ágil y fuerte con su mono de piloto caqui de verano. Acto seguido, cierra las puertas con llave mientras el conductor del camión cisterna, que aparenta unos dieciséis años, sujeta el cable de tierra a uno de los patines con una pinza.

—Buenas tardes —saluda a Lucy—. ¿Es suyo?

—Solo soy piloto. —Calza las ruedas con unas cuñas de color amarillo chillón.

—Kuster ya ha llegado —anuncia Marino.

—Tendrá que esperar a que acabe. —Lucy no irá a ninguna parte hasta que haya reabastecido de combustible el helicóptero y ella se asegure de que el aparato está a salvo de cualquiera que pueda sentir la tentación de juguetear con él.

Comprueba de forma obsesiva que estén bien cerradas las cabinas de pasajeros y de mando, los compartimentos para el equipaje y la batería, la cubierta del motor, todo. Son precauciones que suele tomar, pero percibo su suspicacia exacerbada y sé que lleva un arma, un Colt .45, en una pistolera oculta debajo del mono. Lo noté cuando la abracé en Boston. Le pregunté por qué y ella le restó importancia al asunto.

La verja de seguridad se abre deslizándose sobre sus raíles, y Jack Kuster entra conduciendo su todoterreno azul oscuro. Aparca a una distancia prudente del camión cisterna y baja la ventanilla.

—Siento llegar tarde —nos dice en voz muy alta—. Estaba ocupado en la cocina.

No me cabe duda de que se ha pasado el día enfrascado en la ingrata tarea de preparar gelatina balística, crear bloques o figuras moldeadas a partir de un colágeno hidrolizado extraído de la piel, el tejido conjuntivo y los huesos de animales.

Tenemos que llevar a cabo muchos disparos de prueba antes de que oscurezca. Ya casi no nos queda tiempo. El día nos ha engañado. Parece que todo se ha conjurado contra nosotros. Observo a Jack Kuster con detenimiento, pues solo lo conozco por su reputación, sobre todo por las alabanzas que le dedica Marino. Kuster se apea y le dirige una sonrisa descarada a Lucy como si se conocieran, pero ella, en vez de devolverle el gesto, le sostiene la mirada por un instante antes de recoger las maletas y bolsas más pesadas.

—El mayor problema con que he topado ha sido al intentar imitar la consistencia del hueso, sobre todo del cráneo —explica Kuster como si se hallara en medio de una conversación de la que no sé nada—. He considerado la posibilidad de poner un casco de moto sobre la cabeza de gelatina, pero sería demasiado rígido. Me he dado por vencido después de dejarlo todo hecho una porquería. Nos queda uno con el que jugar. —Se refiere a un bloque de gelatina—. No es una situación corriente para mí, porque en general reproducimos disparos al tronco y no a la cabeza.

—No hay nada corriente en este asesino —replico.

—Pues está bastante claro que apunta a la cabeza o la parte superior de la columna. O eso o tiene una suerte impresionante.

—No ha sido cuestión de suerte —contesto—. No tres veces. Posiblemente más, si hay otras muertes por arma de fuego de las que no tengamos noticia.

—No las hay —dice Lucy como si poseyera información privilegiada—. Son tres, aunque habrá más. Es el mensaje que quieren transmitirnos. Tres de siete.

Se refiere a las siete monedas pulidas que encontré sobre mi muro, pero opto por no tocar el tema.

—A lo que voy es a que si se trata de alguien que pertenece o perteneció al ejército, no fue eso lo que le enseñaron. —Kuster reordena el material en el compartimento trasero del todoterreno para que quepa lo que hemos traído—. Nosotros apuntamos al tronco.

—Las fuerzas especiales rusas no —repone Lucy—. Los entrenan para que disparen al cuello y la cabeza.

—¿O sea que ahora estamos buscando a unos rusos? —Kuster fija la vista en ella.

—Hay un éxodo de soldados de operaciones especiales adiestrados en Rusia por todo lo que está pasando allí —declara ella, como si hubiera estado hablando con Briggs—. También están saliendo del país miles de millones de dólares que están desangrando la economía. Por no mencionar las drogas.

Seguro que Benton también está al corriente de todo esto. La CIA mantiene informado al FBI. Seguramente Lucy se ha enterado a través de él.

—Todo depende del arma. —Marino empuja cajas de munición de un lado a otro—. Ahora hay un huevo de modelos por ahí que no teníais en Iraq. —Dirige estas palabras a Kuster—. Y también un huevo de material que seguramente han conseguido en el extranjero y que no está en circulación aquí, al menos de forma pública.

—Sí que tenemos armas inteligentes y rifles de francotirador con miras computarizadas por aquí —asevera Kuster—. Disponemos de una sola cabeza de gelatina balística, y vuelvo a pedir disculpas por ello. Había pensado conseguir un cadáver de cerdo. Aún estoy a tiempo, si no tenéis otro compromiso para mañana, si queréis quedaros aquí un día más. También conozco unos bares bastante decentes.

—Nada de cadáveres, ni de cerdo ni de ningún otro animal. Bastante insufrible será la gelatina con este calor. —Abro la puerta trasera y deposito mi bolsa de viaje y la de Lucy en el suelo del vehículo porque estamos quedándonos sin espacio.

—¿En serio? ¿Eres aprensiva? ¿Tú? —me pregunta Kuster.

—No realizo pruebas en animales, vivos o muertos.

—Pero en personas sí.

—En personas fallecidas, sí. Cuando dispongo de un consentimiento firmado.

—¿Los muertos te firman su consentimiento? —bromea con una mezcla de coquetería y ganas de chinchar, y ahora mismo no tengo paciencia para eso—. Debe de ser un truco digno de verse. ¿Es por eso por lo que te llaman Doctora Muerte?

—¿Quiénes me llaman así? Tendrás que preguntárselo a ellos.

—¿Siempre eres tan arisca?

—No siempre —respondo.

—Existe un material sintético que no requiere preparación ni tampoco apesta —comenta Lucy como si Kuster hubiera nacido ayer.

—Eso sería demasiado fácil. Lo que quiere es que dé asco. —Marino tiene el rostro reluciente de sudor.

—No nos llega el presupuesto para comprar material prefabricado que no dé asco. —Kuster no despega los ojos de Lucy.

—Voy adentro, a pagar. —Cruza la plataforma al trote, con las botas pisando livianas el asfalto, y por algún motivo se la ve fresca a pesar del calor sofocante.

—Soy demasiado caro para ti —le dice Kuster en voz muy alta.

—No estoy en el mercado —contraataca ella.

—Ya empezamos. —Marino los mira a ambos con cara de pocos amigos.

—¿A cuánto está el kilo? —grita Kuster.

—Me he quedado fuera de temporada. —Abre la puerta de vidrio de la oficina de servicios aéreos.

—Ya lo creo que se ha quedado fuera de temporada, no te fastidia —murmura Marino en tono significativo, pero Kuster no lo escucha.

Cuanto más flirtee con Lucy, más flirteará ella con él, a su manera. Yo sería la primera en reconocer que es un hombre atractivo, cuarentón, alto y musculoso como un muñeco Ken con pantalones de camuflaje color desierto y camiseta beis, que lleva una Smith & Wesson calibre .40 en una funda riñonera. No me cabe la menor duda de que ya le habrán dicho que no tiene lo que hay que tener para poner nerviosa a Lucy. Seguro que Marino, después de repetirle su tópico favorito, se lo habrá explicado todo con lujo de detalles. Quizás ha llegado al extremo de darle a entender que están sucediendo cosas sospechosas, coincidencias extrañas que nos tocan muy de cerca. El bocazas de Marino.

Abre la puerta del acompañante del todoterreno como si Kuster y él fueran compañeros de toda la vida, y yo una civil que han admitido como pasajera en su coche. Me abrocho el cinturón de seguridad y me quedo sentada en silencio. No consigo superar este estado de ánimo ni entenderlo del todo. Estoy enfadada con Marino. Con todo el mundo.

—¿Qué hay de nuevo? —Kuster apoya el brazo en el respaldo del asiento y se vuelve hacia mí. Tiene el apuesto rostro bronceado, la nariz ligeramente enrojecida por el sol, y los ojos oscurecidos por las gafas grises.

—El FBI ha estado registrando a fondo la finca de Rosado y el velero —responde Marino en mi lugar.

Le escribo un correo electrónico a Benton para avisarle que hemos aterrizado sanos y salvos, y en ese mismo momento recibo un mensaje de Bryce.

«Mi contraseña del correo electrónico no funciona, ¿la tuya sí?»

«La mía va bien», respondo.

«¿Puedes preguntárselo a Lucy?»

—Han encontrado la camioneta gris de Rand Bloom en un aparcamiento de larga estancia en Logan —dice Marino—. Y ¿te acuerdas de la furgoneta blanca de la que me hablaste? ¿La que chocó con un coche cerca de la estación del ferri de Edgewater el día antes de que dispararan a Julie Eastman? ¿La que dijiste que parecía un vehículo de mudanzas?

—Creéis que la habéis encontrado —dice Kuster, lo que me

recuerda de nuevo la furgoneta blanca cuadrada y voluminosa que vimos cuando nos dirigíamos al escenario del asesinato de Nari.

También parecía un vehículo de mudanzas. Marino le tocó la bocina hasta que el conductor se apartó para dejarnos pasar. El asesino habría podido estar justo delante de nuestras narices sin que lo supiéramos. Es como todo. Están jugando con nosotros, dejándonos en ridículo, haciéndonos seguir el plan maestro del monstruo. ¡Qué divertidos debemos de resultarle!

—La habían dejado en un puerto deportivo no muy lejos de la casa de los Rosado en Marblehead Neck. —Marino continúa desgranando los últimos acontecimientos, detalles que estoy segura de que no nos ayudarán—. Le habían quitado las matrículas, no había nada dentro excepto lejía. Se olía a una manzana de distancia.

—De modo que el conductor, seguramente el asesino, la abandonó. Luego, después de matar a Rand Bloom, subió a su camioneta y se largó de la ciudad —contesta Kuster como si lo supiera a ciencia cierta. Después siguió al coche de Benton y jugó con nosotros al gato y al ratón en la carretera—. Eso es una mierda, pero ya lo sabía.

Si Kuster ya lo sabía significa que el FBI se ha puesto en contacto con él, lo que aviva mi ira. Están haciendo preguntas, fisgoneando. Contemplo la parte posterior de la cabeza de Marino. ¿Qué ha estado revelando Marino, a propósito y sin pensar? ¿Qué asuntos del CFC ha divulgado por carecer del sentido común para prever el daño que podía ocasionar? El FBI rechazó a Lucy hace tiempo y volvería a rechazarla ahora, pero de un modo muy distinto. La juzgaría de manera diferente, arrebatándole la libertad y la vida que lleva.

—Demasiado tarde, demasiado pocos recursos. Así funciona el FBI. Más dólares de los contribuyentes tirados a la basura —comenta Marino mientras Lucy sale de la oficina de servicios aéreos y se encamina a paso veloz hacia el todoterreno.

—¿Quién dices que es ella? —me pregunta Kuster. No puedo creer que no lo sepa, ni entiendo que alguien tenga ánimo juguetón en un momento como este—. ¿Tu hija, tu hermana? ¿De verdad pilota ese armatoste ella sola?

Lucy se acomoda en el asiento de atrás, junto a mí.

—El correo electrónico de Bryce —le digo—. ¿Ha surgido algún problema?

—Un tema de seguridad. Luego te lo explico.

Echo un vistazo a mi reloj. Son las cinco menos cuarto. Nos quedan como mucho tres horas de sol aprovechables.

40

Tardamos media hora en llegar al centro de entrenamiento del Departamento del Sheriff del condado de Morris debido al tráfico de la tarde.

Noto el paso del tiempo. Es tangible, como un viento intenso que sopla de cara y nos empuja hacia las fauces abiertas del pasado, prohibido e inmutable. Lucy sujeta algo cerca de sí para que nadie más lo vea, y presiento que tarde o temprano lo identificaré, sea lo que sea. Se queda absorta en su iPad mientras yo me estreso pensando en pruebas y reconstrucciones que no creo que resulten demasiado útiles para cazar a un asesino que se ha vuelto viral en Internet. Desde que salimos de Boston, «Copperhead» se ha convertido en tema de tendencia, según nos informa Lucy. No soporto que la gente mala despierte tanto interés.

Tampoco me gusta que me recuerden que estoy invirtiendo gran parte de mi energía en justificar un caso en vez de en intentar detener a la persona responsable. Es mi deber prepararme para lidiar con futuros jurados y abogados, asegurarme de haber analizado cada molécula de una investigación y documentarla de forma exhaustiva. Pero eso no basta, y estoy pecando de un exceso de conservadurismo. No estoy segura de que aún sea capaz de enfrentarme a todo ello.

Sola con mis pensamientos desafiantes y teñidos de frustración, contemplo el paisaje de casas antiguas y bonitas, cuadras que se alzan tras cercas bien cuidadas, y prados y parques con rocas de pudinga violácea. El follaje es exuberante, y las sombras motean las carreteras en la avenida West Hanover, por la que circulamos ahora, entrando y saliendo de una claridad que me lastima los ojos. Lucy está ocupada con Internet, y yo le doy la espalda mientras miro por la ventana.

«Te estás tomando esto demasiado a pecho.»

No dejo de repetirlo para mis adentros, pero no sirve de nada y, por unos instantes, me pongo sentimental. Letreros pintados a mano anuncian productos de las huertas locales que tanta fama dan a Nueva Jersey, el «estado jardín». Trago en seco. Me veo abrumada por un torrente de emociones inesperadas. Ojalá la vida fuera distinta. Me gustaría cosechar maíz dulce, tomates, hierbas y manzanas. Anhelo oler su frescor y sentir su potencial. En vez de ello, me rodea una niebla tóxica. Un manto de falsedad. Lucy tiene sus motivos ocultos y ha estado hablando con Benton.

«Me está mintiendo, y él también.»

Kuster reduce la velocidad del todoterreno cuando las construcciones dispersas del complejo aparecen ante nosotros. Los laboratorios de criminalística, de ladrillo y vidrio, dan por la parte de atrás a la academia de entrenamiento, una amplia explanada rodeada de edificios chamuscados y acribillados, con coches y autobuses volcados que se usan para inspecciones simuladas de escenas del crimen, ejercicios de extinción de incendios, adiestramiento de unidades caninas y cuerpos especiales.

Más allá se extienden kilómetros de pastizales con terraplenes y torres vigía. Por unos momentos avanzamos dando tumbos por un camino de tierra no mucho más ancho que un sendero, levantando una densa nube de polvo. Unas tormentas violentas sacudieron el lugar recientemente, pero no queda la menor señal de ello. La repentina ola de calor ha cocido y secado la tierra, y aún resulta opresiva a esta hora, en la que la temperatura ronda los treinta y dos grados. Mañana será incluso peor.

Aparcamos detrás de una de las numerosas estructuras de madera elevadas con tejados de metal corrugado verde. Debajo no tienen más que plataformas de hormigón, bancos de tiro de madera, sacos de arena y sillas plegables. En cuanto nos apeamos comenzamos a juntar nuestro equipo, y Kuster coge un maletín negro grande, una PGF, un arma de fuego inteligente que incorpora tecnología de los drones, una mira telescópica con sistema de seguimiento y disparo automático.

—El último grito entre los cuerpos especiales —continúa explicando mientras transportamos el material en medio del implacable calor y lo depositamos sobre la plataforma de hormigón y los robustos bancos de madera—. No digo que el asesino esté utilizando una PGF, pero creo que es posible.

—¿Dónde se consiguen? —pregunto.

—El mercado está formado únicamente por los aficionados a la caza mayor más ricos, algunos cuerpos de seguridad y militares, aunque aún son pocos. Se trata de una tecnología nueva. Pagas veinte mil, treinta mil dólares cada una, y te ponen en una lista. La clientela es relativamente reducida, y los orgullosos poseedores de una de estas armas no pueden ocultarse con facilidad.

—¿Hay alguien que esté examinando estas listas?

—Eso es cosa de los federales. Su especialidad son los lápices y las listas. —Marino está tan sarcástico como de costumbre.

—Quería enseñaros lo que se puede hacer con esto —me dice Kuster, sin dejar de lanzar miradas a Lucy e ignorando las bravuconadas de Marino—. Acertar en la diana a un kilómetro está chupado. Hasta un novato podría conseguirlo. Incluso Lucy podría.

—¿Dónde está el blanco blando que has ideado? —Marino levanta con un chasquido los cierres del estuche para rifle que está etiquetado como prueba.

—Ahí mismo —señala.

En una zona de césped infestada de hierbajos, situada más abajo y a la izquierda de donde estamos instalándonos, hay otra plataforma de hormigón, esta desprovista de techo. En el borde, apuntando hacia la zona de fuego, hay un tubo de acero de unos diez centímetros de diámetro y metro ochenta de largo, envuelto en una espuma gruesa de las que suelen usarse como aislante para el invierno y, en palabras de Kuster, «bien relleno de material sintético».

—Y tengo unas balas subsónicas con carga especial para velocidad baja —añade—. Cartuchos .300 Win Mag, LRX de 12,3 gramos, pistones magnum, seiscientos cincuenta miligramos de pólvora Alliant Unique. No es la munición que utilizó el asesino, pero alguna información nos proporcionará.

—Si no crees que es lo que se utilizó, ¿para qué perder el tiempo? —inquiere Lucy.

—Para empezar, nadie tendrá que ir a la zona de fuego para intentar encontrarlas. En segundo lugar, la bala queda intacta, la punta no se abre en pétalos y el estriado queda marcado con nitidez. ¿Por qué no haces algo útil? —Ha aumentado la intensidad de su flirteo—. En la parte de atrás del todoterreno hay un maniquí sin cabeza y una nevera portátil. Sé buena chica y trae a mi amigo Ichabod, la cabeza de gelatina, además de la caja de herramientas.

Ella no se inmuta. Actúa como si no lo hubiera oído, y esa es una de sus maneras de corresponder a un coqueteo. Le cae bien Kuster. No tengo idea de qué significa eso, y por un instante me viene a la mente el anillo ausente. Janet ya ha dejado a Lucy antes, y espero que no vuelva a hacerlo.

—En resumen. —Kuster me devuelve su atención—. Podemos disparar balas de prueba ocasionando daños mínimos, recogerlas y echar una buena ojeada a la torsión, los campos y los surcos. Lo que quiero decir con todo esto es que utilizaremos fotos del laboratorio de balística para realizar un cotejo preliminar con la bala disparada contra el blanco mientras estamos aquí, sudando, y de ese modo quizá nos ahorremos horas de tiro con un rifle que seguramente ya sabemos que no es el que está matando gente.

—El rifle es una puta pista falsa. —Marino, más pagado de sí mismo que nunca, parece demasiado alegre—. La pregunta es ¿de dónde salió?

—Alguien lo compró con la configuración de fábrica y lo dejó allí para que la policía lo encontrara —dice Lucy—. No tiene un solo detalle personalizado. En otras palabras, lo adquirió en el mercado negro.

—Deberías tener cuidado de no hablar como si supieras tanto —la reprende Kuster. Dentro del estuche marcado como prueba está el Remington .308 que Marino encontró en el apartamento de Rand Bloom, con cañón de acero inoxidable y la culata con acabado tipo telaraña verde y negro. Kuster coge el arma—. Cañón 5R con freno de boca —describe— y una estupenda mira telescópica Leupold Mark 4, pero no hay señales de que hayan trasteado con él. Estoy de acuerdo en que el maldito trasto está nuevecito. Ni siquiera creo que lo hayan disparado una sola vez.

—Alguien sabía que tardaríamos dos segundos en descubrirlo. —Lucy, que se ha acercado al todoterreno con paso tranquilo, se inclina hacia el interior del compartimiento trasero y saca el maniquí.

«Alguien.» No consigo librarme de la sensación de que ella tiene una idea de a quién nos enfrentamos.

—No es el arma que buscamos, eso os lo puedo decir ya —asegura Kuster—. El cañón no será el mismo, pero de cara al tribunal necesitaréis algo más que mi palabra para demostrarlo. Os daré un bonito trozo de cobre que los miembros del jurado podrán pasarse unos a otros. —Sus gafas tintadas de gris se fijan en Lucy mientras esta extrae la nevera portátil. De pronto, Kuster le lanza un par de protectores auditivos que ella atrapa con una mano.

Se los pone sobre las orejas, y Kuster empuña el Remington. Tras abrir un estuche Pelican forrado de espuma, me pasa una cámara de vídeo.

—Necesito que grabes esto —me indica—. Si hay algo que conozco bien son los jurados. Les gustan las fotos y las pelis. Les mostraremos todas las molestias que nos estamos tomando, para que vean que no nos hemos limitado a anotar los datos sobre los disparos en un laboratorio con aire acondicionado.

Lo enfoco con la cámara y comienzo a grabar mientras él baja de la plataforma elevada y desciende hacia la que se encuentra a ras de suelo. Desliza el cerrojo del rifle para abrir la recámara, introduce un proyectil de cobre con punta de polímero azul y una vaina brillante de latón. Tras colocar el cerrojo en su sitio con un sonoro chasquido, se tiende boca abajo sobre la hierba, apoya la culata contra un saco de arena e inserta la boca del cañón en el tubo más cercano.

—¡Cuidado con los ojos y los oídos! —Tumbado en el suelo, acurruca el hombro y la mejilla contra el arma. Suena un fuerte estallido seguido de un silencio. El relleno sintético apretado detiene la bala de baja velocidad. El proyectil ni siquiera ha llegado hasta el otro extremo del tubo de metro ochenta—. Pausa. —Se refiere a que deje de grabar. Acto seguido, se incorpora y se quita las orejeras protectoras. Anuncia que hay que descargar todas las armas e iza una bandera roja por si aparece algún otro tirador. Nadie debe disparar ahora mismo—. ¿Lucy? Quiero que Marino y tú instaléis a Ichabod en la zona de fuego. Pensemos a lo grande: empezaremos por una distancia de mil metros, y siempre tendremos la posibilidad de alejarlo más si hace falta. Pero creo que el cabronazo abate a sus presas desde muy lejos. Id hacia allá cagando leches mientras tengamos todo el terreno para nosotros, porque al atardecer suelen venir unos cabezas huecas a entrenar como si quisieran participar en la nueva versión de *La noche más oscura*. Entonces tendréis que despediros de la zona de fuego a menos que queráis que os vuelen la cabeza. No has grabado eso, ¿verdad? —me pregunta.

Jack Kuster desenrosca la tapa del tubo y comienza a sacar un relleno blanco que parece una nube de algodón. Lo observo desde una silla plegable, agobiada por el bochorno como si estuviera sumergida en agua caliente. El uniforme caqui se me ha adherido a la piel, voy arremangada y las frescas gotas de sudor me resbalan por los brazos, el pecho y la espalda.

En medio del relleno, la bala brilla como una moneda recién acuñada, aunque tiene un poco de hollín pegado a la base debido a la pólvora de combustión rápida.

—Vaya, qué tenemos aquí —dice Kuster—. Es más o menos lo que me esperaba.

Dirijo mi atención hacia Marino, Lucy y el maniquí, un torso masculino de color carne empalado en una varilla brillante al que alguna vez estuvieron unidos la cabeza y un soporte. Recogen la nevera portátil y la voluminosa caja de herramientas, con los protectores auditivos colocados provisionalmente por encima de las orejas. Echan a andar hacia la zona de fuego por el sendero de polvo. El sol brilla bajo tras los cables eléctricos, líneas negras que se entrecruzan sobre el horizonte. No hay un alma alrededor y reina el silencio salvo por el lejano rumor de un tráfico invisible para nosotros. De pronto, veo a Kuster, de pie frente a mí, con el brazo extendido.

Sobre la palma de su mano descansa una gran bala de cobre totalmente intacta, punta azul incluida, como si no la hubieran disparado nunca. Salvo por los profundos surcos y campos grabados en ella.

—Rompe un poco los esquemas, ¿a que sí? Es como estar viendo visiones, ¿no? —comenta.

—La verdad es que sí.

Saca un iPad de una mochila, teclea durante un minuto y en la pantalla aparece la fotografía ampliada de la bala de cobre con los cuatro pétalos de bordes afilados que se extrajo del pecho de Jamal Nari. Kuster se queda mirando la imagen durante largo rato y después, valiéndose de una lupa de diez aumentos, examina el proyectil que ha desprendido del blanco blando. Me pasa la bala, y la noto pesada y caliente.

—Como un huevo y una castaña —sentencia—. La que estás sosteniendo en la mano no tiene una tasa de torsión de una vuelta cada doscientos cincuenta y cuatro milímetros, y por el tipo de ánima, conocida como «Remington resistente», sé que su tasa de torsión es de una cada doscientos ochenta y seis. La conclusión es que el arma que buscamos no es un Remington 700, a menos que le hayan cambiado el cañón por un Krieger o algo así. Por no hablar de las balas que Marino encontró en el apartamento de Bloom. Las puntas no son Barnes. Redactaré mi informe, pero, a menos que Marino y tú tengáis más preguntas sobre este rifle en particular, me doy por satisfecho. —Me quedo sentada en silencio en la silla plegable, contemplando a lo lejos las figuras de Lucy y Marino en medio del calor sofocante. Percibo la mirada de Kuster, estudiándome como si fuera un cálculo de balística—. Procura disimular un poco tu entusiasmo —agrega.

—Me esforzaré un poco más.

—El desaliento queda prohibido. Va contra las normas del campo de tiro.

—La sensación que intento ahuyentar es la de que no es el mejor momento para venir a hacer esto. Intento no pensar en el desperdicio de tiempo que supone seguir todos los pasos de rigor de cara a un juicio que tal vez nunca se celebre —contesto sin mirarlo.

—Sea quien sea, lo atraparemos.

—Está jugando con nosotros. Nos está manipulando a su antojo.

—No tenía idea de que fueras tan fatalista.

—También trato de no preguntarme quién más morirá mientras estamos aquí entreteniéndonos con armas.

—No tenía idea de que fueras tan negativa y cínica.

—No sé qué idea debías de tener de mí.

—¿He hecho algo malo?

—A mí, no.

—No estamos entreteniéndonos. —Guarda de nuevo el Remington en el forro acolchado del estuche negro marcado como prueba—. Pero entiendo que te sientas así.

—No, no creo que lo entiendas. —Clavo la vista en las gafas grises que permanecen fijas en mí—. Ya sabías que este rifle no era el que habían usado para disparar a la gente. Ya conocías las respuestas a tus preguntas incluso antes de plantearlas.

—¿Y no es frecuente que tú ya sepas la causa de la muerte de alguien antes de practicarle la autopsia? ¿Qué me dices de Rand Bloom? En cuanto sacaste su cuerpo de la piscina viste la herida de la puñalada. ¿Te hizo falta abrirlo en canal para determinar que había sido una cuchillada ascendente con torsión que le seccionó la aorta y le hirió el corazón? A lo mejor aspiró un poco de agua con sus estertores, pero no habría sobrevivido a un tajo ascendente como ese, asestado con toda la fuerza del bíceps, al estilo militar.

—Ya veo que Marino te cuenta muchas cosas, pero yo no realicé la autopsia de Bloom. No lo habrían considerado un examen justo e imparcial.

—Estabas en lo cierto respecto a la causa de la muerte.

—Sí, lo estaba.

—Pero no basta con eso. Tenemos que demostrarlo. Y acabamos de hacerlo. Estoy ayudando a aportar argumentos sólidos para el juicio.

—Supongo que a continuación demostrarás que a esas víctimas no les dispararon ni por asomo desde el nivel del suelo.

—Has acertado de lleno. —Abre otro estuche Pelican, más grande y robusto, y empuña la PGF. Es un rifle negro de aspecto intimidante con un visor de seguimiento computarizado. Lo instala sobre su bípode—. Cuando hayamos terminado, tal vez te replantees tu teoría preferida —añade.

—¿Qué teoría?

—La de que la carga de pólvora era tan liviana que es casi como si lanzara la bala con la mano. No fue así del todo, pero estoy de acuerdo en que el capullo quería que encontrarais el proyectil con el número tres inscrito. Habéis conseguido ocultárselo a los medios, ¿verdad?

—Hasta donde yo sé, sí.

—Lo que me preocupa es ¿tres de cuántos? ¿Qué cifra ha planeado? —Me vienen a la cabeza las siete monedas y pienso que faltan cuatro. Marino, Lucy, Benton y yo. Destierro este pensamiento de inmediato. Miro a Kuster, que empieza a insertar cartuchos en un cargador—. Está equipado con tecnología inalámbrica —dice—. Unos sensores registran todos los datos del entorno, incluido el efecto Coriolis, todo excepto la corrección del viento, que debe introducirse a mano. Todo se transmite en tiempo real a un iPad, lo que puede resultar útil si se cuenta con la ayuda de un posicionador, lo que me imagino que no es el caso de nuestro asesino.

—¿«Nuestro» asesino? Por favor, no utilicemos el lenguaje de las relaciones.

—La cuestión es que los gilipollas como este actúan solos a menos que se trate de un trabajo poco importante o no especialmente difícil. —Abre otro estuche y saca un telescopio terrestre Swarovski, que coloca sobre un resistente trípode Bogen—. Esto te permite ver lo que pasa a sesenta aumentos. —Tiende la vista hacia Lucy y Marino, que se encuentran lejos en la zona de fuego, cada vez más pequeños bajo el sol que declina—. Aunque ya sé que crees que estamos perdiendo el tiempo aquí jugando con armas. Por otro lado, si de verdad pensaras eso, no estarías aquí por nada del mundo, ¿tengo razón o no?

—Espero que sí que la tengas.

—Estás muy cabreada. No te culpo.

—Tal vez me culpo a mí misma.

—Ya. ¿Qué habrías podido hacer para anticiparte a los acontecimientos? ¿Qué medidas preventivas deberías haber tomado para protegerte a ti y a los tuyos? —Introduce cinco balas de cobre macizo en otro cargador—. Por eso he insistido en que vinieras.

—No sabía que eras tú quien había insistido.

—Pues así es. Dos personas murieron antes en mi territorio, en Morristown. Ahora ha muerto una en tu barrio, y no tenemos idea de quién será el siguiente. Sé lo que sé, y tú sabes lo que sabes. Juntos sabemos mucho más que nadie. Así que cuéntame por qué estás cabreada, y yo te diré la auténtica razón.

—Porque está saliéndose con la suya.

—No —replica Kuster—. Es porque te está pasando la mano por la cara y tus recursos habituales no están dando resultado. La ciencia de los laboratorios solo llega hasta donde la calidad de las pruebas lo permite, y si estas están manipuladas y sembradas, ¿qué te queda? Una mierda. Como el rifle Remington. No hay huellas en él, y ya verás cómo el análisis de ADN no revela nada útil. Y lo mismo con la munición que encontró Marino y con el tarro lleno de monedas. No es más que un gran montón de paja que nos mantiene ocupados a todos mientras el responsable se toma su tiempo para urdir y preparar su plan.

—Me temo que tienes razón.

—Sé que la tengo, y lo que ocurra a continuación nos traerá más de lo mismo.

—De acuerdo, te escucho con atención.

—La idea de que este asesino quería que encontrarais una bala, ¿de dónde salió? Intuyo que de ti, no.

—Lucy lo ha planteado como una posibilidad.

—Ella no es imparcial.

—Así que crees que se equivoca.

—No, creo que está en lo cierto. También creo que está tan tensa que en cualquier momento estallará —dice—. La primera norma del combate táctico establece que si no tienes un objetivo claro y decisivo, la operación se vuelve incoherente y errática.

Me quedo callada. No pienso revelar mis recelos respecto a Lucy, mi certeza de que tiene algún vínculo emocional con el caso y no está siendo sincera. Tal vez haya adoptado una actitud incoherente y errática, y si no, la adoptará pronto.

—Puedo ayudarte —concluye Kuster.

—Aceptaré toda la ayuda que se me ofrezca. —Le sostengo la mirada antes de agregar—: Gracias.

—Todo el mundo puede aprender cosas nuevas en la vida, hasta la Gran Jefa. —Abre otra caja de munición—. Te enseñaré a pensar como un francotirador. ¿Sabes lo que es un francotirador? Un cazador, y voy a conseguir que observes el mundo a través de los ojos de este cazador, a través de su mira telescópica, y que sepas qué se siente al apretar el gatillo y ver morir a alguien antes de llegar al suelo. ¿Y por qué voy a hacerlo?

Me levanto de la silla y echo un vistazo por el telescopio terrestre, ligero y con un amplio campo de visión. Ajusto el enfoque del ocular y, con sesenta aumentos, parece que tengo a Lucy justo delante. Se quita el cabello de la cara con los ojos entornados por los rayos oblicuos del sol. Es esa hora del día en que hay demasiada luz para ir sin gafas oscuras y demasiada poca para ponérselas. Me quito las mías y me da la impresión de que Kuster me estudia como un francotirador a su objetivo. Se quita también las gafas de sol y me sorprende lo verdes que son sus ojos, casi tanto como los de Lucy.

—Voy a hacerlo porque conozco a la gente como tú —dice—. Si logras ver e intuir lo que hace este asesino, llegarás a comprenderlo. Tendrás las ideas mucho más claras que Lucy. No me cabe la menor duda.

La sigo con el telescopio mientras arranca una tira de cinta americana, pega un extremo al pecho del maniquí y pasa el resto por encima de la cabeza de gelatina balística, traslúcida como un cubito de hielo y con aspecto resbaladizo, ovalada y moldeada con las vagas facciones de un rostro masculino. Me percato de que la cinta no se adhiere a ella, y Lucy prueba con otro trozo, sin dejar de volver la vista en torno a sí, como si alguien le devolviera la mirada. La gelatina empieza a derretirse. Dentro de poco se pondrá tan viscosa como el pegamento podrido.

—Tranquila. —Kuster me estudia de nuevo—. Eso lo usaremos solo de cara a la galería, porque estás en lo cierto. Tengo expectativas bastante buenas sobre lo que va a suceder. Pero estoy pensando en el jurado. Nos grabaremos en vídeo cargándonos al hombre de gelatina. Bueno, para ser más exactos, me lo cargaré yo. Colocaré la cámara sobre un trípode en la zona de fuego. Dos tiros a mil metros, diez campos de fútbol americano. Una bala de velocidad reducida, una normal. Le acertaré justo aquí. —Se lleva la mano a la parte posterior del cuello, en la base del cráneo—. Y comprobaremos en qué estado quedan las balas y si llegan a salir de la gelatina —prosigue—. Ese será más o menos el alcance del maltrato al que someteremos a Ichabod. Los demás disparos, incluidos los tuyos, los realizaremos contra dianas de acero, para ver cómo calcula la PGF las trayectorias de las balas. La distancia no es lo que más preocupa. Te advierto de entrada que, si nos basamos en esto —me muestra la imagen del proyectil en el iPad—, nos encontramos, al parecer, ante un ángulo descendente de hasta setenta grados. Estamos hablando de un coeficiente balístico con implicaciones inquietantes. Ese es el problema que debemos resolver. —El coeficiente balístico es una medida numérica de resistencia al avance, de la eficiencia con que una bala se abre paso por el aire—. Implicaciones de una trayectoria —añade— que seguramente no podremos replicar aquí a menos que Lucy esté de humor para dejarnos disparar desde su helicóptero. Con esto, podríamos. —Da unas palmaditas a la PGF—. Ni siquiera necesitaríamos un giroestabilizador.

—Ojalá no hubieras propuesto una cosa así —repongo con rotundidad.

—¿Por qué no? Alguien tenía que proponerlo antes o después.

—¿Qué más te ha contado Marino? —Aparto los ojos del telescopio y los poso en él mientras se enjuga el sudor del cuello y el mentón, encorvado.

—Que es posible que alguien esté intentando incriminarla. Que alguien podría estar tratando de mandarla a la cárcel.

—¿«Podría»? —Una rabia súbita me ciega.

41

Reclinado contra el borde del banco, Kuster se lleva las sudorosas manos a los bolsillos y baja la vista hacia mí.

—Yo no soy el enemigo —asevera—. Estoy de tu lado.

—No sabía que hubiera lados en esto. —Reprimo una furia que no quiero sentir.

—Digámoslo así: si yo creyera que Lucy es una villana, no estaría en este campo de tiro con nosotros. Pero no es lo que creo. Es lo que creen los federales, y ya sabes lo que se dice en mi profesión: a muchas personas las pillan porque rezuman culpabilidad y son fáciles de apresar, no necesariamente porque hayan cometido algún delito.

—¿Tu profesión? —La intensidad de mi ira se reduce de una ebullición franca a un hervor lento.

Me acuerdo del poder de mi fuerza de voluntad y me concentro en él. Debo conservar la calma.

—Militares. Policías. La escuela de la vida —aclara—. Sé que estás casada con el FBI.

—Solo con uno de ellos.

—Y no es de él de quien tienes que preocuparte, supongo.

—¿Se ha puesto en contacto contigo el FBI? —Quiero oírselo decir.

—Claro. No es ninguna sorpresa.

—¿Benton Wesley? ¿Has hablado de mi sobrina con mi esposo?

Kuster se saca las manos de los bolsillos, con gotas de sudor cayéndole de la barbilla, y sus ojos resaltan como esmeraldas contra su piel brillante y bronceada.

—Oye, hay una historia de fondo que tal vez no conozcas. Marino es de Bayonne, y yo me crie en Trenton. Somos viejos conocidos y hemos pasado mucho tiempo juntos durante los últimos seis o siete meses. Seguramente sabes que ha recuperado el contacto con Beth Eastman, su novieta del instituto. Empezaron a salir juntos de nuevo, pero entonces la hija de ella murió tiroteada cuando bajaba de su coche frente a la estación del ferri de Edgewater. Julie tenía veintiocho años. Acababa de conseguir un ascenso en Barclays y estaba prometida.

—Es terrible —comento—. Todos estos homicidios lo son. Crímenes despiadados y sin sentido.

—Ya hace tiempo que sospecho que este asesino posee información personal de todos vosotros, y hace como un mes los acontecimientos empezaron a precipitarse —continúa Kuster—. Marino dijo que convenía atajar el asunto de raíz, armarnos de argumentos legales antes de que lo hiciera otra persona. Confía en mí porque somos amigos y conoce a tu sobrina desde que era una niña. Conoce su pasado y hay indicios que han encendido sus luces de alarma. La cuestión es si una ex agente federal, una investigadora de primera como Lucy Farinelli descubre detalles gracias a su pericia, o porque es ella quien ha creado esos detalles. Como tuits imposibles de rastrear, por ejemplo. Como colarse en vuestra base de datos. Como disparar desde una altura que bien podría ser la de un helicóptero en vuelo.

—¿Por qué habría de hacer ella algo así?

—Es una historia que sin duda conoces bien. Bastante predecible. Se ha enfrentado en su vida a varias situaciones difíciles que la han empujado hasta el límite. Ya he visto casos parecidos, y tú también.

—No hay ninguna historia. —Me recorre otra oleada de rabia—. Alguien podría estar intentando incriminar a Lucy, pero no ha sembrado ningún indicio lo bastante convincente. Nada de lo que has descrito resistiría un examen riguroso.

—Y hay personas encarceladas por mucho menos que eso. Les han destrozado la vida. El año pasado trabajamos en un caso del que seguramente has oído hablar. Un granjero estaba arando un campo cuando topó con unos restos óseos que resultaron ser de una chica de veinte años que había desaparecido en Brooklyn en 2010. Cuanto más se esforzaba él por ayudar, recabar información y colaborar con los federales, más sospechas despertaba en ellos. Así que en la actualidad no hace otra cosa que hablar con sus abogados. Está en la ruina. Es un paria. Su esposa lo ha dejado. Podrían acusarlo de un crimen que no cometió solo por intentar ser buena persona. ¿Ves cómo funcionan estas cosas?

—Sé cómo funcionan. —Caigo en la cuenta de lo alterada que estoy. Siento una indignación tan intensa que me asusta.

—Entonces deja que os ayude a pillar al villano, pero para ello tienes que venir a sentarte en esta silla. —Kuster da unos golpecitos con el dedo a la silla plegable situada frente al banco en el que está apoyado y donde está instalada la PGF, aún descargada—. ¿Pan comido? Quiero que lo averigües por ti misma.

Me quedo donde estoy, de pie detrás del trípode del telescopio terrestre.

—Velocidad de salida, velocidad del viento, temperatura, presión atmosférica y tipo de proyectil. Lo bonito de esta belleza —señala la PGF— es que realiza los cálculos por ti siempre y cuando introduzcas correctamente los datos sobre la clase de munición y el viento, cuya intensidad ahora mismo es variable y mínima, aunque está arreciando. El jueves por la mañana en Cambridge, más o menos a la misma hora en que dispararon a Jamal Nari, soplaba un viento norte de dieciocho kilómetros por hora con rachas de hasta veintiocho kilómetros por hora. Ahora sopla en dirección contraria y por eso hace este calor.

Desplazo el telescopio hasta localizar las dianas de metal redondas y rojas sujetas con cadenas a lo que llaman «soportes para gongs», colocados a distancias que van desde los cien metros hasta los mil seiscientos. El último terraplén que alcanzo a divisar parece un espejismo ondulante debido al calor, y la diana no es más que un diminuto punto rojo. Intento apaciguar mi ira. El FBI ha estado a punto de hundir a Benton en más de una ocasión, y ahora, sin duda, estarían encantados de hundir a Lucy.

Una rabia inmensa se ha apoderado de mí y se niega a abando-narme.

«Es mi familia. Ni se te ocurra tocarles un pelo.»

—Está claro que el tirador sabe lo que hace y ha elegido la munición apropiada para sus fines. —Kuster sigue hablando—. Algunas balas son muy aerodinámicas, pero la LRX de 12,3 gra-mos es diabólica. Se abre camino a través del aire cambiante, la carne, el hueso, todo aquello que toca. La expansión masiva ha-ce que el canal de la herida parezca gelatina.

—¿Podía ser que llevara una carga subsónica?

—No lo creo. Eso implicaría que la bala se desplazaba a me-nos de trescientos sesenta y cinco metros por segundo. Pero una carga más ligera, sí —dice—. Si añadimos a eso una gran distancia, la velocidad desciende en picado. El proyectil pierde energía cinética. Si todo está planeado de forma meticulosa, queda intacto y puede ser recuperado.

Enfoco de nuevo a Marino y a Lucy, que están fijando la cabeza balística con más cinta americana, y advierto que han clavado la varilla de acero en la tierra con un mazo de goma y luego la han reforzado colocando piedras grandes alrededor.

—Explícame tu teoría —le pido a Jack Kuster.

—Pongamos que una de estas balas sale del arma a una velo-cidad de setecientos treinta metros por segundo en vez de ocho-cientos cincuenta. —Extrae un cartucho de una caja y lo sujeta en alto—. En otras palabras, que lleva una carga de pólvora un poco más liviana. Pues bien, su velocidad se reducirá a menos de trescientos metros por segundo tras recorrer mil metros, o a una energía de menos de setecientos cincuenta y seis julios.

—Y en función del objeto contra el que impacte, habrá muy poca expansión o daños colaterales.

—Sí, por ejemplo si impacta contra algo suave, como un cuerpo o la gelatina balística —asiente él—, a diferencia de lo que ocurriría con un blanco duro como el metal o, en el mundo real, el hueso. ¿Con cuánto hueso topó exactamente la bala que extrajisteis del pecho de Jamal Nari?

—Separó las vértebras y después penetró en tejido blando hasta quedar alojada debajo de la piel.

—Esa es parte de la explicación. La otra parte es desde dónde narices disparó el malo.

—¿Tú lo sabes?

—No. —Saca una toalla blanca pequeña de su mochila y me la pasa—. Pero lo que sí sé es que, cuando terminemos, habrá cambiado tu mentalidad.

—¿Y qué mentalidad es esa?

—La de una científica. Una doctora. Una madre o tía. Te enseñaré a pensar como una cazadora de seres humanos.

—¿Y, según tu experiencia, qué se siente al pensar así?

—No se siente nada si ellos se lo merecen —responde.

Observo a Lucy y Marino mientras le dan la vuelta al maniquí, que queda con la espalda vuelta hacia nosotros. Hablan entre sí y echan a andar en nuestra dirección por el angosto sendero de tierra en el que apenas cabría un carro de mulas. Los ojos de Lucy no dejan de moverse de un lado a otro mientras ella conversa y continúa escrutando el entorno. La conozco mejor que nadie. Le preocupa que alguien nos espíe, una preocupación basada en información real.

—¿Vas a probar esto o qué? —Kuster vuelve a dar unas palmaditas a la silla plegable.

Me acerco al banco. Me siento en la silla.

El sudor me resbala por la cara y me entra en los ojos. No consigo ponerme cómoda. Aunque por lo general tengo el pulso tan firme como un cirujano, las manos me tiemblan mientras intento centrar la X azul en la pantalla transparente. El rifle pesa mucho; por lo menos nueve kilos.

—Ni siquiera creo estar apuntando a la diana correcta —reconozco.

—Pues no. El terraplén de los mil metros es el grande de la izquierda. —Kuster, a mi lado, hace las veces de posicionador, mientras el visor del rifle transmite vídeo en tiempo real al iPad.

El hombre de gelatina quedó destrozado con dos disparos. Kuster ha acertado en la zona equivalente a la parte posterior del cuello a la altura de la vértebra C2, en la base del cráneo.

A novecientos catorce metros, la bala con la carga un poco más liviana no salió por el otro lado, ocasionó muy pocos daños y descendió casi mil doscientos quince centímetros, lo que significa que la PGF tuvo que apuntar a un lugar situado más de doce metros por encima del blanco. El proyectil de carga pesada atravesó la cabeza de gelatina y no conseguimos encontrarlo. Seguramente quedó incrustado en la tierra a varios centímetros de profundidad.

La bala intacta que mató a Jamal Nari debía de estar cargada con menos pólvora de lo habitual. En ese caso, Lucy tiene razón: fue algo deliberado. No me preocupa tanto el hecho de que se le haya ocurrido esta posibilidad como el posible motivo por el que se le ocurrió. Está con nosotros, pero a la vez está en otra parte. Está muy concentrada y al mismo tiempo tiene la atención muy dispersa, mira en todas direcciones y reconozco los giros y ladeos casi imperceptibles de su cabeza. Tiene la visión periférica y el oído en alerta. Un pensamiento cruza una parte oscura de mi mente, un lugar recóndito y vedado: tal vez Lucy sepa quién es Copperhead. Quizá Benton albergue también sus sospechas, y por algún motivo no me lo dicen.

Hemos pasado al metal, y Kuster, Marino y Lucy me tienen calada. Me avisan que he errado el blanco como por medio kilómetro. Alzo la vista, limpiándome la cara y las manos con la toalla, y oteo los resecos pastizales, vacíos salvo por los terraplenes con sus barreras de fondo y, a lo lejos, pequeños grupos de árboles. Echo otra ojeada por el telescopio terrestre. Giro el cañón hacia la izquierda y realizo ajustes mínimos hasta que encuentro las minúsculas dianas rojas en el terraplén de los seiscientos ochenta y cinco metros y, por último, el terraplén de color pardo claro a novecientos diez metros, un espejismo difuso y trémulo. Es como si todos los blancos estuvieran danzando.

Intento ahuyentar los pensamientos siniestros y una desesperanza cada vez más profunda. Seguimos sin tener explicación para la trayectoria descendente de setenta grados de la bala que alcanzó a Nari en la parte de atrás del cuello y quedó alojada bajo la piel del pecho. Las sombras se intensifican, reptando desde todos los ángulos como alimañas nocturnas, mientras el sol arde en el horizonte y se oculta tras él en medio de un resplandor de color naranja rosáceo. Apenas distingo las dianas rojas de metal alineadas como piruletas, sitúo el punto blanco sobre la que se encuentra más a la izquierda y la marco. Entonces cambio de idea.

—Corrección de viento. —Me he percatado de que llevamos más de una hora con esto, y dentro de poco estará demasiado oscuro para seguir—. Tal vez ha cambiado de dirección otra vez. —Ahora sopla con más fuerza, y la temperatura no ha bajado de los treinta grados—. Creo que deberíais encargaros vosotros de esto —decido sin pensar en alguien en particular mientras alargo el brazo para coger mi botella de agua y tomo un trago largo y tibio. No hay nadie en la línea de fuego excepto tres hombres, sin duda militares.

Han aparecido hace un cuarto de hora y han elegido una plataforma con un cobertizo de metal reservada para tiro de corta distancia. El seco tableteo de sus M4 es constante, y de vez en cuando los pillo lanzando miradas a nuestro grupo, dos hombres y dos mujeres con un arma que bien podría revolucionar todo lo que sabemos sobre las armas.

—Hasta que no lo experimentes por ti misma, no sabrás apreciar lo que está pasando —repite Kuster una vez más—. No sabrás apreciar la complejidad de un sistema de armamento como este.

Aprieto la mejilla contra la culata, aplastando el saco de arena, pero el rifle se me antoja cada vez más pesado. Estoy cansada y todo me supone un gran esfuerzo. Cuanto más fuerzo las cosas, peor se ponen.

—Aunque el asesino esté utilizando uno como este, el trasto no le está haciendo todo el trabajo —interviene Marino—. Esa es la cuestión.

—Una cuestión que empiezo a entender muy bien —contesto.

—Ocho kilómetros por hora, de derecha a izquierda —indica Kuster.

Pulso un interruptor para modificar la velocidad y dirección del viento. Los giroscopios y el acelerómetro compensarán los movimientos del cañón, y el visor computarizado controlará la distancia, la temperatura, la presión atmosférica y la elevación. Batallo de nuevo con el punto blanco, intentando fijar el objetivo con bastante torpeza.

—Si no te gusta, borra y vuelve a empezar —sugiere Lucy.

Hasta los latidos de mi corazón empujan de aquí para allá el punto blanco, hasta que consigo centrarlo y pulso el botón que está junto al guardamonte.

—Buena fijación. —Kuster contempla la pantalla del iPad—. Retrocede un pelín.

Lo intento de nuevo.

—Un poco más —prosigue—. Inclínate hacia delante sobre el banco, triangula con el brazo izquierdo e intenta encontrar una posición cómoda y bien apoyada. No, bórralo todo. Inténtalo de nuevo.

Marco el objetivo una vez más con manos temblorosas y la vista borrosa. Mantengo el punto blanco en el centro del objetivo y pulso el botón.

—Precioso —dice Kuster.

Alineo la retícula del punto de mira, que pasa de azul a rojo cuando aprieto el gatillo, pero el rifle no dispara. Está calculando las condiciones y cualquier movimiento que pueda realizar el objetivo. Se oye un fuerte estampido, y noto el retroceso contra el hombro.

—En pleno torso, hacia las cinco en punto. Misión cumplida. —Kuster me lo muestra en el iPad—. Enhorabuena, Doc. Acabas de matar a alguien a casi mil metros de distancia.

42

No es cierto que un novato podría acertar invariablemente en el blanco si consiguiera hacerse con una PGF. Jack Kuster ha demostrado con vergonzosa claridad que el asesino no se limitó a adquirir lo último en tecnología antes de lanzarse a cometer una serie de crímenes, algunos de los cuales requerían que alcanzara un blanco casi imposible.

La persona que perseguimos posee experiencia, una destreza extraordinaria y posiblemente un rifle inteligente, un arma mucho más lista que yo, decido. He aprendido por las malas que fijar el objetivo no es «pan comido». En general, cuando lograba situar el punto blanco en el lugar preciso, movía el rifle y perdía la fijación. Y luego está el problema, aparentemente insoluble, de la trayectoria de la bala. Después de disparar durante horas a soportes para gongs y de oír el tenue tintineo del cobre al chocar contra el acero, Kuster ha confirmado lo que yo esperaba que no fuera verdad.

En el campo de tiro no hay zonas ni torres lo bastante elevadas para reconstruir el tiroteo de Jamal Nari. Según los cálculos de Kuster, en condiciones como las del jueves por la mañana, el tirador tenía que hallarse hasta cien metros por encima del blanco. A semejante distancia, nadie habría oído nada salvo el chasquido del proyectil al impactar. A modo de demostración, Kuster ha hecho chascar los dedos.

CRAC. Aún me resuena en los oídos.

Ha dicho que sería una «tontería» descartar la posibilidad de que el disparo se haya efectuado desde un helicóptero, un argumento más que el FBI esgrimirá contra Lucy. Tiradora excepcional y experta en armas de fuego, estaba volando la mañana del martes en que mataron a Nari. Me invade una leve sensación de urgencia mientras deslizo mi tarjeta magnética por el lector de mi habitación de hotel y abro la puerta. Cuando enciendo las luces, veo el escritorio y una botella de agua, y cobro una vaga conciencia del mobiliario formal y la tapicería de rayas mientras conecto mi ordenador portátil y me siento.

Abro un mapa satelital de Cambridge actualizado hace once minutos, a las veinte cincuenta, y localizo la casa victoriana en la calle Farrar, iluminada por las altas lámparas de hierro. Reconozco el porche amplio, con bicicletas y un escúter atados a las columnas, coches aparcados delante, y la cinta amarilla que aún acordona el jardín. Alejo la imagen y me desplazo hacia el norte, hasta la obra donde un operador supuestamente se mató al caer desde una grúa torre el miércoles a primera hora de la mañana.

Al otro lado de la frontera con Somerville, un imponente edificio de hormigón y vidrio rodeado de andamios. Busco información sobre él. Se trata de un complejo de apartamentos de lujo de veinte plantas cuya edificación se inició el verano pasado. La zona de obras se encuentra a casi un kilómetro exacto en línea recta del sitio donde Nari se desplomó, derramando el contenido de las bolsas de la compra en todas direcciones.

Como suele ocurrir en lugares con rascacielos en construcción, hay una grúa torre de unos setenta y cinco metros, calculo. La cabina de mando está encajada en el ángulo recto que forman la torre y el brazo, y la única forma de subir a ella es por una escalera de mano fija encerrada en una estructura de acero que no impediría que alguien se precipitara desde lo alto, sobre todo si fuese víctima de una emboscada. No me imagino cómo sería empezar la jornada de trabajo escalando una cosa así, llevando en una mochila los artículos indispensables. Accedo a la base de datos del CFC y encuentro el caso de hace tres días, el 11 de junio.

Art Ruiz, de cuarenta y un años, con las lesiones por traumatismo cerrado y por desaceleración que cabe esperar en una persona que ha caído de una altura considerable. Al estudiar las fotografías que le hicieron en la escena del crimen y sobre la mesa de autopsias, reparo en la oreja derecha lacerada, las fracturas abiertas del cráneo, la pelvis y la parte inferior de las piernas aplastadas. De pronto me llaman la atención los cortes en las manos y las uñas arrancadas. No son compatibles con alguien que ha sufrido un paro cardiaco mientras ascendía por una escalera de mano y que estaba inconsciente cuando cayó al vacío. Leo el informe de Jen Garate y caigo en la cuenta de que Sil Machado fue el encargado de la investigación.

Descubierto por sus compañeros de trabajo hacia las ocho de la mañana del 11 de junio, Ruiz yacía boca arriba al pie de la grúa, con los vaqueros y la camisa ensangrentados y desarreglados, sin una bota y sin el casco, con la mochila puesta pero las correas caídas sobre los codos, y con graves abrasiones en los brazos. En el tac se aprecia que tiene los hombros dislocados, pero un primer plano del costado derecho del rostro y la frente relata una historia distinta. Muestran zonas contusionadas discretas, muy tenues, de un color morado rosáceo, un patrón paralelo que relaciono con una huella de zapato. Marco el número del móvil de Luke Zenner.

—Es difícil determinar con qué se golpeó mientras caía. Es una de las razones por las que he dejado pendiente el caso —me dice cuando le hablo de las marcas en la cara del operador de grúa—. Como puedes ver, tiene un montón de lesiones no letales por haberse golpeado contra los peldaños y la jaula de seguridad de la escalera de acero. Además, presenta vasoconstricción; al parecer padecía una enfermedad cardiovascular asintomática. Lo que no significa que no se mareara o desmayara. Subir una escalera de mano de sesenta o setenta metros debe de resultar agotador.

—También es posible que alguien le diera una patada. —Abro otro mapa en mi ordenador, esta vez de Edgewater, Nueva Jersey—. Si ya había alguien en la cabina, le habría bastado con abrir la puerta cuando Ruiz llegara arriba. Unas patadas rápidas y fuertes a la cabeza lo habrían lanzado contra el armazón metálico y lo habrían hecho soltarse de los peldaños, lo que explicaría la dislocación de los hombros. Es posible que la mochila se enganchara varias veces con hierros salientes, y las lesiones en las manos indican que quizás intentó agarrarse de la escalera y la jaula durante la caída. ¿Qué opina Machado?

—Supongo que no te habrás enterado. Desde esta tarde ya no pertenece al departamento de Cambridge. Tengo entendido que ha aceptado un puesto en la policía estatal.

—Lamento oírlo. —Sin embargo, Marino estará mejor así y, en consecuencia, todos nosotros también.

Hay otro edificio alto en construcción y otra grúa torre a solo unas calles del lugar donde Julie Eastman fue asesinada. Busco comunicados del gobierno, cualquier información que se haya hecho pública. Le pregunto a Luke si se ha discutido la posibilidad de que el caso de Ruiz sea un homicidio.

—Aún no —dice.

—¿Y la zona de la obra? Doy por supuesto que la cerraron de inmediato.

—Así es. Ya sabes lo que pasa cuando interviene la OSHA, la Administración de Seguridad y Salud Ocupacional.

—Pues sucedió algo parecido tras un tiroteo en Nueva Jersey relacionado con el de Nari...

—Un momento. ¿Todos estos tiroteos tienen que ver con la muerte en la obra?

—Es lo que empiezo a sospechar —respondo—. Clausuraron una obra cercana a la estación de ferri de Edgewater dos días antes del asesinato de Julie Eastman. Al parecer, alguien se quejó a la OSHA del incumplimiento de normas de seguridad, y la construcción quedó suspendida en espera de que se llevara a cabo una investigación. Y ¿te acuerdas del homicidio con arma de fuego en Morristown, hace seis meses? Mataron a Jack Segal cuando bajaba de su coche detrás de su restaurante, a medio kilómetro de otra zona de obras importante con una grúa torre.

—¿También clausuraron esa obra?

—La habrían clausurado —contesto—. Segal fue asesinado el 29 de diciembre, y que yo sepa no se trabaja en las obras durante las vacaciones de Navidad. Obviamente, no desmontan las grúas cuando se interrumpen los trabajos de construcción, y nada impide que alguien suba por la escalera y se cuele en la cabina.

—Para disparar a la gente.

—Es la torreta de caza ideal, con una altura de decenas de metros —declaro.

—La cuestión es a quién diablos se le ocurriría una cosa así.

—Alguien que lleva un tiempo haciendo cosas muy malas y que no tiene ningún miedo —respondo—. En otras palabras, un asesino entrenado, el peor criminal solitario imaginable.

Una hora más tarde, en el bar de la planta baja, exprimo una lima en un *gin-tonic* mientras Lucy se bebe una cerveza.

—¿Sigues convencida de que Copperhead...? —empiezo a preguntar.

—Qué nombre tan ridículo —me interrumpe—. Se nota mucho que está concebido para llamar la atención.

—Fue el asesino quien lo eligió, no los medios.

—Cierto. Pirateó la cuenta de Twitter de un fontanero muerto, con un nombre de usuario que sabía que nos haría ir de culo.

—¿Cómo lo consiguió? —Le sigo la corriente a Lucy, evitando emplear pronombres personales y las referencias al sexo del asesino.

—Es fácil si sabes recopilar datos y acceder a las actas de defunción. Y se supone que debemos empezar a pensar eso también. Todo está previsto y cuidadosamente planeado.

—¿Quién debe empezar a pensar eso? ¿Nosotros concretamente? —pregunto, y ella guarda silencio—. ¿Por qué crees que esa persona quería asegurarse de que encontráramos una bala intacta? —Vuelvo a mi pregunta mientras continúo reflexionando sobre las palabras de Jack Kuster.

Lucy se está dejando llevar por la subjetividad. La noto muy tensa, a punto de estallar. Y está así por una razón. Siempre tiene una razón, y voy a averiguar cuál es esta vez.

—El objetivo del número tres inscrito en la bala era llevarnos a especular sobre cuántas personas más morirán y sobre si nosotros seremos las siguientes víctimas —asevera.

«Faltan cuatro», pienso mientras tomo un sorbo de mi bebida y escucho el traqueteo del tren expreso al Midtown. El hotel Madison, un majestuoso edificio de ladrillo blanco, se alza a poca distancia de las vías férreas en una zona histórica de Morristown situada a solo treinta o cuarenta minutos en coche de donde Julie Eastman fue asesinada. El restaurante donde dispararon a Jack Segal está aún más cerca, y hace un mes el asesino me envió un tuit desde el centro de negocios de este hotel.

Un poema de Copperhead que mencionaba a un «verdugo» silencioso y unos «fragmentos» dorados. Un poema que decía «tic tac». Noto un hormigueo de inquietud en el estómago, como si estuviera a punto de sufrir arcadas.

—Una elevación de unos cien metros. —Aludo a este dato para ver qué dice Lucy—. ¿Cómo sería eso posible en la zona de Cambridge donde dispararon a Nari?

—Lo preguntas como si ya conocieras la respuesta. —Clava los ojos en mí.

—Tal vez la conozca. A lo mejor tú me has inspirado la idea.

—¿Yo? No.

—Mi afán de encontrar una explicación alternativa a la del helicóptero y, más concretamente, tu helicóptero.

—De todos los edificios próximos a la casa de la calle Farrar, el más alto es de unos cuatro o cinco pisos —afirma antes de sacar a colación el rascacielos que están construyendo en la avenida Somerville, donde murió un operador de grúa torre.

—O sea que a ti también se te ha ocurrido —señalo, y añado que es posible que el operador fuera víctima de un asesinato.

—Eso tendría sentido —comenta.

—¿Por qué? —inquiero.

—Ha sido astuto por tu parte llegar a esa conclusión, y estoy de acuerdo. Tiene sentido —repite.

El bar, en el que reina una penumbra agradable, tiene paredes revestidas de madera, suelo de tarima y, al fondo, un piano que en este momento no toca nadie. Son casi las once, y nos hemos duchado y cambiado de ropa. Vestidas ambas con vaqueros y polos, nos terminamos nuestras ensaladas y bebemos con moderación después de pasar horas en el calor. Noto de nuevo el desagradable hormigueo cuando le planteo la cuestión de los helicópteros, porque sé que si no alguien más lo hará, si es que no lo ha hecho ya.

—El jueves por la mañana estabas volando más o menos a la misma hora en que mataron a Nari. —Tomo otro pequeño trago y me centro en el estómago con la esperanza de que el agua tónica me lo asiente.

—Fue después de que lo mataran —me corrige—. Despegué de Norwood a las once cero ocho, tal como consta en una grabación del control de tráfico aéreo. Es un hecho irrefutable.

—No estoy interrogándote, Lucy. Pero es importante aclarar este asunto. Creo que los disparos se realizan desde grúas torre, pero tenemos que hablar de helicópteros.

—Adelante, pues. Interroga. No serás la única. De hecho, no lo eres.

—¿A qué hora empezaste a monitorizar las frecuencias de la zona de Boston el jueves por la mañana? —El agua tónica no está surtiendo efecto, y no sé qué me pasa—. Lo haces de forma rutinaria antes de cada vuelo. Compruebas el estado del tiempo, el tráfico de la zona y los avisos. —La camarera, una joven de cabello corto y puntiagudo con pantalones negros apretados y una elegante blusa blanca de algodón se dirige hacia nosotras—. Quizás había otro helicóptero que tal vez...

—¿Que tal vez qué? —me corta Lucy—. ¿El asesino lo puso en piloto automático y disparó por la ventana con una pesada arma inteligente? ¿O quizá tenía un cómplice que pilotaba con una puerta menos? Ni hablar. Has sido lo bastante lista para pensar en las grúas. Te garantizo que estás en lo cierto. Tiene sentido.

—¿Quieren algo más? —La camarera me sonríe y mira a Lucy con recelo mientras mi malestar aumenta.

—Un chupito de ginebra y la tónica aparte, por favor. —Sé que es mala idea y que debería subir y acostarme, pero me resulta imposible.

—¿Tienes Saint Pauli Girl? —pregunta Lucy con descaro, y me deja de piedra.

—Sí. —La camarera parece nerviosa.

—Eso ya es otra cosa. —Lucy está intimidando a la chica, que se marcha a paso veloz.

—¿Qué ha sido eso? —Respiro hondo y despacio, aguardando a que se me pase la náusea—. ¿Cómo sabías lo de la cerveza?

—¿Te refieres a las botellas vacías dispuestas en fila sobre las rocas contra las que le partieron la cabeza a Gracie Smithers? Tomaste fotografías en la escena y las subiste a la base de datos. También hiciste un montón de fotos en el lugar del asesinato de Patty Marsico, en Nantucket. ¿Te acuerdas de lo que había en el alféizar de la ventana, en el sótano inundado? Cuatro botellas vacías de Saint Pauli Girl, totalmente limpias de huellas, con el ADN destruido por la lejía y las etiquetas hacia fuera. ¿Sabes quién es el propietario de la empresa inmobiliaria, la que intentó demandar el esposo de Patty Marsico, que estaba separado de ella? Gordian Knot Estates, la sociedad anónima fundada hace tres años por Bob Rosado.

—Acabas de darle un susto de muerte a nuestra camarera. —Apuro mi copa, pero no me siento ni mejor ni peor.

—No quiero que ande revoloteando por aquí.

—No creo que tenga ningún interés en revolotear por aquí. ¿Estás lista para empezar a contarme la verdad? ¿Crees que no sé cuándo no lo estás? —Al tocarme la frente noto que está caliente.

—Tú lo sabes todo —dice.

—Nos quedaremos aquí sentadas hasta que eso sea verdad.

—¿Por qué tienes la cara tan colorada?

—No más mentiras —replico.

—No es cuestión de mentir, sino de esperar al momento oportuno, cuando considere que es seguro compartir información. Por el momento no me ha parecido seguro ni las tenía todas conmigo.

—¿Por qué?

—Temía que no me dieras tu aprobación. Que no me creyeras, como otras personas.

—¿Qué personas?

—Marino. Sé lo que piensa.

—¿Qué le has dicho que me hayas ocultado a mí?

Clavo la vista en ella, intentando leerle la mente, los secretos que no quiere confiarme, y advierto que no tiene miedo. Tampoco está enfadada. No acierto a definir su estado de ánimo, hasta que de pronto capto su esencia. Noto su presencia inmóvil, la mirada fija como la de un animal majestuoso perfectamente camuflado. Y lo identifico de inmediato.

«Deseo.»

—La sortija de sello que pertenecía a la familia de Janet. —Deseo sexual y sed de sangre; percibo la encarnizada batalla que ambas emociones libran en su interior—. Te lo quitaste, y luego el padre de Janet lo recuperó. Las cosas sucedieron en ese orden y no al revés.

—Ella no debería hablar contigo. —Un centelleo de dolor emocional oscurece los ojos de Lucy, que adquieren el color del musgo.

—Hace unos meses, adquiriste de repente un helicóptero diferente...

—Me gusta más el Augusta. Es veinte nudos más rápido.

—Y hace poco te compraste un nuevo Ferrari.

—Necesitábamos un coche con asiento trasero, y apuesto a que Janet no se molestó en explicarte por qué.

—Pues no.

—Debería habértelo contado. Bueno, ya no importa. Por lo menos el asiento trasero resulta útil cuando paso a recoger a *Sock*.

—¿Qué es lo que ya no importa?

—Pregúntaselo a Janet.

—Te lo estoy preguntando a ti.

—Su hermana tiene cáncer de páncreas en estadio cuatro.

—Lo siento mucho. Joder. Lo siento mucho. ¿Puedo ayudar de alguna manera? —Conozco a Natalie, y el resto de la historia desfila a toda velocidad por mi mente.

Es madre soltera de un niño de siete años.

—Janet ha prometido ocuparse de Desi —dice Lucy, y no me sorprende.

Janet se ofrecería a hacerse cargo de un crío aunque no fuera la mejor solución, y sé que quiere tener hijos. Lo reconoce sin tapujos. Ex agente del FBI, abogada ambientalista en la actualidad, posee un carácter amable y sosegado que harían de ella una madre excelente. En cambio, a Lucy le preocupa carecer de las cualidades maternales necesarias. Siempre ha dicho que no sabría tratar con niños.

—Yo os ayudaría, por supuesto. Con cualquier cosa que necesitéis —reitero.

—No puedo hacerlo —declara.

—Desi te adora.

—Es estupendo, pero no.

—¿Dejarías que acabara en manos de los servicios sociales? —No puedo creer que sea tan fría y egoísta—. Pues no lo permitiré. Lo acogeré yo antes de que eso suceda, y tú sabes mejor que nadie que...

Dejo la frase en el aire. No le recordaré que, de no haber tomado yo cartas en el asunto y asumido el papel de madre, quién sabe qué habría sido de ella.

—Le diagnosticaron el cáncer a Natalie hace unos meses —dice Lucy, con los ojos llorosos por unos instantes. Al menos se siente culpable. Al menos siente algo—. Se ha extendido ya a los ganglios linfáticos y el hígado. —Pasea la vista por el bar, rehuyéndome la mirada—. Está en estadio cuatro, y todas nos hemos preparado para lo peor. Yo compré el coche. Me he esforzado al máximo, y las cosas marchaban más o menos bien hasta el mes pasado, cuando decidí que no. Le dije a Janet que no podía. Que ella hiciera lo que tuviera que hacer, pero que yo no podía.

—Claro que puedes.

—No. No es posible.

—El mes pasado —se me ocurre de pronto—. ¿Por qué lo decidiste el mes pasado?

Lucy toma un último trago de su cerveza.

—Le dije que no le convenía estar conmigo. Ni a ella ni mucho menos al crío. Pero se negaba a escucharme y yo no podía explicarle la razón.

—Por eso dejaste de llevar su anillo. Querías romper con ella. ¿Estás viéndote con alguien?

—Sí, quiero romper con ella.

—Y, sin embargo, el jueves por la mañana Janet y tú subisteis juntas al helicóptero y pasasteis por encima de mi casa en vuelo rasante. Está claro que estás muy dolida. Sé que la quieres. Nunca dejaste de quererla durante los años que vivisteis separadas. Os juntasteis de nuevo ¿y ahora sales con estas?

—El pasado es el problema. En realidad, de pasado no tiene nada, y ese es el mayor obstáculo con el que puedes topar —afirma, y vuelvo a notar la presencia de esa bestia enorme e invisible, seguida de esa sensación, el hormigueo en la tripa.

—Me da la impresión de que en el fondo no quieres romper.

—Oigo mi tono, que no me parece lo bastante rotundo o convincente. Intento contener las náuseas.

—Ella tendría que mudarse. Ya debería haberlo hecho. Le he dicho que le daré lo que quiera, pero que se aleje lo más posible de todos nosotros. —Lucy tiene una expresión pétrea, pero tras su fachada fría y dura late un deseo abrasador, fundido y fluido como el núcleo de la Tierra.

—Has dicho «todos nosotros».

—Yo estaba con Janet cuando empezó. Primero en Quantico, y luego cuando vivíamos juntas en Washington. —Lucy parece estar diciendo incongruencias—. Pero Janet no estaba en el punto de mira en aquel entonces, a diferencia de ahora.

—¿En el punto de mira de quién?

—Janet está ahora en él, y eso es sumamente peligroso; no podría serlo más, teniendo en cuenta que solo puede acabar de una manera. Ella quiere que yo pierda todo aquello que me importa.

—Janet no quiere quitarte nada.

—No me refiero a ella.

—Entonces ¿a quién? —De repente se me hiela la sangre y se me revuelve el estómago.

Me pongo la chaqueta. Me llevo las manos a la cara. Están heladas, y las uñas se me han puesto azules. Pienso en ir corriendo al lavabo de señoras, pero permanezco sentada, quieta, respirando despacio. Aguardo en silencio a que se me pase el ataque y entonces la veo de nuevo. La veo moverse.

43

—La cerveza, la Saint Pauli Girl —dice Lucy, y la bestia se me antoja tan gigantesca como las Montañas Rocosas. Percibo la mirada que clava en mí, sin parpadear, y su olor, acre y penetrante—. No se encuentra en todas partes, y no hay muchos clientes de este bar que la pidan.

—Conoces a alguien que la bebe —señalo. Cuando ella asiente, tanto la atmósfera como el olor cambian.

Un hedor húmedo e intenso que sé que es una alucinación olfativa, como si una parte primitiva de mi cerebro supiera de alguna manera lo que va a ocurrir. Resulta lo bastante amenazador para eludir mis intentos de conferirle forma. No soy capaz de aprehenderlo como pensamiento consciente.

—La noche del domingo 11 de mayo, Día de la Madre, a las veintitrés horas con treinta y nueve minutos, para ser exactos, esta camarera en particular —Lucy dirige la vista hacia la joven, que está en el otro extremo de la sala— atendió a una mujer que se sentó a esa mesa de allí, cerca de la barra. —Señala una mesa en el rincón ocupada por un hombre corpulento de traje que bebe whisky—. La mujer pidió Saint Pauli Girl, cuatro en un lapso de dos horas, y cuando pidió la tercera, justo a las veintitrés horas con veintidós minutos, se levantó para ir al aseo de señoras. Pero no fue el único lugar al que fue.

—Pasó por el centro de negocios. —Ya entiendo por dónde va, e intento resistir mientras el hormigueo me acomete de nuevo con fuerza y me sube hasta la garganta.

—Sí —dice Lucy, y nuestra camarera regresa con una Saint Pauli Girl, mi chupito de ginebra y una jarra de agua tónica fría en la que hay diminutas burbujas suspendidas. Lo deposita todo sobre la mesa y se aleja sin entretenerse un segundo—. Ella cree que voy a ocasionarle problemas, pero no es así. —Lucy coge su cerveza.

—¿Y por qué habría de tener problemas? —Vierto la ginebra sobre el hielo derretido y lleno el vaso con tónica de la jarra.

—Porque no le cobró las cervezas. Tal vez con una sola no habría pasado nada, pero con cuatro... Asegura que lo hizo porque la mujer le dio miedo. Era «muy rara», según sus palabras, con unos ojos que daban escalofríos, y cada vez que se acababa una cerveza, se guardaba la botella vacía en el bolso. No usó vaso y, antes de irse, limpió la mesa y la silla.

—¿Por qué?

—¿Tú qué crees?

—No quería que nadie tuviera acceso a su ADN o sus huellas. ¿Te lo ha contado la camarera? —El *gin-tonic* me ayuda a bajar la bilis que me asciende furtivamente por el esófago—. ¿Cuándo habéis mantenido esa conversación?

Después de registrarnos en el hotel, he estado un rato ocupada con mi ordenador. He telefoneado a Luke y luego a Benton, que no ha contestado, me he duchado y me he mudado de ropa antes de reunirme aquí con Lucy a las diez y cuarto. Ella ha llegado al bar antes que yo y recabado la información que necesitaba. No me extraña que la camarera la evite.

—Ha visto la noticia de los tiroteos de aquí y de Cambridge que aparece en todos los medios —dice Lucy—. Le he dejado claro que no le convenía ocultarme nada y que si no comenta el asunto con nadie, yo tampoco lo haré. Después de tomarse las cuatro cervezas gratis, Carrie le tiró los tejos y le metió un billete de cien dólares en la parte delantera del pantalón a modo de propina.

—¿Carrie? —La bestia emerge de la espesura. Es increíblemente ruidosa y noto por su olor lo vieja que es—. ¿Carrie? —repito, y Lucy esboza una sonrisa gélida.

—Esta vez pierde la partida de forma definitiva. —Su voz

destila odio y algo más—. No permitiré que haya daños colaterales. Ni Janet, ni un crío ni nadie.

Me inclino hacia delante en mi silla. La conciencia de lo que ha ocurrido me asalta de pronto y los acontecimientos se agolpan en mi mente. Los tiroteos, los tuits, las monedas, Patty Marsico, Gracie Smithers y el velero, el perfil de ADN corrupto, las pruebas aparentemente sembradas y ahora la cerveza.

—Carrie Grethen. —La naturalidad con que Lucy lo dice me aterra aún más que el nombre en sí.

«La cerveza. La cerveza. La cerveza.» Mi voz interior no calla. Justo en este bar. Fue Lucy, no yo, quien eligió el hotel Madison, pero no se percata de lo que está sucediendo. Una plaga enterrada, como un virus antiguo, despierta en el permafrost que se derrite, y ella está tan sedienta de sangre como llena de lujuria. Se infectará; seguramente ya está infectada y siempre lo ha estado.

Oye, DOC,
Tic tac...
¡LUCY LUCY LUCY y nosotras!

Otro poema que me enviaron, esta vez desde el pabellón femenino del centro de psiquiatría forense de Kirby, en Wards Island, Nueva York, donde habían internado a Carrie Grethen porque era demasiado peligrosa para ingresarla en cualquier otra institución. La habían declarado delincuente psicótica, en un estado mental que la incapacitaba para enfrentarse a un juicio, pero no habrían podido estar más equivocados. Nunca estuvo loca ni nada remotamente parecido, y recuerdo lo que dijo Benton después de que se fugara del módulo de máxima seguridad:

«Carrie Grethen seguirá arruinando vidas.»

—Está muerta —digo por lo bajo, con cautela, sujetando mi vaso con ambas manos mientras le sostengo la mirada a Lucy—. Vimos cómo su helicóptero explotaba en el aire y caía al mar después de que le dispararas con un AR-15 a través de tu puerta abierta.

Era un Schweizer blanco que no podía rivalizar con el Jet Ranger de Lucy ni con su destreza. Sin embargo, estábamos quedándonos sin combustible cuando Newton Joyce, compañero de asesinatos de Carrie y piloto de su helicóptero, abrió fuego con un subfusil y nos alcanzó en los patines y el fuselaje. Lucy no quería estrellarse en una playa llena de gente, edificios sobreocupados ni calles concurridas, de modo que viró y avanzó sobre el océano Atlántico para que pudiéramos morir sin llevarnos a personas inocentes con nosotras. Fue hace trece años.

—No —replica Lucy—. Carrie no está muerta. No podrás demostrarlo con huellas dactilares o ADN. Esos archivos nunca se eliminan de IAFIS o CODIS, y ella lo sabe todo al respecto, es demasiado lista para que la pillen por algo así. Los indicios materiales o balísticos tampoco servirán. Me ayudó a diseñar y programar el sistema informático del FBI. ¿De verdad crees que se dejaría atrapar por métodos tradicionales? —Nada era demasiado violento o monstruoso para ella. Eligió a un cómplice, un sádico sexual desfigurado y con unas cicatrices horribles. Secuestraba a los objetos de su obsesión, personas que le parecían hermosas. Les arrancaba la cara. Tenía un congelador repleto de ellas—. Para Carrie la medicina forense no es más que un juguete rudimentario e infantil —prosigue Lucy. Podría estar describiéndose a sí misma.

Me viene a la mente la imagen del pequeño helicóptero con motor de pistón estallando de pronto en una bola de fuego, saltando en pedazos que se esparcieron sobre el mar. Era imposible que hubiera supervivientes. Pero en realidad no vi a Carrie Grethen en ningún momento. Vislumbré por un instante al piloto, su rostro surcado de cicatrices. Supuse que Carrie iba en el otro asiento. Todos lo supusimos. Sus restos nunca fueron encontrados, solo una parte de la pierna izquierda carbonizada de Newton Joyce.

—Quantico —dice Lucy—. El Board Room, el Globe and Laurel, los garitos en que desarrollamos CAIN. Esto es lo que bebíamos juntas, nuestra cerveza alemana favorita. Ella sabe que me acordaría. «Tic tac. ¡Controla el reloj, doctora!» —Copperhead es Carrie Grethen—. Y el poema que recibiste el Día de la Madre está escrito en el mismo lenguaje —asevera Lucy—. «Controla el reloj. Tic tac.» Es a ti a quien ha odiado siempre. Estaba celosa de nuestra relación y no soportaba que no le tuvieras miedo.

En uno de nuestros primeros encuentros, me cayó tan mal desde el primer momento que estuvimos a punto de llegar a las manos. Recuerdo cuando esperé a que apareciera en una tienda de artículos para espías en un centro comercial de Virginia del Norte. De no haber estado otros clientes presentes cuando Carrie entró con un café, estoy segura de que me lo habría tirado a la cara. Lo veo y lo oigo como si acabara de pasar: la guie hasta un banco desocupado junto a una fuente y le hablé de un modo que ella nunca olvidaría.

«Es inútil que malgastes tu encanto conmigo, porque te tengo calada.»

Lucy era una adolescente cuando entró a trabajar en prácticas en el FBI, en la SII, Sección de Investigaciones de Ingeniería, una dependencia secreta de Quantico. Carrie era su mentora, y la recuerdo tal como era entonces, con ojos de un azul oscuro que se tornaban de color violeta cuando asumían una expresión acerada y una belleza poco común, de rasgos finos. Era morena. De pronto, visualizo a la persona que conducía la camioneta gris de Rand Bloom.

Pelo corto, posiblemente teñido de rubio claro, unas gafas gruesas y una gorra con la visera baja. Podría haber sido Carrie, y ahora estoy segura de que lo era. Cuando la conocí en la SII, no pude determinar su edad, pero es mayor que Lucy, bien entrada en la cuarentena. Carrie es vanidosa. Si está viva, debe de haberse cuidado de manera impecable. Sin duda aparenta menos años de los que tiene y se conserva muy en forma, al igual que Lucy. Lucy y Carrie: el bien y el mal, la cara y la cruz de la misma moneda.

—Muy bien, te escucho. Soy una persona razonable y de mente abierta. Te escucho con atención. —Mi voz no transmite ni por asomo lo que siento—. Ella no murió.

—Siempre he tenido mis dudas al respecto. —Lucy lanza

miradas en todas direcciones, como si Carrie Grethen pudiera estar aquí—. Seguramente una parte de mí sabía que ella no iba en el helicóptero.

—Entonces ¿quién iba en él? —pregunto, totalmente recuperada de las náuseas.

—Una luz en el parabrisas nos deslumbró, y acto seguido Newton Joyce abrió fuego contra nosotras —dice Lucy—. Tal vez no lo acompañaba nadie. No lo sé. Pero Carrie seguro que no, y no está muerta.

—Fue hace mucho tiempo. ¿Dónde ha estado ella, y por qué aparece ahora? —Quisiera refutar esa posibilidad, aunque en el fondo sé que no servirá de nada, y tengo todos los sentidos puestos en el asunto.

—Solía decirme cuánto aborrecía Estados Unidos. También odiaba al FBI y solo trabajaba para ellos con el fin de robarles secretos tecnológicos. —Lucy ha perdido interés en su cerveza, y sus ojos no dejan de moverse de un lado a otro—. Hablaba de irse a vivir a Rusia para dedicarse a la inteligencia militar. Admiraba la desaparecida Unión Soviética tanto como Putin, y consideraba que su disolución había sido una tragedia.

—¿Y no te parecía extraño que una estadounidense que trabajaba en Quantico se expresara en esos términos? —Procuro no darle la impresión de que le estoy reprochando algo. Advierto que la camarera empieza a recoger sus pertenencias de detrás de la barra. Le indico con un gesto que nos traiga la cuenta.

—Yo estaba estudiando en la universidad —responde Lucy—. Ella era muy persuasiva y manipuladora, lo reconozco. Me impresionó. Tal vez me dejé llevar sin pensar, simplemente. Yo era una rebelde. Detestaba las reglas.

«Hay cosas que nunca cambian», pienso.

—Centrémonos en lo que sucedió después de que supusimos que había muerto en la explosión del helicóptero —digo en cambio.

Nos quedamos calladas cuando la camarera deja la cuenta delante de mí y se marcha a toda prisa.

—Es posible que Carrie no se mudara a Rusia de inmediato. —Lucy reanuda la conversación con voz suave pero vehemente—. Pero estuvo allí por lo menos durante los últimos diez años, probablemente más, colaborando con un servicio de inteligencia ruso conocido por sus tiradores expertos, encapuchados y con uniformes de camuflaje desprovistos de insignias o cualquier otra señal identificativa. Carrie estuvo en Kiev hasta principios del otoño pasado.

—¿Cómo puedes saber...?

—Cuando tuviste el primer problema de fraude con la tarjeta de crédito, empecé a sospechar que nuestro servidor no estaba bien protegido —explica Lucy—. La brecha de seguridad se produjo a través de tu banco. Para ser más precisos, un pirata aprovechó el fallo conocido como Heartbleed en el *software* de encriptación OpenSSL que se usa mucho para implementar la seguridad de los sitios web y las transacciones por Internet.

—Como las compras en línea, por ejemplo.

—Bryce —dice—. Todo empezó cuando él utilizó tu tarjeta personal para comprar un ordenador portátil en marzo, y Carrie consiguió averiguar su contraseña. Al principio yo no sabía de quién se trataba, aunque tenía claro que era alguien con conocimientos avanzados.

—¿Y los fraudes posteriores con mi tarjeta? —No habían realizado operaciones muy costosas; las sumas habrían podido ser mucho mayores, lo que se me antojaba raro.

—Era un señuelo —afirma—. Carrie quería ver si yo cambiaría la contraseña de Bryce. Mientras no la cambiara, ella creería que yo no había descubierto la violación de la seguridad del CFC. Yo repetía abiertamente que tú estabas usando tu tarjeta física y que eso le proporcionaba a alguien la información necesaria para seguir cometiendo el fraude. Se lo comuniqué a Bryce por correo electrónico. También a Benton.

—Porque querías que ella viera esos mensajes. Porque sabes cómo piensa.

—Es algo recíproco.

—Ella fue tu maestra —señalo.

—Tuve que extremar precauciones para que ella no se percatara de que yo le seguía la pista, de que cada vez que accedía a nuestro servidor, yo detectaba la intrusión.

—Y dejaste que las intrusiones continuaran. No cambiaste la contraseña de Bryce hasta hoy.

—No podía, si quería descubrir quién estaba detrás de todo.

—Pero si ya lo sabías, Lucy.

—Tenía que rastrearla, lo que pronto me llevó a husmear en el correo electrónico de Carrie, en todos sus asuntos —alega, pero no la creo.

Está obsesionada. Se ha vuelto adicta a un juego al que solo Carrie sabe jugar.

—Y ella ha husmeado en todos los nuestros. —Recalco lo que Lucy parece pasar por alto—. Ha estado en posición de acceder a documentos sumamente confidenciales que podían contener números de la Seguridad Social, cuentas de redes sociales, datos personales y direcciones que le facilitarían la tarea de robar a una persona recién fallecida algo que esta ya no necesitara, como una matrícula o una cuenta de Twitter.

Las piezas encajan como por arte de magia. Los tuits que recibí de una cuenta pirateada a un muerto, la placa de matrícula registrada a nombre de un difunto que llevaba una furgoneta en la estación de ferri de Edgewater el día anterior al asesinato de Julie Eastman y que posiblemente ha sido recuperada en un puerto deportivo en Marblehead Neck. Objetos robados a personas muertas vinculadas a Massachusetts.

—¿Cómo pudiste permitir que metiera las narices en nuestro servidor? ¿Por qué correr el menor riesgo de que corrompiera la información? —Habría sido un desastre incomprensible que habría acabado con mi carrera.

—Bryce no tiene los privilegios de usuario necesarios para introducir modificaciones en nuestro servidor —dice—. Puede ver ciertos datos, pero no cambiarlos o borrarlos. Además, he realizado copias de seguridad del servidor. Me he asegurado de que no corramos peligro.

—Alteraron tu perfil de ADN. Para eso se requería algo más que privilegios de solo lectura.

—He bloqueado el acceso a Carrie y he restaurado la base de datos tal como estaba.

—Así que encontró una forma de acceder que habría podido

ocasionar daños graves a gran escala. Me da la impresión de que estabas tan enfrascada en tu ciberguerra que subestimaste sus capacidades.

Lucy me mira a los ojos. No responde porque no sabe qué decir.

—¿Y dónde estaba ella cuando comenzó todo esto? —inquiero—. Me refiero al espionaje entre vosotras dos, al juego de pillapilla informático que la llevó hasta nuestra puerta trasera.

—Estuvo en Kiev hasta el otoño pasado.

—¿Y qué la impulsó a volver después de tantos años? —repito.

—Sabía que había llegado el momento de marcharse, que Yanukóvich huiría de Kiev y de Ucrania, y que más valía que ella no anduviera por allí cuando eso ocurriera. A eso se dedica Carrie: a jugar en el lado de la red que más le conviene en cada momento. Busca aliados influyentes, todos ellos hombres: patriarcas, depredadores, políticos poderosos.

—¿Como el congresista Rosado? —pregunto.

—Blanqueo de dinero, drogas —dice—. Cientos de millones procedentes de Rusia que él lava principalmente a través del negocio inmobiliario. Carrie no entró en contacto con él en Estados Unidos, sino allí, hace tres años. Rosado encontró en ella a una eficiente gestora de crisis; una persona con una habilidad tremenda para manipular información en Internet, dispuesta a hacer todo lo necesario para resolver problemas, lo que constituye a la vez su punto flaco. Carrie no es independiente. Es débil y siempre acaba por quebrantar sus propias normas.

Aunque las palabras de Lucy son despectivas, suena como si se jactara, y a la vez como si volviera a sentirse impresionada.

—Supongo que se habrá cambiado el nombre. —Estudio el rostro de Lucy en busca de señales visibles que confirmen mis sospechas.

—Nadie la ha buscado ni la busca ahora, pero ella usa un montón de alias. Se los he dado ya a Benton.

—O sea que él ya lo sabe.

—Ahora sí.

—Yo no tenía forma de saberlo. Es la primera noticia que tengo de todo esto, aunque habría debido estar al corriente.

—Antes de que Carrie disparara a Jamal Nari y a Gracie Smithers, no se me pasó por la cabeza que ella fuera la asesina de Julie Eastman y Jack Segal —declara Lucy—. Entonces recibiste el tuit del Día de la Madre y rastreé su origen, que resultó ser este hotel.

«Tic tac, Doc.» Un lenguaje muy similar al del poema que Carrie Grethen me mandó por correo electrónico desde Kirby hace trece años.

—Troy Rosado se llevó a Gracie Smithers a la casa que su familia tenía en Marblehead Neck después de que ella se escabullera por una ventana. —Lucy pasa a revelarme detalles que averiguó por medios poco honestos—. Para ir a recogerla recurrió a un servicio de transporte entre particulares que pagó con su tarjeta de crédito. La información consta en los correos electrónicos que Carrie borró, pero, como sabes, nada desaparece para siempre.

—Y ella también lo sabe, ¿a que sí? Carrie está al tanto de todo lo que haces.

—Gracie no tenía idea de que Troy era un pedazo de cabrón hasta que las cosas se salieron de madre cuando estaba a solas con él en la finca desierta, y luego intervino Carrie, como siempre. —Lucy parece demasiado animada y demasiado segura de pormenores que no puede saber a ciencia cierta—. Ella mató a Gracie. Luego eliminó a Rand Bloom y secuestró a Joe Henderson. —Carrie es el monstruo que ha sido siempre, aunque estoy llegando a la conclusión de que se ha vuelto mucho peor, y de que Lucy se encuentra en una posición más vulnerable que nunca ante ella—. Como sin duda ya sabrás, el velero era robado —agrega.

—No lo sabía —replico mientras me asalta otra duda.

—No se ha encontrado nada que lo relacione con Carrie, y Gracie no está en condiciones de hablar —dice Lucy, y la pregunta se cierne sobre mí, amenazadora.

—¿Por qué estamos aquí? En serio, ¿por qué? —inquiero—. ¿Esperabas encontrarla aquí?

—¿Por qué habría de estar ella aquí?

—Porque nosotras hemos venido. Porque tú has venido. Quieres verla —señalo. Lucy toma la cuenta y la cubre con dinero en efectivo mientras yo echo mi silla hacia atrás—. ¿Es que no te das cuenta de lo que estás haciendo...? —empiezo a preguntar, pero ella tiene la vista clavada en el televisor instalado encima de la barra, petrificada.

—¡Hostia puta! —murmura—. ¿Te lo puedes creer?

No alcanzo a oír lo que dice el corresponsal, pero veo la toma aérea de un enorme yate blanco de líneas elegantes frente a un paisaje de fondo que reconozco como la costa de Florida del Sur. Luego imágenes breves de Bob Rosado en el Despacho Oval, en la Rosaleda de la Casa Blanca, sentado frente a su mesa de congresista en Washington, posando ante la elevada verja de hierro de su finca en West Palm Beach. Es un hombre con aspecto de adulador, una calva incipiente y cuerpo fornido. Lleva trajes confeccionados a mano con tela demasiado brillante y un reloj de oro hortera.

«El congresista Bob Rosado ha muerto —reza el texto que desfila por la parte inferior de la pantalla—. Estaba practicando el submarinismo con la familia en Fort Lauderdale a última hora de la tarde. Las autoridades no han desvelado la causa de la muerte, pero una fuente apunta a un posible fallo del equipo.»

44

Cuando entro en mi habitación me siento en la cama y llamo de nuevo a Benton. No responde al teléfono de casa, y en su móvil me salta directamente el contestador. Le escribo un correo electrónico, pero decido no enviárselo.

Lucy asegura que ha bloqueado el acceso de Carrie al servidor del CFC, pero ahora mismo no me fío de nada. No puedo evitarlo. Mando un mensaje que dice simplemente «llámame, por favor», y luego me entra la inquietud de que la IP revele que estoy en este hotel. Por otro lado, tal vez Carrie ya sepa dónde estamos. Se han intercambiado mensajes de correo electrónico que así lo especifican. A continuación le escribo un mensaje de texto a Benton, que no contesta. Cuando finalmente contacto con Marino, es evidente que está en un bar ruidoso, y sospecho que en compañía de Jack Kuster.

—¿Te has enterado de la noticia? —le pregunto.

—Iba a telefonearte. Sucedió hacia las seis, ¿y no han dicho nada al respecto hasta la medianoche? Un poco raro, ¿no?

—Teniendo en cuenta de quién se trata, no, no me parece raro. Pero creo que es demasiada casualidad que haya muerto ahora.

—A lo mejor ha sufrido un ataque al corazón. —Marino no está en su momento más lúcido—. Es la principal causa de muerte entre los submarinistas. —No es verdad, pero no pienso discutirlo—. Claro, ponme otra —le dice a alguien—. Perdona. —Vuelve a dirigirse a mí—. Deberías estar aquí con nosotros.

Han organizado un concurso de karaoke, y el premio es de quinientos pavos.

—Espero que no vayas a cantar.

—Nunca me has oído en la ducha. —Está borracho—. ¿Quieres otra teoría? La bombona. A lo mejor la había llenado con una concentración demasiado alta de oxígeno, que es inflamable.

—Las teorías sin fundamento no sirven para nada. Estoy harta de teorías. Hasta las narices, Marino.

—Solo era una idea.

—No consigo comunicarme con Benton.

—No he hablado con él —dice. Estoy a punto de preguntarle por qué habría de hablar con él. Marino no soporta a Benton, y me siento muy sola—. Pareces disgustada. ¿Quieres que vaya al hotel ahora? —dice en voz alta para hacerse oír por encima del barullo.

—¿No te parece demasiada casualidad? —insisto.

—¿El qué? —grita, y bajo el volumen de mi teléfono.

—Que Rosado haya muerto justo ahora, con todo lo que ocurre. Probablemente estaban a punto de detenerlo, como a su hijo.

—No lo sé...

—Pues yo sí.

—La gente como él... Los políticos de su nivel son intocables, y las casualidades extrañas suceden. A lo mejor ha sido justicia poética —dice, y la repentina ausencia de ruido me indica que ha salido del local—. Te noto rara.

—Estoy bien.

—Pareces cabreada. Ha sido un día jodidamente largo y hemos sudado como cerdos.

Le pregunto si Lucy le ha hablado de Carrie.

—Mierda. —Después de una pausa añade en un tono brusco e impaciente—: Sí, he hablado con ella antes de que las dos bajarais al bar. Me ha dicho que iba a tener una charla con una camarera o algo así, y a partir de allí me lo ha contado todo, pero, aunque me sabe mal reconocerlo, no es precisamente una novedad para mí. Ya había visto señales de que ella volvía a estar obsesionada con Carrie. Sabes a qué me refiero, ¿verdad?

—Me temo que sí.

—Lo recuerdo como si fuera ayer. ¿Cómo se llamaba ese personaje? Era un nombre con una sonoridad hipnótica, como «Sengali». —Es Svengali, pero no lo corrijo—. Sí, ese tipo de personas que ejercen un influjo adictivo. Esa gente que cala tan hondo que nunca consigues sacártela de la cabeza. Como Doris.

—Siento lo de Beth Eastman. —Aún no le había dado el pésame.

—Mi primera novia formal. Cuesta creerlo ahora, viéndonos a los dos. En cierto modo, desearía que las cosas hubieran sido de otro modo, aunque lo cierto es que no hay vuelta atrás. Recuerdo cuando estaba entre las alumnas más populares del instituto, el baile de graduación y toda esa mierda —balbucea Marino—. Lo de Lucy con Carrie no es más que una ridiculez, lo mires por donde lo mires, Doc, y creo que debería ir al psiquiatra y conseguirse un abogado cojonudo. —Como no respondo, se queda callado unos instantes. Entonces dice—: No estarás insinuando que la crees, y que deberíamos estar persiguiendo a un puto fantasma, ¿verdad?

—No hay indicios físicos de que Carrie Grethen esté muerta —contesto—. Solo las circunstancias y un prolongado silencio que bien podría deberse a que ella ha estado viviendo en otro país durante por lo menos la última década.

—Lo que Lucy necesita es un loquero y un picapleitos, Doc. Los mejores que pueda encontrar. Sé que el FBI anda metiendo las narices en sus asuntos. Algún jefecillo me llamó para hacerme unas preguntas, pero no dejé que me sonsacara nada. —Oigo el sonido de una llama que brota de un encendedor—. Lucy tiene mucho lío en casa, y a lo mejor no piensa con claridad —dice Marino, el hermano mayor *de facto*, el tío *de facto* que le enseñó a Lucy a disparar, a conducir la furgoneta de él y a montar en moto, mientras ella le enseñaba a ser tolerante—. Ya sabes, lo del sobrino de Janet. Ya habían acondicionado una habitación para él, y ahora Lucy sale con que no quiere un crío. Seamos sinceros: seguramente se le daría fatal ser madre.

Las lágrimas me escuecen en los ojos. Él se enteró antes que yo. Lo oigo fumar. Le aconsejo que tenga cuidado y que no trasnoche demasiado. Me siento en el borde de la cama, con los ojos fijos en la pantalla de mi móvil hasta que se me nubla la vista y aparece ante mí la carretera oscura que separa las oficinas del FBI de los campos de tiro y, más allá, un claro con barbacoas y mesas de pícnic bajo las densas formas de los árboles. Sopla un viento húmedo que huele a verano. Al pasar entre las hojas, suena como si lloviera, y unas voces flotan en el aire hasta mí. Oigo el chisporroteo de una cerilla al encenderse.

No alcanzo a distinguir las palabras conforme me acerco en la oscuridad, y la punta incandescente de un cigarrillo brilla mientras pasa de una mano a otra. La academia del FBI, en la época en que Lucy era poco más que una niña. Hablaba en un tono dolido y anhelante, en tanto que el de Carrie era tranquilizador y reflejaba su control de la situación mientras compartían un cigarrillo. Fue entonces cuando lo supe.

«¿Por qué tenías que ser tú? ¡Por qué tenías que ser tú!»

Recuerdo lo que yo intuía y lo que ocurrió cuando lo expresé en voz alta.

«Te vi en la zona de pícnics la otra noche.» Toqué el tema en el transcurso de una conversación normal, sin darle mayor importancia.

«Así que ahora me espías —espetó Lucy, como si me odiara—. No desperdicies tus sermones conmigo.»

«No te estoy juzgando. Ayúdame a entenderlo.»

La niña a la que yo había ayudado a criar ya no existía. Yo no conocía a la nueva Lucy, y sufría preguntándome en qué me había equivocado. ¿De qué forma había influido en ella para que eligiese un camino tan dañino y peligroso?

«No influyes en mí para nada», replicó, aunque no era eso lo que quería decir.

Quería decir lo mismo que si le dirigiera esas palabras en la actualidad. El primer alimento sólido que probó no tenía por qué ser veneno, un pensamiento me ha atormentado durante todos estos años, y borraría a Carrie Grethen de la faz de la Tierra sin pensarlo dos veces. Si pudiera, me aseguraría de que estuviera muerta, muerta de verdad, y olvidada. Me inquieta comprobar lo poco que me afectaría. Tal vez debería avergonzarme aborrecer a alguien hasta ese punto, pero la naturaleza humana es así. Son más las cosas que tenemos las personas en común que las que nos diferencian.

—Siento molestarle. Soy la doctora Scarpetta. —He telefoneado a la oficina de Benton.

—¿En qué puedo ayudarla, señora?

—Busco a mi marido.

—¿Y quién es su marido, señora? —Me atiende un agente joven a quien le ha tocado el turno de noche, y su típica actitud indiferente hace que me vengan ganas de pincharlo con una aguijada.

—Soy la doctora Scarpetta. La esposa de Benton Wesley.

—¿Qué puedo hacer por usted? —dice, y la ira en mi interior se torna fría y dura como el hielo.

—Intento localizarlo. Es importante, y, por favor, deje de llamarme «señora».

—No estoy autorizado para revelar información...

—Soy la jefa de medicina forense. Soy su mujer y me urge hablar con él.

—¿Ha probado a dejarle un mensaje?

—No, soy tan idiota que no se me ha ocurrido.

—No era mi intención ofenderla, señora. Le pasaré el recado. Creo que ahora mismo está muy ocupado.

—¿Lo cree? —Tengo que echar mano de toda mi fuerza de voluntad para no gritarle.

—La próxima vez que él llame, le dejaré muy claro que ha telefoneado usted.

—¿Desde dónde dice que llama?

—Lo siento, pero...

Le cuelgo y arrojo el móvil, que rebota sobre la cama. Me acerco al minibar y abro la puerta. Saco una botella de ginebra, pero la guardo de nuevo. En vez de ello, cojo una botella de agua y apago las luces. Espero a que todo se desvanezca como en una pesadilla, pero eso no sucede.

45

Enciendo una lámpara e imagino que oigo un disparo a lo lejos. No suena como un estampido explosivo ni como un chasquido agudo, sino más bien como el crujido sordo de una zanahoria cruda, un tallo de apio o un pimiento verde cuando los parto con las manos. Me viene a la mente la imagen de mi cocina, pero recuerdo que no estoy en casa.

Apago la alarma de mi teléfono tras una noche de sueño intranquilo. Tengo la sensación de que me despertaba cada hora, con la cabeza llena de conjeturas, problemas y preocupaciones sobre Lucy, mientras Carrie Grethen deambulaba por mis pensamientos como un animal rabioso. Yo veía sus ojos, las miradas penetrantes que solía lanzarme. Sabía que quería hacerme daño. Que ansiaba verme muerta. Me incorporo en la cama.

Una claridad tenue ilumina los muebles antiguos, los apliques de cristal tallado con pantallas de color marfil, el papel tapiz de damasco beis. Recuerdo dónde estoy. El hotel Madison. En la tercera planta, en una habitación esquinera que da al patio. Mi atención se centra en la rendija que ha quedado entre las cortinas de motivos florales, y que deja entrever una oscuridad absoluta. Noto una punzada de impaciencia, lo que me espabila un poco más.

Pese a mis esfuerzos, las cortinas no quedaron cerradas del todo, ni siquiera cuando apoyé una silla contra ellas y junté las piezas de tela con las manos, intentando fijarlas contra el vidrio.

En algún momento se separaron ligeramente y ahora, mientras contemplo el negro vacío en la rendija, me vienen a la memoria las palabras de Nietzsche: «Cuando miramos al abismo, el abismo nos devuelve la mirada.» Bajo los pies al suelo y recoloco la silla.

Aunque no temo a la oscuridad, no pienso facilitarle a nadie la labor de espiarme mientras leo o trabajo con mi ordenador portátil con la luz apagada, o, peor aún, mientras duermo. Bastaría con un visor de alta definición con visión nocturna para... Carrie está allí. Percibo su presencia ineludible. Me vuelvo para verla, pero ella me rodea. Mire a donde mire, ella está detrás de mí, como una sombra alargada cuando tengo el sol de cara.

«El depredador observa a su presa. Empieza por los ojos.»

Benton trazó estas palabras con tinta sepia en una hoja de carta con filigrana y sus iniciales, B. W., grabadas en una letra discreta, sin dirección, teléfono o datos personales. Aún conservo la misiva, la primera que me escribió, hace más de veinte años, cuando estaba casado con otra persona. Lo echo tanto de menos que me siento vacía, pero al menos está a salvo, como demuestra el mensaje de texto que me ha enviado a las tres de la madrugada para avisarme de que me llamaría. Todavía lo espero. Apunto al televisor con el mando a distancia para encenderlo. Aún estoy a tiempo de ver el informativo.

Los males económicos habituales, crímenes locales y calamidades. Un accidente de avioneta: cuatro muertos. Un incendio: dos personas hospitalizadas por inhalación de humo. Saco del armario mis bolsas de viaje y las deposito sobre la cama mientras la presentadora refiere las últimas noticias sobre Bob Rosado.

—... el cuerpo del congresista fue trasladado anoche a la oficina forense del condado de Broward, pero no se han divulgado detalles sobre la posible causa de su muerte, que acaeció mientras hacía submarinismo desde su yate a última hora de la tarde de ayer —informa—. Damos paso a Sue Lander para conocer los últimos acontecimientos. Buenos días, Sue.

La cámara enfoca el oscuro aparcamiento trasero de la oficina forense. Los vehículos blancos y las palmeras apenas resultan visibles a la luz de las lámparas de vapor de sodio, y aparece la corresponsal llamada Sue, micrófono en mano, con cara inexpresiva, hasta que cae en la cuenta de que está en directo.

—Buenos días —dice.

—¿Sue? ¿Qué está ocurriendo a estas horas en Florida del Sur? ¿Ha habido alguna novedad?

—Pese a la presencia multitudinaria de los medios durante buena parte de la noche, ya ves la tranquilidad que reina en estos momentos. Lo que sabemos es que el doctor Raine salió en su coche de este aparcamiento hace unas dos horas y no ha regresado.

Más imágenes, que esta vez muestran la silueta del edificio de estuco de una planta y tejado plano. La persiana del almacén se abre lentamente y se oye el rugido de un motor cuando sale un todoterreno blanco, bañando en el resplandor de los faros unos arbustos de hibisco. Una manada de periodistas y un grupo de técnicos con la cámara al hombro se abalanza hacia el vehículo, y a través de la ventanilla del conductor se entrevé el semblante decidido de Abe Raine. No mira a nadie, lo que resulta impropio de él. Joven, enérgico, ex *quarterback* de Notre Dame, no es su estilo eludir enfrentamientos, ni con reporteros ni con nadie.

—¿Doctor Raine?

—¡Doctor Raine!

—¿Puede decirnos qué está pasando con...?

—¿Sabe por qué murió el congresista Rosado?

—¿Hay algún indicio de acto delictivo?

No obtienen más respuesta que las luces traseras de color rojo rubí del coche en el que el jefe de medicina forense se aleja despacio por el aparcamiento, pasa junto a la negrura de un lago artificial y desaparece. Devuelven la conexión a la redacción de Morristown.

—¿De modo que el doctor ha pasado allí toda la noche, Sue? ¿No es eso un poco inusual?

—Ha estado en el interior del edificio hasta hace solo dos horas, como ya he comentado —responde la voz de Sue fuera de plano—. El comunicado más reciente emitido por su oficina confirma que la autopsia finalizará hoy.

«¿Finalizará?», pienso. Una forma extraña de expresarlo. Me quito la ropa quirúrgica holgada de algodón con la que he dormido y busco las prendas que he traído para practicar mi versión del yoga, que consiste sobre todo en estiramientos para mantenerme flexible. «Tiempo para mí», lo llamo. Realizo los ejercicios sola, en mi habitación. Pantalón corto de licra y camiseta sin mangas con sujetador incorporado.

—Lo que significa sin lugar a dudas que aún no se ha llevado a cabo. ¿Crees que es posible que estén esperando los resultados de análisis especiales? —aventura la presentadora, aunque ese no puede ser el motivo.

Conozco bien a Raine, así que me niego a aceptar que no haya practicado la autopsia de inmediato en un caso tan sonado como este, y estoy segura de que el retraso no tiene nada que ver con los análisis que haya encargado. Cuanto más se demore, más lo acosarán los medios y más se propagarán los rumores, que ya han empezado a circular.

«Suponiendo que el caso sea de su competencia, aunque seguramente ya no lo es.»

Vuelvo a plantearme la sospecha que concebí anoche, cuando me enteré de la noticia, pero ahora con una sensación de certidumbre, de inevitabilidad. Imagino a Raine recluido en su despacho, hablando por teléfono, tomando medidas, discutiendo estrategias, recibiendo instrucciones y órdenes. Apuesto a que ha tratado el caso como una patata caliente, y hay por lo menos una buena razón para ello.

La ley Sunshine de Florida pone los documentos oficiales del estado a disposición del público, incluidas las fotografías, los informes y otros datos consignados que puedan guardar relación con la investigación médico-legal. Si Raine quisiera una discreción absoluta, habría un modo de conseguirla. Le bastaría con pedir ayuda al cuerpo forense del ejército y al FBI. Podría alegar con razón que Rosado era un funcionario del gobierno federal y que, por tanto, su muerte no concierne al estado de Florida.

Aunque habría podido llamarme, el protocolo correcto requería que acudiera directamente a John Briggs, mi jefe, e intuyo que ambos albergan sospechas sobre otros factores inquietantes. Rosado murió de forma inesperada cuando solo era cuestión de tiempo, quizá de días u horas, que su reputación quedara manchada por delitos graves: el asesinato de Gracie Smithers, en el que estaba implicado su hijo Troy, la muerte de un investigador de seguros vinculado a la propiedad de Rosado y, por supuesto, el presunto blanqueo de dinero y la posible contratación de una gestora de crisis, una psicópata llamada Carrie Grethen, que no está muerta.

Gordian Knot, nudo gordiano, un nudo imposible de deshacer. Alejandro Magno resolvió el problema cortándolo con la espada o, dicho de otro modo, haciendo trampa. Era un nombre provocador para una sociedad anónima. Me pregunto a quién se le habrá ocurrido, y ella me viene a la mente de nuevo. Es el tipo de nombre críptico que es capaz de concebir, que sugiere el uso de la violencia cuando convenga o, en su caso, cuando le plazca.

«No actúa sola.»

Tiene a sus «Clydes», como Lucy los llamaba. Carrie siempre ha contado con la ayuda de un compañero para cometer sus asesinatos. Temple Gault. Newton Joyce. Seguramente ha habido otros, y el último podría ser Troy Rosado, lo que desvía mi pensamiento otra vez hacia mi sobrina. Era una adolescente, más o menos de la misma edad de Troy, cuando Carrie y ella trabajaban en Quantico y entablaron una relación que aún no se ha roto, por más que Lucy asegure lo contrario.

Sentada en el borde de la cama con mi ordenador portátil, me conecto a Internet para intentar averiguar algo más acerca de la muerte de Rosado. La crónica más completa es la del *New York Times*. No encuentro en ella mucha más información que en las noticias, salvo algunos detalles adicionales facilitados por la policía y los primeros intervinientes que han preferido permanecer en el anonimato.

El congresista, de cincuenta y dos años, murió hacia las seis de la tarde mientras buceaba cerca del *Mercedes*, un carguero alemán hundido en la década de 1980 y que ahora es un arrecife artificial a unos treinta metros de profundidad y poco más de una milla de la costa. Eligió explorar el pecio a última hora del día para que no hubiera otros submarinistas ni barcos alrededor, no solo por motivos de privacidad, sino también de seguridad.

Como presidente del subcomité del Departamento de Seguridad Nacional sobre seguridad marítima y fronteriza, era un objetivo potencial para los cárteles de la droga y el crimen organizado, y si lo que dice Lucy es verdad, Rosado era más sinvergüenza que cualquiera de los tipos que pudieran ir a por él. En la primera inmersión del día, según leo, unos testigos lo vieron saltar de la plataforma de buceo y dar un paso de gigante para zambullirse en el océano. Se mantenía en la superficie con el chaleco compensador de flotabilidad inflado, cuando al parecer la botella de aire falló. Un repentino escape de gas presurizado produjo «varios chasquidos fuertes» y lo elevó girando en el aire.

«¿Por qué varios?»

Medito sobre ello mientras la presentadora comienza a hablar del tiempo local y advierte que en Nueva Jersey se registrarán récords de temperatura.

«¿Chasquidos, en plural, como si se hubiera producido más de uno?»

Apago el televisor e intento encontrar una explicación, aunque no se me ocurre nada, salvo teorías y especulaciones disparatadas. Se le rompió el cuello. Una junta tórica estaba suelta o reventó. Alguien trasteó con la primera etapa de su regulador. Le aseguraron una bomba a la cuerda del ancla. Lo atacó un tiburón. La mafia le saboteó el equipo. A lo mejor su esposa quería quitárselo de en medio. Decido no hacer los ejercicios de suelo. Me siento en la cama a pensar. Espero a que suene mi teléfono, porque estoy segura de que lo hará.

El general Briggs es madrugador. Suele levantarse antes de las cuatro. A no ser que esté en otro lado, como Florida, por ejemplo, debería estar en su despacho en la morgue portuaria de la base de la fuerza aérea Dover, donde pasé largos meses recibiendo formación en radiología, hace años. Aguardo unos minutos más, caminando de un lado a otro de la habitación, pero nadie me responde en su oficina. Llamo a su teléfono móvil, sin obtener mejor resultado. A lo mejor sigue en casa. Marco el número de su domicilio.

Suenan tres timbrazos, y entonces:

—¿Diga?

—¿Ruthie?

—¿Sí? —Su esposa suena dormida y a la vez asustada—. Oh, Dios mío. Kay, ¿John está bien?

—¿Hay alguna razón por la que no habría de estarlo?

—O sea que no estás con él —murmura, y parece a punto de echarse a llorar.

—No. Perdón por llamar a estas horas. Temo haberte despertado. Deseaba hablar con él acerca del caso Rosado, de Florida.

—Pero podrías estar con él —insiste con voz trémula.

—No, estoy en Nueva Jersey —contesto.

—Entiendo. John ha viajado allí abajo. ¿Qué es lo que ha pasado exactamente? No lo sé, pero puedo decirte que estaba muy estresado. Anoche salió volando por la puerta como un murciélago huyendo del infierno en cuanto recibió la llamada.

—¿Por el asunto del congresista?

—Unos minutos después de las siete de la tarde —dice. Yo estaba en el campo de tiro en ese momento, y Benton no respondía a su teléfono—. Y eso que odia a la CIA, como bien sabes, pues al parecer acosarlo es su pasatiempo favorito. Espiarlo, acusarlo una y otra vez de filtrar información —añade. Yo ignoraba que Ruthie se hubiera puesto tan paranoica. De hecho, suena como si estuviera al borde de la histeria—. Y ¿sabes lo que le digo? ¿Sabes qué le digo a John? «¿Te crees muy distinto? Una vida de secretos, mentiras y amenazas de acabar encerrado en Leavenworth.» Ya está. Si alguien nos ha intervenido el teléfono, me da igual. La semana que viene cumplo cincuenta años y... La vida es demasiado corta, no hace falta que te lo diga. ¿Hablarás con él?

—¿Sobre qué, exactamente?

—Tiene la tensión arterial y el colesterol por las nubes. Padece el síndrome de Raynaud y han tenido que cambiarle el bloqueador beta porque el corazón le late tan despacio que casi se desmayaba. ¡Se supone que no debería bucear! ¡Se lo han prohibido expresamente!

—¿Piensa ir a bucear?

—Se llevó su equipo, así que ¿tú qué crees? Eso va totalmente contra las indicaciones del médico, pero ya sabes cómo es. ¡Y mira que ve todas las maneras en que muere la gente, pero se cree que a él no le pasará nunca! —Prorrumpe en sollozos—. Tuvimos una discusión muy fuerte sobre ello antes de que se marchara. Por favor, no dejes que lo haga. No quiero perder a mi marido.

46

Aparto la silla de las puertas correderas y salgo al balcón. Noto el hormigón tibio y seco bajo los pies descalzos.

Sé lo testarudo que puede llegar a ser Briggs, y ahora mismo no le conviene en absoluto practicar submarinismo, sobre todo para llevar a cabo una extenuante búsqueda bajo el agua. Es un militar encallecido y sin miedo a nada. Se cree invencible. No lleva bien el envejecimiento, y conserva un orgullo a toda prueba. Si no va con cuidado, se matará. Tendré que ser más hábil que él.

El aire estancado se asienta sobre mí mientras consulto la aplicación meteorológica que tengo en el móvil. Son las cinco de la mañana y ya hace una temperatura de treinta grados, más cálida que en Florida del Sur, donde hace unos agradables veintitrés grados y se esperan tormentas por la tarde. El sonido del tráfico es un rumor constante, como el de un oleaje intenso o el viento. Se oye el zumbido de una línea eléctrica. Si van a realizar inmersiones es porque hay que recuperar algo. Me pregunto qué.

Bajo la vista a la piscina iluminada, azul como una turquesa en la calurosa oscuridad, tres pisos más abajo. A duras penas alcanzo a distinguir las sombrillas rojas plegadas, que semejan bastoncitos de caramelo, y las tumbonas blancas alineadas como las teclas de un piano. Regreso al frescor del salón y compruebo los vuelos a Fort Lauderdale. Hay uno directo de Virgin America que sale de Newark dentro de dos horas y media.

Lo tomaré, pero no pienso decírselo a Lucy todavía. Querría acompañarme, y no puede. Insistiría en conseguirnos un avión privado, pero yo no se lo permitiría. Aunque no sé bien qué está ocurriendo, no puedo involucrarla, porque ya está involucrada. Carrie Grethen. Lucy aún alberga sentimientos hacia ella, sentimientos antiguos y profundos. Amor, odio, lujuria, una aversión homicida... Sea lo que sea, se trata de algo mortífero, no solo para sí misma, sino para los demás. Inserto una cápsula en la máquina de café expreso. Escucho el sonido del agua caliente bombeada a través de los agujeros del inyector mientras repaso mentalmente nuestra conversación de anoche, recordando su mirada y lo que percibí en ella. Me llega el intenso aroma de la mezcla brasileña que sale por la boquilla mientras reservo un asiento en el avión.

Ya informaré a Lucy de mis planes cuando haya despegado. Ella y Marino deberían volver a casa. Evitar meterse en esto. Sin quitarme el *short* de licra ni la camiseta, me pongo encima un pantalón estilo cargo y un polo. Me he saltado la ducha. Tampoco me molesto en maquillarme. Sé lo que voy a hacer. Cojo el expreso, negro con espuma de color tostado encima.

Me dispongo a marcar el número de Benton una vez más, pero él me llama antes. Yo estaba en lo cierto respecto a dónde se encuentra y por qué. A Rosado lo asesinaron. Con un arma de fuego. Briggs llegó hacia la medianoche y le practicó la autopsia. La razón por la que no la ha «finalizado» todavía es que hace falta recoger indicios biológicos del fondo del mar, en la zona por donde Rosado estaba buceando.

—Tenemos el rifle —continúa explicándome Benton—. Estaba en el yate. Una PGF del calibre .300 Win Mag con freno de boca y balas de cobre macizo, con puntas Barnes, de 12,3 gramos y pulidas como joyas.

—¿Alguna de ellas tiene una inscripción?

—No.

—¿Habéis encontrado el tambor de pulido? ¿Sabéis ya dónde se llevó a cabo la modificación del arma y la recarga manual de los cartuchos?

—Todavía no, pero el rifle pertenece a Elaine Rosado. No presentaba huellas. Después de pasarle un hisopo por si tenía restos de ADN, lo rociaron con un reactivo químico, y se iluminó como un fuego de San Telmo.

—Lejía. Alguien lo limpió a conciencia para asegurarse de destruir todo el ADN.

—Al parecer, la señora Rosado lo había comprado para su esposo —dice Benton—. Él se iba varias veces al año a lugares como Tanzania, Montenegro o Camboya para practicar la caza mayor, y por lo visto nadie se percató de que el rifle había desaparecido del armero de su casa en West Palm donde estaba guardado bajo llave.

—¿Qué te ha contado Lucy sobre Carrie? —Me siento en el brazo del sofá.

—Anoche hablé con ella por teléfono después de que te dejara. Carrie está confabulada con Troy, algo típico de ella. Es lo que se le da mejor. El hombre cree que es el que domina, pero no podría estar más equivocado.

—Marino no se lo cree.

—No quiere creerlo —asevera Benton—. Deja que rebobine. Sospecho que transportaron el rifle a West Palm Beach ayer por la mañana, cuando Troy regresó a casa en el G5 de su padre. En algún momento anterior al asesinato, el arma acabó en el yate, donde la encontró la policía anoche, al registrarlo.

—¿Y casquillos? ¿Encontró alguno la policía?

—No. Falta el cargador, que supongo que cayó por la borda o que Carrie lo arrojó al agua. Los Rosado la conocen por Sasha Sarin, nombre que aparece en un pasaporte y otros documentos robados el año pasado en Ucrania. Cuando Troy llegó aquí ayer, en el avión, aparte de él, había una pasajera registrada con ese nombre.

—¿Conocía el congresista Rosado la verdadera identidad de la gestora de crisis que había contratado?

—Lo dudo mucho —responde Benton—. Nadie en su sano juicio contrataría a Carrie Grethen.

—Sarin —repito. A ella le debió parecer de lo más divertido adoptar el nombre de una persona que se llamaba como un gas nervioso letal cuando se le presentó la ocasión.

—Los pilotos la han descrito como una mujer atractiva de cuarenta y pico años, delgada, de cabello rubio claro y gafas de montura gruesa —dice Benton—. Ayer por la mañana, cuando embarcó en el reactor con Troy, llevaba una funda de guitarra igual que las de Jamal Nari. Como recordarás, faltaba una funda en su apartamento. Había tres guitarras, pero solo dos fundas.

—¿Una funda de guitarra? —pregunto, llena de perplejidad.

—Tengo la firme sospecha de que Carrie llevaba el rifle ahí dentro. Desmontado cabría sin problemas en la funda de guitarra RainSong que ella misma subió a bordo. Uno de los pilotos se fijó en ella porque es músico y, según él, la mujer la colocó en un asiento desocupado, la ciñó con el cinturón de seguridad y, después del aterrizaje, la recogió y se la llevó. No dejó que nadie más la tocara.

—¿Ella fue a la casa de Nari, desembaló las guitarras, las puso de nuevo en sus soportes y luego robó una de las fundas?

—Sí.

—¿Cuándo? Es imposible que lo hiciera después del asesinato de Nari. No habría tenido tiempo —concluyo—. Si él guardó las guitarras antes de salir a hacer recados, Carrie debió de colarse en el apartamento mientras él y su esposa estaban fuera.

—Las cerraduras y los códigos de alarma nunca han supuesto un problema para ella. Debió de recrearse paseándose por el apartamento, mientras fantaseaba con lo que estaba a punto de hacer, excitada. Robó algo que era importante para su siguiente víctima a fin de llevarse un recuerdo, un símbolo de él por adelantado. Cuando Nari regresó a casa y entró con las bolsas de la compra, sin duda reparó en que las guitarras volvían a estar sobre sus soportes y se preguntó qué demonios había pasado. Seguramente fue uno de los últimos pensamientos que le pasaron por la cabeza.

Benton enumera los hechos como si fueran indiscutibles. Muestra el mismo desapasionamiento y convicción que si hablara de una enfermedad crónica que ha reaparecido después de años de remisión. Es capaz de predecir su evolución y cada uno de los síntomas. Estoy desesperada por ir a Florida. La ansiedad se me dispara mientras visualizo todo lo que describe Benton, y me pregunto si Carrie tenía la intención de matar a Rand Bloom desde un principio. ¿Qué hacía él en la casa de los Rosado? ¿Había quedado con ella? ¿Se conocían?

En su empleo anterior en el Departamento de Justicia, Bloom se aseguraba de que se retiraran los cargos contra el congresista. Rosado tenía en Bloom a un aliado y protector fiel. Pero tal vez se había convertido en un lastre, en un problema. Debía de estar al corriente de las drogas y el blanqueo de dinero, suponiendo que todo ello sea cierto. A lo mejor Bloom sabía demasiado. Quizá Carrie ya no quería tener más tratos con él. O, lo que es más probable, simplemente le entraron ganas de clavarle un cuchillo en el corazón. Benton también lo cree así.

—En ese momento le apetecía matarlo, tanto si lo había planeado como si no —dice—. Y más tarde, cuando apareció el detective Henderson, el cuerpo no le pedía matarlo. Le pareció más divertido secuestrarlo y aterrorizarlo. Nos recuerda que puede comportarse como una persona decente, porque en su mente lo es. Lo que motiva a una persona como ella tiene poco que ver con la eficiencia. Sus actos están planificados en parte, y en parte no. Pero tiene pensado un desenlace para el juego, un objetivo final. Es Lucy. Carrie ha vuelto a por Lucy.

—¿Para hacer qué? —La idea me enfurece tanto que a duras penas me salen las palabras—. ¿Qué es lo que quiere exactamente esa zorra de mierda?

—En sus fantasías depravadas debe de imaginar que volverán a estar juntas.

—Lucy corre un grave peligro.

—Todos corremos peligro. Tal vez nosotros más que ella, para serte sincero. Carrie quiere llegar hasta ella, y nos interponemos en su camino. De hecho, somos armas que puede utilizar en su contra.

—¿Iba Carrie a bordo del yate cuando mataron a Rosado?

—Seguramente. —Mientras entro en el baño para guardar

mis cosas en el neceser, Benton procede a describir los momentos siguientes del tiroteo. Se desataron el pánico y el caos hasta tal punto que durante un rato nadie se percató de que Troy había desaparecido ni de que, con toda seguridad, Carrie estaba con él—. El yate contaba con una lancha neumática rígida de seis metros que también había desaparecido —prosigue Benton al tiempo que cierro la cremallera de una bolsa de viaje—. Se cree que el chico huyó en ella. En el momento del tiroteo, la tripulación estaba repartida entre la timonera y cocina principal, por lo que no habrían podido ver a nadie en la cubierta superior a menos que estuvieran vigilándola específicamente a través de los monitores, lo que no era el caso. Apostado en el helipuerto, el tirador se habría encontrado diez metros por encima del agua y a unos cincuenta y cinco de donde Rosado murió.

—Debe de ser un yate muy grande.

—Cincuenta y dos metros de eslora.

—¿Y por qué el helipuerto? ¿Qué indicios hay de que los disparos se efectuaran desde allí?

—Fue allí donde encontraron el rifle. En una escotilla de cubierta donde guardan material de aviación, chalecos salvavidas, auriculares de repuesto, cosas así. Acabo de enviarte imágenes de tomografías realizadas en la morgue y el vídeo que grabó la esposa. Estaba filmando la inmersión de su marido. Duró solo unos dos minutos. En cuanto ella advirtió que había pasado algo malo, apagó la cámara.

Le echo un vistazo mientras hablamos: el mar desierto, de un azul oscuro rizado, una bandera de buceo roja sobre un flotador amarillo que cabecea con las olas, y al fondo se oyen voces que hablan de partir otro melón. Una mujer (Elaine Rosado, supongo) le dice a un miembro de la tripulación que el melón no está lo bastante frío y que quiere otro Martini. Enfoca a su esposo con la cámara, y la imagen, temblorosa al principio, acaba por estabilizarse.

Lo veo en alta definición: su ralo cabello negro pegado a la calva incipiente, sus gruesos carrillos y el mentón bronceados y cubiertos de una barba de pocos días. Mira a la cámara a través del cristal ambarino de sus gafas de buceo mientras sujeta en alto el inflador del chaleco hasta que se siente a gusto con el grado de flotabilidad. Tiene el regulador en la boca, pues el agua está bastante agitada.

—¿Todo bien cariño? —le grita la esposa—. El mar parece muy movido. ¡A lo mejor deberías volver a bordo y tomarte una copa! —Suelta una risita.

Rosado forma un círculo por encima de su cabeza con ambas manos enguantadas, la señal universal de buceo que indica que no hay ningún problema. Todo va bien mientras él flota en la superficie, esperando a descender por la cuerda del ancla. Pulso el botón de pausa.

—¿Con quién iba a bucear? —pregunto.

—El instructor de buceo se había sumergido primero para asegurarse de que la zona en torno al pecio estuviera despejada y no hubiera otros buzos, sobre todo aficionados a la pesca con arpón. Como ya sabes, en Florida es legal utilizar equipo de submarinismo para pescar con arpón, y ha habido accidentes en los que algunas personas han resultado heridas graves e incluso muertas. Hace pocos días alguien recibió un arponazo en esa zona.

—Treinta metros son muchos para una inmersión de reconocimiento —señalo—. Rosado tendría que esperar por lo menos diez minutos en la superficie, y eso es mucho tiempo, sobre todo si ya tiene el regulador en la boca. En diez minutos tendrá que aspirar una gran cantidad de aire.

Se me ocurre que quizás el instructor quería estar lo más lejos posible de él. Tal vez estaba involucrado en el homicidio. Le planteo esta posibilidad a Benton.

—No hay indicios de ello, y no lo creo —replica—. Al parecer, formaba parte de su procedimiento estándar inspeccionar la zona antes de la inmersión para cerciorarse de que nadie más estuviera buceando por allí, de que las condiciones fueran seguras, la visibilidad fuera adecuada, etcétera. Un australiano que trabaja a tiempo completo en el yate había rellenado las botellas y comprobado el equipo el día anterior.

—¿Cuánto aire había en la botella de Rosado?

—Empezó con doscientos treinta bares.

—¿Y en el momento en que murió?

—No lo sabemos, y dentro de unos minutos sabrás por qué.

Cuando reanudo la reproducción del vídeo, veo a Rosado flotando a solas. Echa un vistazo al ordenador de buceo que lleva en la muñeca. Echa la cabeza ligeramente hacia atrás y a la derecha, y acto seguido se encuentra boca abajo, con la cara metida en el agua. Acaba de recibir un disparo. Retrocedo y visualizo una y otra vez esa parte del vídeo mientras recuerdo lo que dijo Jack Kuster respecto a comenzar los disparos de prueba a una distancia de casi mil metros. Si el objetivo estaba muy lejos, siempre podíamos «ir acercándonos», según la terminología de los francotiradores.

Cuando un tirador intenta dar en el blanco, puede efectuar varios disparos, recalculando los DOPE, de modo que cada tiro se acerque cada vez más. Busco perturbaciones en la superficie. Escudriño las ondulantes olas que rodean a Rosado, el agua azul oscuro que sube y baja, se curva y se allana mientras él flota con las gafas de buceo puestas, el regulador en la boca, esperando, inclinando la cabeza hacia atrás, mirando alrededor.

Ahí está. Una salpicadura diminuta, como si un pez pequeño asomara a la superficie. Retrocedo y lo reproduzco de nuevo: una dispersión de gotas similar a la que produciría un guijarro que hubiera lanzado alguien. A unos tres metros de Rosado veo otra salpicadura, más próxima, y él parece darse cuenta. Se vuelve hacia la izquierda y, al instante, queda boca abajo. Tres segundos más tarde se oyen dos fuertes chasquidos.

Él emerge por completo del agua y gira en el aire como una rana exangüe. Estudio esta parte del vídeo durante un rato, ampliando la imagen, detectando el chorro de sangre en el azul brillante en el momento en que el estallido del aire presurizado impulsa el cuerpo hacia arriba. El regulador se le cae de la boca, con los tubos agitándose alrededor mientras él da vueltas, y las gafas y el chaleco salen despedidos. El hombre se hunde en el agua, con un lado de la cabeza hundido.

—¿Bob? ¡Oh, Dios mío! ¡Bob! ¿Qué pasa? —chilla su esposa, y entonces las imágenes y los sonidos cesan. Abro otro archivo, un tac procedente de la oficina forense del condado de Broward.

La herida de entrada está en la parte posterior del cráneo, justo a la derecha de la sutura lambdoidea. Es un pequeño agujero tangencial. La bala de cobre macizo con punta abierta se expandió al impactar, y sus cuatro pétalos causaron daños considerables mientras el proyectil atravesaba los lóbulos occipital, temporal y frontal como una sierra mecánica. La bala salió por el lado izquierdo de la mandíbula inferior, que quedó destrozado, al igual que casi todos los dientes y parte del cráneo.

—La trayectoria es descendente, de derecha a izquierda —le digo a Benton—. Hicieron falta por lo menos cuatro disparos. Si te fijas bien en el vídeo, verás que los tiros se van acercando hasta que uno alcanza a Rosado. Luego, dos disparos más seguidos acertaron en la botella de aire. Los otros casos fueron distintos. Rosado era un objetivo móvil, cierto, a merced de un oleaje fuerte, pero esto no parece obra del mismo tirador. No creo que lo sea.

—Troy —dice Benton—. Alguien sin experiencia ni habilidad en el manejo de PGF o armas de fuego en general.

—Una galería de tiro —decido—. Vació casi un cargador entero, a solo veinte metros de distancia.

—Sospecho que disparó contra la botella de aire a propósito, con la intención de horrorizar a los presentes y de ridiculizar y degradar a la víctima. A Carrie le habría divertido verlo elevarse y dar volteretas en el aire. Seguramente le indicó a Troy que apuntara a la botella.

—Pues no creo que ella sea la autora de esos disparos. A esa distancia y con un visor de seguimiento, tiene que tratarse de alguien que no sabía lo que hacía, alguien con peor puntería que la que yo demostré ayer. ¿Qué motivo había para matarlo?

—¿Qué motivo había para matar a cualquiera de ellos?

—¿Vas a bucear? —pregunto de pronto.

—Buscaremos una serie de cosas. Las gafas de buceo, el compensador de flotabilidad, el cargador que falta en el rifle y casquillos. El catamarán de la unidad naval vendrá a recogernos en cuanto amanezca.

—¿Cogiste todo lo necesario antes de salir? —Me viene a la mente la imagen de nuestras bolsas de equipo de submarinismo y el resto del equipaje junto a la puerta principal, donde lo dejamos el jueves por la mañana.

—Se me ocurrió dejarlo todo en el apartamento de aquí, así que traje tu equipo también. ¿Por qué?

—Quiero que lo subas al barco junto con el tuyo.

—No, Kay.

—No puedes dejar bucear a John. Su último reconocimiento médico no salió muy bien, Benton. Todo lo contrario. No queremos que le pase nada, ni que el caso se complique aún más si él sufre un episodio desafortunado mientras ayuda a reunir pruebas.

—Si vas a intentar disuadirlo, buena suerte.

—Lo llamaré, pero necesito que tú se lo digas también. Yo estoy en condiciones de ocupar su lugar.

—No tienes por qué venir hasta aquí. No quiero que vengas.

—Puede haber dientes y huesos ahí abajo por alguna parte.

—Puedo buscarlos yo —dice Benton—. No es necesario que lo hagas tú.

—Los indicios biológicos son de mi competencia.

—¿Me estás dando órdenes?

—Sí.

—¿De verdad crees que encontrarás algo? Cielo santo, a casi treinta metros de profundidad...

—Lo intentaré —replico—. Salgo para el aeropuerto. Nos vemos a primera hora de la tarde.

47

14.00 h
Fort Lauderdale

Tiene el cabello cano echado hacia atrás, seco y enmarañado. Está ligeramente quemado por el sol, y la marca de las gafas de buceo en la piel se ha atenuado.

Lleva horas fuera del agua cuando entro en la cabina del catamarán, dejo caer las bolsas y saludo a Benton con un beso. Tiene los labios salados por el mar. Detrás tiene un cuadro de mandos electrónico, que incluye un navegador GPS que muestra nuestra posición respecto a la costa de Fort Lauderdale, casi una milla mar adentro. Benton está sentado en el asiento del piloto. Los dos motores están apagados y la embarcación se mece en el agua. Oigo un suave chapaleo.

—Tengo la sensación de estar incordiando a todo el mundo. —Abro mi bolsa sobre el suelo de fibra de vidrio—. Pero no tenía idea de que acabaríais tan rápido.

—Lo cual no es bueno.

—Lo sé.

—Pero tenemos el barco. Y a ti siempre vale la pena esperarte. Lo intentaremos una vez más. —Benton desvía la vista, y noto que está molesto.

Lleva el traje de neopreno negro bajado hasta la cintura. Se ha atado las mangas alrededor del cuerpo como suele hacer en los intervalos entre inmersiones, y este ha sido bastante largo.

Fuera, en la proa, dos buzos de la policía beben agua y comen fruta. Ya sé que por el momento no han encontrado nada, ni una maldita cosa. Un resultado imprevisto, por no decir inexplicable.

—¿Cómo puede desaparecer una botella de dieciocho kilos? —Me siento en un banco y saco de la bolsa mi traje isotérmico, calcetines de buceo y aletas.

—No olvides que hay toneladas de hierro oxidado en el fondo. —Me observa mientras me quito el pantalón estilo cargo y la camisa.

Debajo llevo las prendas de licra para hacer yoga. He venido directa del aeropuerto. Después de escarbar un poco más, encuentro mis gafas de buceo.

—Es evidente que no podemos acercarnos con un detector de metales. La visibilidad es de unos diez metros. Pero estoy de acuerdo contigo. Tres personas nos hemos pasado la mañana realizando búsquedas en círculo a partir del pecio, desplazando el punto central y volviendo a empezar, hasta cubrir una zona mucho más amplia que aquella en la que esperaba encontrar algo.

—Hay mucha arena y sedimentos que podrían haber cubierto los objetos. —Llevo las manos hacia mi espalda para agarrar el largo tirador, cierro la cremallera del traje y me pongo los calcetines—. ¿Habéis probado con el sonar?

—Hemos encontrado toda clase de basura con el sonar lateral, pero nada de lo que buscamos. —Enfunda los brazos en las mangas de neopreno—. Hemos llegado aquí hacia las ocho de la mañana y nos hemos dado por vencidos cerca del mediodía. Se me ha pasado por la cabeza que tal vez alguien llegó antes, por la madrugada o incluso anoche.

—¿Y se puso a buscar a oscuras? —pregunto con escepticismo mientras los buzos de la policía se preparan para una nueva inmersión.

—Con el equipo adecuado, no veo por qué no. En un mundo ideal, se habría desplegado un dispositivo de búsqueda de inmediato, pero había demasiado caos y confusión. No se le ocurrió a nadie hasta que llegamos Briggs y yo. Así que aquí estamos. O, al menos, aquí estoy yo. —Benton posa en mí una mirada risueña—. No sé qué le habrás dicho, pero se ha asustado tanto que ha regresado a Delaware.

—No se ha asustado. Me he limitado a recordarle que al Pentágono no le haría gracia que participara en una búsqueda subacuática relacionada con un caso de tanta repercusión sin cumplir con los requisitos físicos exigidos. Incluso reconoció que su médico del ejército le prohibió pensar siquiera en bucear a menos que se ponga antes un marcapasos.

Salgo de la cabina detrás de Benton mientras los dos buzos de la policía dan su paso de gigante desde la plataforma, uno de ellos con una bolsa de elevación por si, en un golpe de suerte, encuentra el compensador de flotabilidad y la bombona de aire de Rosado. Esta última seguramente está llena de agua y pesa lo suyo, por lo que es menos probable que la haya arrastrado la corriente. Rocío mis gafas de buceo con un producto antivaho. Tras comprobar las etiquetas adhesivas de inspección en una botella llena y sujeta a un costado del barco, retiro el tapón de la válvula y oigo un siseo cuando dejo salir un breve chorro de aire.

—En fin, las perspectivas no son muy prometedoras, pero quiero poder decir que al menos lo he intentado. —Paso la correa de mi chaleco en torno a la bombona y la aprieto con fuerza—. Como de costumbre, tenemos que preocuparnos por el juicio y por la posibilidad de que algún equipo de abogados lumbreras se centre en las partes del cráneo, la mandíbula y los dientes que faltan, y en cuán distinta sería la interpretación de los hechos si las hubiéramos encontrado.

—Menuda gilipollez. —Benton agita sus gafas en un bidón de agua limpia.

—Por desgracia, no lo es. Si yo fuera abogada de la defensa, eso es justo lo que preguntaría. —Alineo la parte de arriba de mi chaleco con el borde superior de la botella y me siento en el banco—. El quid de la cuestión será la distancia. Cuando terminen su exposición, el jurado dudará que el disparo haya podido realizarse desde el yate, y pensará que el responsable fue un francotirador desde otra embarcación situada a una gran distancia, o quizá desde lo alto de un edificio alto, en tierra. Lo compararán con los otros casos y dirán que Troy no pudo ser el tirador.

—O culparán a la persona supuestamente muerta, Carrie.

Oteo la centelleante extensión azul que nos rodea, y la embarcación más cercana que alcanzo a divisar está más o menos una milla al sur de nosotros. Advierto que se nos acerca muy despacio.

—Supongo que un tiburón podría haberse comido los huesos. —Benton se abrocha el chaleco y tira de las correas para apretarlas.

—Lo dudo. —Me agacho para meter los pies en las aletas.

—No queda nada allí abajo, y creo que por una buena razón —dice—. Hay un montón de neumáticos viejos. He visto unos cuantos esta mañana.

—¿Por qué iba a tomarse esa molestia? Suponiendo que estés pensando lo que yo creo.

—Sabemos con certeza que ella iba en el avión de Rosado esta mañana —asevera Benton.

—O por lo menos Sasha Sarin.

—Si ella aún está protegiendo a Troy y la familia, habría sido una jugada astuta asegurarse de que todas las pruebas desaparecieran del fondo marino antes de que nosotros empezáramos a buscar.

—Como limpiar botellas de cerveza y la pistola y destruir los restos de ADN con lejía. —Agarro mi regulador, la boquilla en la mano derecha, el ordenador en la izquierda, acoplo las válvulas y aprieto los conectores en la parte superior de la bombona.

—Así es. Es una mierda cuando sabes quién es el asesino. Seguramente eso fue justo lo que ella hizo —dice Benton—. Encaja en el patrón, y allí abajo no queda nada, así que ¿por qué diablos nos molestamos en intentarlo de nuevo? Sobre todo teniendo preparado el apartamento que alquilé por tu cumpleaños. Nunca he tenido más ganas de mandar a paseo una misión que ahora.

—Eso sería una falta de consideración. —Conecto la manguera de baja presión a la boquilla del inflador—. Nuestros amigos policías nos esperan ahí abajo.

Me llevo el regulador a la boca y aspiro. La membrana resiste y se mueve hacia delante, tal como se supone que debe hacer.

Abro la válvula del aire. Mi atención no deja de desviarse hacia la inmensa superficie azul y la embarcación pequeña que he avistado antes. Ya no se mueve, pero oigo que el motor fuera borda está en marcha y veo a alguien sentado en la parte de atrás. Una bandera se desplaza por el agua, señal de que alguien está practicando el buceo a la deriva en el arrecife artificial.

Benton mira en la misma dirección.

—No te preocupes —dice—. Si se acerca algún otro buzo, Rick y Sam lo ahuyentarán.

—¿Le enseñarán sus placas bajo el agua?

—Algo así.

—Daré una vuelta alrededor del pecio, entrando y saliendo de la zona más próxima, y luego lo dejaremos estar.

—Y todo para poder decir que lo has intentado.

—Eso supone el noventa por ciento de lo que hago últimamente. —Hurgo en mi bolsa en busca del ordenador de pulsera y el cuchillo de punta roma y hoja corta—. Vamos. Hace tiempo que no somos compañeros de buceo.

Tras enjuagar las gafas de buceo que llevan una minicámara incorporada, paso los brazos por los agujeros del chaleco. Pruebo de nuevo el regulador principal y el secundario, y me aseguro de que me llegue el aire. Los purgo. Me pongo las gafas, compruebo otra vez los ordenadores y me inclino hacia delante para retirar la botella de su soporte. Me pongo de pie, me enfundo los guantes y camino cuidadosamente con las aletas hacia la plataforma. Pongo una mano encima del regulador que tengo en la boca, la otra sobre las gafas, y doy el gran paso hacia el agua.

El agua está tibia. Inyecto algo de aire al chaleco compensador y me quedo flotando mientras espero a Benton. Para dejarle espacio de sobra, me acerco a una cuerda que está sujeta a la boya de buceo. Él se zambulle con gran estrépito, luego nos miramos a los ojos y asentimos. Extraigo todo el aire del chaleco e iniciamos el descenso. El agua está llena de luz cerca de la superficie. Se va oscureciendo y enfriando a medida que bajamos.

El sonido de mi respiración me retumba en la cabeza, y me

aprieto la nariz para compensar los oídos mientras alcanzamos mayor profundidad. Siento el peso y la frialdad del agua conforme la presión aumenta y la claridad disminuye. Intento localizar a Rick y Sam, los dos buzos de la policía, por su rastro de burbujas o sus movimientos, pero no consigo avistarlos. Consulto una y otra vez mis ordenadores y entonces vislumbro el carguero hundido, la silueta de una mole fracturada que yace en el turbio fondo. No veo a nadie alrededor. A veintisiete metros, una mancha indefinida se convierte en una tortuga marina que descansa sobre el casco oxidado, y un pez sapo desinfla la vejiga, aplanándose contra el fondo de sedimento marrón. Un pez ballesta de rayas color naranja parece lanzar besos al aire cuando pasa planeando junto a mí, y tomo una caracola por una piedra hasta que comienza a moverse como una vieja caravana.

Una gorgonia ondea y me fijo en un gran mero gris moteado, una lubina y un tiburón de morro ancho que no muestran el menor interés por nosotros. Un banco de peces mariposa amarillos, con ojos redondos como de caricatura, pasa muy cerca de mis gafas como si yo formara parte del arrecife artificial. Veo un caballito de mar suspendido en el agua. Un pez león venenoso con aletas que parecen plumas. Controlo la flotabilidad con mi respiración.

Desciendo hacia unos agujeros oscuros en el costado del barco, y sigo bajando hasta una escotilla que en una vida anterior tuvo una puerta. Lo enfoco con la linterna, y mis reflejos me llevan a agitar las aletas para apartarme del otro buzo. Al principio mi mente no asimila lo que veo. Una barracuda sale serpenteando de debajo de él, que está flotando en el interior del casco sin despedir burbujas. Desplazo el haz de luz sobre sus brazos y manos, y advierto que tiene el rostro agachado y lleva gafas de buceo. Me acerco más.

Cuando le toco la espalda cubierta de neopreno, se mueve ligeramente, y veo los tubos que cuelgan y la varilla recta del arpón clavado en su pecho. Hay alguien más debajo de él en el compartimento. Es el segundo. Los dos buzos policías están muertos dentro del casco. Salgo disparada hacia arriba pataleando con fuerza.

Vislumbro a Benton a unos centímetros del fondo, avanzando, buscando con la ayuda de la linterna, y aporreo mi botella con el cuchillo para captar su atención. Al oír los golpes metálicos agudos, alza la vista hacia mí. Señalo con ademán apremiante el barco y sus enormes agujeros en el agua azul verdosa con partículas suspendidas que brillan a la luz de mi linterna. Entonces lo oigo. Una vibración rápida, como la de una motosierra lejana. Cuando me vuelvo en esa dirección, percibo una forma oscura que se mueve en torno al casco. De entrada creo que se trata de un pez descomunal, pero no puede ser. La vibración se intensifica.

La figura se dirige veloz hacia mí, y mi linterna alumbra una cara de ojos desorbitados enmarcada en una siniestra máscara negra. Lleva un objeto en forma de torpedo sujeto a la botella, una especie de motor de turbina que se enciende y se apaga entre chirridos, al tiempo que ella se detiene y avanza a una velocidad fuera de lo normal. No veo el fusil de pesca submarina hasta que ella gira y me apunta con él. Oigo el sonido del disparo y experimento una sacudida, como si recibiera un puñetazo.

Epílogo

Una semana después
Bal Harbour

La tumbona doble está hecha de una madera tropical que no soy capaz de identificar, posiblemente teca, aunque el acabado, realizado con un producto que está a medias entre el decapante y el plástico, me confunde. El asiento es de color marfil, y los cojines decorativos, de colores vivos, tienen un estampado cubista abstracto que me recuerda a Picasso, también a medias.

Me paso el día sentada en la terraza envolvente de mi apartamento de cumpleaños, contemplando los cambios de color del océano, las formas de las nubes que proyectan su sombra sobre la superficie ondulada, las olas que se levantan y rompen, a veces con suavidad y a veces con violencia, cuando se abalanzan hacia la playa como si estuvieran furiosas. Las miro con las gafas de sol puestas y escucho. No me pierdo un detalle: ni el helicóptero que pasa, ni la avioneta publicitaria que vuela bajo ni la gente que camina por el paseo marítimo, diez pisos más abajo. Hablo poco mientras lo observo todo.

Todos los que me rodean tienen las mejores intenciones, empezando por Lucy y Benton. Luego llegó Marino, y anteayer se presentaron Janet y Desi. Se desviven por mí a todas horas y no me hacen caso cuando les pido que lo dejen. Es como si me hubiera muerto y me encontrara en otra dimensión. Los veo manipular las toallas como si fueran mortajas. Me colocan almohadas bajo la zona lumbar y las rodillas. Les preocupa mi cuello, mi cabello, me preguntan si necesito un gorro distinto o una manicura, como si estuvieran a punto de exhibirme en un velatorio. Mi único amigo no invasivo, de siete años y metro veinte de estatura, es Desi, que pronto quedará huérfano, lamentablemente. Por fortuna, lo adoptará Janet, la única hermana de Natalie, su madre.

Tiene grandes ojos azules y un cabello castaño claro que crece en todas direcciones, con remolinos por doquier. Es muy bajito para su edad, pues fue un bebé prematuro nacido tres meses antes de tiempo de una madre de alquiler a quien habían implantado un óvulo de Natalie. Esta se está muriendo de cáncer de páncreas. Ingresada en un hospital para enfermos terminales en Virginia, le quedan pocas semanas de vida, y no quiere que Desi la vea en ese estado.

Janet y Lucy no intentan hacerle cambiar de opinión, aunque deberían. El chico debería ver a su madre. Debería estar a su lado cuando llegue el momento, y ya me imagino cómo serán las cosas. Lucy y Janet necesitarán mi ayuda hasta el momento en que se la brinde. Entonces dirán que estoy interfiriendo. Y será verdad. Interferiré con regularidad, y tendrán que acostumbrarse.

—Es la hora del concurso —anuncio desde mi tumbona. Como de costumbre, Desi está sentado en el borde. Apenas ocupa espacio. Advierto que le han salido pecas por todas partes debido al sol—. ¿Dónde está tu crema especial de los Vengadores? ¿Te acuerdas de que hemos hablado del tema? —Le subo un poco la manga para recordárselo mientras me inclino para agarrar la loción para bebés con factor de protección cincuenta que está sobre la mesa cuadrada que parece decapada—. ¿Qué te pasará si te quemas por el sol?

—Me dará cáncer, como a mamá. —Noto su espalda estrecha y huesuda apretada contra mí.

—Ella tiene un tipo de cáncer distinto. Pero exponerse mucho rato al sol no es bueno, en eso tienes razón. Ahora mismo no recuerdo quién eres, si Ojo de Halcón o Iron Man.

—Qué bobada —dice, aunque en el fondo le encanta.

—No es una bobada. Tenemos que ayudar a la gente, ¿no?

—No podemos salvar el mundo, ¿sabes? —De pronto habla como todo un sabio.

—Lo sé, pero debemos intentarlo, ¿no crees?

—Tú lo intentaste y te dispararon.

—Me temo que esa fue su forma de darme las gracias.

—Debió de dolerte. —Me pregunta lo mismo constantemente, y mis respuestas nunca lo satisfacen—. ¿Qué sentiste? Nadie explica nunca qué se siente, y no es igual que en las películas.

—No, no lo es.

—A lo mejor es como si te clavaran una flecha.

—Eso parece lógico, pero no fue así.

Mantenemos esta conversación una y otra vez porque es importante para él. No versa sobre mí, en realidad.

—Entonces ¿cómo? —Se acurruca contra mí como *Sock*.

Intento pensar en una descripción diferente hasta que se me ocurre una.

—Sentí como si me golpearan con un puño de hierro. —Le froto la espalda, que está ardiendo por el sol y porque es un chiquillo lleno de vida.

—¿Tenías miedo de morirte, tía Kay?

Ya me llama así, y, por supuesto, yo se lo permito. Emplea la palabra «miedo» a menudo, y tampoco es la primera vez que me hace esta pregunta. Ambos tendemos la mirada hacia el océano, a un escuadrón de pelícanos que pasan volando por delante de nuestra terraza, tan cerca que alcanzo a verles los ojos mientras otean el mar en busca de peces.

—¿Qué crees que es la muerte? —le pregunto, como ya he hecho en otras ocasiones, aunque sé que ningún diálogo erradicará su tristeza.

—Es irse lejos —responde.

—No es una mala forma de enfocarlo.

—No quiero que mamá se vaya.

—Se irá como en un viaje, pero eso no significa que ya no vaya a estar por aquí, sino que no estará donde está todo el mundo ahora mismo.

—Pero no quiero que se vaya.

—Nadie quiere que se vaya. —Le unto loción en el brazo que mantiene rígido como un palo.

—Me sentiré muy solo.

—Pero tal vez las personas que se van no se sienten así. —Comienzo a embadurnarle el otro brazo—. ¿No crees que es una idea bonita? Nosotros nos sentimos solos, pero ellos no.

—Yo habría tenido miedo si alguien me hubiera disparado bajo el agua —asegura, y, aunque recuerdo pocos detalles, no me cabe la menor duda de que en ese momento yo sabía perfectamente qué estaba sucediendo.

Oí el disparo y el arpón cuando impactó contra mi botella de aire y rebotó. No pude huir mientras ella se apoyaba la culata del fusil contra la cadera para insertar otro arpón en el cañón. Acto seguido, algo me golpeó el muslo derecho, ella se abalanzó sobre mí mientras vibraba con fuerza el vehículo propulsor, semejante a una mochila cohete, que llevaba sujeto a su botella de aire, alimentado con batería y controlado por medio de un interruptor manual. El recuerdo más vívido que guardo es el del rostro de Benton, con las mejillas aplanadas por la presión del agua. Tenía una palidez antinatural, cadavérica.

No recuerdo haber forcejeado, ni haber removido el fondo para levantar una nube de arena, ni haberle asestado una cuchillada que le rajó la cara desde la sien hasta el mentón, pasando por la mejilla izquierda. Entonces ella se esfumó como si nunca hubiera estado allí, y tampoco recuerdo el rastro de sangre que dejó tras de sí.

No me acuerdo de nada. No fui consciente de que Benton me subió hasta la superficie, sujetándome el regulador en la boca. La cámara incorporada a mis gafas de buceo estuvo grabando durante todo el rato. Registró una buena parte de lo sucedido, pero no sé cuánto. El FBI se ha incautado de mis gafas, mi botella de aire, mi cuchillo, todo. No me han mostrado la lista de los objetos confiscados. Tampoco me han permitido aún ver la grabación por razones que ni siquiera Benton está dispuesto a revelarme. Lo único que me queda es una laguna en la mente, como si Carrie Grethen volviera a estar muerta pero la gente me dijera lo contrario.

Tengo la sensación de escuchar un parte meteorológico cada hora: el pronóstico más reciente sobre el calor y la humedad, la tormenta que se avecina o se aleja, lo que debemos esperar y si debemos irnos a otro lado. La busco a ella mientras convalezco, haciendo inventario de lo que siento y de aquello por lo que he pasado, detalles que no compartiré con Desi hasta que sea mucho mayor, quizá tanto como Lucy cuando empecé a hablarle abiertamente de los aspectos desagradables de la vida.

Lo cierto es que ha sido terrible. El cuádriceps perforado por encima de la rodilla, la operación de desbridamiento, por no mencionar el síndrome de descompresión cuando disminuyó la solubilidad de los gases y estos invadieron zonas de mi cuerpo que no son lugar para burbujas. Por si fuera poco, padezco un dolor articular agudo, y me han sometido a tratamiento con oxígeno hiperbárico en una cámara de recompresión de la que no sé nada. A pesar de todo, guardo unas impresiones vagas, vaporosas como la gasa, de lo que seguramente fue el origen de mis conversaciones sobre cómics con Desi.

Me parece que yo creía estar en una distorsión del espacio-tiempo o en una nave de Galactus. Desde que el chico llegó aquí, rara vez se separa de mi lado. Me recuerda a Lucy a su edad, siempre revoloteando alrededor de mí, sin quitarme la vista de encima y haciéndome una y otra vez las mismas preguntas que no son fáciles de responder con sinceridad.

—¿Por qué no traes aquí el Ferrari? —le digo.

—No es un Ferrari de verdad, y además pronto no lo vas a necesitar. —Se va trotando a buscarlo.

—Cuando mi pierna esté mejor, te vas a enterar.

—¿Por qué?

—Porque podré pillarte —contesto.

Lo acerca empujándolo hasta la tumbona. No está mal para ser un andador: rojo como un coche de carreras, con ruedas negras basculantes y frenos de mano.

—Es para viejos —bromea de nuevo, tremendamente divertido consigo mismo.

—No es verdad.

—Para tullidos.

—¿Te acuerdas de cuál es la palabra que debes usar en vez de esa, Desi?

—¡Viejos tullidos! —chilla unas dos octavas por encima del do alto.

—Me debes otra moneda de veinticinco centavos.

—Cuando teníamos un perro, lo atropelló un coche y ya no podía andar. Tuvimos que dormirlo. —Me sigue a través de la puerta corredera abierta. Empujo el andador ante mí, arrastrando la pierna derecha vendada sin doblarla demasiado—. A esa señora mala habría que dormirla también —añade—. ¿Qué haremos si viene aquí?

La sala de estar, con sus muebles de color terroso, está vacía y en silencio. Benton, Marino, Lucy y Janet han ido al Taco Beach Shack a comprar la cena y después a recoger a mi madre, lo que me fastidia bastante. Me deprime cenar comida para llevar todas las noches. Busco a *Sock*. Debe de estar echando la siesta en la cama otra vez. Cuando todos vuelvan, Benton tendrá que sacarlo a pasear.

—Tal vez no sepas esto sobre mí, pero soy una excelente cocinera. —Entro a la cocina con el andador, abro la puerta de la nevera y hago maniobras para llegar hasta la despensa—. ¿Te apetecerían unos espaguetis con salsa de tomate y albahaca, un chorrito de vino tinto, aceite de oliva y ajo con un pellizco de pimienta roja molida?

—No, gracias.

—Escribiré tu nombre en el plato con un espagueti.

—No quiero.

—Pues entonces tacos otra vez. Y ese refresco de zarzaparrilla que tanto te gusta. Cuando yo tenía tu edad, había un refresco de corteza de abedul. ¿Has oído hablar de él? —Saco una zarzaparrilla de la nevera y desenrosco el tapón—. ¿Quieres un vaso?

—No, gracias.

—Ya lo suponía, pero es de buena educación preguntar. —Le paso la botella—. Lo podías pedir en un sitio que estaba cerca de aquí llamado Royal Castle. Tal vez todavía haya uno igual en Dixie Highway, cerca de Shorty's Barbecue. Tengo que encontrar un refresco de abedul en algún lugar para que lo pruebes. En Nueva Inglaterra tenemos abedules. Hay un montón en el terreno de Lucy. La corteza se descascarilla como si fuera pintura blanca.

—¿Voy a volver a Virginia?

—¿Te gustaría?

—No lo sé —dice—. Creo que mamá está dormida.

—Sería más divertido si todos viviéramos más cerca unos de otros, ¿no crees?

—¿Alguna vez has tenido siete años, tía Kay? —Alza la botella y toma un sorbo mientras oigo que alguien introduce una llave en la cerradura de la puerta principal.

—Según mi madre, sí. Ya la conoces. La infame yaya.

—¿Qué es infame?

—Pronto lo averiguarás.

—¿Y qué pasó después?

—¿Cuando tenía tu edad?

—Sí.

—Pues que crecí y me llevé una gran desilusión porque no quieres probar mis espaguetis.

—¡Oh, no te preocupes, me los comeré! —Suelta otra de sus carcajadas mientras corre hacia la puerta.

Me llega el olor a comida mexicana cuando todos entran. Me quito la pistolera y la guardo en un armario, fuera del alcance de un niño pequeño.

Benton y yo estamos a solas, recostados ambos en la tumbona doble. El sol brilla bajo sobre el mar, envuelto en un resplandor de matices rosados y naranja que se descompone al reflejarse sobre los tonos de azul cada vez más intensos que ondean con languidez. Pronto estará tan oscuro como el terciopelo negro.

—Las últimas noticias no son mucho más alentadoras, pero tal vez no cabe esperar nada mejor. —Benton me toma de la mano y bebe vino tinto mientras me explica las novedades de hace media hora—. No hemos encontrado ningún hospital o consulta privada que le haya prestado atención médica. Es lo bastante vanidosa para someterse a una operación de cirugía plástica, pero no tenemos forma de averiguar si lo ha hecho. Seguramente no lleguemos a saberlo. Ella podría estar en cualquier parte ahora mismo. Por lo menos sabemos que la lancha neumática rígida que hemos recuperado es la embarcación que viste a lo lejos. Estamos seguros de ello. Los dos se hicieron pasar por aficionados al buceo a la deriva. Justo allí. Delante de nuestras narices, como siempre. —Alargo el brazo para coger la botella, pero él me la pasa antes—. Troy estaba en la lancha, y ya sabemos dónde estaba ella.

—Pues ahora sabemos que ella era la que estaba buceando y que se trataba de una artimaña para que pudiera liquidarnos y Lucy se quedara sola. Eso le habría encantado a Carrie. —Benton me llena la copa—. Debería haberte avisado en cuando avisté la maldita lancha. ¿Por qué no lo hice? ¿Qué diablos me pasa?

—Cualquiera que hubiera visto moverse la boya de buceo habría supuesto que era normal —dice Benton—. Que no eran más que unas personas practicando el buceo a la deriva en el arrecife, y que la que estaba en la lancha no tardaría en sumergirse también para ir a buscar a la otra.

—Ella lo hizo porque sabía que estaríamos observando. Y es obvio que abandonó la boya con la cuerda atada para que no tuviéramos idea de lo cerca que estaba de nosotros. —El vino no está nada mal, y empieza a darme sueño—. Sabía que al ver la lancha y la boya a una cierta distancia, pensaríamos exactamente lo que pensamos.

—Lo planeó todo de forma meticulosa..., tal como cabría esperar de ella —conviene—. Además, había tapado el número de registro de la lancha con pintura, por lo que ni la policía ni la guardia costera ni nosotros reparamos en ella. Al parecer, después del incidente, la dejó en un puerto deportivo de Pompano Beach. Es allí donde la han encontrado esta tarde.

—No hay ni rastro de Troy.

—No —confirma—. No me cabe duda de que está con ella en algún sitio. Es su nuevo compañero.

—Y más gente resultará herida o muerta. Por mi culpa. Vi la maldita lancha. Debería haberte avisado.

—No deberías torturarte por nada de esto, Kay. Tienes que dejar de hacerlo.

—Me pregunto cuánto rato llevaba en el puerto deportivo. Otra cosa que estaba delante de las narices de todo el mundo.

—No lo sé. Estaba amarrada allí, bien a la vista. Pero, como te he dicho, el número estaba tapado con pintura en aerosol y habían escrito uno distinto encima utilizando una plantilla. Era una embarcación cara, una Scorpion. De no ser por eso, aún estaríamos buscando. Sospecho que ella la abandonó allí poco después del incidente.

—A lo mejor podríamos encontrar otra manera de llamarlo que no fuera «el incidente». Me da la sensación de que mi vida ha quedado reducida a un informe policial. Y ahora, ¿qué se supone que debemos hacer exactamente? —He comido tacos con moderación, y aprecio el sabor del vino con todos sus matices—. Se las ha arreglado bien durante trece años sin que nadie se enterara de dónde estaba. Si quisiera desaparecer del mapa, desde luego sabría cómo. Es más lista que nosotros.

—No es verdad.

—Pues me lo parece.

—Volverá a necesitar dinero. Lo que tiene no le durará eternamente, dado su estilo de vida y su inclinación a cambiar de sitio. —Benton se recuesta en su lado de la tumbona y, cuando corre el aire cálido y húmedo, me trae el olor de su colonia—. El caso es que no podemos bajar la guardia en ningún momento.

—Si no por ella, por algún otro.

—Siempre tan optimista. —Vuelve la cabeza para besarme y noto el sabor del vino en su lengua.

—Marino tiene que llevar a mi madre a su casa. Deberíamos despedirnos de ella. —Bajo la pierna vendada hasta las baldosas, pero no apoyo peso en ella.

Benton me abraza por los hombros y, con su ayuda y cojeando un poco, entro en el apartamento. El maldito andador está justo al otro lado de la puerta corredera, junto a *Sock*, que dormita sobre el frío suelo de mármol. Coloco las manos sobre los puños del armatoste y lo empujo en dirección a los chillidos de Desi. Oigo el galope de sus piececitos, y en el momento en que el crío dobla una esquina gritando, Lucy lo pilla y lo levanta en volandas por encima de su cabeza, mientras él agita brazos y piernas con ímpetu.

—Detesta a los niños —le comento a Marino.

Este lleva un pantalón corto que le hace bolsa, camisa hawaiana y chancletas. Hace días que no se afeita.

—No mola nada ser el que no puede beber porque tiene que conducir. —Sujeta la llave del coche en la mano con un gesto muy poco sutil.

Entonces se oye otro sonido, el de la cisterna de un retrete al final del pasillo. Tras una larga pausa, la puerta se abre despacio. A contraluz, el cabello blanco de mi madre parece un halo, pero es el único rasgo angelical que veo en ella mientras empuja su andador hacia mí.

—Se lo merece, por irrespetuoso —reitera, acercándose—. Cuando tenías la edad de Desi y te reías de la gente mayor que entraba en la tienda de tu padre con el bastón, eso era lo que recibías.

—Nunca hice semejante cosa —replico, pero no sirve de nada—. Desi, no le hagas caso.

Desi no le presta la menor atención, pues Lucy, transformada en helicóptero, lo lleva volando por toda la sala mientras Janet los contempla desde el sofá, vestida con una blusa de algodón y un pantalón holgado, guapa y tranquila, como de costumbre. Cuando nuestras miradas se cruzan, me sonríe, pues ambas sabemos a qué nos enfrentamos. Mi madre me recorre de arriba abajo con la vista antes de hacer otro comentario, con los ojos apagados y enormes tras sus gafas. Se ha manchado de salsa la ropa, uno de sus vestidos con un estampado de flores y un dobladillo que parece irregular por el modo en que ella se encorva y se tensa, como una pistola a punto de disparar.

—¿Katie? —Cuando me llama así, me preparo para lo que sigue—. Dorothy estaría encantada de quedarse con Desi, y creo que sería mejor para él que vivir rodeado de mujeres. Es bueno tener a un hombre en casa. Un chico necesita una influencia masculina.

Dorothy, la madre de Lucy y mi única hermana, no ha venido, por supuesto. Ni siquiera estoy segura de si entiende muy bien lo sucedido. Sabe que me hirieron. Y, todo hay que decirlo, ha tenido el detalle de preguntarme si algún día podré volver a llevar pantalón corto.

—Estupenda idea, yaya —dice Lucy mientras deposita en el suelo a Desi, que tiene las mejillas coloradas por la emoción—. Fue una madre maravillosa para mí, y pasaban tantos hombres por casa que no me acuerdo de ellos.

—Está muy feo decir esas cosas. —Mi madre se encamina hacia ella. Si hay algo que he aprendido tras presenciar esta escena una noche tras otra es a no utilizar un andador como arma—. Debería darte vergüenza ir enseñándolo todo así. Ese pantalón corto ajustado es una indecencia. ¿Llevas sujetador, por lo menos?

Lucy hace amago de levantarse la blusa para comprobarlo, lo que arranca una risita a Marino.

—¿Lista para volver a casa, mamá? Marino te llevará con mucho gusto.

—Muy bien, ya lo pillo. Es solo la tercera vez que me lo preguntáis. Sé cuándo estoy de más. No entiendo por qué os molestáis siquiera en invitarme. —Arrastrando los pies, empuja el andador hasta la puerta que Marino se muere de ganas de abrirle.

—Vamos, yaya, que yo seré su chófer. Espero que no me obligue a ponerme una de esas putas gorras cursis.

—¡A que te lavo esa boca con jabón...!

—No crea que no la he oído soltar tacos más de una vez. —Le sujeta la puerta para que pase, sale tras ella al rellano y pulsa el botón del ascensor.

Sock, que se ha levantado, está encogido de miedo. Mi andador lo asusta.

—Yo ni siquiera conozco esas palabrotas —alega mi madre.

—Entonces ¿cómo sabe que son palabrotas? ¿Lo ve? Por eso soy un detective tan bueno.

Espero a que se marchen antes de cerrar la puerta, mientras Lucy y Janet le dicen a Desi que ha llegado la hora de lavarse los dientes. El chico corre hacia mí y me abraza. Luego alza la mirada hacia Benton con aire indeciso.

—Buenas noches, señor Bentley —dice—. Algún día seré un agente del FBI.

Los tres se alejan por el pasillo.

—Creo que deberíamos llevarnos a la cama el vino que queda, «señor Bentley». —Camino apoyada en el andador, y me viene a la mente la imagen de mi madre apoyada en el suyo.

Se me escapa la risa. Me río con tantas ganas que no puedo seguir avanzando. Benton me ayuda a recorrer el pasillo hasta el dormitorio principal, donde una brisa cálida entra por las puertas correderas abiertas de par en par. La luna, baja y gigantesca, se refleja en la ondulada superficie del mar. Hay barcos navegando. Algunos parecen ciudades pequeñas en medio del agua. Diviso las parpadeantes luces rojas y blancas de los aviones distantes que se aproximan o se alejan del aeropuerto de Miami. Escucho el ritmo del oleaje. Suena como un suspiro fuerte, como una respiración. *Sock* se espanta de nuevo cuando aparco el andador en un lugar donde no estorba. Se tumba en el suelo, atemorizado.

—Oh, por Dios santo, no voy a hacerte daño. No seas tan melodramático —lo reprendo—. Siento no haber manejado mejor la situación —le digo a Benton mientras me acuesto con cuidado en la cama, y *Sock* sube de un salto.

Benton se desabrocha la camisa y me coloca bien las almohadas tras la espalda como si yo hubiera vuelto al punto de partida, a la tumbona doble.

—Me avergüenza no haber sido capaz —le confieso—. Digas lo que digas, lo cierto es que ella estaba allí, y me dejé avasallar.

—No es verdad. Le hiciste un buen tajo en la cara y seguramente nos salvaste a los dos. —Dice lo mismo de siempre mientras se sienta a mi lado con sus calzoncillos tipo bóxer—. Eres la persona más perfecta que conozco. Y no te dejas llevar por el pánico. Ni siquiera en situaciones como esa. Eso es lo que te distingue de casi todos los demás. No lo olvides nunca.

—Pero no resolví el problema. No se ha resuelto nada, Benton.

—No, no lo hemos resuelto. Ni nosotros ni nadie. No eres solo tú. Tal vez nunca resolvemos nada. No sé qué mosca le habrá picado a *Sock*. Se ha pasado toda la noche pegado a mí como film transparente.

—Seguramente porque Lucy ha estado armando barullo como si volviera a tener diez años. Eso ha sido demasiado jaleo para *Sock*, que está acostumbrado a convivir con dos sosainas. Y no nombro a nadie.

—Te quiero, Kay.

Alargo el brazo hacia la lámpara. La apago, y en ese momento lo oigo.

CRAC.